讨海记忆

徐邦春 著

九州出版社
JIUZHOUPRESS

图书在版编目(ＣＩＰ)数据

讨海记忆 / 徐邦春著. -- 北京：九州出版社,
2023.3
ISBN 978-7-5225-1575-5

Ⅰ．①讨… Ⅱ．①徐… Ⅲ．①散文集－中国－当代
Ⅳ．①I267

中国版本图书馆CIP数据核字(2022)第231136号

讨海记忆

作　　者	徐邦春　著	
责任编辑	姬登杰	
出版发行	九州出版社	
地　　址	北京市西城区阜外大街甲35号(100037)	
发行电话	(010)68992190/3/5/6	
网　　址	www.jiuzhoupress.com	
印　　刷	杭州万星印务有限公司	
开　　本	710毫米×1000毫米　　16开	
印　　张	21.5	
字　　数	305千字	
版　　次	2023年3月第1版	
印　　次	2023年3月第1次印刷	
书　　号	ISBN 978-7-5225-1575-5	
定　　价	128.00元	

记忆深处是渔光

　　徐邦春生在海岛，长在海边，少年时常在滩涂上的捕鱼捉蟹，在礁石上的采螺钩贝，在堤岸上的堆网垒缆，渐渐地懂得了许多掌渔情、识鱼性的本领，无不在他的记忆深处烙下了一盏不灭的渔光。以至于，他长大了，还时刻萦绕着少年时对海边生活的眷恋。这种眷恋既表现出了徐邦春在少年时迫于生计的一种无奈，也表达出了他在少年时每每抓捕到鱼物后的一种乐趣，让人读了有一个意气风发、形象逼真的场面感。同为海岛人，我知道徐邦春在少年时的"讨海"生活，是一种苦并快乐着的景象。入职以后，他笔耕不止，多以散文形式把这一"讨海"故事，分篇付诸笔下，令人耳目一新，时常见于报端，饶有兴趣读之，总能勾起我对少年生活的亲切回忆与感慨。为此，我曾建议他把所著文章结集出版，并请有关部门予以支持。而今，《讨海记忆》一书终于集成付梓，实为可喜可贺！

　　象山县海洋资源极为富集，渔文化源远流长、博大精深，独具地域特色。随着中国开渔节的连年举办和渔文化研究会的持续推动，我县渔文化发掘研究和保护事业方兴未艾，国家级海洋渔文化示范区的获批，更彰显了我县渔文化的深厚底蕴和巨大影响力。在这过程中，得益于县委、县政府一以贯之的重视和支持，更涌现了一大批渔文化的研究者、创造者、保护者和弘扬者，创作和建设了一批渔文化精品和渔文化设施，不断丰富了我县渔文化的表现形式和内涵，使我县的渔文化产业厚积而薄发，形成了一个生机勃勃的良好局面。

　　《讨海记忆》收集了徐邦春近年创作的78篇文章,共23万余字。作者以其亲身"讨海"的生活经历为底蕴,以通俗细腻的笔调,向读者讲述了一个个充满艰辛而又妙趣横生的"讨海"故事。作者对鱼类形状、习性的描述惟妙惟肖,并附之以拟人化的前世今生和童话传说,生动地揭开了海洋生物的神秘面纱,同时也展示了"讨海"人充满奇思妙想的捕捉手段和令人惊叹的高超技艺,把两者斗智斗勇的博弈场景展现得淋漓尽致。文章中,作者穿插了大量当地流行的渔谚俗语、寓言渔歌和逸闻逸事,引征了许多古代文人有关鱼类表述的诗词名句,使散文兼具趣味性和知识性。作者在文中还描述了许多"讨海"人的生产生活细节,从渔具制造延伸至生产作业方式的演变,从海鲜美食的制作延伸至百姓的日常生活状态,从婚丧嫁娶延伸至传统习俗的改变,客观地反映了"讨海"人的社会生存现状和苦乐情怀,使文章有了强烈的历史沧桑感。在作者后期的作品中,又增加了对人与海洋如何和谐相处这一时代命题的深刻反思和思考,使文章更具哲理性和时代感。总之,读着徐邦春同志的文章,就如品尝原汁原味的渔文化佳酿,令人回味无穷。

　　文化是人类文明的结晶,文化的积淀犹如针尖挑土、聚沙成塔。象山县渔文化的繁荣就需要像徐邦春这样一批渔文化的亲历者、爱好者和有志者,孜孜以求、默默无闻、一针一沙地坚持与积聚。也更期待着有更多的文化人士参与到这个队伍中来,深挖细掘,持续接力,不断把我县的渔文化事业推向新高度,在为把我县建设成为海洋强县的征程中再发渔文化的耀眼光芒。

　　是为序。

象山县人大常委会主任

罗来兴

象山县渔文化研究会会长

2023年3月

序二

记忆是一道风景

　　我与徐邦春因"栲渔网"一词结缘，虽还未曾谋面，但已见文如故了。读了徐邦春创作的系列渔事散文，掩卷深思，我不仅领略到了象山这座千年渔乡的旖旎风光，而且欣赏到了他创作的那些失落在"记忆"中的潮海故事，是多么令人神往的一道山海风景。从创作形式上看，《讨海记忆》记述了网捕、钩钓、手抲等传统讨海作业方式，而且每种作业方式都如实地展示出了作业场景，烟岚苍茫，气息浓郁，笔墨精致，赏心悦目，令我为之称奇！从创作内容上看，《讨海记忆》描述了各种海洋生物的生活习性，形态逼真，活灵活现，笔触细腻，惟妙惟肖，并在捕获过程中，或直接或间接地借助一些渔具，展示出了讨海人的高超技艺，令我为之叫绝！从创作时空上看，《讨海记忆》立足于一个"自我"的记忆空间，却将笔触延伸到了遥远的潮烟深处，描绘出了讨海人家与之博弈、为之奋进的朴素情怀，令我为之点赞！从创作文风上看，《讨海记忆》采用了"一招一式"的写作方式，入口小、容量大，使讨海作业方式在作者笔下变得清晰而又具体，萧散而又简静，古雅而又清新，隽逸而又秀润，得之而又象外，令我为之喝彩！从创作效果上看，《讨海记忆》以"沉浸式"的现场视角，勾画出了渔文化的构建价值，畅想了海洋经略和价值重塑，散发出了浓郁的渔文化光芒，令我为之赞赏！作为一名长期从事渔业法规和政策等教学研究工作的大学老师，强烈的职业感悟，迫使我慢慢地循着作者留在《讨海记忆》中跋涉过的足迹，尽情地陶醉在这一片山海之间、浪花丛中，一览无余地饱赏了这一道传承在潮起潮落中的独特风景。

　　象山是半岛县，在历史上当地百姓大多以渔为生，靠海吃海是祖传的习俗和技能，因而大多数的当地百姓从小就练成了一身掌渔情、知鱼性、识鱼相的捕鱼本领。"讨海"是艰辛的，正像民间有句老话所说，人生有三苦："撑船、打铁、磨豆腐。"撑船，当然包括撑渔船，行驶在风头浪尖，不说有多危险，就是那种苦也可想而知了。在《扦网》一文中写到，无论酷暑还是严冬，扦网人都要跳入齐腰深的浅潮中闹网脚，如果在酷暑时跳入海中还可理解的话，那么在"三九"严寒时就可见其艰辛了。因为讨海人是要跟着潮水作息的，有时在上半夜涨潮，有时在下半夜退潮，虽有其规律可以遵循，但对于讨海人来说，其生活就显得反复无常了，所以这种"无常"，不仅只是天气上的"冷"，还有源于心头上的"贫"。在《撮泥螺》一文中写到，每次在半夜三更要下海去撮夜泥螺，作者的父母亲总是不忍心将睡在被窝里的他叫醒，踱着步在床前犹豫再三，而又不得不狠心地叫醒他，反映了当时普通讨海人家为生计奔波的生活状况。尽管如此，我也看到了呈现在《讨海记忆》中的那种积极、向上的讨海心态，他们为排解生活上的压力，大多以渔线渔网为乐谱，以撒网拉网为曲调，以鱼名鱼态为歌词，哼唱出了一曲曲诸如《渔家号子》《细什番》等富有象山当地风情的传统曲目，回荡在我的脑海里，似高山流水般空灵，如波涛拍岸般铿锵，令我为之动容。读罢全书，搁笔细想，书中的"我"，就不只是作者本人，而是当时这个社会的一个缩影。

　　每种海洋生物都有它独特的生存之道和自得之乐，正所谓"鱼有鱼路，虾有虾路，螺蛳没路直转辘轳"，否则在"大鱼吃小鱼、小鱼吃虾米"的海洋丛林法则里，早就物种灭绝了。然而，讨海就像"没有金刚钻，别揽瓷器活"一样，没有一身过硬的本领，是捕不到鱼的。《敲梆鱼》一文中写道："黄鱼的叫声有'十腔十调'之分，所谓'十腔'即雌鱼'哧哧哧哧'如蛇吐信，雄鱼'咕咕咕咕'如蛙群鸣，低头下沉鱼'吱吱吱吱'如燃煤气灯，抬头上游鱼'喳喳喳喳'如雨打芭蕉，沉底鱼'咄咄咄咄'如窃窃私语，刚从外海游入的进洋鱼'咪嘞咪嘞'

以示鱼少，'沙沙沙沙'以示鱼多；大水潮的起水鱼'咕吱咕吱'以示鱼少，'咯咕咯咕'以示鱼多；还有产卵鱼'喳吱喳吱'如泣如诉。"虽然我想黄鱼的叫声还远不止这些，但能听出黄鱼"十腔"一定是捕鱼达人了，而所谓的"十调"，即黄鱼的叫声随潮水涨落及鱼群密疏、聚散、动静等不同变化，其声调节奏也随之会出现高低、重轻、急缓、浓淡、长短等变化，或断断续续，或抑扬顿挫，这些些微的区别也能辨之丝毫，恐怕也只有经验老到的讨海人才能分得清轩轾。难怪李时珍也说："海人以竹筒探水底，闻其有声乃下网。"如此这般，我不得不感叹讨海人的高超技艺了。毕竟，人类在大海面前还是势单力薄的，因而借助渔具在讨海中的辅助作用，就显得合乎情理了。我国有上下五千年的文明历史，在这漫长的历史长河中，一代代讨海人生生不息，拼搏不止，发明制造了许许多多琳琅满目的渔具，无不反映了讨海人的精神追求和驾驭本领。《制渔具》一文中说，《诗经》中提到的网、钓、罛、罭、汕、笱、罾、罩、潜、梁等十余种渔具名目，距今已有两三千年的历史了，在作者家乡还能看到从前的影子，有的得到了传承，就原版原本地延续了下来，有的得到了改进，式样就别具一格了，像一些虾笭、蛏篮、鱼簖、蛤蜊耙、毛蚶掸、望潮撬、弹蝴筒等渔具，尽管制作简单粗糙，但是非常结实管用，反映了讨海人的智慧禀赋。我的老家在内陆地区，撇开从事的职业，也算是个不谙渔事之人，但读罢此文，就能屈指数出诸如拉网流网、粘网拖网、旋网地网、插网推网、撩网槽网，并从这些各不相同的渔网名称中，让我能揣摩出各种渔网各能捕获到什么样的鱼了。《推虾》一文，开始也让我感到非常惊奇，推虾人怎么会裸体作业，但读了此文，我就释怀了。因为在海潮中要与鱼虾争比速度，试想穿着那种古式的大档粗布短裤，还能在齐胸深的海水里能走得动吗？答案就豁然明白了。还有，在《拉鳗鱼》一文中，我读到了一种捕鳗鱼利器，名曰"拉鳗鱼钩"，是村民们自制的渔具，只要在海涂上拉几下，鳗鱼就无法逃遁了，我不得不佩服其厉害！作者正是通过这些渔具进行"点睛"，把整个讨海活动都写活了，反映出了"高手在民间"的真谛,使整个渔猎时代的尖锐芒刺,又从记忆深处重新展现出来,反映出了讨海人的经海智慧。

　　大自然的神奇,在于精心地安排了浩瀚的海洋、神奇的海岛、平静的海湾,隐秘的海礁和肥沃的海滩,让那些形形色色的海洋生物得以休养生息,快速成长,而《讨海记忆》的神奇,在于精心地揭开了那些或鲜为人知,或熟视无睹的海洋生物的神秘面纱,为人知晓,让人感动。在《拾舌形贝》一文中,让我读到了一种名为"舌形贝"的海洋生物,它的祖先诞生于五亿三千万年前的早寒武世时期,与三叶虫同时代,比鲎还早一亿多年,令我不敢想象的是这种海洋生物历经天地玄黄、宇宙洪荒,怎么在象山海域生存下来的,它的一生需经历多少的坎坷啊! 正如作者在文中所说,"当我重拾孩提时的讨海记忆,重展当年拾舌形贝时的生活情景,也许会让一大批熟悉或不熟悉舌形贝的人在一片唏嘘中连连叹息,自己曾经拾到的或尝过的不是一种普通的、一般的海产品,而是一种被号称元老级的、万万岁的'活化石',那种迫不及待的回想或回味肯定是油然而生了"。虽然我对红钳蟹有所熟悉,但是读了《钩红钳蟹》一文,才知道"它有一个非常聪明的超强大脑,每次外出活动,每走一步都能及时准确地计算出与洞穴的最近距离,而且从不重返老路,即使忙中生乱,也不走错家门,在为蟹一族中无与伦比,让人无不点赞叫绝"。我曾读过《齐民要术》这部古本,作者贾思勰经历了北魏时代的社会变迁,便以"采捃经传,爰及歌谣,询之老成,验之行事",即从经书传记、民间歌谣中总结前人的生产经验,又向有经验的人请教,并通过自己的实践,成就了这部跨世越纪的农学名著。当然,这里的"齐民"即为百姓、"要术"即为谋生之道,而《讨海记忆》传承的也是百姓的讨海技能,我仿佛从中读出了些许相同的味道。

　　如果没有渔村、渔家、渔父、渔翁、渔舟、渔网、渔钩、渔歌、渔市、渔味,那么唐诗宋词、明清佳句就会少了许多鱼的灵动。《讨海记忆》引用了大量唐诗宋词、明清佳句中的至理名言,用文学创作的手法串接起有关讨海现场的历史碎片，使日渐消弭的讨海记忆洋溢出了浓郁的乡土之情。《钩带鱼》一文，呈现出了倪象占的《象山杂咏》，让我感受到了古代象山那种"渔蓑隐隐海连天，于绾山前钓晚烟；看取孤篷三尺雪，银光铺遍带鱼船"的钓带鱼夜景；《张网》一文，呈现出了王植三的《东门竹枝词》，让我掌知了当时象山那种"木桩打处水旋涡，小网船来如网梭；捕得梅童更梅子，加恩簿外子孙多"的涨网场面。是鱼，一条条千姿百态的鱼、一条条活色生香的鱼，厚积了作者家乡的文化底蕴，滋养了《讨海记忆》的创作灵气。我从北到南跑过不少海疆渔乡，蓦然回首却发现有一个可圈可点的现象，就是哪里重视渔文化，哪里的渔业就能擘画出一个美好局面，这也是我在《讨海记忆》中感受到的一种传承力量。

鱼之千姿百态、奇形怪状的背后总有一个引人入胜的故事。《柯蠘鳎鱼》一文，让我得知了蠘鳎鱼只有半边的来历，是因为它"'诺'言'踏'实"，所以即便其貌不扬，也被当地百姓广为传颂，取其谐音，寄予厚望了。《钓涂鳗鱼》一文，让我得知了涂鳗鱼尾鳍为什么有一个筷子头印的来历，这也难怪它总是躲藏在礁岩石缝中苟且偷生。《拾岩螺》一文，让我得知了"三月三踏沙滩"的来历，其背后还有一位美丽动人的"辣螺姑娘"。综观《讨海记忆》，引用了大量的民间逸闻逸事，都以"鱼"为主人公，并把它人格化，赋予"鱼"以人的性格特征，带有寓言和童话的色彩，从而曲折地反映了人与人、人与自然的融洽关系，既说明了各种"鱼"的形状、习性的来历，又揭示了善者受尊敬、恶者遭唾弃、骄者必遭殃的生活哲理，给人启示，令人遐想。

《讨海记忆》贯穿了"始于讨海、终于美食"这根主题主线，而这又与《齐民要术》贯穿的主题主线"起自耕农、终于醯醢"，一脉相承，形成了异曲同工的巧合。当然，《讨海记忆》中的"鱼"，既包括了虾蟹，也包括了贝壳藻类，作为百姓生活的大众食材，跃然于餐桌之上，尽享于口福之中。我发现在作者家乡，十分讲究海鲜美食的鲜度、季节和部位，已到了令人咋舌的挑剔地步。这种挑剔可能是源于作者家乡特殊的地理区位自信，正如文中多次提到的"透骨新鲜",恐怕不只是一句口头禅语了。鲜度重在捕获的时间,而季节在于把握生长周期,在《讨海记忆》中有所陈述,诸如"八月蛏剩根筋""八月桂花鲷""八月蟳蚌抵只鸡"等说法,尤其是《捕鳍鲳》一文讲述了鳍鲳之名的由来,令人遐想,也让人馋涎欲滴。除此之外,还讲究吃鱼的部位,诸如"黄鱼吃唇,鲥鱼吃鳞,墨鱼吃裙,带鱼吃肚皮"等习俗,反映了当地百姓的美食经典,而由此引申出的一些乡谚俗语,诸如"吃鲻鱼头——晦气""带鱼吃肚皮,闲话讲道理""鳓鱼骨头里戳出"等口头语,都是讨海人在吃鱼时吃出来的话题,则更丰富了在平凡生活中的人生哲理。讨海人知道怎样吃鱼、什么季节吃什么鱼,甚至吃鱼的什么部位,更表明讨海人美食的"进化之深"。"象山海鲜"已成为神州大地餐饮业的一张靓丽名片,独特的区位优势、独特的源头海鲜、独特的饮食文化,也为《讨海记忆》作了一个神、形、色、香、味兼具的注脚。

并非过往了的讨海都会有记忆,并非记忆中的讨海都会有风景,只有富具传承意义的讨海,才能成为鉴往知来的序章。这,恐怕是《讨海记忆》所要达到的一种境界,或者说是一道风景吧。

心有所感,兹作为序。

大连海洋大学教授　刘新山

2023 年 3 月

目录

01 / 珂望潮

　　望潮，学名"长蛸"，是一种非常有灵气的海生软体动物。它形似章干(学名"真蛸")、石庚(学名"短蛸")，统称"八爪鱼"，同属章鱼家族成员，在体形上比章干小、比石庚大，在触足上比章干短、比石庚长，全身无骨，柔软润滑，体色黄褐，由头部、足部、胴部三部分组成。它头部较短，与躯体分界不明显，两侧有眼突起，头顶中央有口，形成膨大口球，内有角质颚片及锉状齿舌；足部与头部连接成一个腕盘，周边分布八条细长的触足，具有很强的吸泥粘物抓食功能；胴部表皮柔软光滑，呈囊状椭圆形，形似一层薄皮包裹，表面有疣突起，常呈灰色斑点，能将水吸入外套膜，通过体管排出，形成强冲击力，向反方向游动，常捕小鱼小蟹及一些贝类为食。它不仅善游会爬，而且能钻，只要有一点缝隙，包括在稀软的泥涂中，都能表现出敏捷的身姿，总是让人叹为观止，拍手称奇。望潮在每年三、四月进入滩涂生长，这时正值麦收季节，望潮肉质脆嫩、味道鲜美，就称它为"大麦望"，而到了八、九月桂花盛开，望潮个大味醇，就称它为"桂花望"。这时秋意渐浓，冷空气开始南下了，望潮非常怕冷，常躲在洞里不愿捕食了，但又为了补充体能，就开始慢慢地自食自身的触足了，当只剩下一个光溜溜的胴体时，就从浅滩流入大海，经过一个冬季的繁育，望潮幼苗又在来年涌入滩涂生长，于是便有了"九月冷飕飕，望潮吃足手""望潮足吃精光，望潮头擂落港"之谚说。

　　珂望潮是一项非常精细的技术活，不仅要对形形色色的望潮洞穴作出准确判断，而且还有一套不成文的规范动作，迅速、及时地将望潮从洞穴中珂出来。我在老家时,阿青大是村里公认的抲望潮高手,他有一套类似于跳《江南Style》的独门步法,三步并两步似的一阵狂踩,望潮就会不请自爬出洞穴来。我曾经有过几次近距离地跟随着他学抲望潮,他总是露出少了两颗门牙的黄牙,笑容堆在消瘦的脸上,表现出了那种固有的谦逊与坦诚,说自己没有什么技巧,只是这样抲抲而已,言下之意就是"只可意会,不可言传"了。为此,我经过反复实践,还是悟出了一些应会的基本要领。

首先,要学会识别望潮洞。如果连望潮洞都识别不了,那就谈不上抲望潮了。因为海涂上到处是密密麻麻的洞穴,而这些洞穴一般分为两类:一类是遗弃洞穴,即已经被某种海生动物遗弃了,属于一穴空洞;一类是现居洞穴,即洞穴中还居住着某种海生动物,常见的有沙蟹、蟳蜅蟹、弹涂鱼、虾蛄弹、鳗鱼等洞穴,而在这么多类似的洞穴中,要识别出哪个是望潮洞穴,这是一件非常不容易的事。如果没有一双火眼金睛,那么是很难判断出其中的是非真假,而且即便是望潮洞,也有很多种类,有的说有七十二种洞型,也有的说有三十六种洞型,最典型的是以下三种洞型,这也是学抲者必会的课目。一是黑米洞。这是望潮自己挖掘或者是修缮的一种洞穴特征。因为望潮在挖掘或者是在修缮的过程中,需要将涂泥一口一口地啃吸出来,在这过程中就会染上它体内用作护身的黑墨,所以当它将啃吸出来的泥粒堆积在洞穴周边时,就成了一堆黑色泥粒,这也是望潮洞最经典的一种标志。如果连这种标志都看不懂或不会识别,那么就不是一个真正意义上的抲望潮人了。一般情况下,望潮洞口的黑色泥粒数量不等,多时几十粒,少时十几粒,或大或小,大若黑米、小像芝麻,但有一点可以肯定,只要是黑米洞,肯定望潮还现居在洞穴中。二是拖痕洞。这是望潮爬入现成洞穴时留下痕迹的一种洞穴特征。因为有些望潮是随潮水涌上滩涂的,由于它生性调皮,贪吃好玩,时间观念不强,所以当海潮退下时,它还滞留在滩涂上,又一时想不出更好办法,只好就近爬入现成的洞穴,诸如沙蟹洞、蟳蜅蟹洞、弹涂鱼洞、虾蛄弹洞、鳗鱼洞等躲了起来,以度过一潮。也由于海潮刚退下,滩涂表面非常柔软,当望潮爬入现成的洞穴时,必然会在洞口留下爬行的痕迹,或改变洞穴的原有特征,比

如沙蟹洞口是扁的，却变成圆了，就说明是望潮在爬入沙蟹洞时，改变了其洞口形状。如果发现在沙蟹洞口，没有沙蟹爬行的痕迹，那么也有可能是望潮已经将洞里的沙蟹吃掉了。尽管这些变化只是些微的，但洞察秋毫却是抲望潮的一项基本功。三是满水洞。这是根据望潮的生活习性所形成的一种洞穴特征。因为望潮在退潮后往往会蛰居在洞穴中，养尊处优，但蛰居在洞穴中的望潮，在冥冥之中还能准确把握涨潮规律，每当潮水开始泛涨时，它就会爬到洞口，期待着潮水上涨，能带来小鱼小蟹，成为自己的下一顿美餐，故有渔谚云："大头望潮八只足，十八后生追勿及；躲在洞中望潮至，送来蟹虾吃勿歇。"也因为望潮在爬到洞口时，起到了活塞的推动作用，致使洞中的海水外推涌出洞外，所以当周围的滩涂经过一个潮时的风吹日晒略显干燥时，有一处洞口仍然是盈水汪汪，或不停地吸动着水，或不断地往外涌水，就知道是望潮在满水了。而这种现象，也是望潮之所以被称为"望潮"的一个名称来源。

其次，要学会熟悉望潮洞的内部结构。望潮不仅藏洞较深，而且洞中有洞，洞洞相连，具有狡兔三窟的本领。典型的望潮洞，其内部结构还有几种别称。一是座洞。这是望潮在洞穴中居住的地方，类似于人类住房的主卧室，一般是在进洞通道中，处在与客洞相反的某一拐弯抹角上，另辟蹊径地，形成的一个洞道。座洞是个尽头洞，空间比较宽大，洞壁四周都有望潮触足吸盘打磨的痕迹，没有淤泥，水质清澈，即便在深秋，水温也暖和，当手伸到此处，就会感受到望潮的存在了。当然，如果不是老到的、有经验的抲望潮人，误将望潮的座洞口堵塞了，或找不到座洞，那么也就抲不到望潮了。二是客洞。

这是类似于人类住房的客厅或餐厅,是望潮的临时休闲的一个洞道。虽然其结构与座洞差不多,但在客洞边上还连着逃生洞道。当望潮感到自身受到危险时,就会立刻逃到逃生洞道,以躲避风头,或逃过一劫。三是逃生洞。这是望潮用作逃生的洞道,一般在客洞附近,但有两种情形,一种是真洞道,一种是假洞道,真洞道具有一般洞道的特征,而假洞道原先也是洞道,只是后来被淤泥堵塞了,但由于新堆积的淤泥大多比较稀软,望潮还能钻爬自如,就迅速逃离了。只有熟悉望潮洞的内部结构,才能做到知己知彼,百抲不殆。

第三,要学会各种抲法。望潮洞的类型多,可选择的抲法也各不相同,需要灵活掌握,才能达到手到抲来的成效。如果该用手抲时却用脚踩,或该用脚踩时却用手抲,或者该用鱼蟹引诱时却用手抲脚踩,那就是大错特错了,一定会是徒劳无获的。在一般情况下,黑米洞、拖痕洞,以手抲为好,满水洞以脚踩为宜,如果这些洞在港岸边泥质较硬时,那么就需要以鱼蟹引诱其出洞了。因为黑米洞、拖痕洞,一般洞道都比较浅,结构简单,当手伸进洞道里,只要能找到座洞,就能抲到望潮了;而满水洞则不然,因为满水洞一般都是望潮借居在弹涂鱼洞里面,而弹涂鱼洞的洞道结构非常复杂,往往在几平方米之内就有十多个进出洞口,而且洞道相连,所以在用手抲之前,必须先以脚猛踩满水洞周边的通道,稳、准、狠地封堵其逃生退路,才能使其束足就擒,否则要是速度慢了半拍,或者没有踩踏到逃生洞道的关键点位上,没等你反应过来,望潮早就逃之夭夭了。而这些方法之所以不适合在港岸边抲,是因为港岸边土质硬,往往是手伸不进去,脚踩不下去,只有用小鱼蟹在洞口进行引诱,等望潮爬出洞口时,就可以轻松抲到了。

"八脚齐垂一首圆,望潮八月贴涂田。"这是清代诗人谢辅绅在《蛟川物产五十咏》中一首写"望潮"的诗句,我每次读到都会掩卷沉思,联想起自己的抲望潮经历,虽已成为一段遥远的往事,但还是让我穿越了时空,回忆这段艰苦而又充满希冀的岁月,犹如缠绕在自己心头上的发丝,剪不断也挥之不去!

02 捕蛸蛑蟹

蛸蛑蟹，学名“锯缘青蟹”，俗称“青蟹”，是一种海生甲壳动物。它名称众多，不同时期、不同地区，有不同称呼。蛸蛑蟹是我老家的一种传统称呼，至于这个称呼的来历，我也不得详解，只是从在村里老辈人的口传中略知，‘蛸’和‘蛑’在古代是两种侵损庄稼的害虫，而这种蟹生性凶残，经常伤害百姓，故被人们称为“蛸蛑蟹”了。传说中的蛸蛑蟹，曾是东海龙王手下的一员大将，身材魁梧，壳如碾盘，螯似巨钳，健壮有力，凶猛残暴，且生性好斗，总是耀武扬威，恃强凌弱，常常侵害人类，甚至与老虎相斗，因触犯了天条，被打入海牢，永禁终生。可是，在它被禁时，却因走漏了消息，它的子孙们连夜出逃，躲到沿海滩涂洞穴中，就成了现在这个境况。也有传说，蛸蛑蟹在古时候，经常翻船上岸侵袭人类，害得沿海村民人人自危，非常惧怕，纷纷建起“蛸蛑庙”，以祈求海平蟹安，但有渔民胆大心细，临危不惧，竟将偷袭他的蛸蛑蟹捕食了。从此，人们开始敢吃蛸蛑蟹了。古诗《煮蟹》“釜中爬郭索，釜底益薪火；笑尔久横行，今宵受奇祸”，据说，就是描写了当时捕吃蛸蛑蟹的情景。蛸蛑蟹因其青背、黄肚、金爪、绯钳、薄壳、大螯、无肠、红黄、橙脂、白肉、嫩质、美味，已成为当下大众喜爱的一种食材。无论是清蒸、红烧、生炒，还是干烤、油焖、煲汤，都是人们佐酒、待客之佳肴。苏东坡在《蛸蛑》一诗中，留下了“半壳含黄宜点酒，两螯斫雪劝加餐”的溢美之句。蛸蛑蟹不仅味道鲜美，营养丰富，内含十八种氨基酸，自古就有“八月蛸蛑抵只鸡”的说法，而且还兼滋补强身的功效，尤其是捕捉到雌雄同穴的对蟹，更被视作“蟹中之宝”，从不轻易售赠，留作自食，加酒煮烹，就能饱享“海上人参”之口福。

我老家就住在海边，门口就是海涂，相距不过几百米，因而在孩提时，就成天泡在海涂里摸爬滚打，也算练就了一手讨海达人所具备的捕蟹本领。蟳蚱蟹在每年春夏之交生长，在夏秋季节繁殖，在冬季就洄游冬眠了，根据其生活习性，就可随时捕捉了。至于壮、瘦，虽与潮汐有关，但由于蟳蚱蟹一生要经过十三次蜕壳，其中六次属于幼体变态蜕壳、六次属于生长蜕壳、一次属于生殖蜕壳，每次蜕壳都能使体形成倍增大，而且全身柔软，形似软蛋，仅靠吸收海水中的氧气维持生命，没有任何抵抗能力，需要四十八小时的体能恢复，蟹壳才能逐渐变硬，所以在冥冥之中，蟳蚱蟹也似乎非常有灵性，出于自我保护，都会选择在每月农历初八或廿三小水潮前后进行蜕壳，以防自己蜕壳后被大潮急流卷走，成为天敌的美食。因此，在每月农历初三至初八、十八至廿三开始转为小潮时，蟳蚱蟹都会集聚能量为蜕壳做准备，这时膏脂满腹，内壳成形，俗称"双层壳"，是它每月最壮的那么几天，而到了每月农历初十至十五、廿五至初一开始转为大潮时，蟳蚱蟹为迎候大潮来临，急需增加软壳硬度，耗尽体内所有能量，这时腹中空空，骨瘦如柴，俗称"半壳鲜"，是它每月最瘦的那么几天。记住这些规律，就知道该在什么时候捕蟳蚱蟹了。

我捕蟳蚱蟹，注重把握其生存特征。一是看"蟹眼"。因为蟳蚱蟹习惯昼伏夜食，也许是在夜潮时没有捕到食物，也许是没有赶上退潮，所以在天亮时，它会就地埋伏在滩涂上，以期在下一潮，能获一顿美餐。这时，蟳蚱蟹将整个身子埋伏在泥涂中，仅露出两根细长的眼柄，以及一条约十毫米长的呼吸裂缝，俗称"蟹眼"，潜伏得非常隐蔽，伪装得也十分逼真。如果不会看"蟹眼"，或者被它假象所迷惑，那么就会错失捕获机会了。二是寻"蟹印"。因为蟳蚱蟹在退潮时，为寻找合适的藏身之地，必然会在滩涂上留下爬行的痕迹。因此，在捕捉蟳蚱蟹时，如果能寻找到这些"线索"，那么就能"按印索蟹"了。不过，寻找蟳蚱蟹的"足印"，还有两种情形：一种是在浅潮中爬行的"足印"。因为蟳蚱蟹在浅潮中爬行时，蟹肚没有与滩涂接触，所以留在滩涂上的痕迹，只是蟹足的"爪印"。如果深浅分明、印迹清晰，那么蟳蚱蟹就附近了；如果深浅不明、印迹模糊，那么可断定不是当天爬行的，就找不到蟳蚱蟹了。

一种是在滩涂上爬行的"足印"。因为蟳蟳蟹在海涂上爬行时，蟹肚接触到了泥涂，所以留在海涂上的"足印"，无论是横爬还是直爬，其中间往往还有一道蟹肚与滩涂接触的拖痕，又称"拖痕印"。如果发现"拖痕印"，那么就能判断出蟳蟳

蟹的大小，印大蟹大，印小蟹小。三是找"尸壳"。因为蟳蟳蟹在蜕壳前，往往要找一个水质清澈、便于躲藏的场地进行"分娩"，所以在面对一些滩涂低洼、深坑、水塘或其他废弃洞穴时，只要用脚踩一下，这时蟳蟳蟹如果还没有蜕壳，那么它就会立即爬出来；如果发现其蜕下的尸壳，只要打开看一下，如果尸壳里的水是清澈的，像蛋清一样的，那么就说明此尸壳是刚刚蜕下的，就可在这附近捕捉到一只刚蜕出的软壳蟳蟳蟹。四是抲"洞蟹"。顾名思义，就是将蟳蟳蟹从洞穴中抲出来。典型的蟳蟳蟹洞穴特征非常明显。一是洞口大，一般比常见的沙蟹洞、泥鱼洞、虾蛄弹洞等都要大；二是洞穴门口往往堆积着蟳蟳蟹从洞中挖出来的泥粒；三是洞口都会留下蟳蟳蟹爬进爬出的足印；四是洞深，一般都有一米多深。抲洞穴中的蟳蟳蟹，一般要携带专门制作的蟹撬。蟹撬长以各自单臂长短为宜，形似铁锹木柄，前端扁平，中间隆凸，便于辅助撬泥挖洞。五是捞"淡水伐"。因为蟳蟳蟹对海水盐度要求特别高，非常讲究，也特别敏感，所以每当台风或暴雨过后，海水盐度骤然降低，蟳蟳蟹就会因不适而爬上一些港、坝岸边，这种现象俗称为"淡水伐"。这时，将它捞起逮住就行了。前段时间，"菲特"台风过后，听说有人在大目湾闸门边捞到许多蟳蟳蟹，就是这个原因。

因为蟳蟳蟹容易伤人，所以在捕捉时还要讲究技巧。对潜伏在滩涂上的蟳蟳蟹，首先要准备好捕绳，左手事先拿着，用右手拇指从其后侧按住蟹背，

迅速用中指、拇指卡住蟹背后两侧，左手递过捕绳，右手中指先将捕绳按住，左手则将捕绳绕过蟳蟀蟹前胸，先左后右将两螯打圈捆住，然后将捕绳两端在其后侧系紧，这样蟳蟀蟹就不会"张螯舞爪"了；对在滩涂上爬行的蟳蟀蟹，则要先捧一块泥质较硬的泥块盖住它，然后再进行捕捉，这样就比较安全了；对在洞穴中的蟳蟀蟹，则要先握一块泥质较硬的泥块在手掌，五指合拢向上，使手掌的泥块与蟳蟀蟹收起的两螯紧贴，然后顺着它的性子，慢慢地就能将它捉拿出来了。如果手掌的方向搞错了，或在它两螯张开时，那么就有可能被它钳住了。如果被它钳住了，那么你只有咬牙忍痛，耐着性子，一动不动地等它松钳，这是一件别无选择的事。在这个时候，只要有稍一抖动，它就会紧钳不放，甚至放下死螯。这也是蟳蟀蟹的一种逃生手段，一旦发现情况不妙，就放下死螯，溜之大吉。但是，在捕捉蟳蟀蟹时，如果遇到蟳蟀蟹放死螯在手上，那么就要痛下"壮士断腕"的决心，要么将死螯直接从皮肉中拉了出来，这样就会皮破血流了；要么将死螯放在嘴里咬碎，在那种场合也顾不上是否绅士了。尤其是一些小蟹，因为螯钳缝隙小，钳起来往往就是皮破肉绽，鲜血直淋，所以从这个意义上说，捕蟳蟀蟹也是一项高危职业，恐怕没有不被钳过的，只有钳的次数多少问题。不过，尽管蟳蟀蟹凶相毕露，甚至咄咄逼人，但也有致命的弱点，那就是怕冷怕痛。如果是在家里就将它放入冰箱待会儿，或在它后侧壳脐交界处，用刀背敲几下，那么它就会马上昏迷过去。这样，就可放心清洗、宰杀和烹饪了。

一盘蟹顶桌菜，一壶酒品半天。现在已难得吃到野生的蟳蟀蟹了，但每次把酒尝蟹，我都会情不自禁地想起在老家时经常吃的、妈妈按照村里传统做法而煮的"蟳蟀蟹酒"，那么醇香，那么回味，沁人肺腑，难以忘怀，尽管已有半个甲子年了，但还是觉得那么亲切、那么熟悉，仿佛又闻蟳蟀蟹酒香。

03 / 撮泥螺

泥螺,也称"吐铁",是生长在沿海滩涂上的一种贝类软体动物。它形似"拖鞋",也酷像"轿车",头扁身长,肉厚肥嫩,脂如凝膏,壳质脆薄,无脊椎,无厣盖、无腿足,多渗液,黄褐色,平时靠腹足匍匐爬行,多栖息在沿海滩涂上,以捕底栖藻类、有机碎屑和小甲壳类等为食,因含丰富的蛋白质、钙、磷、铁及多种维生素成分,无论生炒、红烧,还是腌食、煲汤,都是人们喜爱的一种常见食材。

象山县海湾众多,潮流缓慢,淤泥肥厚,含沙量少,非常适合泥螺生长。古往今来,一些名人学者对象山泥螺尤其是南田泥螺给予了高度的评价。明代李时珍在《本草纲目·介二·蓼螺》中记载:"今宁波出泥螺,状如蚕豆,可代充海错。"这里的"海错"是指众多海产品,泥螺能代替众多海产品,可见泥螺的美味,大有"一螺知鲜"的程度。明代屠本畯在《闽中海错疏》中则称"泥螺产四明鄞县南田者为第一",而在《海味索隐》则有"泥螺出南田者佳"。这就说明象山泥螺尤其是南田泥螺早已闻名遐迩,享有"天下泥螺南田甲"的美誉。我从小在海边长大,在潮涨潮落间,以讨海为生计,撮泥螺自然成了我孩提时每年不可或缺的一段生活经历,只是后来外出谋生了,撮泥螺就成了我一个遥远的回忆。现在回想起来,尽管几十年过去了,仿佛弹指一挥间,那种情景还是那么亲切、那么熟悉。泥螺每年在谷雨前后始发,立夏时节为旺季,到了芒种时分就开始逐渐销声匿迹。因此,每到立夏前后桃花盛开时,我老家村民们就要忙于开始撮泥螺了。因为此时正值桃花烂漫之时,万物复苏,草长莺飞,泥螺出泥,已初长成,个体适中,吐尽泥沙,腹内清洁,壳色透亮,脂膏满腹,肉质细嫩,味道鲜美,营养丰富,被誉为"桃花泥螺",是美食泥螺的应市季节。清代潘朗曾有诗云:"树头月出炊香饭,郎提桃花吐铁来。"而到了农历七八月份,尽管在滩涂处还能撮到泥螺,但那时已成为"明日黄花"了,肉质变粗发硬,味道就大打折扣了。泥螺生性温和,怕风怕晒又怕冷,相对于白天的风吹日晒,更欢喜在夜间爬出来觅食。因此,在那个睡不够的年龄里,我常跟随家人或相约同伴去撮夜泥螺,这也算是我在人生中挥之不去的一段难忘记忆。在20世纪六七十年代,村里的成年人在白天都要参加生产队劳动,也只有利用晚上时间下海撮泥螺了。撮夜泥螺是随潮作业的,没有一个时间规律,有时候撮上半夜,有时候撮下半夜,这对于我来说主要是起不了床,虽然也乐此不疲地欢喜去撮夜泥螺,能在夜幕中看到或成群结队,或三三两两,每人手提着一盏煤油灯,行撮在辽阔的海涂上,盏盏灯火,闪闪烁烁,扮靓了滩涂景观。但对于我父母亲来说,既想我能去撮夜泥螺,又不愿影响我的身体,常常处于这样两难的境地,而每当我说去撮夜泥螺,父亲就会给我准备好必备的工具,诸如添好玻璃灯盏的油,系好驮桶的背带等,以便我起床后即可出行,母亲则会给我准备好夜餐,诸如炒冷饭、摊麦饼等。我母亲常说"吃饱了肚子,人才有力气",这也是她爱护子女的一种方式,不求好、只求饱,每次她在给我准备好夜餐时,都舍不得立刻叫醒我,有时几次到我床前了,还是没有叫出声来,用她的话说就是能让我多睡一分钟就一分钟,现在回想起来那时能睡个通宵觉,是多么奢侈的一件事啊,可谁让自己生不逢时呢!

我在老家的时间不长，却掌握了几招"慧眼识螺"的本领。一是看"泥螺眼"。这是泥螺在准备从泥涂中爬出来时，致使泥涂表面形成的一种开裂现象。虽然还未看到泥螺，但已是"此地无银三百两"了。泥螺有个习性，就是在涨潮时钻入泥涂下，以免被海浪卷走，而在退潮时就从泥涂下爬出来，开始寻找自己的食物。如果不识"泥螺眼"，看不到在泥涂表面的开裂现象，那么就会错失撮到此类泥螺的机会。二是看"泥螺印"。这是泥螺在滩涂上爬行后留下的路线痕迹。因为泥螺没有腿足，靠腹足匍匐爬行，所以身后都留下一条宽阔的爬行路印。因此，看到了"泥螺印"，就能"按印索螺"，撮到正在爬行的泥螺。三是看"泥螺蛋"。因为泥螺往往是在爬行过程中进行异体受精，所以经常能够看到泥螺在爬行途中正在或已经产出一个透明的圆形胶质膜包卵群。小若"黄豆"，大似"汤圆"，俗称"泥螺蛋"。因为泥螺在生"蛋"时，往往停止爬行，潜伏在泥涂中，很难让人发现，所以只有当"泥螺蛋"长至"黄豆"大小、暴露体外时，才能见"蛋"撮到泥螺了。如果当"泥螺蛋"长至"汤圆"大小时，那么早已脱离母体，并且开始氧化，颜色变黄，表面变粗，就不能见"蛋"撮泥螺了。因此，有时在浅海潮头或在水塘、港湾处，密密麻麻的"泥螺蛋"随潮逐流，煞是壮观，不失为一种风景，但此"蛋"已非"蛋"了。四是看"泥螺衣"。因为泥螺的生活习性与气候、温度、风力都有很大关系，所以当天气出现晴天高温或低温刮风时，泥螺都会用头掘起一层生长在海涂表层的藻类，与自己分泌的黏液进行混合，包裹在身体表面，酷似一堆凸起的滩涂泥层，以起到防晒防风保暖隐身的作用。如果不识泥螺那一身"藻装"，就有可能让此类泥螺逃过此撮了。因此，只有熟悉泥螺的生活习性，才能做到知己知彼，百撮不殆，收获颇丰。

我撮泥螺，常用三种方法：一是"手撮"。顾名思义就是用手去捉拿，但这种方法比较吃力，效率也比较低下，一般不为真正撮泥螺的人所推崇，只是作为一种最原始也最基本的方法，一直传承了下来。当然，所谓的"手撮"，也不是一般意义上所说的用拇指和食指去撮，这是因为在原生态生长环境中的泥螺，多潺液、很光滑，是很难用两个手指一次性撮得住、撮得上来，所以在这里所说的"手撮",特指用食指、中指、无名指合并起来,手背向下,手心向上,去捞拿捏,也只有这样,才能做到伸手撮来。二是"勺舀"。这是专门制作的一种撮泥螺的辅助工具,俗称"泥螺舀"。"泥螺舀"柄长四五十厘米,一般用竹竿做成,大小以手有握感为宜,前端固定一个直径二三十厘米的圆形斜口竹片,与手柄构成一百三十度左右的钝角,并在竹片上安装一张半圆形尼龙网,外形酷似厨用勺子,只是比厨用勺子要长要大。这样,只要撮泥螺的人手握"泥螺舀",就可以边走边撮,不仅方便,而且产量也高。这是沿海村民至今还在广泛使用的一种撮泥螺工具。三是横拖。这也是专门制作的一种撮泥螺的辅助工具,俗称"泥螺横"。"泥螺横"是用二根三十厘米左右的竹片交叉固定成X形,使每根竹片弯成弓状,并在四角固定安装一张长方形尼龙网。在撮泥螺时,只要手握"泥螺横"二根竹片的交叉点,在海涂上进行左右横拖,不管泥螺在爬的还是潜伏的,都能悉数入网。尽管使用"泥螺横",产量很高,但非常耗力,不为一般撮泥螺的人所接受,只有在泥螺旺发、密度高的时候,才使用这种工具。虽然我多年未撮泥螺了,但我还知道撮来的泥螺,必须随手将其洗净甩干,放在四周干燥的桶里,以防泥螺爬逃。如果将泥螺放在竹篮、篓里,那么要么就会在不经意间逃脱,要么就会钻在篮、篓缝隙中至死不拔,这就可惜了。泥螺的一生视潺为命,以潺护身,什么时候潺液流尽了,就会安然地死去。因此,撮得的泥螺要尽可能地进行安放,避免不必要的摇晃和翻动,以减少泥螺潺液的流失,确保泥螺的鲜活度。

"敢与蛟龙争化雨,肯同鱼鳖竞朝阳。"每当我在读到有关赞美泥螺的美文佳句时,都会想起明代学者张如兰的一首《吐铁歌》:"土非土,铁非铁,肥如泽,鲜如屑。乍来自,宁波城,看时却似嘉鱼穴。盘中个个玛瑙乌,席前一一丹丘血。见尝者,饮者捏,举杯吃饭两相宜,腥腥不惜广长舌。"为此,我也经常在想,既然往事难以忘却,又何不再去撮一次泥螺,我似乎误入了藕花深处,却在心头惊起了一滩鸥鹭!

04 / 柯蛏子

　　蛏子,学名"缢蛏",俗称"蜻子",是生长在沿海滩涂上的一种贝类软体动物。象山县蛏子养殖历史久远,在南宋时就有海涂养殖课税记述,到了民国十九年(1930年)间,年产蛏子已达五千担了。我不知道当前全县蛏子养殖的具体面积及其产量,但有一点可以肯定,目前在市场上销售的蛏子都是养殖的,而且已成为我县一年四季都能吃到的一种大众海产品了。

　　蛏子浴泥而居,却又出污泥而不染,大小均匀,壳色浅黄,肉质丰腴,形似"美腿",轻柔飘逸,伸展之间分外妖娆妩媚,历代文人墨客称羡其色白、其形美、其味鲜,为之留下了许多"新妇臂""美人蛏"等美称。我县海湾众多,海岸曲折,海涂辽阔,气候温润,每年有大量的雨水入海,使海水咸淡适宜,各类微生物丰富,海滩涂质以泥沙为主,非常适合蛏子生长。据《象山县渔业志》记载,在20世纪50年代初,省水产局就在我县原樊岙公社南田大队创设了"象山县地方国营水产养殖试验场",蛏子养殖面积达三十八公顷(约六百亩),是全省绝无仅有的一个省级蛏子养试场,也是我县空前绝后的一个省级蛏子养试场。我县的蛏子养殖一直走在全省前列,并形成了一种不成文的行业标准,即在场地选择上,一般选择在潮流畅顺、风平浪静的中潮区,这是因为在高潮区一般泥质较硬,而在低潮区一般泥质较软,即便养了蛏子,也可能会出现蛏子难柯或蛏子走失的情况,虽然泥质硬蛏子难柯是可以理解的,但泥质软可能会使蛏子走失,就容易让人产生怀疑了,这是因为在幼蛏时蛏体小、洞穴浅,而由于受到台风等恶劣天气的影响,海涂表层稀软的"黄泥"(即藻类的生长层)就有可能因此流失了,在泥沙俱下的情况下,就难免幼蛏不被卷走跑失了,所以当时国营养殖场地都选择在中潮区,就是这个道理。在蛏田整理上,就是在原始滩涂上进行结构性改造,使其能够成为适于蛏子养殖的蛏田。这需要将滩涂表层的沟沟洼洼进行平整,然后进行划块,一般为五亩一垅、十亩一匣,并在四周挖成沟渠,便于排水养田,以插树枝作为边界标记。如果当你身入其境,极目远眺,那么你就会发现成片的滩涂,已被划成条条块块、有边有角的蛏田,就感觉非常养眼了。在播种蛏秧上,在当时大多收购本地蛏秧,以提高蛏秧的成活率。虽然外地蛏秧收购价格更便宜一些,但受道路运输影响,一旦在陆地上耽搁了播种时间,就会影响蛏秧的成活率。因此,当时的国营养殖场就发动周边村民扪蛏秧,当天扪上,当天播下,以提高成活率。根据不同的季节,在我老家又将蛏秧分为"冬秧""春秧""夏秧"三类,以"冬秧"品质最佳,个体最小,成活率最高,"春秧"次之,"夏秧"最差。在每年春节前后,当蛏秧每斤达到约五千只时,就可移种养殖了。古人曾有诗赞道:"麦碎花开三月半,美人种子市蛏秧。"播种蛏秧,也称"海田种蛏",就像在农田里撒播谷子一样,将放在畚箕里的蛏秧,抓一把握在手中,随手抛撒在田里,大约经过几分钟的环境适应,就会钻入泥涂了。在田间管理上,虽无须太操心,但要经常进行巡查,到点到位,以防出现自然性灾害或生物性敌害,避免造成大面积的损害,这也是蛏子养殖之所以能成为朝阳产业的一个真实原因。

蛏子的生长期约为一年,即当年播种的蛏秧,到翌年的农历四五月份,已初长成,个体适中,就可以集中开扪了。当时,国营养殖场每年都会租用周边渔村的扪鱼船,将养殖的蛏子运往上海销售。在那段蛏子开扪的特殊时间里,每当有扪鱼船停在滩涂上,村民们就知道今天在哪里扪蛏了。这时,周边村成百上千的村民都会放下手中农活,成群结队地到达停泊扪鱼船的附近位置,在指定的蛏田里扪蛏子,这场面自然十分壮观,已成为当时我老家每年最靓丽的一道风景。我记得在当时,每扪一斤蛏子能获得一角钱的工钱,如果一天能扪一百斤蛏子,那么就能挣到十元工钱了,这在当时已是非常高的劳动报酬了。因为在20世纪六七十年代村民们是必须要参加生产队劳动,而

　　且每天要点名记工分的,由于生产力的发展水平十分低下,每户村民家庭的年收入也就是三五十元,有些劳动力少的家庭年收入甚至是入不敷出,所以每遇国营养殖场抲蛏子了,村民们都会进行全家动员、倾家出动,以便尽可能多地挣得这份额外收入,就不会轻易失去这个机会了。抲蛏子,顾名思义,就是徒手将蛏子从泥洞中抲出来。也只有在蛏田里,在蛏子密度高的情况下,才能适合徒手抲蛏子。当然,养殖在蛏田里的蛏子,也是不可能一遍就能抲完的,还会组织抲第二遍、第三遍蛏子,故在我老家就将第一遍、第二遍、第三遍在蛏田里抲蛏子,分别简称为"抲头遍蛏""抲二遍蛏""抲三遍蛏",由于蛏子在第一遍抲过之后,数量就会下降了,因而在工钱上也会有所提高,尤以"抲三遍蛏"为最高,以调动村民的抲蛏子积极性。在"抲头遍蛏"时,由于蛏子密度高,在抲蛏子时就可以凭感觉进行盲抲,不再需要看蛏眼了,在将手伸进蛏子洞接触到蛏子时,就可迅速地用中指紧贴蛏子外壳,通过借力将它吸拉出来。如此这般,村民们站在没过膝盖深的泥涂中,弯着腰身,双手要不停地做一上一下的重复动作,远远看去就像小鸡啄食一样,轻松地将一只只蛏子抲抛出来,放到自备的箪篮里,在潮水涨到脚跟前时,就可将这些蛏子运到抲鱼船旁,经过简单清洗,就可拉到抲鱼船上过秤了,这时一潮的抲蛏子任务,也就此告一段落了。虽然"抲二遍蛏""抲三遍蛏"与"抲头遍蛏"的方式大同小异,但需要经过一定时限,等到陷入泥涂中的蛏子,恢复了正常的生活秩序,就可考虑"抲二遍蛏""抲三遍蛏"了。在一般情况下,蛏子在三遍抲过之后，所剩的也不会太多了，就会让它留在蛏田里，当作亲蛏任其生长了。不过，在抲蛏子时，双手需伸入泥涂中，这要经过各类死贝碎壳的沉积层，而这些死贝碎壳在岁月的消磨中，往往已成为一把把锋利的刀片，隐藏在蛏洞四周，稍有不慎就会将手指、手背划得皮破血流，为此我老家村民都会自制一种手指套，以保护自己的双手。这种手指套一般用卡其布缝制，太薄了不耐用，容易破损，太厚了会影响手感，而大小则根据各自手指而定，长短则以套住手指第二关节为宜。尽管在抲蛏子时保护措施武装到了手指，但还是免不了要被划破皮肉，我的双手还留有多处伤痕，总是让人看了特别有沧桑感。

我记得当时国营养殖场在将蛏子运往上海销售时，可能是由于人手不足问题，每次都会选择一些附近村民，跟随运蛏船前往上海，充当搬运员的角色，即在运蛏船到达上海码头时，就将船舱里的蛏子搬运上码头，但由于目的地是前往上海，这在当时社会处于极端闭塞的大背景下，还是吸引了一些"从未出过远门、从未坐过渔船"的年轻村民，冒着自己可能会出严重呕吐的风险，也争抢着要前往上海去看下"西洋镜"。我就记得有个村民，本来身体就很瘦弱，也未出过远海，在运蛏船开出时就开始呕吐了，一直呕吐了两天一夜，滴水口饭未进，体能严重透支，在到达上海时，他已无法走动了。虽然每个航次的运蛏船都会在码头上作短暂停留，进行油料、食物补给，其他村民乘机在上海逛商场，采购一些当时最时髦的一百二十五元一只的上海牌手表和一百零五元一只的钻石牌手表时，他却蜗居在船舱里，像一只泄了气的皮球，已无动于衷了，可在他回到家时，虽还拖着疲惫不堪的身体，但却大谈在上海见到的美景，就成了当时村民在闲聊中的一则笑话。

岁月如歌浅浅唱，往事如茶慢慢品。在我风干了的岁月记忆中，往事却如同一杯清茶，在慢慢的品味中，就能感受到了浓郁的乡愁。既然岁月掩埋了时光，时光苍老了乡情，那么我们何不把那些不该忘却的乡情往事，贴上渔文化的标记，即便是在艰苦岁月里的抲蛏子，也能让人感受到那种生生不息的甘甜与希望了。

05 / 拔沙蟹

　　沙蟹,学名"大眼蟹",是生长在沿海滩涂上的一种甲壳类动物。它体形偏扁,背壳粗糙,略显梯形,前宽后窄,呈灰褐色,雄蟹个大,螯泽光亮,有淡黄的,也有蛋青的,大小形状不一,腿足略有细毛,常用第二、三对脚爪爬行,行动极为敏捷,反应也特别灵敏,两眼柄小细长,像火柴棒,似潜望镜,身在洞中也能窥视到洞外情况,一有风吹草动,就能马上退入洞中躲避,具有很强的对恶劣环境的适应性,这也是它作为一个起源于白垩纪时代的古老物种,能够穿越时空,饱经风霜,经久不衰的一个重要原因。

　　沙蟹是常年生活在沿海潮间湿地的一种优势蟹类,退潮时爬出洞外嬉耍觅食,涨潮时爬进洞内栖居安身,以洞为家,洞穴结构一般呈螺旋形,深三四十厘米,洞口偏扁,洞前有颗状泥粒积堆,这也是沙蟹洞的一个典型标志。长期以来,沙蟹一直处于海生动物的低端位置,尤其是20世纪六七十年代,海产资源丰富,沿海村民们捕捉沙蟹,几乎没有销售市场,大多囿于自食,捣制成咸蟹酱,就成了我老家村民们常年备用的一种咸下饭了。但随着海洋旅游业的兴起,过去几乎无人问津,只卖几分钱一斤的沙蟹,现在却成了一种香饽饽的抢手货,身价也大大提高了,无论是捣制成咸蟹酱,还是生炒沙蟹,都不失为最受欢迎的一盘下酒佐饭的大众"小海鲜"菜肴。尤其是生炒沙蟹,绯红的壳色与碧绿的葱花相互衬托,相得益彰,色味齐全,无不让外来游客点赞叫好。

　　虽然捕获沙蟹的方式很多,有用网在海中围捕的,也有提灯在夜间捕捉的,更有用手伸到洞中抲的,但在我的记忆中印象最深的,还是拔沙蟹了,这也是我老家村民最常用、最传统的一种捕获方式。因为我在年少时，就经常跟随家人到滩涂上去拔沙蟹，做帮手，撮沙蟹，所以时间一长，耳闻目睹，也就熟悉沙蟹的体貌特征、了解沙蟹的生活习性、掌握沙蟹的生长规律，尤其是对拔沙蟹这一整套动作，始终铭记在胸，现在回想起来，仿佛就发生在昨天，此情此景，历历在目。拔沙蟹，就是将一种专门的蟹网踪铺在滩涂上，然后在沙蟹爬出洞口时，突然拔起蟹网并迅速收拢网口，就能捕获到沙蟹了。这种网具一套三件，是个不可或缺的组合。一是网。这是用苎麻纺线专门织成的，一般长约十米，宽约五米，网眼边长约十厘米，有成长方形状的，也有成棱形状的，无论哪种形状，网的一端必须有个结线装置，是用以装踪的，也只有装踪了，就可拔沙蟹了。因蟹网是踪铺在滩涂上，在拔网时网线会切入泥涂中，容易造成网线受损，故在使用前都要经过栲染、上血，以增加网线的牢固度。

而上血,即将网线彻夜浸泡在猪血中,虽然在使用时已经晾干了,但还保留着一定的血腥味,这对于沙蟹来说,也是一个致命的诱惑。经过栲染、上血的蟹网,其颜色已成海涂色,也能巧妙地起到了伪装作用。二是琼。这是拔的一个连接装置,一端是个拉手,一端连接着网,中间是一根经过精心制作、表面光滑的长约三十米、宽约五厘米、厚约三厘米的竹篾。这么长的一根竹篾,需要几根竹篾进行连接,而连接的方法也特别讲究,需将两根竹篾的两端各制作成凸凹状,然后沾上用猪皮、糯米熬成浆状的黏合剂,进行相互镶嵌包扎,这样两根竹篾的连接就绝对牢固了。使用竹篾的目的,在于减少与泥涂的摩擦阻力,不像使用绳子那样容易与泥涂粘在一起而拔不动了。三是桶。这是用来放置沙蟹的工具。一般是大桶一只,小桶人手一只。大桶是固定放在一个地方,也能起到警示作用,即告诉他人有人在这里拔沙蟹了,需避而行之。小桶是拎在手上,是用来撮放沙蟹的,也是在蹲守时当作凳子使用的工具。一般情况下,每次下海拔沙蟹,都需要同时携带两三套网具,同时琼铺在滩涂上,以减少等候时间。因为在滩涂上琼网时,附近的沙蟹就会受到惊吓而躲进洞里,等它感到危险消除了,才会慢慢地再爬出来,这里有个等候的时间差,如果同时有两三张网琼铺着,那么忙完了这边的活,那边的沙蟹已爬出了,这样就能大大提高沙蟹的捕获量。

茫茫滩涂,虽然到处都是沙蟹,但要拔到更多的沙蟹,还是有学问的。一是要选择气候。俗话说,"秋风响,蟹脚痒"。虽然秋高气爽,沙蟹肥壮,是拔沙蟹的季节,但也不是天天都适合拔沙蟹的。因为天气晴好,滩涂干燥,沙蟹就会躲在潮湿的洞穴中,不肯爬出来,这样就拔不到或者只能拔到少量的沙蟹;如果天气下雨,滩涂太湿,琼铺在海涂上的网就会沾满泥浆,这样拔起来也非常费劲吃力,所以最适合拔沙蟹的天气,应该是阴到多云的天气。二是要选择滩涂。一般情况下,要选择一块沙蟹洞多的区域,而且必须相对平坦的区域,尽量避开因闷白鲚、拘望潮等留下的突兀泥块或深坑低洼,以及避开各类木桩、暗石等障碍物,以防在拉网时网破蟹逃。三是要识别沙蟹洞。因为海况总是复杂的,虽然有时在滩涂上乍一看,沙蟹洞还是密密麻麻的,但只要用心地观察一下,就会发现已经是蟹去洞空了,如刚拔过沙蟹,其密度就会下降了。判断洞中有没有沙蟹,就要仔细观察洞口沙蟹爬行的足印,如果痕迹是清晰的,那么就说明是刚爬的,沙蟹还在洞里,稍等还会爬出来。如果洞口沙蟹爬行的痕迹模糊了,那么说明已经是蟹走洞空了,就要另选其他滩涂了。四是要会椋网。就是要将约五平方米的网完全铺开,网眼要拉正,尽可能多覆盖一些沙蟹洞,尤其是椋装的竹篾与网之间要成一条直线,而且必须要将竹篾拉直绷紧,这样才能以最快的速度传感到位,椋一拉整张网就能合拢起来。两张网的椋装间距至少要在几百米,以防止这边忙活,而惊动或影响那边沙蟹躲进洞中,迟迟不爬出来。五是要会拔网。就是在拉网时要讲究爆发力,在将竹篾一端的手柄紧握在手时,要以百米冲刺的速度,进行快速拔跑,直到网眼完全合拢为止。这时,正在海涂上嬉耍觅食的沙蟹,在毫无防备的情况下,就会悉数被卷入网中。六是要会撮沙蟹。因为经过这么猛地用力一拔,沙蟹已被搞得晕头转向,分不清哪儿有自己的洞穴,有的已经全身被捆缠在网眼中,一时难以爬动,所以在将网眼拨到完全合拢时,就要迅速跑回来撮沙蟹,首先要把那些已经脱网准备逃离的沙蟹撮起来,然后再将还缠在网中的沙蟹拾入桶中。这个动作要一气呵成,如果等沙蟹恢复了神志,就会作惊恐状四处爬散,甚至就近钻进洞中,这样就难以捕捉得到应该捕捉得到的沙蟹了。如此往复,收获一定颇丰。有时还能捕捉到白鲦鱼、弹涂鱼、蝤蛑蟹等不速之客,让你有一个小惊喜。因此,如果当你发现在海涂上有这样一个人,时而蹑手蹑脚、躬身潜行,时而低首缩身、蹲守静候,时而突然出击、快速奔跑,那么就知道这是在拔沙蟹了。

虽然拔沙蟹在当时也没有多大经济效益,但作为一种生活必需的常年下饭,大多数村民也乐此不疲,一展身手。久而久之,有关沙蟹的渔谚俗语就融入了百姓生活,从而形成一种独特的沙蟹文化,罗列起来还真的有一"箩筐",诸如"沙蟹命,劳碌命",就有村民常形容自己像沙蟹一样"吃吃壮,爬爬瘦",辛辛苦苦一辈子,没有多大发展;"洞底沙蟹,外场没用",也有村民巧借沙蟹遇事总是躲藏在洞里,只有当外物入侵洞内时才发威争斗,而暗喻一些男女,经常宅在家里,缺乏世交,办不成大事;"沙蟹爬青竹,爬上又脱落",更有村民明借沙蟹爬竹,而暗指一些人不自量力,或办事情找错路径,其结果必然会一事无成。还有"一界服一界,泥螺服沙蟹";"蟹酱直笃(用筷子直蘸),员外呒介大福;蟹酱横披(用筷子横挟),员外呒介家几(家产)",等等,这些朴素的语言,都无不让人折服这来自实践中的真知灼见。

"螯封嫩玉双双满,壳凸红脂块块香。"因此,每次当我吃到沙蟹时,都会浮想起自己曾经拔沙蟹的经历,那种情感已融入乡愁之中,与故乡已难以割舍了。

06 / 放拉钓

放拉钓,也称"放排钓",是我老家村民传承的一种非常独特的捕鱼方式,只是随着岁月的过往,可能已不为大众所认知了。这种捕鱼的方式,在于将成排的钓钩布置在海涂上,不穿挂任何鱼饵,完全借助潮流和鱼的游动之力,凭借锋利的钓钩进行拉扎,从而将鱼捕获。

我在老家时,每次遇见村民撩鱼回来,发现他们扛着沉沉的渔获,就会迫不及待地掀开鱼箩进行观看,每次看到硕大的渔获,都会失声惊呼,引来附近村民的围观赞叹。由于从小沉浸在这种氛围中长大,自然让我对放拉钓特别感兴趣,甚至还买来几匣旧拉钓,学着放了一段时间,真切感受到了放拉钓的酸甜苦辣。我还记得当时有几位放拉钓的村民,在闲来空时,会经常聚在村中一颗沙扑树下交流心得,类似于现在的沙龙,我非常欢喜听他们的交谈,尽管有些内容还听不太懂,但总是倾耳细听,慢慢地感悟他们的内在道理。现在,用一句话对他们交流的内容进行概括,那就是"功在'钓'处,贵在'放'法"。

所谓"功在'钓'处",就是要将前期的精力花在"钓"上,做好基本功。因为此"钓",非一般之"钓"。一是钓钩大。这种拉钓是我见过的最大一号钓钩,钓柄长约七厘米,钓钩长三四厘米,钩柄与钓钩的间距约三厘米,用直径3毫米的钢筋制成,非常坚硬,即便是大鱼也难以将钓钩拉直了。二是钓钩多。每匣拉钓约一百枚钓钩。钓匣用竹竿制成,一般取直径约五厘米的竹段,长六七十厘米,在竹竿中间制成一条约两厘米宽的裂缝,一端封闭、一端开口,平时将钓钩向内套入竹竿内侧,并将开口一端扎紧,就便于平时保存、搬运，形像冲锋枪，可背可拎可挂。三是钩线长。每匣拉钓的钓线长三五十米，每枚拉钓的间距约三十厘米，分别系在主线(即拉线)上，主线的一头固定在钓匣封闭的一端，一头留有余线用以捆扎。主线与每枚钓钩之间，还有一根约十三厘米的支线。一般情况下，支线长不能大于等于每枚拉钓间距的二分之一，以防止拉钓在潮水的涌动下相互纠缠。主线与支线等粗，一般用苎麻纺制成直径约3毫米的绳线。在使用前，都要经过精心的烤染，以防止海水浸泡而磨损。四是钓浮大。为了防止放在海涂上的拉钓沉泥，必须在主线上每隔一米左右安装一个钓浮。钓浮有圆筒形，也有半圆筒形，一般采用比重相对较轻的木块，如用泡桐木、杉木等木材制成，使其浮力与钓钩重量基本相等。在潮水上涨时，既不使拉钓悬于水中，也不使拉钓陷入泥涂，刚好接触到泥涂表层，处于锋芒毕露的待命状态。五是钓钩尖。因为此钓完全凭借潮流和鱼的游动之力进行拉扎鱼类，所以必须要求特别锋利。因此，磨拉钓也就

成了放拉钓人的一项基本功。一般情况下,拉钓每使用一次都要重新磨一遍,否则就会因钓钩迟钝而钩不到鱼。而磨拉钓也特别讲究,通常将拉钓匣挂在墙面或板壁上,一枚一枚地进行磨砺,磨一遍就要好几天。磨好的拉钓,在晾干后还要及时进行上油封存,以防止被氧化生锈,确保始终处于最锋利的状态。尽管磨拉钓很烦琐、艰辛,但放拉钓人都知道,磨刀不误砍柴工,磨好钓才能捕大鱼。

　　所谓"贵在'放'法",意思是除了有一副好拉钓,"放"的方法也很重要。因为茫茫大海、辽阔海涂,也不是随便都可以放拉钓,关键是要钓到鱼,所以还要注意观察海况涂貌。一是看海涂表层。讨海人都知道,海涂表层有两种情形,一种是呈黄褐色的,俗称"油泥",说明该区域泥质肥沃,微生物丰富,是一些低层鱼欢喜光顾的地方;另一种是呈土灰色的,俗称"沙泥",说明该区域泥质贫瘠,微生物稀少,是一些低层鱼不欢喜光顾的地方。因此,在选择放拉钓位置时,就要选择有"油泥"区域。二是看鱼类活动痕迹。因为一些底层鱼是随涨潮游到海涂进行捕食的,所以在退潮后会在海涂表面留下一些痕迹。如鲻鱼以吃海涂表层底栖藻类、有机碎屑等为食,故常在海涂表面留有一条条长长的、宽宽的"口印","口印"多,表明鱼多,"口印"宽,则表明鱼大;而像鲹鳎鱼则因常埋伏在海涂上捕食,所以也会在海涂表面留下其埋伏过的痕迹。如此等等,都说明这些鱼是欢喜光顾这个区域的。因此,如将拉钓放在此处,就会大大提高捕获率。三是看生物种群。当时,滩涂上生长着一种叫"烂芝麻"的贝壳,成片成片的,而像鳗鱼、鲈鱼、海鲫鱼、蟹、鲨等最喜欢吃这类贝壳。因此,这些区域也是放拉钓的好地方。四是看潮流走向。因为一些海涂的朝向,与涨退潮时洋流的方向是不尽一致的,而鱼是随着洋流方向游动的,所以在放拉钓时就要注意角度,尽可能与洋流的方向成直角,以提高拉钓的受拦宽度。五是看具体位置。如果沿岸有船舶停靠码头,则要关注航道走向,不能将拉钓放在主航道上,否则船只会将拉钓拖走或将主线缠断;如果滩涂上有讨海人必经通道,那么拉钓就要放得偏远一些,以防止伤及无故。

这些细节都考虑周到了,就可以放拉钓。在放拉钓时,首先将留有余线的一端主线系在一根备用的竹竿上插入滩涂,然后顺着指定的方向,将一枚枚钓钩排列在海涂上,再将作为钓匣的竹竿插入滩涂。这样,一匣的拉钓就算放完了。然后,以此类推,将随带的拉钓全部放完,就可回家了。也有细心的,在放上拉钓的两端各插上一根高于海面的竹竿,上端系上一些塑料纸和棕榈丝什么的,以起到警示作用。

不过,等待撩鱼的过程,每次都充满着煎熬和憧憬。我记得自己初入此行时,心情就非常迫切,有时潮水还没有退下去,就早早地来到了海岸边,焦急地等着下海,好像鱼已被钓到似的,现在回想起来,就觉得幼稚可笑了。因为放拉钓,有点像姜太公钓鱼,愿者上钩,所以即使技术最好,也要碰运气,不是每天都能钓到鱼的。正当我屡撩屡空有些心灰意冷之时,奇迹终于发生了。有个早潮,我骑着海马下海撩鱼。海马是我老家村民讨海的交通工具,类似于现在的小孩玩具踏脚板。海马长约二米,头翘如雪橇而底板平,两侧帮高约三十厘米,舱宽约三十五厘米,中舱有个扶手高约一米,一只脚或站或跪在舱内,另只脚则在边上海涂使劲地蹬踩,速度就可比行走快几倍。在还有几十米远的距离,我就发现前方钓位有异样,心里一个激灵,身体重心就失去平衡,海马顷刻发生倾斜,整个身子陷入泥涂,急忙爬起来,也顾不上清洗,就赶紧上前看个究竟。原来,一条足有十二三斤重的鲻鱼被钩住了,已将滩涂"游"成一个水塘。见我到来,它还作垂死挣扎,泥水四溅,弄得我成了一个泥人,分不清鼻子和眼,在这种场合也顾不上许多,用尽全力终于将鱼逮住放好。在将这匣拉钓进行重新放置后,我就推着海马继续往前查看,没有想到在最后一匣钓位,竟然还钩住了一只鲎,一动不动地埋伏在那里。我拎起鲎尾巴,小心翼翼地把一枚枚拉钓解开。这时,我想起村里老人说过,鲎是海中"鸳鸯",平时出行成双结对,形影不离,非常钟情,如一方遭遇不测,另一方则会殉情。有时,一只鲎被网围住,而在网外还能找到另一只鲎。于是,我就在钓位附近进行寻找,果然在钓点的下方约十几米远的位置,找到了似乎还在苦苦等候的另一只鲎。这是我放拉钓生涯中第一次捕捉到的渔获。因为当时心情特别激动,所以记忆也特别深刻,现在回想起来,仿佛此景还历历在目。虽然在这之后,我还陆陆续续撩到很多鱼,但已没有第一次撩到鱼时的激情了,且随着岁月的流逝,这段放拉钓的人生插曲,也渐渐地淡忘在记忆的空间里。

也许时间再怎么漫长,也难以抚平岁月留下的痕迹;也许记忆再怎么褪色,也总会在漫漫的长夜里梦回心扉。因此,当我再次打开尘封已久的记忆闸门,用文字记录遗失在流年豆蔻里的那些前尘往事,忽然发现片片思绪,已是满纸烟岚了。这,或许就是一缕剪之不断的乡愁,魂牵梦绕的,仿佛是我找回了从前那种燃情岁月的感觉。我不知道我老家村里目前是否还有人在放拉钓,如果还有的话,那么我想也恐怕只是少数,因为其存在的意义已远大于其存在的价值了。

07 / 荡弹涂鱼

　　因为观看央视纪录片《舌尖上的中国2》，发现片中一个个钓弹涂鱼的镜头、一道道烹弹涂鱼的美食、一幕幕烤弹涂鱼干的场景，仿佛一股股扑鼻而来的弹涂鱼香味，深深地吸引着我，不时地勾起了我曾经荡弹涂鱼的回忆，以至于在深更半夜还出现多少年来不曾有过的悸动。虽然纪录片取镜于三门湾，但与我老家也仅是隔海相望，熟悉的画面，熟悉的背景，每招每式，都好像是在重复我昨日的故事。

　　弹涂鱼，俗称"弹鲥鱼"，也称"跳跳鱼"，是象山县沿海"滩涂三宝"之一，与涂鳗鱼、泥鱼并驾齐名。因其肉质鲜嫩细腻，无鳞少刺多肉，口感爽滑清冽，内含营养丰富，具有滋补功能，所以被人们称为"海上人参"。也因为弹涂鱼生命力非常强，摘除内脏后还能保持十分钟之内不死，是绝对的活食，所以烹制弹涂鱼也无须多大讲究，就能吃到原汁原味、色香俱佳的美食。

　　弹涂鱼是一种进化程度比较低的两栖动物，常年生活在海湾滩涂，形像泥鳅，神似白鲦，身长十五厘米左右，体态浑圆，头大嘴阔，两眼细小而突出置于头顶之上，一只眼睛专门用来搜寻食物，另一只眼睛则专门用于观察周边环境，故生性也特别灵敏，平时能在滩涂上可以看到它们互相玩耍、戏闹和觅食的情景,一旦发现可疑情况,就会逃之夭夭。清代宁波学者谢辅绅就曾这样形容它:"状如蜥蜴跃江干,背上花纹数点攒;生怕涂田泥滑滑,不嫌力小几回弹。"虽然弹涂鱼没有魟鱼用以防卫的毒针,也没有鳗鱼敢于撕咬的利齿,更没有乌贼可以掩护逃跑的黑墨,但它的鳍功能却非常发达,张开背鳍能保持身体在游动时平衡,收缩胸鳍能在海滩上跳跃,伸展腹鳍能在陆地支撑身体,摇摆尾鳍能在滩涂上爬行或在游动时把握方向,全身乌黑色,有斑点、多滑潺,皮肤和尾巴可作为辅助呼吸器官,只要身体保持潮湿,便能较长时间露出水面生活,对恶劣环境的耐受能力也比较强,以觅底栖硅藻、蓝绿藻、有机质及少量桡足类海生动物为食。正因为弹涂鱼在退潮时活动能力非常强,能爬、会跳、善游,在涨潮时又大多躲入洞内栖息安身,所以无论是在海涂上手扪、还是在涨潮时网綮,也都很难将其大量捕获,并形成一种产业效应。久而久之,沿海村民根据弹涂鱼的习性,巧妙地采用一种俗称"荡"的捕捉方法,无须使用任何网具,只要一竿钓具,就能轻而易举地将其捕获,而且每次收获也颇丰。从此,荡弹涂鱼在沿海村民的艰苦探索中,应运而生,而且在20世纪六七十年代还热衷过一时。

荡弹涂鱼本意就是钓弹涂鱼。只不过"钓"的方法很奇特,与其说钓弹涂鱼,不如说是钩弹涂鱼。因为钓上没任何鱼饵,也不是钓在弹涂鱼口中,而是完全借助钓竿的抛力,通过抛荡钓钩,凭借锋利的钓钩,远距离进行拉扎,直接钩住弹涂鱼,从而将鱼捕获。这个过程非常短暂,往往还没等它回过神来,就让它潇洒自如、悠闲自在地荡了一会儿秋千,所以村民们戏称为"荡弹涂鱼"。荡弹涂鱼虽有一套专门的钓具,但制作方法也十分简便。通常选取一根在自家小院里生长的、竹龄在二年以上的水竹,就可做成钓竿了;钓竿长短因人而异,完全取决于自己的臂力,臂力大钓竿长,臂力小则钓竿短。一般情况下,钓竿长约五米为宜。钓线一般比钓竿长五至十厘米,两者相加就是荡弹涂鱼的有效荡距。钓钩一般是用废弃的手拉车轮毂的钢筋焊制成三齿或四齿类似船锚的形状,钩柄长五六厘米,钓钩长三四厘米,钩距宽一二厘米,经过砂轮打磨,就能确保钓钩特别锋利。因为当时物资匮乏,有钱也买不到钓具，所以只能自己动手，土法上马，尽管这样看上去可能简陋粗糙，但只要钓技到家了，也不至于有太大的逊色。

钓具准备好了，就可下海荡弹涂鱼。但是，荡弹涂鱼绝对是一项精准细的技术活，不是说荡就能荡得到弹涂鱼的。因此，有些村民为了练就这一独门技艺，不知花了多少心血，就像纪录片中所说的主人"整整练了五年时间"，练就了这手绝活，正所谓"台上一秒钟、台下十年功"。我也曾一看二问三学，荡过几次弹涂鱼，正当我也能荡到弹涂鱼时，由于不可抗拒的原因，不得不半途而废，一晃几十年过去了，再也没有触碰过这项技艺，有时想起也感觉有些遗憾。不过，我当时虽还没有达到那种炉火纯青的境界，但毕竟曾经用心地付出过，所以现在回想起来，还能熟知荡弹涂鱼的一些套路。

从总体上说，每荡一次弹涂鱼，从手腕发力，到抛荡钓钩，再到钩住弹涂鱼，再将鱼收到篓中，大约需要一两秒钟时间，但放慢这些动作，不难从中看出，每招每式也都有其特定的规范。首先，要沉着。就是到达指定的地点后，双手就要上下紧握钓竿，使后仰的钓竿保持在一百四十度左右的钝角，将鱼篓挂在胸前，主要便于收鱼，开始进入待命状态。这时，一定要蹑手蹑脚，慢慢地接近目标。因为弹涂鱼生性极为机灵，也十分狡猾，虽然还在滩涂上玩耍、戏闹和觅食，但它那只专职观察周边环境动静的眼睛，正警惕地监视着任何可能出现的对自己构成威胁的天敌，一有风吹草动，都会使弹涂鱼惊慌失措地溜之大吉，所以必须沉着稳重，步步为营，以减少不必要的惊动。其次，要顺风。就是在荡弹涂鱼时，风向是必须把握的一个客观因素。逆风可能导致钓钩抛荡不能到位；横风则可能导致钓钩抛荡发生偏离。因此，必须掌握风向，顺风抛荡钓钩，这样才能确保线直位正。第三，要细察。就是要仔细观察荡距范围内弹涂鱼动态，及时发现可荡目标。弹涂鱼在海涂上的活动总是活蹦乱跳、千姿百态的，但这并不是说见到弹涂鱼就可抛荡钓钩，而是只有当它的身体或"横"或"斜"在正前方时，才可抛荡钓钩，这样也利于提高命中率。第四，要精准。就是根据与可荡目标的距离，确定用力的大小，调整钓竿的角度，迅速将钓竿划指目标，这时钓钩就会"嗖"的一声冲杀过去，在空中划出一道漂亮的弧线，不远不近，不高不低，不重不轻，不偏不倚，准确无误地"噗"的一声，轻轻地落在弹涂鱼前方约二十厘米的地方。这里的八个"不"字，却是个技术问题，家庭的祖传，师傅的秘诀，自己的领悟，差别都很大，只可意会，无法言表，考验的是眼力和手法的熟练程度了。第五，要迅速。就是在钓钩着地一瞬间，就要猛力地将钓竿往上一提，钓钩就会顺着弹涂鱼的方向迅速进行拉扎，说时迟，那时快，只听"喳"的一声轻响，被钩住的弹涂鱼即刻飘在空中，荡起了秋千，似乎还惬意地摇着头摆着尾巴，又划出一道美丽的弧线，荡回到胸前，伸手摘下弹涂鱼，便可放入鱼篓。这一系列动作连贯起来，就可堪称迅疾精准，干净利落，是真正意义上的"秒杀"。

一部火爆精彩的影片，一个似曾相识的场景，打开了我尘封已久的记忆。尽管沧海桑田，物是人非，总有几分唏嘘，几多惆怅，但是定格在心底间最柔软处的印记，大多是人生中一抹曾经绚丽的彩虹，就像在路边随意捡起一枚落叶，细数着那些被岁月磨蹭过的经脉，找寻着那些被时光冲洗过的痕迹，尽管零零碎碎，点点滴滴，还能遥想当年曾有鲜嫩汁液在这里涌动，曾有阳光雨露在这里停留，成为葱茏，谱写绿意，但是毕竟是草木一秋，凋谢飘落了，再也无缘来年枝间的绿意，正如人生的某些际遇，曾经执着的追求，曾经美好的愿望，过去了也就过去了，最多只能在多雨的季节里淡淡地感念。

"弹涂鱼，滑腻腻，一有动静钻泥里；敌人离，钻出泥，两只眼睛笑眯眯。"每每吟咏着这首耳熟能详的儿歌，仿佛又让我重温了曾经荡弹涂鱼时的情景。于是，我写了这段文字，想把自己能够忆起的有关荡弹涂鱼的点滴了然于纸，不为曾经的执着倾诉衷肠，不为曾经的迷恋寻找慰藉，不为曾经的艰辛赢获同情，只为追寻昨天的那份记忆，告诉那些需要告诉的人，舌尖上的味道正是源于一种鲜为人知的而又濒临失传的传统捕捞方式，这才是值得大家去品味、追思和传承的一个问题。

08 / 拗泥鱼

　　泥鱼,学名"黄鳍刺虾虎鱼",也称"海鲇鱼",是生长在近海浅潮或塘港坑洼或滩涂洞穴之中,是一种海生底栖鱼类。它与涂鳗鱼、弹涂鱼并驾齐名,被称为"海涂三宝",以捕小鱼、虾蟹及无脊椎动物为食,最大时体长约二十五厘米、体重约五百克,这也是我县小海鲜中比较常见的一种大众食材。它头大身长尾圆,嘴阔齿细鳃粗,眼小微突于背,体被细小栉鳞,全身呈黄褐色,生性憨直凶猛,尤其是其腹鳍能合成一个圆形吸盘,是泥鱼区别其他鱼类的唯一特征。雄性泥鱼头部相对较大,体色浓艳,有光泽感,而雌性泥鱼头部相对较小,体色浅淡,腹部胀白。与其他鱼类相比,泥鱼还有一个最大的不同点,就是它的生命周期仅为一年,即春生、夏长、秋熟、冬老。因此,泥鱼的一生受不同生长季节的影响,个体变化也较为明显。春天到了,泥鱼幼苗从卵泡中纷纷孵出,开始慢慢茁壮成长;夏天来临,泥鱼已初长成,体态浑圆,色泽光鲜,肉质肥厚,鲜嫩可口,这是其一生中最肥壮的季节,也是沿海村民开始集中捕捞的时节。秋天将至,泥鱼已经发育成熟,开始考虑自己的终身大事。俗话说"男大当婚、女大当嫁",泥鱼也难免其俗。这时,泥鱼的行为习惯开始发生改变,从无拘无束的漫游状态,逐渐进入筑洞穴居状态,尤其是雄性泥鱼表现尤为突出,这可能是为了吸引雌性泥鱼的关注,以便及时操办自己的婚事,也可能是为了给自己繁殖的后代提供一个安全场所。冬天渐至,泥鱼已是风烛残年,体态消瘦,色泽暗淡,体液黏稠,肉质松软,口感也自然逊色。这时,完成交配使命的雄性泥鱼,就会率先离洞而去,开始独自流浪,逐渐瘦饿而死,而雌性泥鱼则会独居一段时间,在完成产卵任务后,也会弃洞而出,随波逐流,消亡于汪洋大海之中。

在我老家捕捉泥鱼的方法很多,有用手在洞穴中抲的,也有用饵在水中钓的,但在我记忆中,印象最深的还是在海涂上拗泥鱼,这种方式不仅方法简单,而且收获颇丰。拗泥鱼,是我老家村民的一种俗称,即将渔网预先放在滩涂上,泥鱼随着涨潮进入网内,再将渔网拗起,便可捕获泥鱼。拗泥鱼有一套专门的网具,几乎每家村民都有,大多是自制的,这也是海边人家的一种谋生工具。一是虾掣。虾掣是由虾掣竿、虾掣网和虾掣撑三部分组成。虾掣竿是选用两根直径约五厘米、长约五米的竹竿,将其并列,在一端约二十厘米处进行凿洞,将两竿固定,使另一端能张能合,打开时能呈V字形状。虾掣网形象簸箕,口宽兜深,前低后高,略呈倒三角形状,口宽约四米,深度约三米,后高约一米,周边由一根网纲贯穿,纲上有若干个活动套环,网口前两角各有一段系绳,可分别系在虾掣竿前端。虾掣撑一般用圆木制成,长约一米,两端各留一个凹槽,大小以各自手感好、有抓力为宜。在使用时,它就横向安装在两根虾掣竿之间,形成倒A字形状,以起到防止虾掣在打开状态时变形的作用。同时,它又是拗起虾掣捕获泥鱼的一个重要抓手。在组装虾掣时,首先,要在两根虾掣竿上分别套上一只固定环,用于固定虾掣撑。固定环一般由棕榈绳结成,以防虾掣撑在固定虾掣竿时打滑。其次,要将虾掣竿分别从虾掣网两边的套环穿过,再将虾掣网口前两角的系绳分别在虾掣竿前端系紧。在平时,也不用拆卸,只要用虾掣网将虾掣竿、虾掣撑卷起来就可搬运存放。我记得当时的虾掣网都是用苎麻线织的,使用前都要经过严格的栲染上血,以防受海水浸泡受损。第三,要将两根虾掣竿上的固定环分别套入虾掣撑两端的凹槽上,往后拉紧,就能起到固定作用。二是撩兜。这是将泥鱼从网中捞起来的一种工具。撩兜的大小形状,很像现在家用的电子蚊蝇拍,只不过在其电网处安装的是一张半圆形渔网,以可勺可捞渔获。三是筐篓,也称"箔篓"。这是放置渔获的一种工具,形像一个"凸"字,口小肩宽底深,一般左挎右背,安在腰间,既便于放置,也防渔获逃脱。

这些工具都准备好了,就可下海拗泥鱼。不过,我每次在拗泥鱼之前,还得做一项准备工作,那就是修筑泥鱼坝。是否选择修筑泥鱼坝,因人视情而定,没有必须要求。因为在夏季泥鱼多生活在浅海潮头,跟随潮流进入滩涂觅食,所以为了增加泥鱼入网的流量,当地村民都会在拗泥鱼之前,根据自己的拗鱼路线,以及当天的潮时流速,决定修筑几道泥鱼坝。因此,时间一长,日复一日地进行修固,在夏天的海涂上,泥鱼坝也就成了一道道特有的景观。在一般情况下,小水潮流速慢,可以多修筑几道泥鱼坝;大水潮流速快,少修筑几道泥鱼坝。至于,到底要修筑几道泥鱼坝,则因人而异,视情而定。泥鱼坝呈倒"八"字形状,上边端口与虾罾网口基本等宽。泥鱼坝两边坝长约十米、高约三十厘米、宽约四十厘米。泥鱼坝一般修筑在港汊低洼的入口处,大多有现成的,只需在原来的残垣断壁上加固一下便可,主要是使其内壁更加光滑,底部凹槽更加通畅,以增强流速流量。这样,泥鱼一旦随着潮流进入坝区,在触碰到堤坝之后,就会顺着堤坝内壁、沿着底部凹槽,通过上端坝口,悉数进入虾罾网。

我在修筑泥鱼坝时,都会特别用心,慢工细作,一丝不苟,最苦最累,也置之度外,因为我深知"磨刀不误砍柴工"的道理。在确定潮水上涨了,我会立即打开虾罾,固定好虾罾撑,进行网口对接,开始守株待兔。这时,潮水越涨越大,潮头所向披靡地涌上了滩涂,水漫金山般直冲到了泥鱼坝区。因为泥鱼坝呈倒"八"字形状,面宽口窄,截流量大,流速也急,而喜欢勇闯潮头、在浅潮中捕食猎物的泥鱼,就会随着潮流、顺着堤坝,快速入网,所以修筑泥鱼坝,到了这时就见成效。至于,多长时间、什么时候拗起虾罾捕获泥鱼,没有明文规定,但有习俗约定,这恐怕就是所谓的"经验"。在一般情况下,每个泥鱼坝大多要拗三次，每次在"三连浪"（即：三次间隔很短，连续、密集打来的浪，也称"送鱼浪"）过后，就要迅速用左手按住虾挈竿上端往下压，右手握住虾挈撑往上提，使劲地拗起虾挈网，活蹦乱跳的泥鱼就会露出水面，并溜成了一团。因为"三连浪"的推力非常大，一些还徘徊在泥鱼坝口没有来得及进网或已经进网却准备逃离的泥鱼，由于受此推力的影响而又全部入网，所以这时拗泥鱼，渔获量肯定是倍增了。不过，这个动作一定要快，一旦拗起虾挈，马上要用撩兜将渔获一次勺起，立即将虾挈放回原处。在将渔获放入筐篓后，就可静心慢等再次拗泥鱼。如果此时潮水已经漫过泥鱼坝或快涨到上一个泥鱼坝，那么就要赶紧扛起虾挈，赶到上一个泥鱼坝。如此这般，一潮下来，渔获肯定是沉沉的了。

也有夜拗泥鱼的，方法相同，只不过需要多备一盏煤油灯。因为当时还没有电瓶灯，所以要将煤油灯放在玻璃灯框内，固定在一根竹竿上，插在旁边，用以照明。值得一提的是，辽阔海涂，宽旷夜空，盏盏点点，灯火闪烁，远眺此景，也十分壮观。

因为泥鱼内含营养丰富，性平味甘益气，高蛋白低脂肪，且含一种类似甘碳戊烯酸的不饱和脂肪酸，有利于人体抗血管衰老，是一种多食有益的荤中蔬菜，而且吃法众多，无论是红烧煎焖，还是清蒸干食，味道都特别鲜美，特别醇香，特别回味，所以深受人们的喜爱。我记得，当时村民们将拗来的泥鱼，鲜食有余，全都晒干劈鲞，以备常年食用。小泥鱼在其肚剪一刀，取出内脏，洗净晒干，即为泥鱼干；大泥鱼从其背脊剖开，去除内脏，洗净晒干，即成泥鱼鲞。烹蒸一碗香气扑鼻的泥鱼干鲞，那是百姓人家每餐必备的下酒佐饭的菜肴。

真的好想将曾经的舌尖感觉释放出现在的心理感受，以过去的人生经历透视当下的社会进步，以以往的无常世事品味今日的人间温暖，将陈杂的零碎记忆写成时尚的经典美文，让人们在熟悉或不熟悉的情景中，重温一段挥之不去的燃情岁月，定格一个永不复返的时代印记。

09 / 闷白鲭鱼

闷白鲭鱼，是象山县沿海村民一种传统的讨海方式。因为无须任何网具，只要你有健壮的体力，熟悉白鲭鱼的洞穴结构，掌握闷白鲭鱼的一些基本技巧，你就能够将白鲭鱼捕获。所以村民们在每年秋后农闲时节，就下海乐此不疲，以捕获这种专门用于晒干、长年储藏、常年食用的鱼。

白鲭鱼是生活在沿海滩涂上的一种小鱼，体长约十五厘米，体形浑圆溜滑，灰白色有斑点，头大嘴阔齿尖，两眼细小突出，善游能跳会爬，与弹涂鱼不仅形像而且神似，俨然像是一对孪生兄弟，生活习性、营养价值也基本相同，是我县"小海鲜"中价格比较昂贵的一种食材。白鲭鱼不仅是餐桌上的美味佳肴，吃法众多，风味独特，深受大家的喜爱，而且还是现在讲究食疗保健的理想药膳，高蛋白质、高维生素，低脂肪、低胆固醇，且含有一种叫"16碳烯酸"的物质，对于降低血脂血压、促进血液循环，具有非常独特的保健作用，尤其是对于中老年人是一种无须忌口的荤中素菜。

在我老家村民们都将弹涂鱼称为"弹乌鱼"，这恐怕也是为了有别于白鲭鱼，使这一白一黑成为它们兄弟俩得以区别的明显标志。其实，在它们之间是有些许差别的，如果不是老到的讨海人，还真的难分伯仲了。首先，体貌特征不同。白鲭鱼个头偏大略胖，牙齿长而外露，皮肤略呈灰白色，而弹乌鱼则个头偏小略瘦，牙齿短且内藏，皮肤略呈乌黑色。其次，生活习性不同。白鲭鱼喜欢宅在洞穴里，谨小慎微，胆小怕事，性格似乎有些内向，而弹乌鱼则喜欢户外活动，活蹦乱跳，放荡不羁，性格有些外向。第三，生活环境不同。白鲭鱼习惯生活在远离海岸的滩涂上，要求土质硬而不淤，洞穴结构比较规范，也比较深,而弹乌鱼则生活在靠近海岸的滩涂上,往往随遇而安,对土质要求不高,洞穴结构也不规范,且相对较浅。正因为弹乌鱼经常出现在人们视线之内,故受先入为主影响,即使后来人们在菜场上买到或在餐桌上吃到白鲭鱼,也常常因为其与弹乌鱼相近或相似,所以就认白鲭鱼为弹乌鱼了。这是白鲭鱼至今不为大家所熟悉的一个重要原因。

由于白鲭鱼生性机灵,平时又深居简出,很难将它捕获,所以闷白鲭鱼作为一种土办法,也就折射出了沿海村民智慧捕鱼的璀璨光芒。我小时候在家,经常跟着家人去闷白鲭鱼,自然而然就熟知其生长规律、了解其生活习性、掌握其洞穴特征,尤其是对闷白鲭鱼的一套动作流程,也就驾轻就熟了。一般情况下,一个白鲭鱼洞穴是由多个U或Y字型交错组合而成的,面积约占一平方米,有四五个洞口,洞道垂直,深六七十厘米,其中一个为主洞口,其他几个为辅助洞口,主洞口用于进出爬行,辅助洞口则用于进水换气。主洞口与辅助洞口的区别,主要在于洞口特征,主洞口会"戴帽"、有"壕沟",而辅助洞口则没有这些特征,即使有这些特征,也不像主洞口那样明显。所谓"戴帽",就是白鲭鱼在沿主洞口周边构筑了一道围墙,围墙一半高一半低,高三四厘米,低一二厘米,高处围墙结顶封闭,低处围墙露天敞开,这一高一低的围墙侧图,就像古代"官帽",故称"戴帽"。当白鲭鱼准备爬出洞时,就会先在围墙低处露出两只眼睛,像潜望镜一样进行一番观察,四处张望,既能起到一种居高临下的视觉效果,不易被诸如蟹类、鸟类等天敌发现,也便于隐蔽自己、麻痹敌人、发现敌情。所谓"壕沟",就是白鲭鱼在主洞口爬进爬出时留下的、通往各个方向的一条条通道。"壕沟"由深渐浅,深处可淹没白鲭鱼全身,浅处则是日常爬行痕迹。白鲭鱼习惯通过"壕沟"爬行进出,一方面能隐蔽自己,出其不意地攻击对方而捕获食物,另一面也能防止自己迷失方向,误入歧途而走上不归之路。

根据白鲭鱼的洞穴特征,在闷白鲭鱼时,就要选定一个主洞口先予保留,然后用脚将辅助洞口一一踩堵,再用手伸进主洞口,检查辅助洞口有没有全部堵死,如发现在滩涂上溢出水来或在水塘中冒出气泡,则说明辅助洞口还没有全部堵死,需要进行重新封堵。在确定辅助洞口全部封堵之后,就要通过主洞口向洞内通道灌泥,先是灌入几把稀泥,然后逐渐将泥质加硬,一直灌至洞口为止。这还没完,还需要在主洞口正上方盖一块半圆形泥块。为不影响已踩堵辅助洞道的密封性,必须在距离洞穴约一米之外进行取泥。在取泥时,要选择一处相对干燥、泥质较硬、表面完整的海涂,迈开双脚,与肩同宽,进行三百六十度循环踩踏。在踩出一块直径约三十厘米、深约二十厘米圆形泥块时,用手端过来盖在主洞口正上方,再进行紧压、密封,使其呈半圆形状,就算完成闷一个洞里白鲭鱼的任务。这个过程看似简单,其实却是绝对的重体力活。因为需要不停地踩、捅、挖、端,所以一潮下来,往往累得两眼直冒火花。只有在每次回家之前清点自己劳动成果时,看到海涂上一个个圆圆的、突突的闷白鲭鱼泥墩,疏疏密密、星星点点,就像刚蒸熟出笼的萝卜团似的壮观场面,才能感到无比的欣慰。

这时,尽管白鲭鱼已被闷在洞里,但它还是能够准确地感觉得出下一潮水到来的时间。由于辅助洞口全部堵死,被闷在洞里的白鲭鱼活动空间非常有限,时间一长,它就会因缺氧而感到不适。当潮水涨到时,被闷在洞里的白鲭鱼就会拼命地往外爬行,希望能够逃过此劫,而此时唯一能爬行的就是主洞通道。也由于主洞通道底层灌的是稀泥,白鲭鱼在开始爬行时还能自如,但随着泥质的逐渐变硬,白鲭鱼就会感到越来越力不从心。当它下定决心,用尽全力,连爬带钻到达主洞口时,没想到头顶上还有一座大山,即一个半圆形泥块正压在那里。这时,白鲭鱼已筋疲力尽,进退无力,只好束身待捕了。因此,当此潮退下,闷白鲭鱼人赶来捕捉白鲭鱼时,只要将盖在主洞口上面的那块半圆形泥块掰开,一条条刚露出头的白鲭鱼就呈现在眼前,伸手便可拾来。当然,一般都是一个洞能捕获一条白鲭鱼,但也有一洞能捕获两条或三条白鲭鱼。这,可能是它们正在串门或谈情说爱,在不经意之间,全被捕获了。至于,一天能捕获多少白鲭鱼,则要看潮时长短和个人体能,潮时长、体能好,一潮能闷四五十个白鲭鱼洞,也就有五六斤白鲭鱼。

在我的记忆中,村民们少有将闷来的白鲭鱼进行出售的,大多用来自食。除了少量鲜烹,主要用于晒干。不过,晒白鲭鱼干的方法,也有些讲究。首先,要取掉白鲭鱼内脏,用黄酒、酱油进行短暂浸泡;然后沥干,用一根长约三十厘米的柴枝从白鲭鱼鳃口穿过,每十条白鲭鱼为一串;再将一串串白鲭鱼排列在两块等高的石块或砖头上,就用稻草或麦秆进行烧烤。至于为何选择稻草或麦秆,而不是柴火,可能是为了能够掌握火候,慢慢地将鱼内脂肪全部烧烤出来,而不焦及鱼肉。白鲭鱼烤熟后,还要进行晾晒,直至干燥,再切段收藏,就可常年食用。因此,每逢过年过节或宴请宾客,白鲭鱼干就会被村民们作为烹制其他菜肴的配料,让人看起来特别稀奇、吃起来特别鲜美、闻起来特别醇香、想起来特别回味。正是这道原汁原味的家乡美味,总是让我在味觉的记忆中得以永久贮藏,每次在乡愁涌起时,不断反刍着这一道已是跨年隔代的美食。

忽然,我想起当时在村民中流传的两句谚语:一句是"白鲭笑弹乌,是差勿大多",一句是"弹乌哭白鲭,又勿得宁息"。前句是指两者相差不多,不要随意取笑对方;后句是指两者基本相同,不要故意挖苦对方。这是村民们在生活中提炼出来的一种渔文化,巧妙地借用白鲭鱼与弹乌鱼的关系,形象地比喻两个容貌、身材、资历、阅历、能力相等或相近的人,相互进行取笑或挖苦,是缺乏明知的,也是不够厚道的。对此,我总是一直铭记在心,并把它作为自己为人处世的座右铭。现在回想起来,虽然感觉有些遥远,但仿佛还萦绕身边,犹如翻开一纸旧章,字里行间还沉浸着往事如茶的清香,不待细品已自沁人心脾了。

10 / 扦槽网

　　扦槽网,简称"扦网",也称"扦串网",是象山县沿海村民在海涂上围网捕鱼的一种方式。据说,这种捕鱼方式是由始于隋唐时期的"扦簖"演变而来的。唐代陆龟蒙在《渔具诗·序》中就有记述。"簖"是一种用竹篾编织而成的网状屏障,一张张并列固定在扦在海涂的簖桩上,就能捕获到各种鱼类,但由于其比较笨重,不易搬动,故到了20世纪四五十年代,随着"网"的出现,"簖"也就随之消失在潮起潮落的氤氲之中,不为当下的大众所熟悉。

　　我记得还在老家时,就知道有五个村民以搞副业的形式,从生产队承包出来,常年以扦槽网为业。他们以合伙的形式,购买了一艘木帆船,添置了一些必备的网具,就经常行驶在周边海域,扦一网换一个地方,获得了较好的经济效益。有时候,如遇下午潮,他们就会将当潮的渔货,放在村口进行贱卖,常见的像鲻鱼、海鳗、鳎鱼、梭鱼、青蟹、梭子蟹等,都是透骨新鲜的,让村民买了高兴地啧啧称赞!

我虽然没有扦过网,但由于老家门口就是辽阔海涂,经常会有台州、舟山以及近乡邻村的村民来此扦槽网。有时,扦槽网的船刚刚驶入,村民们就会知道这是来自哪里的、在什么滩涂扦槽网了。每次遇到这样的情况,村民们都会不约而同地去"撮网剩"。当然,我也不例外,只要有空余的时间,不分昼夜都会去凑上这份热闹。所谓"撮网剩",就是因为扦了槽网,鱼在退潮洄游的途中,一旦触网就会向相反的方向进行逃窜,但由于是逆潮而行的,等到它们反应过来就为时已了,只好潜伏在海涂上,或躲在浅塘港汊之中,或钻到洞穴泥涂底下,希望等到下一潮水到来,能够逃过此劫重回海里。因此,捕捉这些还"剩"在海涂上的鱼,就成了我老家村民一份额外的副业。久而久之,也让我熟知了扦槽网的有关秘密。

之所以称为"扦槽网",是因为这里的"槽"有三种特定的含义:一是仅作量词使用,我老家村民习惯将所扦的网,称为"一槽"。二是指所扦的网,必须形成两端高起、中间凹下的槽形构图,即要么是"V"形,要么是"L"形,而V形表示潮流与海涂位置方向一致,"L"形表示潮流与海涂位置方向不一致,必须根据潮水流向进行改变的一种形状。三是指所扦的网,都会在两边顶端及中间对折处设有"鱼槽"。这里的"槽"为谐音,是"巢"的意思。其形状类似于Ω,口小内大,鱼一旦游进去,很难再能逃脱出来,最终就成为瓮中之"鳖"。

一般情况下,一槽网长约五百米,高约两米,上下各有一条相对较粗的线绳从网眼穿过称为"网纲";在网纲上每相隔约五米留有一个套环,能串入一根长约三米、直径约二十厘米的竹竿称为"网竿"("串网"之说,就源于此),两根网竿之间的网距称为"一匣",每十匣网就是独立的"一顶",而十顶网就可称为"一槽"了。因此,扦在海涂上的槽网,实际上是"顶"与"顶"连接起来的,而连接的方法,就是将两顶各自边上的两根网竿并列反转一圈,形成互扣状,一起扦在海涂上就能起到固定、连接的作用。

根据作业方式的不同,扦槽网又可分为扦高网、扦矮网、扦平网三种。扦高网,也称"扦悬网",是指在扦槽网时,先将网衣的下纲松开,连同网衣向上卷起,固定在网竿上端固定上纲的位置,就可将网竿依次扦在滩涂上,这时卷起的网衣一般高于海面二三十厘米，就不受涨退潮的影响了，因网衣束之高阁了，下面是悬空的，就不会影响鱼的正常游动，也不会因鱼触网了而逃离现场。等到潮水开始退或退到一定程度时，扦网人就要跳入没项深的海水中，依次将悬挂着的网衣下纲逐一放下，并用脚一步一步将下纲踩入泥涂，这就完成了扦网任务。这种方式虽然不受潮时影响，既可以在涨潮时扦，也可以在平潮时扦，但弊端是有季节的局限性，尤其是在隆冬早春时分，天气寒冷，扦网人无法跳入冰冷刺骨的海水中踩纲脚。扦矮网，也称"扦旱网"。这与扦高网的程序刚好相反，先将槽网的下纲固定好，然后放开上纲，向下卷起网衣，连同网竿依次扦在海涂上，再将网衣埋入泥涂下，以防止海潮将网衣掀开，并在槽网的两端留一根连接上纲的绳索系在网竿上端，在等到下一潮水准备退或退到一定程度时，就可将船撑过来，只要解开系在一端网竿上的绳索，依次将网衣的上纲拉起来，逐一固定好，就算完成扦网任务。这种方式的优点，在于便于实地察看"鱼口"、港汊等海况涂貌，能够选择到一槽好的网地，而弊端也是显而易见的，因为这是在滩涂上作业，必须事先将船停在网地上，再将网具搬运下来，容易造成在程序上最繁、在过程上最长、在体耗上最大，而过早地暴露了扦网行迹，容易招引当地村民前来"撮网剩"，这在当时是所有扦网人最忌讳的一件事。扦平网，也称"扦晾网"。这里的"平"与"晾"都有将网衣张开的意思。因为这也是船上作业，所以要求先将网衣的上、下纲固定在网竿上，使网衣完全张开，当船撑到某一网地时，就可直接将网竿连同网衣一起扦到海涂上，就算完成扦网任务。这种方式虽机动性强，随到随扦，且比较隐蔽，但技术含量比较高，要求一步到位，稍有不慎，就会影响潮流的拦截，容易造成"反水"（意指潮流拦截没有到位），进而就会影响渔获量。尽管这三种方式各有所长，但常见的还是采用后者，这恐怕也是其比较灵活的特性所决定的。

因此，在扦平网时，扦网人的分工也很明确，一人站在船头、一人站在船尾负责撑船，一人负责整理、递送网具，一人负责网竿放样，一人负责扦插做槽，形成流水线作业。不一会儿工夫，就能筑起一道坚固的"海上长城"。随着潮水的逐渐下退，鱼就开始急躁地在网区打起浑来，有的惊恐万状地跳跃出水面,有的惊慌失措地到处游弋,试图寻找逃脱的机会。这时,扦网人就会从船上跳入齐腰深的海水中,带着推桶、撩兜、鱼杷等捕鱼用具,开始各就各位。一般情况下,他们都会先踩下网纲,仔细检查下网纲是否全部陷入泥涂之中,以防止在一些港汊因为下网纲未陷入泥涂之中,而成为鱼逃脱的漏洞。然后,他们两人一组,把守在两边"鱼槽",一人巡视在中间"鱼槽"附近,以防撮网剩人借机抢鱼。随着潮水慢慢退下,他们赶紧捕获两边"鱼槽"里的鱼,就循着渔网边捕鱼、边慢慢地向"中槽"合拢。如遇撮网剩的人多,他们就会用两只推桶并列一起,挡在撮网剩人的前面,一人紧靠在网边,不停地用撩兜将正困在网脚边挣扎的虾鱼蟹鲎一一勺起,放入推桶里,而另一人则密切关注着撮网剩的人,如发现有人敢越雷池半步抢鱼,就会一把烂泥劈头盖脸地摔过来,也不管你生不生气,以维护秩序,而撮网剩的人也不会计较这些,常常为捕捉一条鱼而落得一身泥人。这时,经常因为一条大鱼挣脱,立刻会引起众人哄抢,常常几十人挤在一起浑水摸鱼,像打水仗一样,场面自然十分壮观。只有等到扦网人都进入"中槽"捕鱼,撮网剩的人就会自然散去,开始寻找还"剩"在海涂上的鱼。而扦网人捕捉了"中槽"的鱼,一潮的扦网活就算大功告成。他们将鱼货搬运上船后,就会将所扦的网竿逐一拔起浅插在海涂上,等待下一潮水到来,便可收网返航了。

一晃几十年过去了,再也没有听到扦槽网的音讯。多少次梦回老家,也总是徘徊在潮起潮落间,少了些熟悉的场景。久违了的我,总想学画一行南飞的雁,让她们衔去我对扦槽网的怀念。老家的记忆,就像泼墨在一幅山水画卷之中,浓淡、重轻都装在自己不时牵挂的心里。

因此,每每当我路过海边,看到海涂上扦着层层叠叠的围网,都会情不自禁地想起从前老家扦的槽网。毕竟物换星移了,曾经作为一种讨海方式,如今也因海洋资源枯竭而不复存在。但作为一种濒临失传的渔文化符号,我想它就像埋在地下的一坛陈年老醋,虽岁月铺尘却仍芳香依旧,这是值得留给后人去品味、去惦记、去感叹的。

11 / 撮网剩

　　"撮网剩",也称"摸网剩",是我老家村民因捕获在浅潮中触碰了扦在滩涂上的槽网而逃离但还生活在滩涂上的鱼虾蟹鲎的一种俗称。因为这些鱼虾蟹鲎是随着潮水上涨进入滩涂游玩、觅食的,但在退潮洄游的途中,一旦触碰到了扦在滩涂上的槽网,就会条件反射地向相反的方向进行逃离,希望能够突破重围,但由于是逆潮而游的,等到它们反应过来时,潮水已越来越浅了,只好就地潜伏在海涂上,或躲到港汊低洼之中,或钻到洞穴泥涂底下,等待下一潮水的到来,重获自由,再回海里。所以捕捉这些散落在滩涂上的鱼虾蟹鲎,就成了我老家村民的一种捕鱼方式。

　　也不知道这种捕鱼方式始于何时,但在20世纪六七十年代,只要有人在我老家村口大喊一声"'撮网剩'去喽!"听到声音的村民十有八九就会带上渔具跑出来,可见在当时村民们对这种捕鱼方式的热衷程度。

　　因为老家村口就是辽阔的海涂,像蚵门巇、大港边、峙尾巴下等涂块,水流平缓,滩涂平滑,淤泥厚积,泥质肥沃,微生物和海生贝类丰富,是近海鱼类争相前来觅食的好地方,故被当地村民们喜称为"蓝色粮仓"。因此,一些外地扦网人也总是觊觎着这些好网地,时不时要来这里偷扦一次槽网,所以村民们就十分关注,如果有人看到有扦网船从这一海面驶过,或发现有扦网船停泊在某一海湾角落,就知道这里肯定有"戏"了,于是大家就掐着手指算潮时,约好时间去"撮网剩"。在那时,"撮网剩"就成了一件能够搅动全村的大事。在白天,村民们都会全家动员,携老带小齐下海,用村民们的话说就是"多一个人多一分力量"。而在夜里,像我等年轻人则义不容辞了。这在当

时，既有可能是为了得到"下海一餐鲜"的简单回报，也有可能是为了出于将捕获的渔货卖些零用钱补贴家用的现实考虑。

那时，我家就住在村口离海边最近的一端，是村民们下海"撮网剩"的必经之路。我常常在夜里被村里的狗叫声惊醒，紧接着隐隐约约的脚步声就会从我家门口走过，我就知道有人下海"撮网剩"了。但在每次狗叫声过后，父母亲都会急忙坐床而起，时而对话，时而自语，大多是根据狗叫声的方向、远近，猜测是谁去"撮网剩"了。尽管父母亲的说话很轻很低，像是怕惊醒熟睡中的我，但又像是在提醒我也能从床上爬起来，一起去"撮网剩"。有时，母亲就会摸出火柴，"啪"的一声，把床头的那盏煤油灯点亮，灯火闪烁，把狭小的房间照得明亮。父亲则会起床外出，探听一下消息，诸如网扦在什么地方、消息可不可靠等，回来就会征求我的意见，是否也去"撮网剩"，而我则常常侧转身子，佯装熟睡，支支吾吾，迟不表态。那一刻，我真的好想躺在暖暖的被窝里多睡一会儿觉。也有村里的同龄伙伴直接到我家敲门，约我一起去"撮网剩"，那样我就无法推脱说不去了。这时，我就会立即起床，像部队拉紧急集合一样，将事前准备好的撩盆、箬篓等渔具拎起，就与同伴一起消失在夜幕之中。这里所谓的"撩盆"，是当地村民自制的一种捕鱼工具。通常将一根宽约四厘米、厚约三厘米的竹片，刨光磨滑，围成一个直径七八十厘米的圆圈，再用一根直径三四毫米的竹丝，从一张深三四十厘米的渔网网眼中串过，然后将它固定在圆圈内侧,就成了一只形似盆状、可舀可罩的专用网具。一般情况下,"撮网剩"人都随身携带,一旦发现水中有鱼,就会用撩盆扑盖过去,将鱼罩住,鱼就成了瓮中之"鳖"。而"箬篓"只是一种放置渔获的渔具,形象一个"凸"字,口小肩宽底深,一般背在身上,左挎右携,带系腰间,既便于放置,也防渔获逃脱。这,也算是"撮网剩"人最基本的单兵装备。

"家里炒冷饭,外面坐草坛"是当时村民们经常自嘲的一句顺口溜。意思是说,每次"撮网剩"都会很着急,经常怕耽误赶潮时间,就简单地吃些炒冷饭出门,可是到了海边却因潮水还没有退下,只好无奈地坐在岸上等待,表达出了一份急于下海的焦虑心情。如果说从家里半夜三更起床出门需要勇气的话,那么从这岸上下到海里就要有意志了。因为在当时村民们下海都是赤脚空手的,不像现在都穿长皮靴、戴皮手套,将自己包裹得严严实实,这在平时也不算什么,但要是在数九严寒时节,刚好遇上潮头结冰,尤其是第一脚迈入泥涂里,冰被踩碎了,心也被刺痛了,所以这一个"冷"字,至今还是让我毛骨悚然。

总是这样痛并快乐着,跟跟跄跄地蹚着浅潮到达网地。这时,已被围在网地的鱼,早就显得惊恐不安,时而在水面打浑,露头甩尾,激起层层涟漪,时而直冲滩涂,活蹦乱跳,拍得泥水四溅。这种被村民们称为"潮头浑"的鱼汛,虽能引起一时哄抢,但随着潮水逐渐下退,就会随之消失。因为根据鱼在触网后的表现,可将这时的鱼按其生活习性分为三类,即游在水面上的鱼,常见的有鲻鱼、鲈鱼等,这些鱼在触碰到渔网之后,就会四处逃窜,不停地打浑、不断地跳跃,以寻找逃脱的机会,因而速度飞快,疾驰如箭,冲出一道道波浪,让人一看就知道鱼在哪里;伏在滩涂上的鱼,习见的有鲳鳎鱼、魟鱼等,这些鱼在触碰到渔网之后,虽然也会到处乱游,但很少会露出水面,而且一旦发现有适合自己安身的地方,就会随遇而安,直接潜伏下来,很难让人发现鱼在何处;钻在泥涂里的鱼,多见的有鳗鱼、泥鱼等,这些鱼在触碰到渔网之后,常常仗着自己有特殊本领,并不急于逃亡,而是到处转悠,只有在它们感到情况危急之时,就会立即钻入洞穴泥涂里,也让人无法掌握它们的影踪。

这就是说,抢捕这些"潮头浑",只是拉开"撮网剩"的序幕。激动人心的时刻,还是在潮水退下之后,根据不同的海况涂貌,捕获到躲藏在不同环境中的鱼。比如,港汉沟壑水深流急,是一些喜欢游在水面上的鱼,诸如鲻鱼、鲈鱼等逃匿的最佳去处,就要仔细巡查,走到看遍,有时在距离网地近千米远,也能捕捉到这些鱼。低洼浅塘泥质细软,是一些喜欢就地潜伏的鱼诸如鲹鳎鱼、虹鱼等安身的不二选择,必须认真耕摸,不留死角,有时在无意之中,就能捕获到一些伪装得十分隐蔽的大鱼。洞穴脚凼坑坑洼洼,是一些欢喜钻在泥涂里的鱼,诸如鳗鱼、泥鱼,也包括蟹、虾、虾姑弹等临时抱佛脚的藏身场所,就要逐一试探,脚踩手摸,有时在一个脚凼里就能捕获到想要捕获的鱼。

不得不说捕鱼的方法。说白了,"撮网剩"的过程,就是捕捉鱼虾蟹鲎的过程。如果一点也不懂捕鱼的方法,那么就有可能伤及身体,甚至危及生命,这也并非耸人听闻。因此,只有知己知彼,才能百捕不殆。最率真的是鲻鱼。这种鱼性格非常直率,在捕捉时只要按其头部,它就会往泥涂里钻,鱼就不会逃脱了。最狡猾的是鲹鳎鱼。这种鱼看似孱弱、温和,却很容易上当受骗。如果在捕捉时,也只按其头部,那么它就会将身体反卷过来,用其背部鱼鳞反刨你手背,严重时还会造成血肉模糊,迫使你放手。村民们将此称为"鲹鳎刨",可见其厉害了。因此,在捕捉时,必须使用双手,一手掐其头部,一手按其尾巴,这样它就不会反抗了。最危险的是鳗鱼。因为这种鱼长着一副鳄鱼嘴,而且咬力很大,牙齿也十分锋利,一旦被咬肯定皮开肉绽、血流不止,所以在捕捉时,一定要把握时机,出其不意,趁其不备,掐其鳃部,这样它就乖乖了。否则,就有可能被其反咬一口。最可怕的是虹鱼。因为这种鱼尾巴有根六七厘米长的毒刺,一旦刺破人的皮肤就会立即引起中毒症状,如果抢救不及时,就有可能危及生命,所以也只有老到的讨海人,才敢捕捉它,抓其尾巴,拔其毒刺,将其捕获。如此这般,我想自己算是一位"撮网剩"达人了。

再回首,我恍然如梦。一晃几十年过去了,曾经的那份执着、那份苦痛、那份快乐,也早已消失在沧海桑田的轮回之中,但是作为一种生活印记,我仿佛又闻到了那种被岁月风干了的鱼香。

12 / 钓涂鳗鱼

涂鳗鱼，学名"中华乌塘鳢鱼"，也称"杜鳗鱼"，是生活在象山县沿海堤岸塘坝、礁岩水凼、闸门码头、滩涂草丛等石缝泥洞中的一种比较名贵的海生鱼类。它似鳗非鳗，身材没有鳗鱼修长，只有约二十厘米，体重没有鳗鱼粗壮，一般只有一百五十克左右，最大也只有斤把重，但又非鳗似鳗，因其身上有一种类似于鳗鱼身上的黏液，非常光滑，很难抓获，且常年躲藏在海岸边的石缝泥洞之中，所以人们又美其名为"涂鳗"。不过，人们对其称呼也各有不同，有的称它"蟹虎鱼"，有的呼其"笋壳鱼"。涂鳗鱼体形前圆后扁，头部宽嘴巴大，上下吻颌等长，牙齿细小尖锐，身披细小圆鳞，体表呈灰褐色，生性十分凶猛，多以浮游生物和小鱼、小虾、小蟹为食，尾鳍两侧各有一个白色缘边黑斑，在我老家村民们都称此为"筷子头印"，这是区别是否涂鳗鱼的唯一标志。

关于涂鳗鱼这个"筷子头印"的来历，在我老家曾经有一个妇孺皆知的传说。相传，每年农历正月初九是天上玉皇大帝生日。在很早之前，有一年玉皇大帝亲自在天上宫阙举办了一场声势浩大的"玉皇诞"，宴请文武天神、四海龙王、雷部诸神、地藏菩萨、十殿阎君等嘉宾。临行前，各路神仙都精挑细选了各具特色的贡品。据说，东海龙王敖广贡献的就是一条涂鳗鱼。席间，玉皇大帝细细品尝了这条涂鳗鱼，不时称其味美肉鲜，并用筷子另一头在鱼尾鳍处戳了一下，做了一个记号。然后，对东海龙王说："我明年生日，你还是送这种鱼。"消息一传开，众天神天将都要品尝这种鱼，一时间东海的涂鳗鱼遭到了灭顶之灾。幸亏，有一条老涂鳗鱼提前得到了风声，带着家眷突出重围，趁着涨潮就近躲进海岸边的石缝泥洞里，这时潮水刚好退下，才免遭了此

劫。从此，涂鳗鱼家族就在海岸边的石缝泥洞里繁衍生息。

象山县海岸线曲折绵长，坝滩礁涂相连，闸门岩凼相拥，乱石交错缝隙遍布，礁岩嶙峋洞穴暗藏，为涂鳗鱼提供了得天独厚的生长环境。因此，涂鳗鱼也就成了在我老家唯一用网捕不到、用手抠不到，只有用钩才能钓得到的一种海鱼。涂鳗鱼还是象山沿海"海涂三宝"之一，与弹涂鱼、泥鱼并驾齐名，只是因涂鳗鱼难以捕获，数量稀少，更显珍贵，名列三者之首。正因为如此，钓涂鳗鱼就成了在我老家捕获此鱼的不二选择，每到夏秋季节，村民们都会带上钓具，来到海岸堤坝的石缝上，或在礁石岩凼的洞穴里，或在闸门码头的水塘边进行钓涂鳗鱼。因为当时城乡还都没有钓具店，所以钓具都是村民们就地取材，自己动手，土法制作，尽管式样简朴，但作用还是毫不逊色。一是制作钓钩。一般选用三号缝衣针，先用钢丝钳夹住针屁股，点燃蜡烛将针烧红，然后再用另一把尖嘴钳就可将针弯成钩状。二是选用钓线。一般选用相对较粗且耐磨性强的缝鞋底线。钓线净长一般都控制在二十厘米左右，太短容易造成钓饵没有到位而可能导致鱼不上钩，太长则容易造成鱼上钩后卡在石缝里提不出来。三是制作钓竿。这个钓竿也不是人们想象中的钓竿，一般取一节长约五十厘米、直径六七厘米的毛竹段，在有竹节的一端四五厘米处，锯留一根二三厘米宽的竹片，刨光磨滑即可，整个形状就像当时农村小店里的

"打酒提"。一般情况下,每次钓涂鳗鱼都要携带二三十根钓竿,确保这边不上钩那边上钩,以提高鱼的上钩率。钓线安装在竹筒底部,平时钓线就卷在竹筒上,钓钩扎入竹筒边沿,便于携带存放。四是准备钓饵。涂鳗鱼是一种杂食性很强的鱼类,小鱼、小虾、小蟹都是它平时喜欢的食物。这些都准备好了,就可出发钓涂鳗鱼。五是钓位选择。到了目的地,根据涂鳗鱼的生存禀性,我在选择钓位时,则欢喜在一些面上缝隙较小、底部水域空旷的石缝中,或洞口在乱石礁滩边缘、洞道四处相连的洞穴中进行布钩放饵。因为这些地方不仅涂鳗鱼喜欢生存,而且也是一些小鱼、小蟹包括海蟑螂等海生浮游生物喜欢生长的地方,在这些地方布钩放饵,就有可能捕获意想不到的成效。这种钓法在我老家叫"插钓法",用村民们的话说,就是"水无常态、洞无常形,钓无常法",关键在于钓者慧眼识钓位。在石缝中布钩放饵,只要将钓竿平放在石缝上就可,而在洞穴上布钩放饵则需要用石块将钓竿的一端压住,尽可能使钓竿形成平横状。如果鱼一旦在石缝中咬上钩,那么鱼的本能就会往深处逃,这时钓竿有竹筒的一端就会被石缝挡住,钓竿就会竖起来;鱼感到硬逃不行,就会放松一下,这时钓竿又会倒下;如此反复,钓竿就会一竖一倒;如果鱼猛地挣扎,那么钓竿就会猛击石头发出"啪啪"的敲击声,似乎在告诉我"这里鱼上钩了"。如果鱼在洞穴中咬上钩,那么钓竿就会弯成弓状,鱼一折腾,钓竿有竹筒的一端就会拍水,激起层层涟漪,也能让我在远处就看到那儿有鱼汛了。这时,只要我赶过来,将钓竿拎起来,一条条活蹦乱跳的涂鳗鱼就能收入囊中。这样一潮下来,每次都能钓到沉沉的渔获,让人乐此不疲。

涂鳗鱼是一种高蛋白、低脂肪的名贵食用鱼,不但多肉少刺、肉质细嫩、味道鲜美,而且肥而不腻、鲜而不腥,食而不厌,虽然价格昂贵,但仍受饕餮者的青睐,被人们称为"海中人参"。因此,涂鳗鱼的食法也多样,既可清蒸、煎炸、红烧、油浸,还可用来煲汤。无论哪种吃法,都鲜美可口,活色生香,是人们熟知的一道珍馐佳肴。在我的记忆中,清蒸涂鳗,最能让人品尝到它的原汁原味,尤其是将一些新鲜虾肉排放在鱼身上同蒸,虾肉因高温就会慢慢地渗出虾油不断地滋润鱼身,既可防止鱼皮爆损,也可避免鱼肉蒸老,更能让这两种鲜味融合在一起,大大提高涂鳗鱼的鲜香度;红烧涂鳗,是我老家的一道传统名菜,虽然经过时间的沉淀,但还是让人听到就会产生一种欲咽还馋的味道;油浸涂鳗,是将涂鳗鱼在高温的食油中沉浸,似煎非煎,似煮非煮,让人吃起来有种别样的鲜香味;水煮涂鳗,在我老家更喜欢选用雪里蕻咸菜同煮,那汤一入口,就可让人鲜得"骨头也轻了三两"。当然,在我老家吃涂鳗鱼的方法也很讲究,一些村民只要用筷子插入其背鳍根部,向头部方向平划,起出背鳍,然后剔出腹鳍和胸鳍,取食鱼身之肉,最后夹住脊骨,从左、右、中三处吸啜脸颊嫩肉和脑髓,即刻就能把一条涂鳗鱼吃得干干净净。其实,关于美食涂鳗鱼,早在《诗经》中就有记载:"鱼丽于罶,鲿鲨,君子有酒,多且有。"意思是说,"鱼儿落篓中,就有涂鳗鱼,君子有美酒,量多味道好"。清代袁枚在《随园食单》中也说:"肉最松嫩,煎之、煮之、蒸之俱可;加腌芥作汤、作羹尤鲜。"而作家汪曾祺在《故乡的食物》中则如此描写:"苏州人特重塘鳢鱼。上海人也是,一提起塘鳢鱼,眉飞色舞。塘鳢鱼是什么鱼? 我向往之久矣。到苏州,曾想尝尝塘鳢鱼,未能如愿。"如此说来,我比汪老先生还有口福,只是据我所知即便是象山人还有许多对此鱼知之甚少,故在此荐之值得品尝。

涂鳗鱼除了味美可口,还是食疗滋补的功效。据说,经常食用红枣煲涂鳗鱼(留胆)汤,具有滋阴、补血、化痰之功效;而豆腐煮涂鳗鱼(留胆),少加姜葱蒜椒等佐料,不仅鱼肉洁白细嫩,汤汁鲜香回味,而且能够清热、润肺、明目、养颜,因而颇受人们喜爱。不仅如此,在我老家还一直传承着让一些剖宫产妇或病患者手术后食用涂鳗鱼的习惯,据说多食涂鳗鱼,既能加快伤口愈合,又能利于身体康复。如此这般,难怪连天上玉皇大帝也动筷点赞!

每一种鱼都可以成为一种文化,每一种文化都可以成就一种产业。如果我们能用涂鳗鱼这根文化"钓线",把玉皇大帝、东海龙王紧密地联系起来,贴上"筷子头印"这个商标,让涂鳗鱼畅游在当下我县如火如荼的旅游大潮中,让每一位来象游客都能饱享玉皇大帝御用的口福,那么我想象山的旅游胜地就有可能成为旅游天堂。

13 / 敲藤壶

　　藤壶,俗称"觥",也称"蟏",是生长在象山县沿海潮间带礁岩或物体上呈固着状的一种海生节肢动物。据1987年版《象山县志》记载,象山县有三种藤壶,即鳞笠藤壶、刺巨藤壶、三角藤壶。提起藤壶,大家常不知所云何物,而说"觥",或说"蟏",估计大家都会"噢"的一声表示明白了。因藤壶俗称众多,故不同的地方有不相同的称呼。比如,在舟山称"锉"或"触",在台州称"冲"或"蛐",在温州称"曲""蛮"。虽然字体各不相同,但语音还差不多,而表述的意思却是指同一种海洋生物。

　　象山海岛星罗,海岸悠长,礁岩嶙峋,潮汐落差大,潮温适宜,阳光雨水充沛,海洋生物丰富,非常适合藤壶的生长,因而藤壶大多是一簇簇、一片片密集地生长在一起,大小不等,个体饱满,呈圆锥形,青灰色,外观像一座座微缩了的"火山",也像一只只行将破溃的疮疖脓疱,故人们又给它取了一个非常难听又不雅观的绰号,在中医药名录上就称其为"石疥",而"疥"却是一种常见的皮肤病。藤壶外壳是由复杂的石灰质组成,表面粗糙有裂纹,上端开口,内有四个活动壳盖,由肌肉牵动开合,在潮水涨没时,壳盖就会徐徐张开,并从里面伸出许多呈羽状的蔓足,捕食海中浮游生物;在潮水下退后,壳盖就会慢慢紧闭,储蓄必备的生活水分,御防其他天敌侵袭。藤壶雌雄同体,行异体受精,能够从水中直接输送、获取精子受孕,大约需要经过三个月时间的孵化,幼苗就会脱离母体,开始随波逐流在汪洋大海之中,寻找自己终身定居的落脚点。在这期间,幼小的藤壶还要经过七次蜕变,才能长出两片用于保护自己柔软身体的甲壳、六对用于游动的泳肢、两对用于寻找方向的触须,以及一只类似于尾肢状的附着盘。一旦确定了自己的落脚点，藤壶就会将自己的身体从站立状态旋转九十度成为仰卧状态，并从自己的附着盘中分泌出一种具有极强黏合力的胶质，将自己牢牢地粘附在礁岩或某一物体上，开始准备过一辈子的定居生活。虽然此时的藤壶已经不能移动，但在涨潮时丰富的海洋生物能够为它提供充足的食粮，退潮后充沛的阳光、适量的雨水又能够为它沐浴健康的肌体，才能使它源源不绝地分泌出用于拓展各个部位的钙质，从而不断地增大自己的体形。

我记得在孩提时，村边海岸的礁岩上都长满藤壶，而且个大肉肥，遇上适合的潮时、天气，就会经常看到村里妇女在敲藤壶，在我老家都将其称为"敲觥"。一些手脚勤快的，不用多长时间就能敲到一两碗，拿回家清水落镬一爨，就可佐酒下饭招待客人。因为在当时村里男劳力必须参加生产队劳动，每天出工要点名，参加劳动记工分，尽管每天参加劳动只有五六角钱的报酬，但由于在当时敲藤壶只能限于自食，不能上街出售，否则要割"资本主义尾巴"，而且大多数村民认为敲藤壶是在岸上的一种"眼脚生活"，没有多大技术含量，即便敲来藤壶，也只不过是大快朵颐地饱享一餐口福，所以慢慢地村里妇女就成了敲藤壶的主角。也不知从什么时候开始，每到农历三、五月份藤壶最肥壮的季节，村里妇女都会自发地组织去敲藤壶，而且通常是五人一组、七人一班,约定时间,早去晚归,村民们就将这些敲藤壶的妇女尊称为"觥娘"。"家里有'觥娘',男有口福享",则成了我老家村民们经常挂在嘴上献给"觥娘"们的一句颁奖词。

敲藤壶有一套专门的工具。一是"觥榔头"。这是一种在敲藤壶时必备的工具,大多是由村民自制,每家每户都有,长短大小不尽相同,都以个人喜好而定。据当地村民说,原先这种工具一分为二,即一把是铁铲、一把是榔头,由于在敲藤壶时需要经常进行调换,使用起来比较麻烦,就有村民把这两种工具合二为一,即一头是铲、一头是榔头,这样不仅便于携带,而且也易于操作,在使用时只要将铲榔头对准藤壶底部与礁岩的连接处,用力一铲,或用榔头轻轻一敲,藤壶就会即刻脱落了。二是挈桶。这是一种放置藤壶的工具。因为藤壶的精华就在于它肉体与外壳分离后流出的液汁,村民们说这是"觥膏",非常珍贵,就自然不会轻易让它流失,而在当时又没有塑料桶、铅桶什么的,所以使用这种可以随身拎在身边的木桶,也算是一种比较轻便的放置工具。三是觥撩。这是一种村民自制的用于分离藤壶肉与外壳的工具。一般取一截二三十厘米长的钢筋,将一端敲偏、磨光即可,形像现在那种一头可以裁纸的圆珠笔,只要一手拿着敲落的藤壶,一手用觥撩插入藤壶有断痕的一端内,贴着藤壶外壳内壁旋转一圈,藤壶肉就会迅即分离脱落出来。"觥娘"们带上这套工具,就可以外出敲藤壶,而选择的时间,大多在农历初一、十五前后的大水潮。因为这时的潮汐落差大,在小水潮时被淹没的藤壶都能一一暴露出来,所以选择在这时敲藤壶,就能敲到量多、个大、肉肥的藤壶。根据藤壶生长的位置,村民们通常将生长在小水潮时能被淹没的藤壶称为"水觥",而不能淹没的藤壶称为"旱觥"。一般情况下,"水觥"个大肉肥,味道要比"旱觥"好,而风险也相对要大。因为过度的敲食,导致"旱觥"资源慢慢枯竭,个体变得越来越小,不得不使人们将目光盯向那些个大肉肥却生长在临潮、临崖上的藤壶,而这些地方又往往非常陡峭、险峻,不仅攀爬困难,而且恶浪无常,所以就骤增了敲藤壶的不安全系数。也由于在当时敲藤壶缺乏自我保护意识,不像现在从头武装到脚,戴安全帽、着救生衣、系安全带、穿登礁鞋,一旦失足,难免就成千古之恨。因此,在当时村里就流传着这样一首民谣:"岘嘴尖,岘肉鲜,岘壳又好卖铜钱,脱落水勿用买棺材。"

如果将敲下的藤壶当场弃壳取肉,那么我老家村民就将这些藤壶肉称为"鲜岘"。"鲜岘"色泽白嫩、肉质细腻,因此吃法众多,味道也特别鲜美。值得一提的是,我老家村民烹制"鲜岘"的方法,非常简单,一般将"鲜岘"连汤带肉清水落镬一爨,镬里就会浮积成一层厚厚的乳白色晶体,看似蛋花,吃起来像嫩豆腐,这就是人们常说的"岘膏",无须任何佐料就非常好吃,非常鲜美,一旦尝过,就会让人垂涎欲滴,终生难忘。而在这时爨熟了的藤壶,也无须调味,只要放点食盐,撒些葱花,就会色香味俱全。也有村民嫌当场弃壳取肉麻烦,就将敲下的藤壶连壳带肉拿回家,直接放在镬里用火烧烤,烤熟了的藤壶肉就很容易能够剔出,我老家村民将这种藤壶肉称为"焙岘",就可以直接食用,更别有一番风味。当然,还可以将鲜岘腌了吃,"重盐腌之,能久藏",则成了当地村民百姓家一日三餐的下饭。因此,无论是清爨藤壶,还是烧烤藤壶,或者腌制藤壶,都是极具我老家味道的一种特色"小海鲜",已越来越受到广大美食者的喜爱。藤壶不仅味美,而且还同时具有药用功能,其名就列入中医药名录,其肉可以治消化不良、火烫伤,其壳可以治胃酸过多,具有制酸止痛、解毒疗疮的药效。此外,将藤壶壳烧制成蛎灰,还能替代水泥的角色,是当时农村一种不可或缺的建筑材料。值得一提的是,藤壶壳更是当时农村每家每户灶台上必备的洗镬用具。据说,现代科技正在研究开发藤壶黏合剂,一旦试验成功,必将广泛应用于医疗卫生、临港工业等领域,具有广阔的市场前景。

昨天敲藤壶的画面还在脑海依稀放映,今天吃藤壶的味觉又让舌尖重新摄录。尽管多少年了再也没有听到有关敲藤壶的音讯,但年少时的记忆早已与我融为一体,并不时闯进我的梦里,常常为敲藤壶时出现的险情而惊醒。因此,每当我吃到透骨新鲜的藤壶,都会使我情不自禁地套用这样一句至理名言:"我知盘中岘,只只皆辛苦。"总想为自己所见所吃所思的藤壶,贴上这样一句文字标签,整理或存放自己的心灵,告诉那些正在品味藤壶或正在为藤壶点赞的人们,藤壶好吃的背后还有一个个鲜为人知的故事。

14 / 撩海蜇

　　海蜇,古称"蚱",属水母纲,是生活在海洋中随波漂游的一种腔肠软体动物。它既似鱼非鱼,故台州人爱称它为"状鱼",即状态像鱼;又非蛇似蛇,故象山人俗称它为"虾蛇",即与虾同伴,能分泌蛇毒。它形像一朵蘑菇,也像一只降落伞,由伞盖(即"海蜇皮")和口腕(即"海蜇头")两部分组成,因内含丰富的蛋白质、维生素和矿物质等微量元素,营养价值非常高,故不仅是我县大众百姓日常佐餐的常年下饭,而且还是喜庆宴席招待宾客的佳肴珍品。

　　早在一千七百年前,晋代张华在《博物志》中就记载:"东海有物,状如凝血,纵广数尺周围,无头、无眼、无内腔,众虾附之,随其东西,人煮食之。"据说,这是我国历史上最早有关海蜇的文字记载。不过,真正让人们生食海蜇并从餐桌上风行起来,还是要算明代李时珍在《本草纲目》中的一句定论:"生熟皆可食。"清代袁枚在《随园食单》中就有记录:"用嫩海蜇,甜酒浸之,颇有风味。其名'白皮',作丝,酒、醋同拌。"从此,"凉拌海蜇"就流行神州大地,并在我县得到了广泛传承,达到了"一物各献一性,一碗各成一味"的美食境界。海蜇不仅是一道不用烹调的美味佳肴,而且还是一味食疗保健的养生良药,《本草纲目》就记载,海蜇具有清热解毒、化痰软坚、降压消肿之功效。据说,尤其对心血管病患者,是一种无须忌口的荤味素菜。

　　象山县岛礁星罗棋布,海岸延绵漫长,江河径流交错,每年大量的雨水入海,降低了近海水域的盐浓度,为海蜇的生长繁殖营造了得天独厚的生态环境。海蜇就喜欢栖息于这种水质咸夹淡、底质为泥沙的海域,生命周期为一年,即在每年夏秋季节出生(据说在山东沿海至今还保留在农历六月六日海蜇生日吃海蜇面的习俗),到第二年夏秋季节在完成繁殖任务后,海蜇就会自然消亡。因此,根据海蜇成长季节的不同,又可分为梅蜇、伏蜇和秋蜇。不过,这三种海蜇没有本质的优劣区别,只有个体的大小区分。相对地说,梅蜇个体最小,秋蜇个体最大,而伏蜇则折中,平均体重三五十斤。海蜇在鲜活时,伞盖表面光滑,胶质厚实,晶莹剔透,外色乳白,内色紫红,直径约一米,厚三四十厘米,周边有八个缺口,每个缺口约有二十个舌状缘瓣;口腕通体半透明,呈紫褐色,由八根瓣状垂管组成,每根瓣状垂管末端有口,每个口的边缘约有一百六十条丝状物。这些丝状物都长着许多刺细胞,就等同于海蜇的手,除了可以捕捉猎物之外,还可以将食物送入口中。

我记得在20世纪六七十年代,每到"菜籽爆、田水燥,川豆乌、大麦枯"的季节,海蜇就开始旺发,村民们都称此为"海蜇汛"。虽然我在那时年龄还小,还不能出海撩海蜇,因此也无法欣赏清代王步霄在《海蜇》一诗中描写的那种"美利东南甲玉川,贩夫坐贾各争先;南商云集帆樯满,泊遍秋江海蜇船"的壮观场面,但是在我老家村里,每到这个季节像我这样的同龄男孩,自然不会在家等闲,总是偷着乐去海岸边撩海蜇。因为老家村口海涂辽阔,海岸绵长,海岬突出,海湾深凹,礁石突兀,沙滩平缓,可能由于受到洋流与潮流交汇的影响,海蜇就经常拖着长长的紫褐色触须,近距离漂游在海岸边,或沉或浮出现在你眼前,有时像嫦娥奔月一样婀娜多姿,有时像初生婴儿一样天真无邪,那种悠闲自在、无拘无束的样子,让人见到无不为此动容,甚至感到手心发痒。所以每次遇上适合的潮时,我都会带上专门的撩兜,到海边转悠一会儿,看能否撩到海蜇。这种撩兜与众不同的是,不仅竿柄很长,一般也都有四五米,带上备用竿,还可随时接上,就能伸得更长撩得更远,而且网线很粗、网眼很大,一般只有九个网眼,呈两纵两横"井"字形,让人一看就知道是专门撩海蜇的。虽然我没有在船上撩过海蜇,但我想在岸上绝对不会少费气力。首先要不停地行走。因为海蜇是随海潮上涨进入滩涂的,也只有在潮水涨平时,海蜇才有可能靠近岸边,所以必须不停地在海岸边行走,才能扩大撩的范围,而海岸又往往礁滩相连,崎岖曲折,不仅临水临崖,而且陡峭峻险,尤其是在烈日的炙烤下,如此不停地进行攀爬、奔波,体力消耗自然很大,况且"六月天,小孩脸,说变就变",有时说来就来的狂风骤雨,即刻让你全身湿透,也分不清是汗水、雨水还是海水,好在海边长大,都习惯于这样风吹日晒雨淋,总是没把这些当作一回事,常常乐此不疲,流连往返。其次,要不断地观察。因为要在这波涛汹涌的海面上寻找一只时隐时现、出没无常的海蜇,简直如同大海捞针,所以必须目不转睛地仔细观察随时可能出现的目标物。虽然我在当时也知道海蜇有个嗜好,就是喜欢漂游在浑水与清水交汇间或有急浪漩涡的海域,但这种海况不是一成不变的,而且往往稍纵即逝,因此每遇这种情形,我都会蹲下身子,就地扮演"守株待兔"的角色。海蜇之所以喜欢漂游在这种海域,是因为这种海域含矾量要比其他水域高,故海蜇的一生也就有了"矾生矾死"的美誉。第三,要不时地进行开撩。虽然海蜇没眼没心没肺,给人的第一感觉不是很机灵,呆呆的、萌萌的,但当你将撩兜伸过去时,说时迟,那时快,

海蜇就会迅速下沉，在你眼前消失得无影无踪。原因就是在海蜇伞盖下、口腕旁都寄居着一群虾，而这群虾一旦发现可疑情况，就会弹动身子，告知海蜇有紧急情况，海蜇就立即下沉逃离了。正如宋代沈与求在《水母》一诗中描述的那样："出没沙嘴如浮罂，复如缁笠绝两缨；混沌七窍俱未形，块然背负群虾行。"这也是成语"水母虾目"的出处，更是我老家村民常说"海蜇无眼虾当眼"的缘由。一般情况下，大水潮流急难撩，小水潮流缓好撩。至于怎样才能及时、准确地撩到海蜇，则要根据当时海蜇漂游的距离、方向、速度以及潮水的流速等，进行综合判断，这可能就是所谓的"经验"，只可意会，无法言传。有时，也会发现海蜇就漂游在沙滩附近，我就会直接下水用手去抓捕，捧着一个感觉胖胖的、嫩嫩的海蜇，心里自然特别的爽。不过，在这里需要特别指出，不是所有人都可在海中触碰海蜇，也许像我这样从小在海边长大可能与生俱来就有被蜇的免疫力，也许你触碰的还不是真正意义上的海蜇，因为我知道

海蜇有个兄弟名叫"沙蜇",在我老家村民们都唤它为"辣蛇",它兄弟俩貌似神合,只是后者略为瘦小,村民们都怕它三分,一旦发现就躲得远远,要是被它一蜇,后果就可怕了。

因为海蜇是不能鲜食的,只有通过腌制才能将其毒素排挤出来,方可食用,所以每次撩回家的海蜇,就要及时进行腌制,而腌制方法也特别讲究,稍有不慎,就会影响海蜇质量。一是分割海蜇。就是在腌制之前,要将海蜇的伞盖与口腕分割开来,进行分别腌制。值得一提的是,在我老家分割海蜇从来不用菜刀,而是用竹片刀。这种竹片刀是村民用毛竹片制作的,长二三十厘米、头尖、中宽五六厘米,类似于现在市场上的杀猪刀。之所以用竹片刀,是因为当时还没有不锈钢菜刀,而普通菜刀都是铁打的,一旦用过就会生锈腐烂,因此而不舍,可能会让现在的一些年轻人感到匪夷所思。二是盐矾用量。因为盐少了海蜇颜色就会变黄,盐多了海蜇肉质就会变硬,而明矾不足海蜇就会渗水融化,明矾太多海蜇就会发硬紧缩影响口感,所以我还依稀记得每百斤海蜇需要十五斤盐、半斤明矾,必须分三次进行腌制(即所谓"三矾海蜇"),才能达到那种让人吃起来松脆滑齿、柔韧可口的感觉。

本来以为往事随风,无须再去回首追忆。没有想到,每次听到当下唱得红火的一首歌曲《你是我的眼》,都会使我情不自禁地想起"水母虾眼"的故事,甚至怀疑这是海蜇唱给虾听的,那种旋律、那种背景,仿佛又让我在时光的倒映中,找到了在老家撩海蜇时的一些记忆碎片,还有那种意境悠远、活色生香的家乡味道。

15/推 虾

推虾,也称"推网",是象山沿海常见的一种讨海方式。其作业过程,就是村民们手持网具,在潮头推行,将网具拗起,捕获鱼虾。只是近海资源枯竭,致使这种讨海方式渐渐地淡出人们视线。不过,作为一种古老的讨海方式,其独特之处或者吸人眼球的,并不是其使用的网具、方式有什么特别,而是推网人在下海时必须改换的一身行头,让人见了就会顷刻颠覆自己的惯性思维,在目瞪口呆、瞠目结舌之中,叹为观止了。

大约在20世纪六七十年代,在我老家周边就有几个推虾专业村,每到夏、秋季节,遇上适合的潮时、天气,村民们都会下海推虾。因为推虾是靠人力把持网具在潮头推行,而且海水的阻力又非常大,所以也只有成年男子才能担当此任,踏浪踩波,驰骋潮头,耕海牧渔,丰收渔获。推虾时间,一般集中在每潮海水退平到开始转涨之间。因为这时随潮退回海里的虾鱼蟹鲎,在冥冥之中感到潮水又要涨了,就纷纷聚集在潮头,期待着再次能够涌入滩涂,既可饱餐一顿美食,又可潇洒一次漫游,所以把握好这个时间节点,每次都有可观的经济收益。

推虾有一套专门的工具。一是虾挈。虾挈是由虾挈竿、虾挈网、虾挈撑和虾挈脚四部分组成。虾挈竿是选用两根长约五米、直径约五厘米的竹竿,将其并列,在其后端约二十厘米处进行凿洞,将两竿固定,使其另一端能张能合,打开时能呈V字形状。虾挈网形像簸箕,网眼细密,口宽兜深,前低后高,略呈倒三角形状,口宽约四米,纵深约三米,后高约一米,周边由一根网纲贯穿,纲上有若干个活动套环,网口前两角各有一段系绳,可分别系在虾挈竿前端。虾挈撑既是一根固定在两根虾挈竿间防止其在打开时变形的横档，也是一个将虾挈拗起捕获渔货的抓手，一般用圆木制成，长约一米，两端各留一个凹槽，用于与虾挈竿进行固定，大小以各自手感好、有抓力为宜。虾挈脚形象餐桌上的汤匙，用木凿成，长二三十厘米，前端平扁有弯度，后端半圆有凹槽，可安装在虾挈竿前端。是否安装虾挈脚，也是区别虾挈是用于推虾还是拗鱼的唯一标志。在组装虾挈时，首先，要在两根虾挈竿上分别套上一只直径约十五厘米、由棕榈绳结成的圆圈套环。其次，要将虾挈竿分别从虾挈网两边的活动套环中穿过，再将虾挈网口前两角的系绳分别在虾挈竿前端系紧。第三，要将两根虾挈竿上的圆圈套环分别套入虾挈撑两端的凹槽上，往后拉紧，就能固定虾挈竿打开状态，形成一个倒A字状。第四，要将两根虾挈竿前端分别镶入虾挈脚后端的半圆形凹槽内，进行固定，在推行时就能防止虾挈竿插入泥涂而停滞不前。在平时，这些也不用拆卸，只要用虾挈网将虾挈竿、虾挈撑卷起来，就可搬运存放。二是撩兜。这是将渔获从虾挈网中捞起来的一种工具。撩兜的大小形状，很像现在家用的电子蚊蝇拍，只不过在其电网处安装的是一张半圆形渔网，可勺可捞渔获。三是拖桶。这是放置渔获的一种工具。拖桶一般高约一米，桶口略小直径约一米，其中有两块桶板高出桶口约二十厘米，相互对称，在顶端约五厘米处中间凿有一洞，平时用绳穿过，就可扛可拎此桶；桶底略大直径约一米三十厘米，底板呈镟底形，以便于在海涂上推行；桶外一侧，离桶底约十厘米处，还固定一根长三五米的麻绳，在推虾时此绳一端系在推虾人腰上，因此桶拖在身后，像游泳时的"跟屁虫"，故被称为"拖桶"，而在下海上岸时，推虾人则将虾挈横搁在桶口上，人扒在一边推行，故此桶又被称为"推桶"。

准备好了这些网具，推虾人就可以下海推虾。因为村民们都知道当日的潮时，而且非常准确，几时几分涨退到什么位置，不用扳手指、翻皇历，心里知道清清楚楚。只等时间一到，他们就会将虾掣竿一端穿过拖桶绳，扛在肩上，或结伴同行，或单独前往，到达某一海岸集结。一般情况下，下海推虾至少有两人，这是职业的安全底线。因为下海推虾也属于高危作业，虽说是在潮头但常跋涉在齐腰没肩深的海水中，所以必须有人同行，万一有事就可照应。如果单独前来，那么就要稍候，等上一人；如果结伴而来，那么一到集结地，就可脱掉衣服，将上衣、鞋子等放在岸上，一般都是原地上岸，衣服就可重新穿上，而脱下的短裤则会结叠成各人各样的短裤帽，戴在自己头上。有的会结成陕北人包头巾样，有的则叠成法国贝雷帽式，总之只要自己感觉不会被海风吹散脱落，没有一个统一的标准或款式，一些老到的推虾人还能将烟和火柴藏匿在这短裤帽中，因为这是他们身上可能唯一干燥的地方。

　　戴好短裤帽，推虾人就光着身子，堂而皇之地推着拖桶向大海深处出发。令人不解的是，村民们为什么要裸体下海推虾？为此，我曾穷原竟委地从村里老辈人的口语相传中，得知了一些大概的来龙去脉。因为在当时农村成年男子穿的短裤都是大腰裤，即裤腰很宽，裤裆很大，平时穿着也是将宽松的裤腰结叠起来，用一根绳子系扎在腰上（当时还没有松紧带），而所做的布料都是纯棉纺的，吸水性很强，所以一旦下海，经过海水浸泡，负重就会增加，随时就会脱落，不但会影响正常作业，而且长时间与皮肤摩擦，也容易造成皮肤磨损，甚至还会产生全身瘙痒和湿疹等症状。因此，也有一些村民曾用稻草编织成草裙进行遮羞，但由于稻草一经海水浸泡，就会变质受损，不能重复使用，慢慢地就什么也不穿了。用村民的话说，这时穿不穿稻草裙，已只是一个观念问题。至于，短裤为何要当帽戴，据说还有个典故。从前，有个推虾人将短裤放在岸上，结果等他上岸时，短裤不见了，也不知是有人故意捉弄他，还是发生了什么意想不到的事，总之他回不了家，只好就地等着，请托同伴叫他老婆把短裤送来。他老婆把短裤送来后，自然没好声气地数落他"你头浸水了，出这个洋相！"也许是听者有意，推虾人觉得自己头是干燥的，将短裤戴在头上,就不会出此洋相了。从此,这位推虾人每次下海推虾就将短裤戴在头上。后来,大家都觉得可行,就学着将短裤当帽戴了。

因为推虾人在下海上岸时都要推着拖桶前行,所以在海涂上就留下了一道深深的桶印,熟悉海况涂貌的村民,就知道这是推虾人下海上岸的必经路线。因此,在这附近讨小海的村民,无论是男性还是女性,每当推虾人经过时,都会早早地站等着行注目礼,这一幕幕粗犷、健硕、雄壮、有型的本真画面,无不让人暗暗地称绝叫好。因为劳动是美丽的,劳动者的身体也是美丽的,所以久而久之也就成了在我老家潮起潮落中一道独特的风景。

推虾人一到目的地,就会立即打开虾挈,开始进行推虾。这时,老到的推虾人还会观察周边海鸥的动静。如果发现有成群的海鸥在某个海域时而高空俯冲,时而低空盘旋,那么就知道那里可能出现鱼汛了,就得赶紧推往那里。因为推虾人都知道,虾在海里都是成群集游的,虾游到哪里,鱼就会跟到哪里,"大鱼吃小鱼、小鱼吃虾米"是大自然的生存法则,但是虾见到鱼就会吓得跳起来,鱼吃到虾则会高兴得打起浑,而这一惊一乍的场面,自然逃不过海鸥的眼睛,就在海鸥欣喜自己扮演的"黄雀"出色时,却没有想到真正的"黄雀"还在后面,或正急着登场。如此这般,一潮下来,推虾人就能获得满载而归。当然,说是推虾,捕获的也不会只是虾,像鲻鱼、鳗鱼、泥鱼、梭子蟹等,都能卖个好价钱。

一方水土,养一方村民;一方沧海,富一方经济;一方习俗,成一方风景。也不知推虾始于何时,但是经过岁月的沉淀,这一讨海方式已成为我县渔文化传承中的一个活化石。据说,在山东日照已把裸体推虾开发成旅游观光项目,并进行"申非"立项,而我县作为旅游大县,挖掘好、提炼好、包装好本土的、传统的、大众的一些民间习俗,理应值得借鉴。真的好想攥着这张旧船票登上新时代的客船,让这一古老的推虾方式能够焕发新的光彩。

16 / 戽岩凼鱼

　　戽岩凼鱼,简称"戽鱼",是我老家村民对捕获生活在海涂与礁岩相连接的水塘里的鱼的一种俗称,即成语"竭泽而渔"的意思。这里的"戽",是指一种取水方式,即用一种舀水工具连续不断地将水由里往外舀泼出去,而"岩凼"是指在海礁岩石之间的水塘。这就是说,通过将岩凼里的水戽干舀尽,就能捕捉到各种渔获了。

　　因为我老家地处海湾一隅,滩涂辽阔,海岸绵长,岬多岫深,礁岩嶙峋,陡崖峭壁,每逢大水潮大浪淘尽了礁岩底脚与滩涂连接的淤泥,就成了一个个天然的岩凼。因为当时在海边礁岩上,到处都是密集遍布的藤壶、成片叠压的牡蛎、孤悬丛生的岩蒜、青翠葱郁的浒苔、植被丰厚的海藻以及成群乱窜的海蟑螂。而这些又是一些鱼隔洋过海伺机寻觅的饕餮盛宴,也许是由于这些鱼贪吃贪玩,忘了随潮返回的时间,等到它们发觉时潮水已经退下,只好侥幸地暂居在岩凼里躲过一潮,等待下一潮水涨上来,再返回大海。或许,正是在这短暂的等待中,有些鱼发现这些岩凼环境优美、食物富庶,就流连忘返,乐不思蜀了,干脆在此筑洞为巢,准备长期安居,甚至繁衍后代,所以这一个个并不显山露水的岩凼,实际上就成了一些鱼洄游觅食的天堂和生息繁衍的乐园。

虽然捕获的方式非常原始,没有多大技术含量,也不被村里的大人们所看好,但绝对是我老家村民们在孩提时代无不经历的,最初接触大海、练就讨海本领的第一课堂。记得在当时,每到夏秋季节,遇上适合的潮时、天气,我们村里的小伙伴们,一有空就会到滩涂上转悠一圈,似乎三天不到滩涂打滚一次,感觉屁股就要发痒似的,根本不知道什么叫日晒雨淋风吹,个个晒得都像泥鳅似的黝黑发亮,成天不是在海涂上钩红钳蟹、抲蛏子,就是在港汊岩凼中摸鱼、抓虾,不是在礁岩上撮辣螺、挖岩蒜,就是在塘坝石缝中钓涂鳗鱼。总之,童年的生活让我尽享了大多有关"海的乐趣",也让我读懂了大多有关"渔"的故事。就说戽岩凼鱼吧,每次约上几个小伙伴,各自带上脸盆、木桶、鲎壳等戽水工具,马上就可出发。不过,到了目的地,选择一个鱼多的岩凼,却是一件非常不容易的事。岩凼形形色色,面积或大或小,水位或深或浅,个中原因也异常复杂,必须精挑细选,量力而行,否则就会浪费感情。因此,在选择时必须排除以下几种情形:一是刚戽岩凼。因岩凼生态环境已遭破坏,在短时间内就不会有鱼生存了。二是清水岩凼。"水至清则无鱼"的理由很多,但主要是鱼或因无浮游食物而逃往别处,或因担忧无处藏身而离开此地,或因缺少养分而无法生存。至于是否有鱼,一般都要抛投泥块进行试探,看有无鱼打浑再作决定。三是淡水岩凼。就是山涧溪水经过的岩凼,因盐碱度偏低,也不适合海生鱼类在此安养生息。一旦确定了目标,大家就会齐心协力,分头进行堵上游、疏分流、截下游、拦支流,同时进行围堵,以最快的速度将整个岩凼围成一个滴水不漏的"孤城",既可防止鱼儿外逃,又可防止外水渗漏。堵上游,就是将与岩凼流通的上游港汊沟渠进行逐一堵截,防止海水再流入;疏分流,就是开挖一条排水渠道,将上游堵截后的海水引排别处;截下游,就是将与岩凼流通的下游港汊沟渠进行逐一堵截,防止海水逆流倒灌;

拦支流，就是将与岩凼周边相邻的沟洼、洞眼，逐一进行拦截、封堵，防止一些涓水细流暗中渗入。这些都忙好了，大家就可各就各位，拿出各自携带的戽水工具，开始将岩凼里的水往外戽。我记得在这时，大家最会较劲，你拿脸盆低头快泼，如祥龙车水，任凭汗水泥水挂满脸颊，水哗啦啦地溢满滩涂往外淌，我拎木桶高吼猛舀，如空中舞狮，不管腰酸背痛直不起身，水白晃晃地流入沟渠远离去，整个场面热闹非凡，仿佛大家都有使不完的劲、用不尽的力，恨不得立马就能把整个岩凼里的水全部戽干。随着岩凼里的水位不断下降，就会隐隐约约地看到有许多鱼开始急躁不安起来，尤其是鲻鱼、鲈鱼等水面鱼，就会急切地时而上下跳跃，时而掀泥打浑，目睹这一幕幕激动人心的场面，仿佛把人们的情绪挑拨到了最高点，大家立刻就会兴奋起来，每个人都会使出全力，往外冒劲，情不自禁地加快戽水的速度。当岩凼里的水仅剩十多厘米时，就能看到有些鱼经过一番垂死挣扎之后，开始有气无力地叹息在淤泥上，让人看到忍不住手痒；也有一些鱼经过一番静观默察，感觉情况不妙，就不动声色地躲而避之，或偷偷逃入各自的洞穴之中，或悄悄潜入泥涂、礁石之下，让人察觉难免心生愠恼；只有萌萌的小白虾还在无忧无虑地到处乱游，举着一对带柄且能全方位转动的复眼，似乎不解地在张望，又似乎好奇地在探究，激起层层涟漪，让人见了反倒觉得可爱至极。这时，大家就会停止戽水，开始捕捉渔获。一些性急的小伙伴干脆一屁股坐在泥涂之中，张开双手，一拦一围，一捧一捂，一抓一准，一时间让我这些小伙伴们只恨爹妈没能给他们多生几只手，要不怎么一时抓不过来！这不，刚抓了一条突闯领地的鲻鱼，又发现一条泥鱼正突着双眼步步逼近，而那些慌不择路的螃蟹，也没了平日横行时的霸气，目的可能是为了避人注意，急于找到一个可以安身的地方。不过，捕捉了游在水面上的鱼虾，还要逐一试探岩凼边缘洞穴、礁石底下的鱼蟹，有时不经意地翻开一块礁石，就能发现几只显得慌慌张张的蜻蜓蟹、石蟹，尽管它们立刻张舞起大螯，有些咄咄逼人，但最终还是无法逃脱就地被擒的噩运。最难捕获的是鳗鱼，一不小心就有可能被其咬得皮开肉绽，鲜血直流，因此我的小伙伴们一旦发现此鱼，就会脱下身上的衣物盖在其身上，让其咬住衣物,然后抓捕起来就得心应手了。捕捉了岩凼里的渔货,还要仔细搜拣礁岩上的辣螺、芝麻螺等贝壳。这样,整个戽岩凼鱼的过程,就告一段落了。

不过,在时间允许的情况下,一般还会再戽一个岩凼鱼。如果选择在上游相邻的岩凼,在我老家就俗称为"驳塘"。所谓"驳塘",就是将上游要戽岩凼里的水,直接排放到下游已戽干的岩凼里,这样就能降低上游岩凼里的水位,可以减少要戽的水量。整个过程如出一辙,可以重新复制,但不同的是,可以较少的戽水精力,捕捉到同样一个岩凼里的鱼。这,也是我们在戽岩凼鱼之前必须考虑的一件事。

分配渔获是我们每次戽岩凼鱼最快乐的一件事。我至今还记得几种分鱼的方法,在当时野外不可能带秤的情况下,现在回想起来还是觉得有一定的合理性。一种是"面对面"的轮选制,就是先在海涂上挖四个泥凼,将捕获的鱼、虾、蟹、螺分别倒入其中,然后根据各自的表现,推选出优先挑选的顺序,轮流从鱼、虾、蟹、螺中挑选其中之一,直至分完渔获。因为小孩有充裕的时间,也不急于一下分好,所以整个过程就显得特别温馨,也特别有成就感。另一种是"背靠背"的抓阄制,就是先将鱼、虾、蟹、螺按人数均分,然后进行抓阄,或者敲剪刀石头布,确定优先挑选的顺序,一次性分配全部渔获。现在看来,前者体现了一些"按劳分配"的元素,后者则带有一定的随机性,无论是哪一种方式,无不洋溢着当年我们这些孩子的童真童趣。

真的好像当下唱得火爆的一首流行歌曲那样:"时间都去哪儿了,还没好好感受年轻就老了。"在一个个不经意的转眼间,恍然就能发现过往的岁月已经在自己身后留下了一串串深深浅浅的脚印。或许,人生因为经历而变得愈加丰盈,眼睛因为眼泪而变得愈加清明,心灵因为苦痛而变得愈加通透,但是此去经年,童年的一切就这样无声无息地留存在自己过往的岁月里。我记得这样一首诗:童年像风,吹走了,留下清凉;童年如水,流走了,剩下沟壑;童年似歌,唱完了,余味犹存;童年是诗,吟毕了,仅存微笑。童年的生活是美丽的,也是多彩的,犹如戽岩凼鱼,无论世事怎样变迁,无论生活如何沧桑,都将永远珍藏在我孩提时的一张张笑靥之中。

17 / 掸麻蚶

　　麻蚶,学名"泥蚶",俗称"血蚶",是生长在象山县沿海滩涂上的一种贝壳类软体动物。它两壳坚厚,色泽洁白,左右同形,单侧张合,两背隆突,形如心脏,面有垄沟,如同瓦垄,齿沟对应,排列有序,呈放射肋,故其中药名就称为"瓦楞子";也因其肉质细嫩,肉色紫赤,汁液如血,故称"血蚶"。麻蚶不仅味道鲜美,而且营养丰富,内含高蛋白、高铁、高钙、少脂肪等微量元素,是象山城乡居民在置办汤水、招待宾客时不可或缺的一道美食佳肴。

　　麻蚶是象山沿海滩涂上的"贝壳大王",名列蛏子、蛤蜊、沙蛤等之首。它生长在海涂泥下三四厘米处,全身隐藏在泥涂之中,只在泥涂表面留有一条长一二厘米,宽一二毫米的缝隙,作为吸食、排污的渠道,当地村民称此为"麻蚶眼"。在我老家,村民们下海捉麻蚶的方式很多、叫法也不一。撮麻蚶,是指村民们在海涂上寻找"麻蚶眼",然后伸手撮之,这是最原始的一种方式;摸麻蚶,是因为每逢刮风下雨天或在晚上,由于"麻蚶眼"太小,很容易被混沌的海水、浮游的藻类和稀薄的淤泥所掩盖,很难辨认也很难让人发现,所以村民们就干脆用双手不停地在海涂上摸,就像农民耘田一样,一旦触碰到麻蚶,就随手拾来,这是最盲目的一种方式;踢麻蚶,是因为摸麻蚶时间一长,身体难免产生头晕目眩、腰酸背痛等症状,所以村民们要经常通过变换姿态,来缓解身体不适症状,即一只脚站在海涂上,用另一只脚在海涂表层进行前踢后探、左扫右划,一旦脚触碰到了麻蚶,即俯身拾之,这是最无奈的一种方式;掸麻蚶,是指专门使用一种工具,不仅省力而且高效,大家都乐此不疲,这是最常见的一种方式。这种工具叫"麻蚶掸",据说是我老家村民发明的,只是现在

　　已不知是谁发明了。麻蚶掸，实际上既像一把刷子，又像一把梳子，或者说是一把刷子与梳子结合体，即刷子的把手，梳子的身子。麻蚶掸一般长约八十厘米，其中把手约二十厘米，掸身约六十厘米，用圆木制作，手把略粗，大小以各人手感而定，没有统一标准，掸身龙骨稍细，一般直径三四厘米，两头微跷，中显弧度，而在掸身龙骨左中轴线上，每隔约二厘米钉一枚在当时市场上买的俗称"三寸钉"的铁钉，以钉牢为主，长短深浅一致，钉上全部的钉，就算制作完成。在使用时，村民们只要将握在手里的麻蚶掸，即铁钉朝下，像掸尘或像梳头发一样轻轻地在涂泥表面掸过梳去，铁钉一旦触碰到麻蚶，手就会有"咯"的震感，此时麻蚶已挡在铁钉的空格里了。这时，只要你将麻蚶掸慢转九十度舀起，涂泥就会顺着铁钉空格脱落，唯有麻蚶搁在钉格上，而且铁钉外端的钉帽，又挡住了麻蚶向外滑落，你即可将麻蚶倒入随身携带的拖桶或箬篮里。如此这般，循环往复，一潮下来，就能获得较高的经济收益。

　　实际上，麻蚶家族有三兄弟，与大哥魁蚶、二哥毛蚶相比，既有在宏观上相似之处，又有在微观上明显差别。其相似之处仅限于一些诸如基因遗传、营养价值、药用疗效等内在的东西，而明显差别则在于它们体貌特征、生长环境、市场价格等外在的表现。首先是大小不同。魁蚶最大，一般长约十厘米、高约八厘米；我见过单个就有斤把重的。毛蚶折中，一般长约五厘米、高约四厘米；麻蚶最小，一般长约四厘米、高约三厘米。其次，是体貌不同。魁蚶、毛蚶外壳都长着一层浓浓的棕褐色茸毛,而麻蚶没有茸毛,这也是区别它们最直观的一种方法。另外,魁蚶外壳有四十三道"瓦垄",毛蚶外壳有三十三道"瓦垄",而麻蚶外壳只有十八道"瓦垄",这可是在我老家只有老到的讨海人才能辨认而且一般不外传的一个秘密。第三,是生长环境不同。一般情况下,麻蚶生长在滩涂的最上端,毛蚶次之,魁蚶最低。也就是说,麻蚶生长的泥涂,无论是大水潮还是小水潮,都能裸露出水面;毛蚶生长的泥涂,一般在大水潮时,才有可能裸露出水面;而魁蚶生长的泥涂,无论是大水潮还是小水潮,都不能裸露出水面。因此,魁蚶在我老家俗称为"洋蚶",即意为生长在海洋里。或许,正是因为魁蚶、毛蚶常年淹没在海水之中,或者浸泡的时间太长,给一些藻类提供了一个生长的机会,所以才长出这样一层浓密的棕褐色茸毛,这是我的一个"哥德巴赫猜想"。第四,是市场价格不同。麻蚶的市场价格最高,在当时就高出毛蚶、魁蚶几倍、十几倍,而且现在还有拉开价差的趋势。正是这些原因,当时在我老家每到春夏季节,村民们都会不分昼夜下海撎麻蚶。

麻蚶全身都是宝,不仅好吃、好玩,而且还有食疗药效。清代袁枚在《随园食单》里就写了酒醉、入汤和做羹三种吃法。实际上,在我老家至少还有生炒、烧烤两种吃法。如果想要吃到透骨新鲜的麻蚶,那么最家常的做法,就是用开水烫。这种吃法虽说简单,但也颇有讲究,关键在于掌握烫的火候,即烫的时间长短。时间长,麻蚶太熟,肉质失去脆嫩,就会影响口感;时间短,麻蚶太生难以剥开,这样腥味太浓,也难以入口。因为在我老家也算是麻蚶的主产区,平时吃得多了,味觉的储存也特别久远,所以现在每每想起,总能让我回忆起老家那种意境悠远、活色生香的味道。最让我惦记的是,还是在老家时母亲烫的麻蚶,那堪称是绝对的一流,每一次总是欲开未开,一剥即开,血色鲜艳,恰到好处。如果在入口前将麻蚶肉先蘸一下用酱油、米醋、姜丝、蒜米、麻油等拌成的佐料,那种入口即化、隔餐难忘的感觉,真叫一个"爽"字,总是让人垂涎不已。此外,我还记得一种更原汁原味的吃法,那就是烧烤。这又让我想起自己的童年时代,每次与村里小伙伴一起下海撮麻蚶,总是约好提前返回，就近爬上堤岸、礁滩，大家一起拾来枯枝干叶，燃起篝火，有的将麻蚶直接放在炭火边烤，有的将树枝当筷子，夹着麻蚶在篝火中烧，等到麻蚶汁液溢出、欲开未开时，立即剥开外壳，那种肥嫩、鲜美的原汁原味，无不让我们这些小伙伴争抢着只往自己嘴里送，有时烫得含在嘴里直打转，有时弄得满脸尽是炭灰，简直就像一只只馋嘴的"花脸猫"，现在回想起来总觉幼稚可笑。因此，无论是哪一种吃法，麻蚶都是极具象山味道的一种特色"小海鲜"，已越来越受到广大美食者的喜爱。麻蚶不仅味美，而且还同时具有食疗药效，其肉味甘咸、性温，入脾、胃、肝经，具有补益气血、健脾益胃、散结消痰之功效。值得一提的是，麻蚶壳还是我老家孩子在当时那个年代爱不释手的一种游戏玩具。这种游戏就像现在城里儿童玩的一种叫"打红毛人"的游戏一样，也是几个孩子轮流做东，先将一只麻蚶壳仰放在地上，然后通过另一只麻蚶壳进行击打，如果将放在地上的那只麻蚶壳击打翻扑过来，那么不仅此壳就归击打者，而且还可获得一次继续击打的机会，直至麻蚶壳没有翻扑过来，再轮到下一位击打，如此循环往复，以壳多者为赢。因此，我还清楚记得当时自己的衣服口袋里，总是没有零钱，也没有零食，却有大把大把的麻蚶壳。

事实上，麻蚶与我县历史也有渊源。据记载，我县自唐神龙二年即公元706年立县而一直无城，到宋治平元年即公元1064年始筑土城，环以河，穿二门，东曰澄瀛，西曰登台，形成古城框架。明嘉靖三十三年即公元1554年，废土城建石城，设有四门，即东为"宾阳门"、南为"来薰门"、西为"迎恩门"、北为"拱极门"。因为整个城池平面图宛如一只素描的麻蚶图形，所以清代钱沃臣在其《蓬岛樵歌》中就有"城如魁陆"的记载，而"魁陆"则是蚶的一种别称，故象山县城又名"蚶城"就由此而来。

才下舌尖，又上笔尖。忽然发现，自己身上总有一种麻蚶情怀，总有一种蚶城情结。但是，没有想到，那段情怀，一转身就珍藏到了今天；那种情结，一向往就留恋到了现在。其中缘由，是非曲直，如果套用一句至理名言，那么可能就是"不识麻蚶真面目，只缘身在蚶城中"。

18/撮鲎

鲎，学名"中国鲎"，也称"马蹄蟹"，是生活在大海深处却每年都能洄游到象山沿海滩涂繁衍生息的一种甲壳类海生节肢动物。它诞生于三亿多年前的泥盆纪，至今仍然保持着原貌原样，是地球上最古老的物种之一，被人们称为海洋生物的"活化石"。现存于世的有四种鲎，即美洲鲎、中国鲎、南方鲎和圆尾鲎，其中中国鲎、圆尾鲎生活在我国沿海，或许由于生态环境遭到破坏，每年数量都在锐减，目前都已成为濒危物种。鲎形象特别，非常古怪，爬时像蟹，拎着若锤，捧起似瓢，平视如扇，呈深褐色，全身甲壳，凸背凹腹，由头胸部、腹部和剑尾部三部分组成。头胸部前缘弧圆，甲面宽阔，背有纵脊，呈马蹄形，两侧有刺，前端有一对单眼能感知亮度，两侧有一双复眼能辨认图像；肚下内陷，中间有嘴，六对附肢，对称排列，其中二至五如钳状为雌鲎、成钩形为雄鲎，血色为蓝，以捕鱼蟹为食。腹部甲壳较小，呈三角形，边缘有棘，腹下有五对泳肢、五对书鳃，能助游、会换气，也是其呼吸器官；尾剑部是一根锋利有刺的尾剑，俗称"鲎尾巴"，长短与身体对等，酷似一把三角刮刀，能够挥动自如，既是翻爬工具，又是防卫武器。它耐旱耐饥，但不耐蚊，蚊叮即死，这是它的致命弱点。

象山海域辽阔，海疆延绵，海岸曲折，海滩密布，沙质松软，阳光充足，气温湿润，食物富庶，非常适合鲎的繁衍生息。我记得在20世纪六七十年代，每到农历六七月份，村民们下海都能经常捕捉到成双结对的鲎。因为鲎从小就在海边沙滩长大，九岁时移居深海，十三岁时发育成熟，一旦找到称心如意的伴侣，健壮的雌鲎就会背着瘦小的雄鲎，从此形影不离，如胶似漆，被称为"海洋鸳鸯"。为了繁殖后代，它们凭借着儿时对沙滩那种风飘逸、月变幻、山幽秘、水拂弄的刻骨记忆，又开始从遥远的深海，远涉重洋，不畏艰辛，从容不迫地洄游到近海岸边，寻找沙滩，挖窝产卵，生子育女，所以在我老家就有谚语云："六月鲎，爬上灶。"鲎一旦选择好产地，就会随潮上下，昼伏夜出，尤其是雌鲎巾帼不让须眉，干事非常利落，一到沙滩就会一头扎进沙滩里，连钻带扒，很快就能挖出一个卵窝。它们产一窝换一个地方，一直忙到潮水快退时，才恋恋不舍地回到海里，经过四五十天的漫长等待，随着小鲎的破沙而出，此时秋风开始萧瑟，天气日渐转凉，老鲎俩甜蜜之旅也行将结束，开始返回大海深处过冬。

正是根据鲎的生活习性，曾经在我老家传承的扦鲎篱，就是一种非常古老的捕鲎方式。这种鲎篱长六七十米、高约一米，由一张张篾篱连接起来，每张篾篱长约二米，由篾丝编织而成，篱眼很大，只能挡住鲎的爬行，在扦插时每张篾篱的两端由一根篱桩固定，形成一个巨大的 V 或 U 字状，就能将那些在沙滩上产完卵，准备洄游入海的鲎拦入其中，在潮水退下后，村民们就能一一捕获到伏在篱边的鲎。我曾听村里的老前辈说过，大约到了 20 世纪四五十年代，由于"网"的出现，"鲎篱"这种捕获工具就随之销声匿迹；也有可能由于后来不断地进行围海造田，沙滩渐渐消失了，鲎也慢慢不见了，扦鲎篱这种古老的捕鲎方式也退出人们视线，已不为当下的大众所熟悉。不过，我听说现在福建漳州一带虽已改用"鲎网"，但还保持着与我老家相近的名称，称其为"鲎濂"。虽然在我老家早已没有专门的捕鲎网具，但村民们在讨海时还能经常捕获到鲎，并将这种在无意中捕获的方式，统称为"撮"。我曾经在讨海时就经常撮到鲎。有时在浅潮中行走，一不经意就会踩在鲎背上，那种硬硬的、滑滑的感觉，常常让我吓得一大跳，一个趔趄差点将身体摔倒，但等我反应过来，就会知道是踩到鲎了，俯身拾之，一撮就是一对；有时在放拉钓时，发现钩住了一只雌鲎，还可在附近找到一只正在等待的雄鲎；如果钩住的是一只雄鲎，那么雌鲎肯定已经逃离远去，就不用找了，这也是成语"枭过鲎母"的由来。现在想来，雌鲎如此不顾雄鲎安危，独自逃离现场，或许为了保护身孕，能够繁衍后代,这也许正是雄鲎所希望的,因此妄说雌鲎为"枭",也可能错怪雌鲎了;有时闲着站在闸门、码头上远眺细瞧,也会发现并捕获埋伏在涂泥上的鲎;有时在海涂上发现鲎爬过的脚印,每次都会让我怦然心动,立即放下手头的活,按图索骥,一路细查,一直追寻,一旦找到了鲎,就会拎着它尾巴,急着就往家里跑,要是赶上时间,来个现杀现炒,就能饱享一顿活色生香的"全鲎宴"。

鲎全身是宝,肉、血、壳、尾都可入药。据说,鲎肉具有清热、解毒的功效,能治咳嗽、痔疮等疾病;鲎血能制作血细胞冻干品(也叫"鲎试剂"),能快速诊断各种内毒素疾病;鲎壳具有活血、祛瘀的功效,能治跌打损伤、烫伤等疾病;鲎尾焙干研粉,搽敷患处,具有快速止血作用。在当时尤其是像我老家那样农村,自然缺医少药,卫生条件不好,一些孩子身生疖疮,也在所难免,所以就有一些村民经常煮鲎烧汤给孩子喝,说是"喝鲎汤,不生疮"。值得一提的是,目前鲎已被列为国家二级保护动物,禁止捕食,否则就有违法之嫌,而且圆尾鲎(也称"鬼鲎")是不能食用的,因含河豚鱼毒素,一旦误食,就有性命之虞。因此,我写此文并非崇尚捕食鲎,而是想从鲎的文化视角,反映我县沿海渔乡渔村风情风貌。还是说"鲎"吧,这个"鲎"字,上半部分同"学",下半部分是"鱼"。据说,造此字者从未见过海,也从未见过鲎。初次相见,心里窃喜又学到了一种物种知识,就不假思索地写了"学"字的上半部分,正愁下半部分该怎么写时,忽然想到生活在海里肯定都是鱼,于是就写上"鱼"字,并将鲎划归为鱼类,其实它应为节肢类,故被人戏称为"最有学问的鱼"。《本草纲目》记载:"鲎者,候也。"查阅百度,"候"的意思有多种解释,其中之一就是表示"事物在变化中的情状"。这不,在我老家的方言中,就有意无意地把一些在变化中显示凹陷的、凸起的或带有弧形的情形状况,都称为"鲎"。如有人身体驼背被称为"鲎背";有人眼眶凸出、眼睛凹陷就被称为"鲎眼";有人身体不慎被撞肿起一个包块就被称为"鲎大一块";木匠把木板中间"鲎突"的部分刨平了;农民把土地中央"鲎高"之处平整了;就连天空中的彩虹,也被称为"鲎"。有谚语云:"东鲎晴,西鲎雨。""对日鲎,不到昼。"如此等等,数不胜数。更有甚者,把"鲎"的含义扩展、延伸到日常生活之中,创造出了极具地方特色的"鲎+"句式。如交通拥堵,便说"鲎堵";天气闷热,便说"鲎热";树枝弯曲,便说"鲎弯";行动缓慢,便说"鲎慢";寻衅闹事,便说"鲎横";蛮不讲理,便说"鲎势"。如此这般,让人感觉"鲎"有非常、特别的意思。事实上,在我老家还常借鲎说事喻人,褒贬是非,形象直观,催人奋进。如"双鲎无一偶"是指某些事物缺一不可,否则就不完整;"鲎角鲎蛲"是指人办事不利索、行动缓慢;"大若鲎、小若豆"是指两者相差悬殊,大小不均;"草笠防晒、鲎勺舀汤"是指人面对困难,要勇于挑战,接受考验。我还记得,过去在我老家村里,村民们将鲎吃了以后,都要将鲎壳清洗干净,挂在屋檐下晾晒风干,然后珍藏起来,既备做药用,也留当器具。有趣的是,在当时鲎壳还能替代冰箱作用,即便是在夏天若把剩饭剩菜放入鲎壳里,保证存放两三天也不会变馊;据说将一些瓜果种子存放在鲎壳里,隔年跨月都不会变质,发芽率比存放别处的还要高,这些特异功能恐怕至今还匪夷所思!

相思相见知何日,此时此刻终为情。也不记得自己最后一次撮鲎是何年何月,只有任凭相思在淡淡的、长长的时空中成为永远的回忆。如果回忆是一种无尽的牵挂,那么我会静静地闭上眼睛,慢慢地屈起手指,默默地数着它从前留在我心中的一个个"鲎好"。

19 / 牁章干

　　章干,学名"章鱼",也称"八爪鱼",是每年春季洄游到近海并在象山县沿海滩涂洞穴中产卵繁殖的一种海生软体动物。它全身无骨无鳍,柔软光滑,能伸会缩,体色多变,生性凶猛,机智灵活,善游会爬,大小悬殊,由头部、足部和胴部三部分组成。头部与躯体分界不明显,两侧各有一眼,头顶中央有嘴,形成膨大口球,内有角质颚片及锉状的齿舌,形似鸟类口喙;足部连接头部,置于嘴的前方,有八条可收缩且柔软的脚腕,基部与称为裙边蹼状组织相连,由粗渐细,长度相近,脚腕背下有两排肉质吸盘有序排列,具有很强的吸附能力;胴部与头部相连接,外有一层套膜,呈囊状椭圆形,内有干化墨囊,张口能吸藏水,表皮有疣突起,呈灰白色斑点,侧有一根体管,似漏斗尖筒状,水从此管排出,形成强冲击力,能使身体向反方向游动。它怕光喜穴居,以捕虾、蟹等甲壳类动物为食。在遇到紧急危情时,能喷射出墨汁,作为烟幕掩护,既可混淆对方视线,麻痹对方感官,趁机突击进攻,置对方于死地,也可进行自我断腕,利用断腕蠕动,迷惑侵害对方,趁机迅速脱逃。它有三个心脏、两个记忆系统,故其生命力极强,智商值很高,在海洋无脊椎动物中堪称一绝,成为霸王。

　　章干与望潮似乎是一对孪生兄弟,不仅形象相近、神色相似,而且习性相仿、爱好相同,因此也只有老到的讨海人,才能明辨是非、定分伯仲。首先,体色不同。章干身上携有红、黄、紫三种色素,能随时随地变换体色,在常态下大多为粉红色,而望潮体色相对单一,通常为淡青色。其次,大小不同。在海涂洞穴中牁的章干,一般小则斤把重,大则二三斤重,而望潮最大也只有斤把

重，且章干腿腕细而修长，望潮腿腕粗而壮短。第三，生活环境不同。章干习惯生活在远离海岸的滩涂洞穴之中，一般只有在大水潮时它的洞穴才能裸露出来，用我老家村民的话说就是生活在"泽停头"，因而在平时抲章干受潮位的影响很大，而望潮则生活在距离海岸较近的滩涂洞穴之中，无论是大水潮还是小水潮，它的洞穴都能裸露出来，一般不受潮位的影响。第四，生存空间不同。章干个体大，洞道也大，而且洞道很深也很长，一般情况下章干洞从进洞到出洞有二三米，深也约有一米，而望潮洞则无规则，距离有远有近，深度有深有浅，尤其是到了"一阵秋风一阵凉、一潮望潮一潮上"的深秋季节，望潮洞一般都很浅，往往只有二三十厘米，就能抲到望潮。第五，抲的时间不同。章干是每年立春前后从大海深处洄游到近海滩涂洞穴中产卵，一旦完成产卵，就会弃洞而去，慢慢消瘦变老，随波逐流消失在汪洋大海之中，故抲的时间跨度较短，而望潮则从农历三、五月份的"大麦黄、望潮上"开始，到"九月九望潮吃脚腕"为止，抲的时间跨度较长。因此，从中不难看出章干与望潮的差别，不仅抲章干的时间短，而且难度更大。

在我老家抲章干，也算是在讨小海中的一项技术活。因为章干生活在"泽停头"，本来泥涂就非常柔软，经过一个小水潮段的海水浸没、海浪冲刷，等到大水潮裸露出来时，整个海涂平整而明了，远远看去让人有种一览无余的感觉。尽管在海涂上还有许多类似的沙蟹洞、泥鱼洞等，但这些洞穴的固有特征早已消失殆尽，而且章干作为一种生性机灵、智商极高的海洋动物，自然懂得生存法规，也精于就地伪装，否则就等于"此地无银三百两"，难逃讨海人那双捕捉的慧眼。因此，要在这形形色色、林林总总的洞穴中，清清楚楚、真真切切地抠到章干，就必须熟悉章干洞的形状，了解章干洞的结构，这是抠章干的基本前提。章干洞一般都是多向洞，即一个洞口同时与多个洞口相连，而其他的洞穴诸如沙蟹洞、泥鱼洞等大多是单向洞，即只有一个洞口，没有与之相对应的洞口相连，即使有洞口与之相连，但也往往是要么间距太近，要么洞道太浅，而这些都不符合章干洞的基本特征，所以在寻找章干洞时，必须对每一个看不起眼的洞穴，都要手脚并举进行试探，或将手伸进洞里，或用脚踩到洞中，观察周边是否有水溢出，如果有多处水溢口能遥相对应，那么就可确定为章干洞。在一般情况下，章干洞不仅洞道深，洞穴面积大，而且洞中有洞，洞洞相连，具有狡兔三窟的固有特征。典型的章干洞，大多是呈"十"字状，即进洞口的对面是出洞口，如果左边是座洞，那么右边就是逃生洞。因此，根据其洞穴的内部结构，在我老家还有几种别称：一是进洞，即类似于人类住宅的大门，是章干日常出入的通道。进洞口相对较大，一般直径二三十厘米。这些洞穴原来可能是沙蟹洞，也可能是泥鱼洞，只是主人被章干捕食了，洞口门面也被改换了。二是出洞，即类似于人类住宅的后门，是章干专门用于排污、换水的通道。有时章干将改建洞道所产生的"建筑垃圾"就堆放在出洞口，即一颗颗类似萝卜籽的黑色泥粒，就成了章干洞的典型标志。三是座洞，即类似于人类住房的主卧室，是章干在洞穴中的居住场所。此洞一般选择在进洞通道中某一拐弯抹角处，空间相对较大，洞壁四周都有章干脚腕吸盘打磨的痕迹，没有淤泥，水质清澈，水温暖和，所以当手伸进此洞，就会感到非常温馨。如果不是老到的讨海人，误将章干洞的座洞口堵塞了，那就再也抠不到章干了。四是客洞，即类似于人类住宅的客厅，一般置于座洞外侧，形式与座洞差不多，只不过客洞还连着逃生洞，是它平时饮食、临时备战的一个场所。五是逃生洞。即类似于人类住宅的应急通道，是章干备作逃生的洞道。当章干感受到某种危险时，它就会外出潜逃，从此销声匿迹。一般情况下,逃生洞有两种类型,一种是真洞,一种是假洞,真洞具有一般洞的特征,而假洞原先也是洞,只是后来被淤泥堵塞了,但由于堵塞的淤泥比较稀薄,故章干还能游爬自如,迅速逃离。因此,在抅章干时必须根据其洞穴结构,从进洞开始,步步为营,循序渐进,切不可反向操作,否则也抅不到章干。有些章干洞有齐腰深,为确保一只脚能始终置于洞道位置,必须用双手将表面一层涂泥一块块端甩出去,这也是抅章干最苦最累的一个环节。然后,还要不断地用手或专门的章干撬在脚头前方挖洞,探明洞道走向,使另一只脚及时更换位置,以此类推,就能找到座洞,抅到章干。有时还没抅几步,就会发现有章干脚腕从逃生洞中爬露了出来,如果这时就用手去抓,那么大多是抅不到章干了。因为章干的脚腕各有不同的分工,有的负责站岗放哨,有的负责搜集情报,有的负责捕猎食物,而从逃生洞中爬露出来的脚腕,或许就是打探消息的,如果这时惊动了它,那么就等于告知章干情况非常紧急,迫使它不惜自我断腕,也要义无反顾地去逃命了。因此,我在抅章干时,每次遇见这种情景,从不轻易惊动它,只能暗自加劲,加快抅的进度,在章干还没有完全反应过来时,就轻松地将它捉拿了。虽然每次抅章干的数量都不会多,一潮也就三五只,但每只都有一二斤重,也非常有成就感,有时在路上遇到一些村民,还没等他们说要看,就会不自觉地停下脚步,晒出自己沉沉的成果,或许在心里就想再赚一句好听的话。

章干含有丰富的蛋白质、矿物质等营养元素,尤其是被人们视为抗疲劳、抗衰老、能延寿等保健因子的天然牛磺酸,更是让人众里寻它千百度,专门精烹细食,深受人们喜爱。虽然章干吃法众多,但我认为首选当属白焯章干,以致我至今还记得老家一酒店的菜谱解说:"章干灵气天下闻,清蒸白焯味更真;养血益气增颜值,莫道三高更宜人。"

忽然想起2010年在南非举办的世界杯足球赛上七猜七中、一夜成名的"章鱼保罗",尽管我知道在其背后有个巨大的商业营销,但我还是希望在2022年北京冬奥会、2023年杭州亚运会上也能够惊现"章干象山"的光辉形象,无论是何种形式,我想都是推介象山的一种好载体、一种好途径。

20 / 钩红钳蟹

红钳蟹,学名"招潮蟹",也称"拜堂蟹",是生长在象山县沿海滩涂洞穴中的一种海生节肢动物。它体长略圆,头胸甲壳,壳面光滑,色泽艳丽,前宽后窄,略呈梯形,平均身长约五厘米,体重一二十克,是一只长得古怪精灵而又讨人喜爱的"小宠物";它名声大,知名度高,大多因钳得名,因习而称,因多取胜,是人们接触海洋自然、认识海洋生物的第一道风景。

作为沿海滩涂上的"弄潮儿",红钳蟹常年生活在潮间带高潮位的一种优势蟹类。每当我徜徉在海滩岸边,都能看到它密密麻麻、挨挨挤挤地群聚在一起,时而打闹嬉戏,时而追逐猎物的身影。它有一对大小悬殊的螯,大的叫交配螯,颜色鲜艳,有特别的图案,既用来向雌蟹示爱、求婚,也用来与同伴打斗、恃强,小的叫食螯,是专门用来捕捉食物的,而那只重为自己体重一半、长为自己身体直径三倍的大螯,却在平时能够挥洒自如,应对如流,从不影响日常生活,在为蟹一族中绝无仅有,让人无不叹为观止;它有一对火柴棒般突出高举的复眼,能三百六十度旋转、全方位观察,像雷达一样扫描成像,清楚辨认来自任何方位的敌情,在为蟹一族中堪称翘楚,让人无不拍手叫绝;它有一个始终不渝的生活习惯,每当潮水涨到脚跟前时,就会不停地用双螯作揖恭拜,既像主人在招手示意欢迎潮水到来("招潮蟹"称呼的由来),也像新郎在婚礼上不停地向新娘行对拜礼("拜堂蟹"称呼的由来),还像人们在野外行走时不断举手遮挡额前的阳光("遮阳蟹"称呼的由来),更像一位顶级琴师娴熟地弹着那把大提琴("琴师蟹"称呼的由来),在为蟹一族中独一无二,让人无不心生敬佩;它有一个非常聪明的超强大脑,每次外出活动,每走一步都能及时准确地计算出与洞穴的最近距离,而且从不重返老路,即使忙中生乱,也不走错家门,在为蟹一族中无与伦比,让人无不点赞叫绝;它有一个至高无上的冠冕,在我老家被称为"脚仙",一旦奔跑起来绝对是短跑世界冠军,肯定会让牙买加百米飞人博尔特汗颜,在为蟹一族中见所未见,让人无不望尘莫及;它有一个百变容颜的美称,每天的体色都会跟随太阳的运行而变化,日深夜浅,尽情绽放,每五十分钟变换一身姿色,而这又与潮水每天的涨落时间相吻合,在为蟹一族中独树一帜,让人无不眼花缭乱;它有一个特别的嗜好,就是边挖洞边吃食,能及时过滤、吸收泥涂中富含的有机食物,而且平均每星期要挖一个新洞,挖好了就丢,丢了又再挖,是公认的海涂拓荒者,对于改善土壤结构、促进土壤氧化,无疑起到积极作用,在为蟹一族中空前绝后,让人无不赞不绝口。

正当我沉浸在这浪花朵朵、海鸥翩翩、渔舟点点、涛声阵阵的海景图画里,尽享独品红钳蟹的乐趣时,却眼睛一亮,发现不远处有几只红钳蟹正在围猎一条弹涂鱼。也许是弹涂鱼寡不敌众,也许是红钳蟹众志成城,不一会儿那条弹涂鱼就被一只红钳蟹钳住了。没有想到的是,那只红钳蟹竟企图独享战利品,钳着弹涂鱼扭头就跑,而其他几只红钳蟹却紧追不舍,眼看一场新的战役即将拉开序幕,只见那只钳着弹涂鱼的红钳蟹放下战利品,回过身来用它那只威猛刚劲的大螯,死死钳住紧随其后的那只红钳蟹,你推我挡,互相较劲,顿时两蟹嘴上都冒出白色泡沫,仿佛让我于无声之处听到了古战场上的厮杀声。忽然,一只海鸥从空中俯冲下来,说时迟,那时快,已打成一团以及还在追赶的红钳蟹,立即作鸟兽散状,纷纷躲入洞中,逃过一劫。然而,过了片刻,当红钳蟹们悄悄重返鏖战场地时,却发现那条弹涂鱼不见了,滩涂又恢复了平静。就在这时,我发现每一只红钳蟹都是一种色源,尤其是在烈日当空的晌午,赤橙黄红,闪闪烁烁,整个滩涂仿佛被铺陈着一层彩练,如云舒卷,似风轻拂,更显红钳蟹的妖娆。但是,随着潮水慢慢上涨,红钳蟹们都爬到了洞口,纷纷扒起洞口边上的泥粒,盖住洞口,躲进洞里,准备安度一潮的生息;它以洞为家,一蟹一洞,没有配偶,过着单身生活,洞穴结构呈垂直形,洞口呈圆形,直径三四厘米,深约五十厘米,周边围着泥墙,有无爬行痕迹及新鲜残泥,是判断洞中有无红钳蟹的一个主要标志。

虽然红钳蟹有这样或那样的独特之处,但是毕竟是一只小蟹,而且即使一只体形较大的红钳蟹,也甭想吃出多少肉来,包括那只看似饱满的大螯,无论你怎样烹饪,吃起来也不过是一股汁水,尽管鲜味十足,但在当时几乎所有的海产品都能胜它一筹,故在我老家对红钳蟹总是不太感兴趣的,常常不屑一顾,只是等到农历八九月份"秋风响、蟹脚痒"的季节,一些村民想捣些红钳蟹酱,备作常年下饭,才会想到捕捉它。在我老家捕捉红钳蟹的方法很多,有钓荡的、有灯照的、有网拔的,等等,虽然这些都是我少年时代曾经为此付出汗水并收获快乐的一种种捕捉方法,但在我记忆中印象最深,方式最为独特,却已濒临失传的,还是要数钩红钳蟹。钩红钳蟹有一套专门的工具,即一竿蟹钩、一根蟹撬。蟹钩长约一米,由钩具与竿柄两部分组成。钩具长约三十厘米,一端平列两枚钓钩,呈倒八字形,钩长约三厘米,两钩及与钩竿的间距均二三厘米,一端连接竿柄;竿柄长约七十厘米,用毛竹劈片制作,类似筷子,比筷子长,上粗下细,下端连接钩具,统称为钩竿。蟹撬是一件辅助工具,主要用于蟹洞的整形、扩张。它似拐杖,成T字状,长约四十厘米,用木材制成,由手柄与撬杆两部分组成。手柄长约十五厘米,大小不定,由各人手有握感而定;撬杆一般取直径四五厘米的木枝,刨光磨圆即可,一端头圆略小,一端镶嵌在手柄之中,形成一体。这两件工具带齐了,就可下海钩红钳蟹。但是,在钩红钳蟹之前,还得做两件事:一是选洞。虽然滩涂上红钳蟹洞密密麻麻,林林总总,但有两种情形,一种是真洞,一种是假洞。真洞是指洞中还居住着红钳蟹,洞口附近有清晰的爬行脚印,还有刚挖出的残渣泥粒,除此之外,都是蟹去洞空的假洞。二是搪洞。因为红钳蟹洞总体上是垂直的,既没弯洞,也没横洞,但不排除上下洞道有局部的倾斜、弯曲或有其他障碍物,诸如沉淀积压在泥涂下的木枝、贝壳、碎石等,弄不好就会折断钓钩,所以必须将蟹撬插入洞道进行搪洞,即轻摇几下,以改变洞道结构,畅通洞道障碍,有利于及时将红钳蟹从洞中钩出来。做好这些准备,就可将蟹钩插入蟹洞钩蟹。当蟹钩插入蟹洞与红钳蟹触碰到时,只要轻轻地转动钩竿,就能使蟹钩伸到红钳蟹的下方。因为蟹钩一侧留有二三厘米缺口,即两枚钓钩的间距,就能保证红钳蟹从中顺利通过,但是否能够通过,则要看个人技艺了。然后,再转动钩竿九十度,将钩竿提上来,就是一只做垂死挣扎状的红钳蟹。见此情景,我每次都觉得自己手中那根钩竿,已不是一般钩竿,而是《西游记》中描述的那种法器。要不,这只刚逃入洞中的红钳蟹,就这样轻易地被我钩出,真不愧为"一物降一物"!如此反复,快速下钩,一潮下来,钩个八九斤,也是经常的事。

每次将钩来的红钳蟹清洗干净,去掉肚脐厣盖,加上盐就可捣成蟹酱,就成为普通百姓家的常年下饭。因为它一鲜二咸三爽口,俗称"下饭榔头",所以每次吃饭时"蟹酱直笃莫横挟",就成了我儿时在餐桌上常听到的一句话。同时,我还记得这样一句俗语:"蟹酱直笃(用筷子蘸),员外吭介大福;蟹酱横披(用筷子挟),员外吭介家几(家产)。"现在看来,这既是我老家村民对现实生活的一种自我解嘲,也是对苦乐人生的一种精神写照。

往事如烟,侧影翩然。再忆钩红钳蟹,既为曾经的不甘,也为未来的不安,真的好想"挟取笔端风雨,快写胸中丘壑",使钩红钳蟹这种传统讨海方式能够得到传承,并形成一种渔文化,在当前的海洋旅游大潮中让红钳蟹成为一只"招商蟹"。

21 / 钩沙蒜

　　沙蒜，学名"海葵"，古称"沙噀"，是生长在象山沿海滩涂上的一种海洋腔肠动物。它上端开口为口盘，口盘中央为口腔，周边有数道触须，长短粗细均不一，数目因品种而异，细软飘忽如花瓣，表面长有刺细胞，有各种不同功能，能捕捉小型动物，经口道入消化腔，以吸收营养成分，确保机体健康成长；下端封闭为基盘，能分泌各种腺体，既可吸附于礁石、贝壳、木桩等硬物上，也能扎根于泥涂中，形成一个独立的生物个体。从外观看，沙蒜呈圆柱状体形，营站立状生存，体态柔软多潺，体表有纵向纹，体色多呈青黄，体液非常黏稠，缺水极易变质。虽然其貌不扬，甚至可称丑陋，但味道鲜美，营养丰富，是在我县享誉度极高的一道"小海鲜"食材。

　　关于沙蒜名称，在我老家有几种不同的说法。一是根据其生长区域或捕获后的形状而称呼。因其一般生长在底质呈沙性的泥涂上，故称"沙蒜"；与之相对称的，如生长在礁石、贝壳、木桩等硬物上，在我老家则统称为"岩蒜"。这里的"蒜"，是因其在捕获时受到触碰、伤害等因素，通常会收缩成大蒜头状，故得此名。也有例外，尤其是一些还处在生长发育阶段的沙蒜，在捕获后还不能收缩成大蒜头状，而很像男小孩的生殖器，故在我老家就美其名为"大海的儿子"，这与在山东沿海称其为"海腚根"，极具异曲同工之妙。二是根据其生活状态而称呼。之所以称其为"海葵"，是因为它在日常生活中舒展的触须形状，犹如一朵朵盛开的向日葵，即寓意"海中葵花"。事实上，可能受地域的限制或品种的不同，我所见到的它触须舒展的形状，更像秋菊吐蕊绽放，花团锦簇，故在我老家也有村民称其为"海菊"。海葵的家族很大，全世

界有五百多种,这里所称的"海葵",仅特指为"星虫状海葵"。三是根据其生活动态而称呼。因为它在日常生活中口腔里常含吸着大量的水,无水不活是它的一个基本特征,而且只要稍有触碰,它就会收缩身体将含吸在口腔中的水向外喷涌,故称为"沙噀"。不过,这种称呼也仅限于在古籍中,如宋代许及之诗称:"沙噀噀沙巧藏身,伸缩自如故纳新;穴居浮沫儿童识,探取累累如有神;询之并海无所闻,吾乡专美独擅群;外脆中膏美无度,调之滑甘至芳辛。"清代孙锵鸣和其韵:"沙噀形丑古未闻,蛤蜓螺蚌差与群;美味独居众族上,佐以姜韭殊芳辛;此时红花满山囿,隔年一食颇待久;注汤烂煮不惜薪,老饕流涎急呼酒。"清代张文伯也称:"偶谈沙蒜婼乡味,犹忆冬乌集酒家。客里年年压蘁鼓,销愁与子付诗叉。"如此这般,有关沙蒜的不同称呼,就有"横看成岭侧成峰,远近高低各不同"的韵味了。只是不知何故,在我国古代的有关医药著作中竟没有收载这一美丽的名目,让人无不感到些许遗憾,但值得欣喜的是,国家有关单位于1980年在浙东沿海科考时,发现其除了作为营养丰富的美食外,还具有镇痛、镇咳、镇静等极其珍贵的药用价值,尤其是在我老家一直流传的、被认为具有"滋阴壮阳"的补益功能,也在那次科考中得到证实。

　　我老家地处海湾一隅,海涂辽阔,泥质沙性,淤泥厚积,潮流平缓,阳光充足,雨水充沛,土地肥沃,为沙蒜生长提供了得天独厚的地理环境,从而成为当地村民珍藏于心且每年都要到那里钩沙蒜的一张特色版图。沙蒜一般生长在海涂的低洼处,即在有水的地方,就能看到它像一只只茶杯口般的口盘置于泥土中,层层叠叠舒展着的触须,既像葵花朵朵绽放,又像菊花瓣瓣簇拥,自然显得雍容华贵,令人无不赏心悦目,如果你在这时忍不住想用手去触碰它一下,那么它在你还没有触碰它时,就在瞬间消失了。虽然沙蒜看似没有眼睛,像是一种植物,但它的反应却非常敏捷,因为它的触须都有神经末梢,一旦触碰到它或让它感受到有外侵之敌,就会立即紧缩身子,躲藏到洞穴底部。沙蒜生长的洞穴一般深有二三十厘米,因而捕获它也是件非常不容易的事。虽然在我老家村民们在抠沙蒜时手脚也都非常灵巧,旁敲侧击,出手快捷,三下五除二,就能在瞬间将沙蒜捕获,但是每一个讨海人都非常向往有尊严、非常体面地从事讨海生活,不管你技术怎样娴熟,但总免不了要弄脏双手、衣物,而且还必须将衣袖捋得高高的,置手臂于夏天烈日下暴晒、冬天寒风中受冻,这就让人心生痛惜,更觉没有绅士淑女气派了。于是,钩沙蒜就成了我老家村民智慧讨海的一个缩影。也不知这项技术始于何时,是谁发明的,我只记得在20世纪六七十年代,每到农闲时节,村民们都会三三两两不约而同地下海钩沙蒜。钩沙蒜需要一种专门的工具,这种工具大多是我老家村民们自制的,通称为"沙蒜钩"。制作沙蒜钩的方法,也非常简单,只要取一根七八十厘米长、三厘米宽的毛竹片,在一端约三厘米处两边各锯一厘米,劈开去掉两边等长六七十厘米的竹片,使一端形成一个厚约两毫米、等边长约三厘米的三角箭头,一端形成一根直径约一米的手竿,刨光磨圆,就算制作完成,非常轻巧,也便于携带。乍一看,沙蒜钩像是一支缩小版的"红缨枪",其最大的区别在于枪头部分,一个是棱角形的,一个是三角形的。在钩沙蒜时,只要将沙蒜钩对准沙蒜的口盘中心,垂直插下,一气呵成,快速穿过沙蒜基盘。这时,只要将沙蒜钩旋转九十度提上来,一只只紧缩得像大蒜头状的沙蒜,就会乖乖地呈现在你眼前。如果沙蒜钩没有穿过沙蒜基盘,那么在沙蒜钩旋转九十度时,就无法理清或者说割断它赖以生存的基盘与土壤的连接,也就是说沙蒜还生长在泥土里,就无法将沙蒜钩上来;如果沙蒜钩旋转的角度没有到位,无论过小或过大,都有可能导致已有创伤的沙蒜基盘,无法承受沙蒜钩向上提的拉力,也不能将沙蒜钩上来。沙蒜钩是否穿过沙蒜基盘,全凭手感，这可能就是所谓的讨海"经验"，而且各人感悟不一，这里也无法详述。我曾感受钩沙蒜的艰辛，遇上涨潮日，往往是起早摸黑，胡乱吃些早餐，带些干粮充饥，挈着竹篮，拿着沙蒜钩就下海，深一脚浅一脚，不停地跋涉在海涂上，一天下来整个身体仿佛散了架似的，好在当时都有个"靠海吃海"的信念，每每想到沙蒜的美味，即便苦楚万端，也乐此不疲。如此这般，一潮下来，都有不错的收获。

虽然沙蒜营养丰富，味道鲜美，但刚刚捕获的沙蒜会分泌出一种黏液，非常黏稠，有些腥气，让人看见闻到就会倒胃口，因此清洗沙蒜也是一件让人烦心的事。我记得在小时候，每次都要将刚捕获的沙蒜放入网袋中，把袋口扎紧，用木棒不停地敲打，目的是将沙蒜表皮黏液敲打出来，然后进行清洗，这样沙蒜就干净了。在我老家也算是沙蒜的原产地，吃法自然众多，每逢贵客到家，总是少不了一道其鲜无比、浓郁绵稠的沙蒜汤。这种汤汁浓缩了沙蒜的精华，据称具有冬虫夏草同样的滋阴补肾功效，更是当地村妇"通乳下奶"的首选食材。如果用沙蒜烧番粉面，那肯定是一道极富家乡味道的特色菜肴。只要将番粉面放入沙蒜汤汁之中进行炖煮，沙蒜的鲜就会慢慢地浸入番粉面之中，而番粉面的香就会慢慢地与沙蒜的鲜进行融合，散发出一种鲜香无比、勾舌夺心的口感，让人的味蕾欲罢不能、久食不厌，隔餐还馋。

总有一种熟悉的味道，让我的感觉如品一杯淡淡的香茗，沁口芬芳，回味无穷；总有一种熟悉的情景，让我的感悟如观一处美景，身临其境，赏心悦目；总有一种熟悉的记忆，让我的感动如听一首悠扬的旋律，牵动心弦，陶醉其中。也不知自己最后一次钩沙蒜是何年何月，只有在淡淡的回忆中，慢慢回放昨天的故事。这是一种意境，也是一种心情，更是一种氛围。虽然自己曾经用心、用力付出的钩沙蒜，在岁月的长河里历尽时间的淘沥，已变得无声无息，但蓦然回首，却发现在自己的心地上还长有一片长势葱郁、如"钩"如画的"沙蒜"。

22 / 拾岩螺

拾岩螺，是象山沿海村民传承的一种"讨海"方式。这里的"岩螺"，是指生长在潮间带中下区礁岩石滩上各种海螺的总称。"拾"是当地村民的一种捕获方式。尽管拾岩螺也需要候潮（即随潮作业），但毕竟不是传统意义上的"讨海"（即下海捕捞），因此在我老家一些村民至今还将拾岩螺称为"讨岩头"，以示区别与"讨海"方式不同、性质相近的另一种向大海乞讨谋生的作业方式。

象山海域辽阔，海岛众多，海湾曲折，海岬纵横，海岸绵长，海礁嶙峋，海浪平缓，海温适宜，丰富的海藻和浮游生物依附在礁岩石滩上，也就成了一些岩螺生长、繁殖最理想的天堂，因而到了每年农历三月三前后，随着海洋暖湿气流强盛，气温升高海水变暖，加上农历月初大潮汛，潮水涨退落差加大，天日延时光照增长，有时礁岩石滩也被晒得暖意洋洋，而这时蛰居在礁缝岩隙里的岩螺们，自然禁不住阳光普照的诱惑，就开始纷纷爬上礁岩石滩，故在我老家就有"三月三，岩螺爬高滩"的谚说。事实上，岩螺爬高滩并不是仅仅为了晒晒太阳、暖和身子，而是每到这个油菜花开的季节，情窦初开的岩螺们不得不考虑自己的终身大事，这或许是岩螺爬高滩的一种原始动能，但在爬高滩的过程中，它们除了尽享沿路美食、领略异域风光之外，还可众里寻她（他）千百度，潇洒地自由恋爱一场，一旦发现自己心仪的对象，便会情投意合地缠绵在一起，或亲昵地卿卿我我，或直接地繁衍后代，在我老家一些村民将此现象称为"做窝"，即这些岩螺从此开始便会成双结对地集聚在一起，堂而皇之地过起群居的夫妻生活，成为人们常遇的一种自然景象。

　　岩螺作为广温性底栖贝类，有一个非常庞大的族群，仅在我县沿海常见的岩螺就有辣螺、芝麻螺、马蹄螺等十多个品种。它们不仅喜欢群集生活，而且外壳厚实坚固，螺口中央有厣盖，既能保护柔软身体，还可抵御外来侵害，螺纹均呈左转形，螺肉圆弯似弹簧，前粗后细成陀状，肉质结实有嚼劲，能分泌一种液体既可助己附着于光滑的礁崖岩壁爬行，还可散发一种特殊气味驱逐一些天敌近身。在众多的岩螺中，在我老家排名之首当数辣螺，它学名"疣荔枝螺"，也称"苦瓜螺"，螺壳凹凸不平，疣状突出粗糙，体貌丑陋不堪，更像《巴黎圣母院》里那个敲钟怪人卡西莫多现世，外壳呈深灰色，螺肉尾端有一辣囊腺，会产生一种强烈而又绝不同于生姜辣椒之类的辣味，因此而得名。再是芝麻螺，又称"单齿螺"，壳形圆锥，壳质坚厚，壳色紫褐，并伴有不同规则、不同颜色却形似"芝麻"的斑点而称之。也因其尾端有一道纹沟非常容易剪切，就成了人们嗍螺过酒的首选食材。三是马蹄螺，学名"锈凹螺"，形像马蹄，更似古代美人发髻，重重叠叠，层层盘升，深受大众喜爱。这些岩螺虽个体或大或小，形状或长或圆，但都生性朴拙，雌雄异体，体内受精，生长两年可达性成熟，繁殖期约在夏秋季节，常以浮游藻类为食。

　　不得不说那位"辣螺姑娘"的故事。相传，很早以前，东海龙王敖广部下辣螺将军有位千金待字闺中，听到人间三月三辣螺姐妹相亲的逸闻，她不由心中暗自窃喜，经过一番乔装打扮，也悄然爬上礁滩。恰巧，被一个常年以拾岩螺为生的男孩海娃拾了个正着。海娃回家后与往常一样便将岩螺放养在螺盆中，没想到立刻映射出从未有过的氤氲。当天夜里，也许是海娃劳累过度，上床便睡着了，但当他一觉醒来时，却发现满屋彩光频闪，一个亭亭玉立的姑娘正忙着为他收拾家什，烧水做饭。见海娃醒来，辣螺姑娘便将自己的身世、原委告诉了他。这让海娃感动不已，也许是天造地设的姻缘，不久辣螺姑娘便与海娃结婚了。从此，辣螺姑娘幻化成人，常常为附近村民看病送医，还冒着狂风恶浪抢救遇险海难者，在当地村民中传为佳话。在她功德圆满之后，村民们便自发地在每年农历三月三踏上沙滩，以怀念这位美丽、善良的辣螺姑娘。这是在我老家传承"三月三踏沙滩"这个传统习俗背后的一个动人故事。

我记得在20世纪六七十年代，在我老家附近海边礁岩石滩上岩螺很多，也非常好拾，运气好的话，找到一窝就能拾个大半碗，每次家里来了客人，随便拎个器具出去，不一会儿就能拾个盆满盘满，清水落镬一炸，备些酱油米醋葱姜蒜，每人一根回形针就可挑出螺肉蘸着佐料吃，成为我老家村民最地道的吃法，总是让客人吃得欲罢不能称绝叫好。因此，在我老家就有村民以拾岩螺为业，行迹遍布沿海各个岛礁，每年都能获得可观的经济收入。不过，拾岩螺是一项既艰辛而又危险的职业，不仅要求拾岩螺人身体健硕，善于攀爬，而且还要求拾岩螺人懂得岩螺的生长规律，了解岩螺的生存环境，否则不但拾不到岩螺，而且还存一失足成千古恨之虞。2013年国庆节，我在台州大陈岛海钓，面对一拨又一拨的拾岩螺人，让我立刻浮想起当年自己拾岩螺时的情景。与他们不同的是，在我拾岩螺时还处于有钱难买登礁鞋、救生衣、安全帽等防护装备的年代，虽然每次拾岩螺都是背个网袋，拿根铁钩，轻松出发，但现在想起来倒觉心有余悸。网袋是用于放置拾到的岩螺，形式类似现在的单肩挎包，只是多了两根可以拦腰系扎的带子，可以将网袋固定在身后，便于行走攀爬，而铁钩是一种助拾工具，一般取一段长四五十厘米的钢筋，在一端二三厘米处弯成直角，便可用于勾剔那些生长在临水临崖的礁缝石隙中且身手不能触及的岩螺。因此，每次拾岩螺都要不停地攀岩崖、爬岩壁、跨岩涧、钻岩缝，那种艰辛就可想而知了。当然，对于那些能够顺手牵羊拾到的佛手、生蚝等珍稀贝类，自然当仁不让，成为囊中之物。因此，用我老家村民的话说，就是拾到兜里都是螺，端上餐桌都是菜，送到市场都是钱，自然不仅拾岩螺了。每次拾岩螺回来，都要忙于分拣，进行分门别类，既可即食尝鲜，也可馈赠出售。

岩螺味道鲜美，素有"盘中明珠"美誉，是我县城乡百姓宴请宾客不可或缺的一道特色冷菜。因为螺肉富含人体必需的蛋白质、维生素、氨基酸和微量元素，是典型的高蛋白、低脂肪、高钙质天然动物性保健食品，具有清热明目、利水通淋等食疗作用，所以在我老家吃法众多，也各具特色。最家常的吃法是清水白煠，即将岩螺洗净放入镬中，加水煮熟就可挑出螺肉吃。虽然这种方法制作简单，但颇讲究煠的火候。如果煠的时间过长，螺肉内缩就不易挑出肉来，反之螺肉太生，也可能有腥味。因此，只有在我老家才能尽享那种恰到好处的煠螺厨艺，每每想起都能让我回忆起那种意境悠远、活色生香的味道。不过，在我老家煠岩螺，大多要将岩螺放在水中静养一会儿，再滴几滴食用油，就能让它们吐净泥沙，这样吃起来更是一个"爽"字了得。最经典的吃法是螺肉炖蛋，即将岩螺敲碎，取螺肉放到盆里，撒上调料，扣上鲜蛋，隔水炖成，那种既鲜又辣还香的滋味，总是让人隔餐难忘，回味无穷。最传统的吃法是腌制螺酱，即将螺洗净后敲碎取肉，按一斤螺肉四两盐的比例，用筷子顺着一个方向调和几分钟后，再腌制两天即可食用。尤其是将螺酱炖熟吃，那浮出的一层螺膏，比咸蛋蛋白还白，比咸蛋蛋黄还香，是我留记在心中永远挥之不去的一种味觉。岩螺不仅美味，而且全身是宝。螺壳烧制成灰，不仅可以用于建筑材料，而且还可替代发酵菌，制作馒头同样非常好吃。据说，现在的螺丝钉就是根据岩螺壳形状发明的。因此，有人作出这样的推理，如果没有岩螺，螺丝钉就不会或者这样及时诞生，那么现代化机器就有可能推迟出现了。如此这般，我想这是岩螺对于人类作出的重大贡献。

又是一年三月三，又逢岩螺爬高滩。真的好想回老家踏一次沙滩，或出于对辣螺姑娘的崇敬，或只寻找自己童年的梦想，即便没有拾到岩螺，也能放飞心情，因为岩螺正在爬时代赋予的文化高滩，所以我总是期待着能在岩螺壳里做一番大的"道场"。

23 / 牁虾蛄弹

　　虾蛄弹，学名"虾蛄"，是生活在象山近岸海域滩涂上的一种海生节肢动物。作为与恐龙同时代的海洋生物，它形像螳螂，也似蜈蚣，全身甲壳前薄后厚，体形扁长前窄后宽，腹部凹陷背部圆凸，体节外露能曲会直，形如一身武士铠甲，头尾状若华丽王冠，善游会爬能掘洞穴，由头部、胸部、腹部和尾部四部分组成，一般体长十七八厘米，宽三四厘米。头部前端有两对触角，一对触角分叉成三根鞭鞘状，一对触角平扁成长片状，能像雷达一样扫描定位前方可疑情况；两侧一对颚足呈螳臂状，末节侧扁有六个尖锐刺状，可与掌节凹槽吻合，具有强大弹击能力，是捕食御敌的主要利器；背面前端中央有一对呈斜T字形复眼，眼柄突出高举，可全方位自由转动，能迅速聚焦可疑情况，形成清晰图像；口位于腹面前端中央，周边有三对附肢，各具不同捕食功能，构成一个完整口器。胸部甲壳明显狭窄，前四节被头胸甲覆盖，后四节明显清晰，两边各有三只步足，细弱无螯，相互对称，不具备爬行功能；心脏呈长管状，位于胸背内侧延伸至腹部，前后两侧密集动脉血管，是其身体的最核心部位。腹部共有六节体节，腹下有五对呈书页状颚足，具有游泳功能，也是其重要的呼吸器具。尾部单独成节，简称"尾节"，虽宽但短，呈半圆形，背面有中央脊，腹面有肛门,后缘具强棘,两侧有一对尾肢与尾节形成强大的尾扇,既可用于游泳,还可用于挖掘洞穴,能防御外敌侵害。虾蛄弹雌雄异体,体形雄大雌小,雄性胸部末节有一对细长交接器,雌性在繁殖期胸部会出现白色"王"字形胶质腺,常捕无脊椎动物、贝类为食。

虾蛄弹与虾同宗,家族非常庞大,据称全世界现存有五百多个品种,而据1987年版《象山县志》记载,县内现存五个品种,即小眼虾蛄弹、蝎形虾蛄弹、齿指虾蛄弹、口虾蛄弹和疣尾渭虾蛄弹,而在我老家将这些虾蛄弹分为两类,即尾背没有黑斑点的为一类,尾背有黑斑点的为一类。尾背没有黑斑点的虾蛄弹包括小眼虾蛄弹、蝎形虾蛄弹、齿指虾蛄弹、口虾蛄弹,在体形上只有些微差别,似乎都是孪生兄弟,不是老到的讨海人还真的难分伯仲,而且这些虾蛄弹大多为涨网、拖网捕获的,故在我老家又将这些虾蛄弹称为"外洋虾蛄弹",唯独疣尾渭虾蛄弹尾背有黑斑点,而且大多在滩涂洞穴中抲获的,故在我老家通常将这种虾蛄弹称为"小海虾蛄弹"。也因这种虾蛄弹主要分布在近海滩涂,资源已经越来越稀缺,而且大多为人工抲捕,故近年来价格越来越高,已成为我县小海鲜中最抢手的食材之一。

记得当时在我老家"讨海"时,大多村民还真的没把抲虾蛄弹当作一回事,因为当时海洋资源太丰富了,所以每次见到虾蛄弹洞,都会有两种不同的心情,不抲吧感觉于心不忍,抲到家还能尝个鲜,抲吧又怕它弹击,一旦被弹击就会皮开肉绽,令人心寒,那种纠结现在让我回想起来,还是久久难以平复。虾蛄弹作为一种生猛凶残的海生动物,通常都在滩涂上横行霸道,搜捕掠食,攻击性非常强,像沙蟹、弹涂鱼、蛏子、沙蒜等都是它的捕食对象,即便退避三舍藏匿在洞穴里,也难逃其噩运,而它则又成为鳗鱼、望潮口中的珍馐佳肴,从而形成一条完整的海洋生物链。虾蛄弹洞大多挖掘在滩涂浅塘之中,呈U字形,两个洞口间距三四十厘米,深二三十厘米,洞口一大一小,大的直径四五厘米,小的直径二三厘米,大的洞口为进出洞口,一般洞口清晰,洞水清澈,小的洞口为捕食洞口,一般洞口模糊,洞水浑浊,这是因为虾蛄弹在每天潮水退下后,就要蹲守在捕食洞口,或用涂泥对洞口进行伪装,或借浑水躲在洞口守候，往往只露出一对眼柄，进行潜伏观察，伺机捕食，所以在白天就很难看到它全景式的捕食洞口，只有一种例外，那就是洞中发生了宫廷政变，在鳗鱼、望潮等篡夺了其主人地位之后，虾蛄弹洞才能露出本来面目，酷似一个大写的冒号映现在滩涂浅塘之中，而到晚上虾蛄弹就不再伪装了，往往是直接披挂上阵，蹲守洞口待命，一旦发现猎物，就以迅雷不及掩耳之势进行弹击，立刻就能致对方于死地。因为它深知即便隔着一层伪装的涂泥攻击猎物，也会造成失之毫厘谬以千里的后果。据了解，一只体长约十五厘米虾蛄弹的弹击力，相当于一颗0.22英寸口径手枪子弹的威力。这是我在柯虾蛄弹时，总是不敢直接将手伸进洞里的一个真实原因。因此，我每次见到虾蛄弹洞，都是用脚猛地踩在进出洞上，通过水压快速将虾蛄弹从洞穴中冲出来，或许是受到惊吓，这时的虾蛄弹大多会张牙舞爪地将尾节、触角、颚足、附肢等张开起来，本能地摆出一副凌人气盛的姿态，企图进行阻吓，逃过此劫。每次见到这种情景，我总是挖一把较硬的涂泥盖在它身上，用拇指和食指分别按住其胸背、尾背，然而将其身体向内折弯过来，这样它就动弹不得了，只好乖乖地听任摆布，经过清洗一番，就可收入囊中。时间一长，我还发现它有一个生活规律，即在平常时节一个洞穴只能柯一只虾蛄弹，而到农历六、七月间，一个洞穴能柯到两只虾蛄弹。据说，虾蛄弹在繁殖期间常雌雄同居一个洞穴，雄性负责在外捕猎食物，雌性负责在家孕育后代，只有在食物存在严重短缺，或雄性虾蛄弹失去捕食能力的情况下，雌性虾蛄弹才会挑起外出捕猎食物的重担。如此这般，大自然的神奇造化，总是让人惊叹不已。

不得不说虾蛄弹头尾都戴王冠的故事。据说，当年虾蛄弹和虾鱇鱼是邻居，而且虾蛄弹从小学武，那套铠甲从不脱身，喜欢玩刀弄棒；虾鱇鱼自幼习文，长相斯文白白净净，喜欢研读诗文。有一年，东海龙王下令，在水族中开设考场，选拔文武状元。消息一传出，赶考者不绝。武科考场，虾蛄弹身着铠甲，舞弄双刀；墨鱼头戴雉鸡尾帽，身背护身盾牌；鳓鱼银盔银甲，黄鱼金盔金甲，刀枪剑戟，各显神通。文科考场，虾鱇鱼闭眼神闲，巧思妙想；鲳鱼晃着尖头，吟诗作对；鲹鳎鱼歪着嘴，大声应答。考试完毕，金榜题名，虾蛄弹得武状元,虾鳛鱼得文状元。在龙王授冠时,虾鳛鱼因喜得病,只好央求虾蛄弹代领,虾蛄弹便领了文、武状元王冠。在回家的路上,虾蛄弹一会儿戴武状元王冠,一会儿戴文状元王冠,感觉自己无限风光。转而一想,如果自己能同时戴上这两顶王冠,集文武状元于一身,那岂不是真正的天下无双!正当虾蛄弹动起歪脑筋时,不巧将文状元的王冠掉在地上,虾蛄弹便用脚一勾,正好套住了它的双脚。虾蛄弹借着水光一看,只见自己头戴武状元王冠,脚套文状元王冠,一高兴就"乐不思蜀"了。虾鳛鱼见虾蛄弹迟迟不回家,知道自己上当被骗,气得大喊一声,却把自己的下巴也喊脱臼了。从此,虾蛄弹和虾鳛鱼的子孙们就成了现在这个模样。

在每年春节前后,都有大量的虾蛄弹上市,这是吃虾蛄弹的最好季节,在我老家就有"正月虾蛄二月蟹"的谚说。虾蛄弹不仅肉质鲜美松软,容易消化吸收,而且富含镁等矿物质,对于心血管患者具有良好的食疗作用。在我老家,虾蛄弹吃法众多,烤烧炒煲也各具特色。不过,吃虾蛄弹也是件麻烦事,一不小心就会戳破手指、嘴唇或舌头,甚至血流不止,有失绅士淑女形象。因此,在我老家常用一根筷子从其尾节处插到胸部为止,再将筷子拗起,虾蛄弹的肉与壳就会分离开来,这样吃起来就方便多了。

一粥一饭当思来之不易,一饮一啄饱蘸苦辣酸甜。正像央视《舌尖上的中国Ⅱ》所说,"古老的职业和悠久的传说,正被机械们一茬茬收割殆尽",由于海洋资源的枯竭,抲虾蛄弹这种传统的作业方式和它流传在民间的有关传说,也正随着轰隆隆大马力渔轮的机械作业声,渐渐地消失在潮起潮落的氤氲之中,已不为当下的大众所熟悉。因此,每每当我大快朵颐地品尝虾蛄弹的美味时,都会"弹"出那一段尘封在自己心海深处难以忘却的场景。

24 / 拾舌形贝

舌形贝，也称"海豆芽"，俗称"海饭撬"，是生长在象山沿海滩涂上曾经常见的一种海生无脊椎腕足动物。它的祖先诞生于五亿三千万年前的早寒武世时期，与三叶虫同时代，比鲎早一亿多年，是目前我县这个海洋王国里已知的最古老的一个海洋物种，只是随着海洋环境的日益破坏，像舌形贝这样生命力极强的海洋生物，也处于濒危物种的边缘，早已淡出人们的视线，不为广大市民所熟悉，因此当我重拾孩提时的讨海记忆，重展当年拾舌形贝时的生活情景，也许会让一大批熟悉或不熟悉舌形贝的人在一片唏嘘中连连叹息，自己曾经拾到的或尝过的不是一种普通的、一般的海产品，而是一种被号称元老级的、万万岁的"活化石"，那种迫不及待的回想或回味肯定是油然而生了。

舌形贝，顾名思义，是指其体形像人的舌头一样形状的一种贝类。实际上，从侧面看它张开的两壳之下还有一根肉茎，酷似一根还未长叶的豆芽，故称其为"海豆芽"，而从正面看它上壳似铲、下尾如柄，很像当时在我老家农村的一把家用饭撬，故称其为"海饭撬"，这也是只有在我老家的一种特有称呼。但说其是一种贝类就有点牵强附会了，因为贝类在生物分类中属于一种软体动物，而舌形贝则属于一种腕足动物，所以这两种动物在身体结构上是不尽相同的。属于软体动物的贝类又叫"双壳动物"，它的双壳不仅左右对称，而且大小一致，虽然舌形贝也有双壳，但它的双壳是腹背壳，通常是腹壳大、背壳小，不仅大小不一，互不对称，而且在两壳的铰合处还长着一根长长的肉茎，在我老家称此为"海饭撬柄"。舌形贝双壳椭圆，后缘尖缩，前缘平扁,壳面微隆,凸度相似,大小近等,壳壁光滑,壳质脆薄,呈紫黑色,油脂光泽,饰同心纹,肉茎修长,形似大象之鼻,状如豆芽根茎,长为其壳身的二三倍,且上端略粗、尾端渐细,能通过收缩弯曲掘洞钻穴,直伸到泥涂底下,行站立状生活。在日常生活中,舌形贝似乎没有什么特别的嗜好,绝大部分时间都隐居在洞穴之中,洞深一般为三四十厘米,仅靠外套膜上方的三根管子与外界接触,呼吸空气,摄取食物,故通常在海滩泥涂上留有一个狭长的裂缝,

在我老家称此为"海饭撬眼"。舌形贝对周边环境非常敏感,只有在确信外界绝对安全的情况下,才会小心翼翼地涌到洞口觅食,哪怕只是蟹爬鱼跳等微小动静,它都会马上退缩到洞底,紧闭双壳,一动不动,因此它的运动量很小,一辈子也消耗不了多少卡路里,用当下的流行语说就是"蜗居一族"!据说,在舌形贝诞生时,正巧遇地球流行生物大爆发,无脊椎动物由此蜂拥而出,作为那个时代众多物种中的一员,它的身体结构自然显得有些单薄,不仅个头娇小,而且体态纤弱,既无雄壮威武的外表,又无骁勇善战的本领,也不知道它在众多猎物天敌面前怎样立于不败之地一步一步能够走到今天,或许舌形贝正是依靠这种谨慎的生存方式,在自己不会快速移动又无坚固外壳保护的情况下,能够顽强地生存这么漫长的岁月,其中饱蘸的心酸、曲折和艰难,也恐怕只有它自己心里清楚。按照生物进化的基本规律,任何一个物种都有一个由低级到高级、从简单到复杂的进化过程,而舌形贝经历了两亿年前侏罗纪时代恐龙的盛极一时,见证了海洋中第一条鱼的健康诞生,目睹了陆地上第一只鸟的破壳而出,可随着时光的流逝、岁月的变迁,到现在恐龙早已绝灭了,鱼和鸟也进化成现在样子,而它还是保持着当年的老样子,一个黑黑的、笨笨的、萌萌的小老头,让人一看就能看出它一身不变的体貌容颜,这是一个多么不可思议的奇迹!

虽然古生物学界把这类经过亿万年时间的进化，而体貌容颜没有发生什么重大变化的动植物叫作"活化石"，舌形贝无疑是一个标准的"活化石"，但也可能由于它太标准了，却让那些古生物学家们失去研究的兴趣，因为在它身上看不到任何远古洪荒的景象、世代隔阂的代沟，就认为没有任何研究的意义，而对于那些美食大饕们尤其是对一些普通百姓而言，自然是个天大的福音，因为这就能让你一口能尝到亿万年前的食材，无疑是人生的一大幸事！

我老家那种日和煦、风飘逸、月变幻、涂肥沃的海洋环境，自然非常适合舌形贝的生长，这也是它能够跨越漫长时空、历尽各种风险，非常幸运地生存下来的一个客观要素。不过，在我的记忆中，当时在我老家舌形贝的产量非常小，村民们起早摸黑下海，一潮也只能拾个碗把，仅够家人尝个鲜，从未形成一种产业规模，也没有成为一种专门职业。我在讨海时，也没把拾舌形贝当作一种专门的讨海活，只是看到了就把它拾起来，用我老家村民的话说就是"拾到篮里都是菜"，尤其是在海况不好时，就能凑个数，不至于空手回家。拾舌形贝没多大技术含量，是一项老少皆宜的讨海活，但要寻找它却是一件非常艰难的事情，往往要考验人们的意志，因为它毕竟是个遗孤人家，家丁不旺，散落在辽阔海涂上寥若晨星，必须深一脚浅一脚，不停地进行跋涉，就像一个孤独的旅行者置身于大漠深处，那种万端的苦楚，是没有经历过的人难以体悟的，而舌形贝也好像特别有灵气，总是眷顾那些执着的人，往往在不经意间出现在你面前，让你有种既爱不释手又不知所措的感觉。每次碰到这样的情况，我都会将衣袖挽得高高的，合拢右手指对着"海饭撬眼"，顺着洞道，直伸洞底，就能将这只舌形贝拾上来。这是一种传统拾法，虽然实用，但很费力。也有一些村民在长期的讨海实践中，根据舌形贝的生活习性，发明出一套独特的快速拾法，在我老家称为"斜堵拾法"，即在舌形贝还没发觉危情之前，一个箭步冲上去用脚猛踩斜插过去，拦住它的退路，将它堵在洞口，这样就能轻松拾获了。不过，能驾轻就熟地运用此法的人，那也必定是一位老到的讨海人。在我的记忆中，有关舌形贝的吃法，大多是现拾现烧，将它清洗干净就可放入镬里，数量少时还可与其他贝类一起混杂，生炒、水煮都是传统的烹制方法,也没有什么特别之处。我记得舌形贝的肉非常小,就那么一点点,而且呈紫青色,韧劲十足,比大家熟知的生蚝肉还要韧N倍,吃起来就需要一番口功了。这是我对它的最初印象,也是它留记在我心中一直未能忘却的一种特有印象。

只是随着时间的流逝,许多孩提时的经历也渐渐淡忘了。直到2015年下半年,我在镇里偶遇到了同村的俞良园同志,谈起曾经在老家讨海的经历,才发现舌形贝仍存留在我的记忆阑珊之处。于是,我将它的照片发到了朋友圈,想不到立刻有人而且不断地@我,竟一时爆溅了我的手机屏幕!"讨海人"说:"原来我拾的'海饭撬'就是舌形贝呀,好珍贵呵!""大海之子"说:"一月虾蛄二月蟹,三月海饭撬勿买(瘦)!""浪花朵朵"说:"原来我顶爱吃的舌形贝竟是一种古生物,罪过!""吹海风的人"说:"'海饭撬'韧皮嚼劲,想不到是位万万岁爷!""海平面"说:"这种海产品好长时间没见过了,好可惜呵!"一时间有关舌形贝的话题,成了我朋友圈讨论的热点。

人为有情的人,物为有情的物。

历史就这样一页一页翻过,人生是这样一步一步走来。那一页一页翻过的历史一定记录着我曾经为此付出的如痴执着,如雨汗水,还有如歌希望,那一步步走过的人生一定伴随着我曾经为此放飞的如梦韶年,如雪心绪,还有如诗际遇,正像李商隐在《锦瑟》一诗中所说"锦瑟无端五十弦,一弦一柱思华年",似水年华,有情之物,令人思念。我也不知道舌形贝在我老家还能延续多少时间,即便已经成为一种文化,那我也要告慰自己,生命就是这样,繁衍生息,代代演化,物竞天择,适者生存,只有慢慢地品啜岁月留给我的那些过往美景,让那些在我往昔心灵中闪动过的真情美意,叩击自己心扉,敲出一星火花,燃亮一片岁月,才能有理由让舌形贝永远"活"在自己心中。

25/挖蛤蜊

蛤蜊，也称"黄蛤"，或称"青蛤"，是生长在象山沿海滩涂上的一种贝壳类软体动物。它两壳薄坚，左右同形，能张会合，两背隆突，形似鹅卵石，面长生长纹，成同心环纹，壳色多呈淡黄色或青黑色，沿口边缘常有一条白色环带，两壳之间尖嘴一端有齿状韧带相连，中部长有闭壳肌，用以对抗韧带的拉力，促使两壳张合，进行呼吸滤食。蛤蜊内壳光滑，肉色淡黄，肥厚鲜嫩，因营养成分丰富，常被人们称为"天下第一鲜""百味之冠"，成为象山十分畅销的一道"小海鲜"美食。据说，蛤蜊的生长年龄可达五百多岁，被列为地球上五大不死神兽之一。

蛤蜊是一种广温性、广盐性的底栖贝类，常年栖息在潮流畅通、水质清澈、淡水充沛、藻类丰富的滩涂之中，我县沿海滩涂均有分布，壳色也因生长土质不同略有变化，含泥成分高的多呈青黑色、含沙成分高的多呈淡黄色，而栖息在泥涂中，蛤蜊会伸出一根体管保持与外界联系，或进行滤食，或进行排泄，因而在退潮后的滩涂浅塘中，就会看到一个个呈"∞"形的小孔，这在我老家就称"蛤蜊眼"，而在这附近有时还能看到几颗细若发丝的泥粒，这在我老家又称"蛤蜊屎"，这时只要将手指插到"∞"之下，就能挖到一只心仪的蛤蜊。一般情况下，蛤蜊的栖息深度常因季节、土质、个体不同有所差异，并呈现出夏浅冬深、沙浅泥深、小浅大深的特征，平均深度为10厘米。蛤蜊的生长速度因年龄增长而会逐渐减慢，一龄贝与二龄贝大小相差也是些微，只不过年龄长者看上去就会有沧桑感。到了每年农历三月，随着气温逐渐升高，蛤蜊摄食量也会增大，这时蛤蜊最肥美，也最鲜嫩，这是蛤蜊的生长季节，也是蛤蜊的美食季节。

挖蛤蜊是我老家村民与生俱来的一种讨海习惯。不过，在我的记忆中，虽然挖蛤蜊是一项没什么技术含量的讨海活，男女老少皆宜，只要你认识"蛤蜊眼"，就能唾手挖到一只蛤蜊，但是寻找的过程，却是一件非常艰难的事情。因为当时我老家有些村民也相信腐草为萤、千年白狐能够修成美女。所以他们认为晋干宝在《搜神记》中所说"百年之雀，入海为蛤"；唐段成式在《酉阳杂俎》中所称"蛤蜊，候风雨，能以壳为翅飞"；《宋元四明象山县志》所载"八月十六日，雀入水化蛤，滨海有见之者"，都是真实的灵异现象，而蛤蜊就是百年鸟雀化身，否则不会让人总觉得有股琢磨不透、不易挖到的仙灵之气，而在事实上，野生蛤蜊犹如珍珠散落在滩涂上，自然寥若晨星，虽然"蛤蜊眼"开得别具一格，也特别灿烂，很容易让人识别，但毕竟非常细小，长不过一厘米、宽不过三毫米，就这么一个小不点，置于辽阔广袤的海涂，尤其是要在沟壑纵横、千洞百孔的海涂表面找到它，没有一双情真意切的慧眼，谈何容易！况且，蛤蜊非常娇贵，日晒、风吹、雨淋都不开"眼"，也自然骤增了挖蛤蜊的难度，所以挖蛤蜊的那种艰辛，也只有亲身经历过的人，才能体悟出其中的酸甜苦辣。我不止一次下海挖过蛤蜊，虽然每次都有不同的收获，但每次都有不同的感受，有时运气好时，踩到脚底下都能感觉出有蛤蜊，有时遭遇华盖运，走得腿酸、看得眼花，才能挖到一只蛤蜊。这时，我都会像捡到一件宝贝一样，喜出望外，套用现在的一句歌词就是"哇，又挖了一个蛤蜊！"就这样，蛤蜊成了我年少时的一个小淘气，那种挥之不去的记忆，总能浮现出当时痛并快乐的情景。

说到挖蛤蜊，不得不说在我老家流传的一个"蛤蜊观音"的故事。相传，唐文宗李昂爱吃蛤蜊，不但天天吃、餐餐吃，而且到了无蛤不食、贪食成瘾的境地，朝廷就钦命从浙东州府月月进贡，弄得沿海村民苦不堪言。为完成进贡数量，州府县衙层层加码，逼迫沿海村民在台风天也要下海挖蛤蜊，导致出现许多人间悲剧，百姓怨气冲天。有一天，观音菩萨云游东海，看到沿海有个小村上空怨气积聚，久久不散，就知道人间百姓有苦难，便幻化成一位僧人进

村探访，当她得知百姓苦难之后，便隐身进入一只大蛤蜊之中。这只蛤蜊几经周转，终于运抵宫廷，而让御厨感到奇怪的是，这只蛤蜊火烧不开、锤敲不碎，就捧着这只蛤蜊觐见唐文宗，唐文宗接过蛤蜊，就见这只蛤蜊慢慢开起口来，还伴有阵阵仙气飘出，定睛一看竟是一尊观音菩萨宝像，见此情景，唐文宗大惊之余，忙下旨取消进贡蛤蜊，从此沿海村民又过上安乐生活，蛤蜊也回到百姓餐桌。

尽管蛤蜊已成为当前我县一年四季最常见、最普通的一种大众食材，但自古以来却不知有多少文人食客为之写下流芳千古的不朽篇章。元代钟嗣成在品味完元散曲之后，竟用"蛤蜊味"进行点评，并在《录鬼簿·序》中写道："若夫高尚之士、性理之学，以为得罪于圣门者，吾觉且啖蛤蜊，别与知味者道。"宋代汪元量是名宫廷乐师，也算是位骚人，不仅能弹得一首好曲，而且还能写得一手好诗，好风雅的他，就经常请理宗皇后谢道清吃蛤蜊，他曾这样写道："花似锦，酒成池。对花对酒两相宜。水边莫话长安事，且请卿卿吃蛤蜊。"沈昭略在《南史·王弘传》中也说："不知许事，且食蛤蜊。"由此可见，蛤蜊也能吃出高雅、吃出兴致，只要有蛤蜊吃，什么国破家亡事，什么人生不快情，都可不去想不去管了。在《金瓶梅》里写到吃，总是动不动"大盘大碗，鸡蹄鲜肉看馔拿将上来。银高脚葵花钟，每人一钟"，或者"登时四盘四碗拿来，桌子上摆了许多嘎饭，吃不了，又是两大盘玉米面鹅油蒸饼儿堆集的"，或者"一碟鼓蓬蓬白面蒸饼、一碗韭菜酸笋蛤蜊汤、一盘肥肥的大片水晶鹅,一碟香喷喷晒干的巴子肉……"唯独那一碗韭菜酸笋蛤蜊汤,倒能让那些喝得醉意朦胧、吃得腻油厌食的饕餮食客,起到醒酒开胃的作用。

至于蛤蜊吃法,历朝历代都有不同的讲究。北魏时期贾思勰在《齐民要术》中就写到"烤蛤蜊", 南宋时期吴自牧在《梦粱录》中就罗列"酒鸡蛤蜊""蛤蜊淡菜""米脯鲜蛤"等菜单,光看菜名,就让人垂涎三尺;北宋时期已将蛤蜊制成"蛤蜊酱",诗人梅尧臣每次品尝之后,都会勾起思乡之情:"我尝为吴客,家亦有吴婢;忽惊韩夫子,遗我越乡味。"元代倪瓒在《云林堂饮食制度集》中记录了生吃蛤蜊的妙法:"将蛤蜊洗净,生擘开,留浆别器中,沥去蛤蜊泥沙,批破,水洗净,留洗水,再用温汤洗,次用葱丝或桔丝少许,拌蛤蜊肉,匀排碗中,以前浆及二次洗水汤澄清去脚,入葱、椒、酒调利,入汁浇供,甚妙。"清代袁枚在《随园食单》中,记述了韭菜炒蛤蜊肉及制汤的过程:"剥蛤蜊肉,加韭菜炒之佳,或为汤亦可,起迟便枯。"无论是烤、烧,还是生吃、制汤,尤其是"甚妙"二字,无不入木三分地刻画出了这些"贪吃鹜"们吃到好东西时那种洋洋自得的神情。在我老家蛤蜊的吃法也很多,但在我的记忆中,最经典的吃法,莫过于那一道用蛤蜊、黄鱼肉制成蛤蜊黄鱼羹,鲜嫩的食材,浓稠的汤汁,如果配上一些黄的姜末绿的葱丝红的椒段,那么就会绽放出一种清新如春、热辣似火的色泽,就会让人忍不住大快朵颐,欲罢还馋;最家常的吃法,就是蛤蜊烧汤,无论是蛤蜊清汤,还是蛤蜊豆腐汤、蛤蜊炖蛋汤、蛤蜊冬瓜汤、蛤蜊蛋花汤、蛤蜊咸菜汤,等等,都能让我喝起来上瘾,想起来嘴馋,成为我乡愁的一部分;最传统的吃法,就是每到农历正月十四元宵夜,家家户户都要溜羹,虽然有肉丝、望潮干、香菇丁等食料,但不能缺少蛤蜊,否则就会少了一种记忆中的传统味道,故也就有了"正月十四是元宵,家家溜羹蛤蜊调"这句谚语。

启悟蛤蜊观世音,慈诲爱语殷玄示;无碍神变觉有情,历劫熏修应微尘。这么多年过去了,再忆挖蛤蜊,不仅是对自己年少时苦乐情怀的一种心灵慰藉,也是对蓝色海洋造福人类的一种呐喊敬畏,更是对蛤蜊菩萨普度众生的一种虔诚崇拜,而这我想也是蛤蜊应有的一种文化含义,即取其之傍,合众所利。

26 / 撮泥螺螺

　　泥螺螺,学名"织纹螺",俗称"大麦螺",是生长在象山县沿海滩涂上的一种贝类软体动物。它形似纺锤,头大尾小,口有厣盖,角质薄韧,嘴唇肥厚,略显淡黄,壳质坚固,体层梯状,向左旋转,旋层八节,间有纵纹,壳色紫黑,体长约十五毫米、直径约七毫米,多栖息在潮间带中上区泥涂表层,以摄底栖藻类、有机碎屑等为食,肉色洁白,肉质脆嫩,爽滑可口,因富含蛋白质、维生素和其他许多人体必需微量元素,总是让人吃得唇齿生香,回味无穷,成为我老家村民十分喜爱的一种嗑螺过酒、休闲美食的"小海味"。

　　泥螺螺,顾名思义,是与泥螺有关的一种螺。不过,与泥螺有关的还有一种螺。这种螺壳色青紫,形似草席卷起的形状,长长的、圆圆的,体长约一厘米,直径约三毫米,虽能爬行,但很缓慢,在我老家称其为"草席桶螺",我至今也不知道它的真姓实名,只是依稀还记得当时有村民为此争论,有人认为它是泥螺的青涩童年,只是尚未发育,长大以后自然成为泥螺,也有人认为它与泥螺没有血统关系,独门独纲,自成科属,永远长不大,就这个样子。我不知是非,自然难以定夺,但这并不改变它与泥螺、泥螺螺朝夕相处、形影不离的事实,而且我知道凡是有泥螺螺的地方,都能在附近撮到泥螺或"草席桶螺",反之在有泥螺的地方,也都能在附近撮到泥螺螺或"草席桶螺",这种相互依存的关系就成了我老家村民在撮泥螺螺时的参照物,只要找到泥螺或"草席桶螺",就能撮到泥螺螺,故在我老家称它们为"泥螺三宝",即每次撮泥螺螺肯定会夹杂着一定数量的泥螺,而每次撮泥螺也一定不会少了一定数量的泥螺螺。只是由于"草席桶螺"个体太小,又不能食用,且每次撮泥螺螺或撮泥螺,都会从手指缝或网眼中溜掉,故在我老家也一直没有在餐桌上把它摆上与泥螺螺、泥螺相提并论的位置。

泥螺螺作为一种候潮性贝类软体动物,其作息规律是在潮水退下时爬出泥涂捕猎食物,在潮水上涨时钻入泥涂底下休养生息,而在我老家撮泥螺螺,有时在它还未爬出泥涂时就被撮获了,故就有了"昼撮关门螺,夜撮开门螺"的谚说。所谓"昼撮关门螺"就是指白天光线好能撮到还躲在泥涂下没有爬出来的泥螺螺,而"夜撮开门螺"则是指晚上光线不好只能撮到爬在泥涂上的泥螺螺。虽然撮泥螺螺与潮时、光线、气候等有关系,但起决定因素的,还是需要这几招"慧眼识螺"的过人本领。一是看"泥螺螺眼"。这是泥螺螺在准备爬出泥涂觅食时所呈现出的或"-"或"+"形裂缝。这些裂缝非常细小,而且受潮时、潮水、气候、天日的影响很大,通常只能在白天撮到此类所谓的"关门螺"。如果不识"泥螺螺眼",那么就会错撮此类泥螺螺。二是看"泥螺螺印"。这是泥螺螺爬出泥涂在身后留下的路线痕迹。因为泥螺螺没有腿脚,仅靠腹足匍匐爬行,而且还要背负重于自身的外壳,所以在身后都会留下一道深深的爬行路印。因此看到了"泥螺螺印",就能按"印"索骥,撮到正在爬行的泥泥螺。三是看"泥螺螺衣"。因为泥螺螺的生活习性常受潮水、天气、温度、风力等影响,所以当天气出现晴天高温或低温刮风时,泥螺螺都会用腹足掘起一层泥涂表层的藻类,与自己分泌的黏液进行混合,紧紧包裹在外壳表面,酷似一堆凸起的泥涂,以起到防晒防风保暖隐身的作用。如果不识泥

螺螺那一身特有的"迷彩服",那么也有可能让着有此服的泥螺螺逃过一撮。因此,只有熟悉泥泥螺的生活习性,才能做到知己知彼,百撮不殆。

撮泥螺螺,在我老家的方法很多,有用手撮的,也有用网舀的。但在我的记忆中印象最深的,不外有三:一是手撮。这是一种最原始也最基本的方法。这种方法不仅吃力,而且效率低下,故在平时不为我老家村民所推崇,但作为一种特例,又不可或缺,必须得到传承。二是勺舀。这是一种自制的辅助工具,俗称"泥螺螺舀"。"泥螺螺舀"柄长四五十厘米,一般用竹竿做成,大小以手有握感为宜,前端固定一个直径二三十厘米的圆形斜口竹片,与手柄构成一百三十度左右的钝角,并在竹片上安装一张半圆形尼龙网,外形酷似厨用勺子,只是比厨用勺子大。在撮泥螺螺时,只要手握"泥螺螺舀"柄,就可边走边找边舀,不仅使用方便,而且效率也高。这是我老家村民最常用的一种撮法。三是网拖。这也是一种自制的辅助工具,俗称"泥螺螺横"。"泥螺螺横"是将两根等长约三十厘米的竹片刨光磨滑,交叉固定成 X 形,使每根竹片弯成弓状,并在四角固定安装一张长方形尼龙网。在撮泥螺螺时,只要手握"泥螺螺横"两根竹片的交叉点,就可在泥涂下四五厘米处进行左右横拖,这时不管泥螺螺正在爬行还是躲在泥涂底下,一拖而过,就能悉数入网。尽管使用"泥螺螺横"效果较好,但由于非常耗力,在平时也不为我老家村民所用,只有在泥螺螺旺发时,才能派上用场

泥螺螺每年旺发于端午节前后,这时刚好是大麦收割的季节,故在我老家也称它为"大麦螺",而这时又是泥螺螺最肥壮的季节,故在我老家家家户户都会撮些泥螺螺吃。据说,这个习惯与我老家祖上有闽南移民有关,慢慢地将这个习惯演变成为一种习俗。据了解,在闽南地区至今还将端午节称为"五日节(祭)",一些村民仍保持着"初一糕、初二粽、初三螺、初四艾、初五吃一天"的传统习俗。其中,"初三螺"就是指在农历五月初三那天吃泥螺螺。据说,"五月初三吃泥螺螺,小孩吃了会长脖子,大人吃了能治短脖病"。这是一个美丽的传说,难怪在我老家吃螺成风,常盛不衰,世代传承,乐此不疲,而这对于我老家村民来说,又无疑是"小菜一碟"。只要能下海,就能过一把由

于传统习俗与健身愿望所融合进而迸发出来的那种馋涎欲滴的吃螺食瘾。泥螺螺烹饪简单,只要将刚撮的泥螺螺,经过清水静养,让它吐尽泥沙,煮炒腌炖,无不能让人吃出各种不同味道,成为人们噏螺过酒、闲食的最爱。最经典的吃法是清煮,只要将泥螺螺清水下镬煮熟,就能闻到那种特有的、醇醇的、淡淡的鲜香。这时,只要将牙签插入螺口,轻轻一挑,那白白嫩嫩的螺肉就会似弹簧也如佩玉般慢慢地溜转出来,让人看了就会垂涎三尺,一吃了之。如果剪其尾端,只要用嘴轻噏螺口,螺肉就会脱壳而出,立刻就能让人在唇舌之间品享到一种脆嫩滑腴、丝丝鲜香的美味,让人欲罢不能越吃越上瘾。不过,这也是个技术活,只有我老家村民才能练就那种"秒吃"的噏功。我记得当时村里在做戏、放电影时,村民们都要煮泥螺螺当零食,即使自家没有,也会五分、一角钱一酒盅,买来自食或哄小孩。有一次,好像是放映电影《渡江侦察记》,当侦察员进入潜伏地,银幕上一片寂静,而观众席中噏声不绝,有个村民在情急之中高喊"大家不要噏螺了,当心暴露目标",不知那位村民是否出于调侃,但让我至今想起还是忍俊不禁。最传统的吃法是腌制,就是将泥螺螺捣碎腌制成酱,无论生吃还是炖蛋,都能让人在唇齿间培育出一种可以抚慰心灵的味觉,肉质脆嫩,无比清香,宛如一小家碧玉过着凡俗尘世"秀而不媚,清而不寒"的生活,成为我老家村民藏而备之、久食不厌的一道常年下饭。遗憾的是,近些年来由于海洋环境污染、赤潮频发,致使泥螺螺会摄食、集聚并产生一种神经毒素,一旦食用就会致人中毒死亡,已被有关部门明令禁止销售、摄食,成为一颗不可触碰的"定时炸弹",从此远离餐桌,令人望螺生畏,无不望螺兴叹!这只是一个缩影,但告知我们人类正在或已在自食环境污染的后果。

并非所有的开花都会结果,也并非所有的故事都有后来。当我重拾撮泥螺螺的记忆,却真不知该为它后来的遭遇说些什么好,毕竟曾经年少有约,至今让我心存旧好,但又不得不正视现实,毅然决然地与它说"拜拜",为自己这段尘封已久的往事画一个情非得已的结局。

27/罩鱼

　　记得是在2016年下半年,我吃过晚饭,就将电视频道调到象山台,准备看《象山新闻》,了解一些象山近况,却没想到象山台正在播放晓塘乡月楼村新农村建设的新闻,画面中崭新的别墅与整洁的农舍、雄伟的村牌与古老的钟塔、现代的会所与悠久的宗祠、幸福的笑脸与勤劳的双手、远山的翠绿与庭院的花草,遥相呼应,交相辉映,让我有一种叹为观止、忘乎所以的感觉,但最吸引我眼球、让我为之一惊的,还是农具陈列馆里一件普通渔具(即鱼罩),尽管镜头一闪而过,画面顷刻消失,但留记在我心中却太深刻了,那种阔别重逢的感觉,不时勾起我孩提时经常使用鱼罩罩鱼的回忆,以致我在当天夜里还出现了多少年来不曾有过的悸动。于是,我决定到村里看个详尽,以宽慰自己一颗牵挂的心。等到周末,我直接赶到村里,边欣赏如画村景,边打听陈列馆去处,却不期与黄和振书记相遇。待我说明来意,他热情地为我当起向导,我们边走边聊,他给我讲了村里历史、新农村建设过程,尤其是给我讲了鱼罩的来历,以及他年轻时也使用过鱼罩罩鱼的经历,让我为之心动,那种熟悉的画面、熟悉的背景、熟悉的招式,都好像是在回放我昨日罩鱼的情景。

　　罩鱼,是我县沿海村民通过使用鱼罩这种古老渔具在海边浅潮、港汊网地、江河湖泊进行捕鱼的一种传统作业方式。这种作业方式最早出现在春秋战国时期,在《诗经》中就有记载,如《尔雅·释器》称"篧谓之罩";《小雅·南有嘉鱼》称"南有嘉鱼,烝然罩罩";《毛传》释义"罩罩,篧也";《毛传正义》注释"篧,编细竹以为罩捕鱼也",等等。可见当时人们就已经使用这种渔具捕鱼,而到了唐宋时期,这种捕鱼方式已成为人们生活的一部分。如温庭筠《罩鱼歌》"持罩入深水,金鳞大如手";李商隐《为荥阳公谢除卢副使等官状》"抚鱼罩以兴怀,悲羖皮之废礼";陆龟蒙《渔具诗·罩》"左手揭圆罨,轻桡弄舟子;不知潜鳞处,但去笼烟水";秦观《次韵参寥莘老》"黎明忽自罢,晴日射鱼罩",等等,都表明罩鱼已成为当时的一种农耕文化。我记得在20世纪六七十年代,在我老家还在使用鱼罩罩鱼,只是后来随着各种线网的出现,尤其是各种仿鱼罩功能的渔具诸如撩盆、撩兜等相继出现,鱼罩也随之消失在人们视野之中。在我记忆中,鱼罩大多是村民自制的,也有请篾匠师傅制作的,式样大同小异,只是工艺更精细些,都以竹子为材料,呈喇叭形,两头悬空,上口直径约三十五厘米,下口直径约八十厘米。鱼罩可大可小,因人而异,视情而定。在制作时,先将毛竹劈成宽约一厘米、长约九十厘米的竹片,去掉篾黄,刨光磨滑,并使其一端一分为二,每根大小与毛线针相似,分别排列、固定在事先制好的上口圆环和下口圆环上,上口间距一二毫米,下口间距四五毫米,然后用篾丝编成三道紧箍圈进行固定,卸掉下口圆环,再用棕榈绳将上口进行包扎,便于拿捏,这样就算制作好了。因此,当我看到月楼村展示的那只鱼罩,那种他乡遇故友的感觉,让我情不自禁地蹲下身来,瞧了又瞧,立刻在我眼前蒙太奇般浮现出一幕幕波澜壮阔、气壮山河的罩鱼场景。

撮网剩,是我老家村民一种与生俱来的捕鱼习惯。每次发现村外海涂上扦了槽网,村民们无须语言相告,一个眼色都能心领神会,只要屈起手指掐算下潮时,也不管是白天还是黑夜,到了规定的潮时无须谁通知谁,似乎有一种无声的号令,村民们都会拎着鱼罩,争先恐后地走出家门,咿咿呀呀哼着只有自己听懂的曲调,乐颠颠地直奔海涂罩鱼。槽网一般根据不同的潮流或洋流,按 V 或 L 字形扦插,因而潮水越深其呈现的扇面就越大,也由于鱼在洄游中一旦触碰到渔网,就会条件反射地逆向逃窜,从而涌上了潮头。我还记得,逃得最快的是鲻鱼，往往是急不可耐的样子，直冲潮头，紧随其后的是鲈鱼，常翘着嘴，一脸迷茫，鳗鱼见势不妙，扭着蛇腰，一路追随，黄姑鱼不明事理，"咕咕"高叫，似乎在喊"等等"，正准备率其他虾鱼蟹鲨大逃亡，却让它们没有想到的，村民们正一字儿排在潮头，发现它们的踪影，就挥着鱼罩，你一罩我一罩，不停地围罩过去，那股亢奋的劲儿正将村民们久积累蓄的能量释放出来，结实的身体所向披靡，粗壮的手臂力挽狂澜，黝黑的脸颊挂满泥水，只露出一双猎隼般犀利的眼睛，牢牢注视着身边随时可能出现的各种鱼汛，一旦发现可疑情况，也不管距离远近，两条已陷入泥涂里的腿，随着身体快速扭动，饿虎扑食般向前跑动，溅起一堆堆泥水，顷刻化为一阵阵烟雨，那种带有原始野性的剽悍与罩鱼必须把握的精准发挥到了极致，使力量的粗犷与动作的娴熟完美地呈现在这忘我的境界之中。每个村民都极有耐心地重复一个动作，即一手抓住罩口，一手托着罩身，在齐腰深的潮水中一罩一罩向前罩去，鱼是不是被罩住了，全凭各自的感觉。如果有鱼被罩住，那么鱼就会在罩中挣扎，这在我老家被称为"碰罩"，并视"碰罩"的激烈程度，判断出鱼的大小。如果是小鱼，那么将手伸进鱼罩，一逮了之。如果是大鱼，那么就要用双手控制住罩身，尽可能地用力往下压，并用脚在鱼罩下口周边探堵漏洞以防逃鱼。这时，还不能急于捕鱼，要让它多挣扎一会儿，就容易捕捉了。就这样，在一阵阵此起彼伏的呐喊声中，一条条活蹦乱跳的鱼被装进各自鱼篓，收获的喜悦顷刻写在脸上，也拉长还未罩住鱼的人嫉妒和眼馋。因此，当我每每想起此景，总是特别惦记那种人声鼎沸、水花飞溅和鱼窜人欢的热闹场面。

在我老家，每年总少不了有一两个台风过境，或受外围影响，而每次开闸放水，就免不了要将大量的淡水鱼诸如鳙鱼、草鱼、鲤鱼等放到海里，由于海水盐度高，这些淡水鱼一旦被海水呛了之后，血液中的盐分就会增加，肾脏的负担就会加重，进而就会出现极其焦虑、极为不安的脱水症状，也许在冥冥之中它们也深知海深并不是好去处，就心不甘情不愿地涌上潮头，或无奈地露着背鳍慌不择路四处乱窜犁出一路路浪花席卷，或纳闷地不时探头，有气无力随意打浑激起一层层涟漪荡漾，这些情景让我老家村民见了，无不手脚痒痒，决意一罩为快。因此，每次台风过后，下海罩鱼也成了我老家村民的一个生活常态。每次一声"罩鱼啰"从村头响起，全村男女老少都会拎着鱼罩，开始下海罩鱼。下海罩淡水鱼，一般从潮水泛涨开始，跟着潮水上涨，不停地游弋在潮头，虽听听涛声，看看浪花，倒有一番闲情逸致，但一旦发现鱼汛，一人惊呼，众人响应，你提鱼罩追来，我提鱼罩赶去，在这众志成城的围罩中，一条条惊恐万状四处逃窜的鱼，最终还是难逃被捕的厄运。记得有一次，几个村民为罩一条大鲤鱼，惊心动魄的搏斗持续了近个把小时，接连损坏了几只鱼罩，终于捕获了这条鱼。这些淡水鱼大多是几斤重，最大的有十几斤重。虽然每次下海罩鱼，多有不错的收获，能罩到几条鱼，但也有运遇华盖，空手而归，就寄希望于下一回了。因此，无论结果如何，村民们都充满欢乐，因为罩鱼本来就是一件充满快乐且非常有趣的事儿。

一步一举罩，鱼在罩里跳；伸手捉起鱼，入篓美佳肴！

再忆罩鱼，我突然发现在自己心头情角里，有一张老家的活地图，缓缓打开，满眼云烟，老家的海、老家的涂、老家的风、老家的浪，一一呈现，尽是氤氲；还有一只老家的旧渔具，慢慢展示，一帘旧梦，老家的亲、老家的爱、老家的忧、老家的愁，碎片残存，饱蘸浓墨。老家不老，她给我留下的记忆永远清新如初；老家很美，记忆中的她就像一杯刚泡开的绿茶，浓郁的芳香时刻都能浸润我的心扉；老家不远，虽然我已在外谋职，平时很少回去，但她在我心中却永远是棵不长年龄、身姿卓异的参天大树，那种情感就像这只鱼罩，不仅能唤起我在老家罩鱼时的记忆，而且还能罩住我对老家思念的心。

28 / 挢牡蛎

牡蛎，俗称"蛎黄"，也称"海蛎"，名称众多，南北有异，是生长在象山沿海礁岩石滩等物体上行固着状的一种生命力极强的海生贝类。它由上下两壳组成，两壳之间较窄一端有一条韧带相连，中部长有闭壳肌，用以对抗韧带的拉力，促使两壳张合，进行呼吸滤食；上壳形似屝盖，中部厚实隆起，边缘薄而弯曲，与下壳吻合，构成一个非常隐秘的生命体；下壳附着在礁岩石滩或某物体上，行坐姿状，磈磊相连，挨挤密布，延绵不绝，一个下壳往往镶嵌着多个上壳，层层叠叠，簇拥而生，或侧或倚，深怀浅藏，玲珑巧缀，鬼斧神工，虽表面粗糙，嶙峋沧桑，还长有藤壶、海藻等海洋生物，乍一看壳色灰暗，七褶八皱，丑陋不堪，但挢开上壳，就能发现似珠宫贝阙般神奇，如牡丹花瓣般华丽，壳色如瓷，洁白光滑，肉质细嫩饱满，清澈明净，无不让饕餮者馋涎欲滴，一品为快。

关于牡蛎之"牡"，在我老家曾流传着两种不同说法。一种认为系性别之"雄"。相传，古代东海有群海雕，每生长一百年都要带着人世间所有对大海的不快和怨怼，化作礁岩石滩上的一只蛎子，以终结自己生命换取人世间幸福祥和，同时在历经千辛万苦之后，才能获得更加雄壮健硕的躯体重生，但在这"消业"（即佛语"消除业障"）过程中，独此化生，纯雄无雌，当属一阳，故得牡名，而道家认为面海而视，蛎口左顾者为雄称为"牡蛎"，蛎口右顾者为雌称为"牝蛎"。一种认为系植物之"名"。相传，牡蛎为东海龙宫牡丹仙女造化，且其壳酷似牡丹花瓣，故人们称其为"牡"。唐代文学家段成式也说："牡蛎言牡，非谓雄也。且如丹，岂有牝丹乎？"两种说法，大相径庭，孰是孰非，吾亦焉知。我国目前共有二十余种牡蛎,而据 1987 年版《象山县志》记载,我县现有五种牡蛎,即鹅掌牡蛎、中华牡蛎、褶牡蛎、岩牡蛎、多变牡蛎。虽然我县沿海无处不长牡蛎,可以堪称海鲜王国里的"下里巴人",但牡蛎那丰富的营养和鲜嫩的味道,却无不让人为它点赞称好!因其含锌量为所有食物之冠,且营养价值极高,在西方被誉为"海底牛奶",在日本被赞为"根之源",在《圣经》中被颂为"海之神力",而在我国民间则有"南方之牡蛎,北方之熊掌"之说。古往今来,竟引无数名人食客折腰,留下了许多至臻至理的名言绝句。李时珍称它为"海族最贵";胡世安赞它为"沁甘露浆";李白夸它为"天上地下独尊"。这些溢美之词,无疑为牡蛎戴上至高无上的食材王冠。

虽然在我老家一年四季都能吃到牡蛎,但牡蛎最肥美的时节还是在入秋至清明之间,而在这期间又以春节前后为最肥嫩、最鲜爽,故在我老家就有"冬至到清明,蛎黄甜滋滋"和"六月蛎黄瘦,路过不扭头"等民间谚语。我记得小时候在每年春节前后都要跟随家人去掰牡蛎。因为在我老家每年农历正月十四夜,家家户户都要溜羹,每个孩子自带碗筷,便可自由出入每户家里"讨羹",以讨吃"七的倍数家庭多"为聪明,激发孩子们的"讨羹"兴趣。在我老家有一个不成文的习俗,除新婚家庭可溜甜羹外,其他家庭都必须溜咸羹,而牡蛎就成了一些孩子屈着手指品尝咸羹配料不可或缺的一种食材。当然,在这个季节美食牡蛎,也不仅仅是为了溜咸羹,无论是生吃还是烤、煎、拌、炸,只要配以不同的食料,都能满足人们不同的口味。因此,在春节前后掰牡蛎,就成了我老家村民常见的一种大众讨海方式。不过,牡蛎好吃,也非常难掰。我记得在我老家有一套专门工具,便使这一亘古难题解决起来变得得心应手。一是蛎笃。这种工具形似倒 L 形,竖的是木手柄,横的是方形船钉,是掰牡蛎的必备工具。制作这种工具一般取一段长约四十厘米、直径约五厘米的木棍,在一端四五厘米处钉上一枚约五寸长的方形船钉,并将钉尖敲扁磨薄即可,而木手柄的长短大小不尽相同,大多因个人喜好而定。在使用蛎笃时,只要将蛎笃的钉尖对准牡蛎上下两壳的鳞缝,轻轻一笃,然后轻轻往上一提,牡蛎的上壳就会即刻张开脱落。二是蛎揂。这是一种分离牡蛎壳肉的工

具。一般取一截一二十厘米长的钢筋，将一端敲偏、磨光即可，形象现在那种一头可以裁纸的圆珠笔，只要将蛎搂插入牡蛎下壳内壁旋转一圈，蛎肉就会迅即分离出来。二是蛎桶。这是一种放置蛎肉的工具。因为牡蛎的精华就在于它肉体与外壳分离后流出的汁液，村民们都说它是蛎膏，弥足珍贵，煮熟后颜色乳白，其鲜无比，就自然不会轻易让它流失，而当时还没塑料桶、铅桶，一般拎个木桶在身边，也算是一种比较轻便的工具。村民们带上这套工具，就可以下海挢牡蛎，而选择的时间大多在农历初一、十五前后的大水潮。因为这时的潮汐落差大，在小水潮时被淹没的牡蛎都能一一暴露出来，所以选择在这时挢牡蛎，就能挢到量多、个大、肉肥的牡蛎。根据牡蛎生长的位置，村民们通常将生长在小水潮时能被淹没的牡蛎称为“水蛎”，而不能淹没的牡蛎称为“旱蛎”。在一般情况下，“水蛎”个大肉肥，味道要比“旱蛎”好。也许是因为过度挢食，自然导致“旱蛎”资源逐渐枯竭，个体变得越来越小，不得不让人们将目光盯向那些个大肉肥却生长在临潮临崖上的牡蛎，甚至不惜撑船到一些悬岛孤礁挢牡蛎。虽然这些地方牡蛎大多处于原始状态，但也因一些礁岩石滩陡峭险峻，不仅攀爬困难，而且恶浪无常，就骤增了挢牡蛎的不安全系数。

也有一些村民为了抢潮时，就将牡蛎连壳铲下来，带回家再挢蛎肉，久而久之，便派生出了另一种原汁原味的吃法，即蒸煮牡蛎。这种吃法非常简单，只要将其外壳清洗干净，就可直接下锅，蒸煮至熟，端上餐桌，便可大快朵颐地佐酒下饭。虽然这种吃法历经时空变换，但至今我老家人仍热衷不衰，成为我对老家美食牡蛎的一种最忆。我甚至还记得蒸煮牡蛎的一个小诀窍，在见到锅盖四周齐冒蒸气四五分钟时，掀开锅盖，用蒲扇往锅里回扇几下，一些本来还封闭着的牡蛎上壳，就会一下张起口来。这样，热气腾腾地端上餐桌，就能剥出只只饱满且富含汁水的蛎肉；如果能再蘸些调料，那么吃到嘴里，肯定是满口透鲜、唇齿生香！

其实，关于牡蛎的吃法，历朝历代都有精辟的记载。北魏时流行炙食，《齐民要术》记述"炙蛎，似炙蚶，汁出，去半壳，三肉共奠，如蚶，别奠酢如之"。宋时讲究烹调，《玉食批》就记载了"煨牡蛎、牡蛎炸肚"两道菜单。明时喜欢拌食，《竹屿山房杂部》记录"烈火焰开，挑其肉，浇以川椒、醋"。清时注重深加工，制成各式各样的调味品，如当下超市热销的"蚝油"。由此可见，牡蛎这种海鲜名品，自古以来就为人们提供了超乎想象的食用途径。不过，对于一些不谙牡蛎特性的人来说，如何挑选牡蛎也是件难事，我在这里不妨透露一手，也算是传承在我老家也濒临失传的一门秘籍！按我老家的说法，即为"三看"：看表、看膏、看裙。所谓"看表"，即看蛎肉表体是否色泽晶莹，质地剔透；"看膏"，即看蛎肉膏体是否饱满精致，凝脂聚敛；"看裙"，即看蛎肉边裙是否厚胀飘逸，有蠕动感。如果发现蛎肉表体泛黄发绿，膏体干瘪浑浊，边裙呆滞死板，那么肯定是明日黄花，最好不要食用了。

牡蛎不仅味道鲜美，营养丰富，而且还具极高的药理食疗效用。据说，拿破仑一世就带着牡蛎征战，保持了旺盛的战斗力；美国前总统艾森豪威尔病后就将牡蛎当药吃，身体很快得到康复；宋美龄就无牡蛎不欢，成就了她骄人的容颜。所有这些，却又一一折射出了我国古代药学名典《证类本草》有关牡蛎功效的精辟宏论。

人世几回伤往事，牡蛎依旧枕寒流。每一次当我看到牡蛎无所畏惧地经受年复一年狂风恶浪的磨砺，依然犹如春风吹又生般遍布在潮起潮落的潮间岸边，那一刻在我心中无不油然地闪现出老雕涅槃时那种壮怀激烈的感人场景和牡丹仙女造化时那种国色天香的娇媚形象。

29 / 撮海瓜子

　　海瓜子,学名"彩虹明樱蛤",俗称"烂芝麻",也称"梅蛤",是生长在象山沿海滩涂上的一种小型贝类动物。它因形状大小与南瓜子相似而得名,也因吃法可如同嗑南瓜子一样而得称,故美其名为"海瓜子",而其生长方式又像是与晒在晒场上的芝麻一样密密麻麻,故称其为"烂芝麻",这里的"烂"是指未干燥的意思,这也是只有我老家对海瓜子的一种特有称呼,而之所以称其为"梅蛤",是因为它在每年梅雨季节肉质最肥壮、味道最鲜美,且"蛤"是对这种双壳类贝壳的泛称。海瓜子近椭圆形,壳质薄脆,极易破碎,前端弧圆,后端斜截,壳面光滑,壳蚀简单,有生长纹,轮脉清晰,壳长约一厘米、宽约五毫米,齿盘有主齿,前后有侧齿,韧带筒状,水管发达,水管下有十字形肌肉,肉色淡黄,肉质细嫩,肉味鲜美,营养丰富,壳色粉白,略有彩虹光泽,看上去宛如美人耳垂佩戴的小玉坠,又取了个文绉绉的名字,让人感觉既浪漫又别致,难怪古人有《咏海瓜子》诗:"冰盘堆出碎玻璃,半杂青葱半带泥;莫笑老婆牙齿轮,梅花片片磕瓠犀。"这里的"梅花"特指梅蛤开壳如花,"瓠犀"是指瓠瓜之子,出自《诗经》"齿如瓠犀",意为美人牙齿洁白美丽,这就让人顿觉有女如玉,纤手婉转,樱唇轻启,皓齿一错,粉舌微挑,花入口中,如此画面,绮丽至极。海瓜子能得此眷顾,我想肯定有慕名而食者,即便食不果腹,也秀色可餐。

　　海瓜子是一种广温性、广盐性底栖贝类,一般生长在潮间带中下区潮流湍急并呈油性的滩涂上,以滤摄泥涂表层的藻类为食。我记得当时在我老家很少有村民下海撮海瓜子,一方面当时的海产品太丰富了,像挖蛤蜊、钩蛏子、捭麻蚶等更能体现经济价值,而另一方面吃起来也没有像蛤蜊、蛏子、麻蚶等更能感觉酣畅淋漓,可以大快朵颐,但也有一种例外,就是当年像我家一样养有鸭子的家庭,为使鸭子多下蛋、下好蛋,几乎每个星期都要下海撮一次海瓜子,而喂鸭有余也就成了自享其乐的一道"美味"。可是,时间一长,也让我不仅熟知了海瓜子的生存环境,而且还掌握了海瓜子的生活习性,虽然此去经年,但我至今还能说出海瓜子与众不同的几个生长特征:一是区域性。虽然当时在我老家盛产海瓜子,但并不等于在我老家整个滩涂都生长海瓜子。因为海瓜子只生长在潮流湍急并呈油性的滩涂上,所以在一些潮流相对平缓却呈沙性的滩涂上,就不生长海瓜子了。这是因为潮流湍急水中有氧成分就高,而油性滩涂则表层微生物丰富,所以撮海瓜子必须了解其赖以生存的海况涂貌。二是密集性。凡是生长海瓜子的地方,在滩涂表面都会长着一片片密密麻麻、挨挨挤挤形似O状的洞穴,在我老家将此称为"烂芝麻眼"。这里的"眼"并非指海瓜子的眼睛,而是指它与外界保持联系的觅食口。这些"眼"相拥而生,星罗棋布,也显示出它家族的繁衍能力。有时候,一脚踩下去,就会感觉有几十只海瓜子被踩在脚底下,真的有点于心不忍。三是浅表性。海瓜子通常生长在滩涂表层四五厘米处,在既没有坚固外壳保护,又不具备快速逃逸本领的情况下,虽能如此顽强地生存下来,但也暴露出了它生命中最脆弱的一部分。四是受侵性。或许因为海瓜子壳薄易碎,味道鲜美,也就成了一些天敌诸如海鸥、青蟹、章干、鳗鱼等侵食的对象,所以凡是海瓜子生长的地方,都会看到一些像猪拱鸡刨过后的悲惨景象,不是各种洞穴连片,就是鱼口蟹印层叠,这也是我老家村民一眼就能判断出哪里有海瓜子的一种便捷方法。撮海瓜子有许多种方法,有用手直接撮的,也有用网兜拖的,但在我老家最常用的还是用手直接去撮,很少用网兜去拖,因为用网兜拖容易造成海瓜子破碎。不过,用手去撮,也有两种不同方法,一种叫作"拿捏法",一种叫作"掰泥法"。所谓"拿捏法",就是将五指张开弯曲成要抓但还没有抓的形状,这样当手指插入泥涂时就会减少阻力,不仅入泥快,而且当手指触碰到海瓜子时,就能迅速捏拢,然后用力一甩,就能将那些粘附在海瓜子外壳上的涂泥甩掉，便可将海瓜子放到篮里。呵呵，这是我把撮海瓜子的动作分解开来进行解说的。其实，这个动作是可以一气呵成的，连贯起来就像小鸡啄米一样，手伸下去，手提上来，一甩余泥，便放篮里，如此循环反复，便可自成一套规范，就像一曲优美的舞蹈动作，让人看了绝对点头称赞叫绝。有时候手指一插入泥涂，就会触碰到两三只海瓜子，顿时在脸上就能绽放出一种得意的笑容。所谓"掰泥法"，就是先将泥涂挖成一个深坑，这时坑的四周断面就会暴露出许多海瓜子，只要将暴露出的海瓜子撮起来，就算达到目的。然后，再顺着一侧断面把泥涂一块块掰出，每掰出一块泥涂，就撮一次海瓜子，直到潮涨篮满。不过，这两种撮法，不仅手法有所不同，而且适合的环境也各有侧重，前者适合泥质稀薄的滩涂，后者则适合泥质较硬的滩涂，因此，因地制宜使用这两种不同撮法，仍不失为一名老到的撮海瓜子高手。不得不说，我在刚撮海瓜子时，总是把海瓜子带泥放到篮里，乍一看满篮都是涂泥，根本看不出有海瓜子，而一些村民撮起海瓜子来，总是只只干净，很少粘有涂泥，就像拣到一只只珍世的雨花石，让人看了用现在的话说就是拉长了眼馋心羡的嫉妒恨。不过，在当时被村民们戏称"杀猪没学会，偷油的本领却学到了"的我，每次看到满篮的泥涂，只好将篮子浸泡水里，轻轻洒转几圈，才让海瓜子显露本来真容。

海瓜子不仅能喂鸭子，而且也是我非常爱吃的一种海产品。因海瓜子味道鲜美，营养丰富，而且具有调节血脂、预防心脑血管疾病、平息咳喘等功能，就有越来越多的村民开始喜食这种海产品。海瓜子吃法众多，因地因人而异，而当时在我老家最惯用的吃法就是清煮。这种吃法操作简单，只要将洗净的海瓜子放在沸水里过一下，记得只要十秒钟时间，一切成败，尽在须臾间，少一秒可能外壳未开无法食用，多一秒可能壳脱肉缩品貌尽失，也只有在我老家才能把握这恰到好处的火候，确保一盘海瓜子十有八九开其壳，宛如打开一把把小扇子，露出其雪白粉嫩的小鲜肉，这无疑是上品之作了。这样吃起来，我觉得非常原汁原味，如果撒些葱花，再蘸些酱油、米醋等佐料，细品慢咽，自然别具风味，一定能给人一种活色生香的感觉。不过，海瓜子壳小肉少，不同的人吃，就有不同的吃相，久而久之在我心中也烙下了一幅幅吃海瓜子"众相图"：有些村民嫌一只只吃不过瘾，就干脆舀一勺海瓜子放进嘴里，舌头像搅拌机一样，进行壳肉分离，肉咽壳吐，干净利落，堪称一绝。有些村民虽然也像我一样一只只吃海瓜子，但吃法却如同嗑瓜子一样，速度之快令人惊讶，一只海瓜子送到嘴里，几乎能在同时将这只海瓜子壳从嘴里飞出，一盘海瓜子，三下五除二，顷刻就能吃个精光，简直是到了出神入化的境界。当然，也有一些村民尤其是一些美女姑娘们，吃起海瓜子来，神态十分可掬，翘起兰花手指，夹一只海瓜子，轻启樱唇，用舌一舔，肉吸口中，细嚼慢咽，似乎要把整个时间都消磨在这唇舌之中。我记得丰子恺在《吃瓜子》中说过，"中国人人人具有三种博士的资格：拿筷子博士、吹煤头纸博士、吃瓜子博士"，而我想我老家村民还应具有另一种博士资格，即吃海瓜子博士。

温一壶岁月的过往，让我突然发现原来作为鸭食的海瓜子已成为当下大众餐桌上的一道海鲜美味；品一份生活的沉淀，让我切身感受原来不怎起眼的海瓜子已成为当今高档酒店里的一种特色招牌。再忆撮海瓜子，让我首先想到的是老家海的味道，那种腥腥的、咸咸的味道，既是时间陈酿的味道，也是人情世故的味道，定格在我的乡愁之中，那里每一次日出都是我的期待，每一个黑夜都是我的梦乡，每一寸滩涂都是我的牵挂，每一朵浪花都是我的心情，当然还有许多都是我没有来得及说的故事。

30 / 打手网

　　打手网,也称"手抛网",是象山沿海村民在浅海滩涂、港湾码头、围塘堤坝、小船竹筏上进行捕鱼的一种作业方式。这里的"打"是我老家的一种俗称,含有"抛"或"撒"的意思;"手网"是指一种与手相连、拿捏在手并可随手抛撒的渔网。也许,由于打手网特别轻巧、简便,易操作、见效快,非常适合个体作业,故在我老家被认为是一种不老的大众化捕鱼方式。

　　就像郑智化在歌曲《水手》中唱的一句歌词那样:"年少的我/喜欢一个人在海边/卷起裤管/光着脚丫/踩在沙滩上/总是幻想/海洋的尽头/有另一个世界/总是以为/勇敢的水手/是真正的男儿",而年少的我,也喜欢一个人在海边,顶着烈日,裸着双臂,卷起裤管,光着脚丫,总是像跟屁虫似的跟在村民后面看他们打手网捕鱼,那时我就曾幻想,打手网才是真正的讨海人。我依稀还记得,在我刚读小学时,生产队举办了一次会餐。当时,正值夏收夏种农忙时节,会餐的目的是鼓舞斗志,振奋精神,全面、及时完成"双夏"抢收抢种任务,可是当我听说家长能带小孩一起会餐时,在那个吃不饱、穿不暖的年代,我真的不知一晚醒了几次都眼巴巴地盼着能吃上一碗馋涎欲滴的香喷喷白米饭。那天一早,像我等小孩都迫不及待地聚集到生产队长家,只见搭帐篷的搭帐篷,借碗筷的借碗筷,都在有序地忙碌着,当我听说有两个村民正准备下海打手网捕些下饭鱼时,就默不作声地跟着他们出门去捕鱼了。

　　那是一片在每个村民心中都非常熟悉的海。辽阔海面,遥望无垠,但每个村民都知道那里海涂平坦,那里海浪平缓,尤其是那里适合打手网,在村民们心中都有一张"活地图"。我记得当时正值涨潮,那两个村民卷起裤管,就急匆匆地下到海里去了,而我则蹲守在海边堤岸,一边极目远望着他们打手网,一边自然欣赏起这融山、海、岛、礁、涂、人于一体的绝美景色。要是现在我想肯定会利用这空隙,用手机将眼前的景色拍成一幅精美绝伦的《山海之恋》,那画面中的山就是村民们世世代代得以传承的庄丽宫阙,那画面中的海就是村民们祖祖辈辈赖以繁衍的生活宝藏,那画面中的岛就是村民们日日夜夜盼以向往的独立王国,那画面中的礁就是村民们时时刻刻借以牢记的人生坐标,那画面中的涂就是村民们一年四季得以耕耘的蓝色牧场,那画面中的人就是生活在这里的村民,他们有一个相同的职业就是"打手网",他们有一个相同的称呼就是"打手网人"。栉风沐雨是他们不悔的选择,耕海牧渔是他们传承的衣钵,收获希望是他们永恒的主题。也许是大海的宽容和善待,才使他们讨海为生,痴心不改,打鱼不辍,以鱼为业。正当我犹豫他们能否捕到鱼时,那两位村民来到我跟前,说咱们可以回去了。回到生产队长家,我就迫不及待地将鱼倒出来看个究竟,只见鲻鱼、鲈鱼、鳗鱼足有二三十斤,竟活蹦乱跳倒满一地,大伙都说自食有余。

　　从此,我对打手网捕鱼就有了特别的兴趣,时不时走在海滩堤坝上,坐在海岸礁石边,站在码头闸门旁,看村民在浅潮中、在港湾边、在舢板上打手网。我姐夫今年已有七十多岁了,年轻时也是一位打手网高手。那时,我到他家里玩,常见他屈着手指算潮时,几点几分潮水开始上涨,几点几分潮水涨到什么高度,他自有一套理论,然后拎起他那口心爱的手网,就悄然出门捕鱼,我几次偷偷跟着他想学打手网,总是被他嫌我年少婉拒,虽然当时总有几分不爽,但是没有想到此去经年,一晃竟过了半个多甲子年的时光。去年元旦我去看望他,虽然他年已古稀,雄风不再,单薄的身体也映衬出了他当年的沧桑,那一道道额纹如同滚滚波浪,仿佛让我于无声处听到他曾经置身其中的涛声,那一脸灰黄的面容近似大水潮海浪将泥涂冲洗过后浸染成的颜色,那一口所剩无几的门牙犹如潮起潮落间若隐若现的礁石更显岁月的无奈,但与他谈起打手网,顿觉他换了个人似的,精神闪烁地与我娓娓道来。说话间,他从阁楼拎出一口线色发黄的手网。他说,虽然自己已十多年没打手网了,

但有人曾出高价想买这口手网,还是觉得有些不舍,现在留着看看,也算是对过去生活的一种怀念。他还说,以前曾使用过麻线网,不仅量重而且使用起来也比较麻烦,每年都要上血(即放在猪血中浸泡、晾干,以防海水侵蚀),相比之下现在的尼龙网,优势更突出了。他介绍说,手网由牵绳、网身、网脚三部分组成,一般重量为五六公斤。牵绳一般采用抗水强、受力大的棕榈绳或尼龙绳,大小约有筷子粗细,一端有一个套环,可套在手腕上,防止渔网打出去收不回来,一端连接网头,形成一个整体,一般牵绳长约十米。网身长六七米,现在用直径约半毫米的尼龙线织成,网眼目度一般为二至五厘米,每隔一目生一目,每隔二目生一目,每隔三目生一目,呈尖圆锥形、伞盖状,上口封闭、底口敞开,摊开直径约十米。网脚由网纲、铅坠、折扣三部分组成,形成一个∠边形的鱼兜状。网纲是由一根筷子粗的尼龙绳贯穿于网口的网眼之中,以起到提纲挈领的作用;铅坠是固定在网纲上的加重器,每只间隔约二十厘米,每只重约三十克,总重量四五公斤,以起到加速入水的作用;折扣是保持网脚∠角度大小的一根扣绳,通常将网纲向内回折约三十厘米,每隔三十厘米系一根扣绳,扣绳长约二十厘米。打手网的关键,在于将手网打得既远又圆,这在我老家还有约定成俗的规范要领。一是三把网打法。就是先将牵绳套在左手腕,再把网放在水中浸泡一下,以缩小网的体积,然后左手提网先将最左侧部分,在距离网口三五十厘米处挂在左肘上,左手平端网口,右手相向理出并握在约三分之一网口处,左侧身体右转,顺势将手中的网打出去,依次送出左手、左肘、右手,这时右手在向外打时要划弧线,左手在放送时要轻拉一下,这样就能使网口形成圆形入水。这种打法适合站在岸上或在浅潮中作业,以海水不影响操作为度。二是两把网打法。就是左右手各握约三分之一的网口,并用右拇指勾住网纲,使两手保持一个便于打撒的距离,在身体左侧右转时,左手顺势送网,右手在将网打撒出去时,用拇指轻拉一下,这样也能使网口形成圆形入水。这种打法适合在齐腰深的海水中作业。不过,手网打出去之后,都要略停一会儿,不能立即收网,用我老家的话说就是要"闷一闷"。因为有一些鱼特别狡猾,比如鳗鱼、泥鱼等底层鱼,一旦发现情况反常,就会一头扎入网内的泥涂中,如果急于收网,那么就捕不到这些鱼了,所以必须暂缓收网,给鱼儿营造一个安全无事的假象,以避免发生一些鱼急网破的现象。如果这时网里有鱼,那么手中的牵绳就会微微颤动,这是网中之鱼试图逃跑的触网讯号。这时,在收网时应使牵绳与水面形成三十五度的夹角,进一步缩小鱼的活动空间,迫使鱼慢慢进入网兜,这样鱼就不会逃脱了。

我姐夫还告诉我,打手网与钓鱼一样,还得综合考虑天气、潮时、场地等因素。一般情况下,天气闷热的大水潮更适合打手网。因为天气闷热,生活在深水里的鱼就有可能会感到缺氧,便不由自主地游到浅潮中来,而大水潮也因潮力大,致使海水相对浑浊,从而影响鱼对生存环境的判断,所以在这时打手网就会出现意想不到的捕获成效。至于场地,自然要熟悉水下环境,确保水下没有任何障碍物,否则打出去的手网就有可能收不回来了。如此看来,打手网捕鱼也蕴含着许多科学的道理。

“海水朝朝朝朝朝朝朝落,浮云长长长长长长长消。”正像我在山海关孟姜女庙看到的这副楹联那样,打手网作为一种传统捕鱼方式,虽然在我老家曾经被追捧为“家家想有手网、人人想打手网”的捕鱼网具,但随着海洋资源的枯竭,也免逃不过昙花一现的厄运,已淡出人们的视线。真的好想把我那种挥之不去的碎片记忆,写成一段激扬的文字,重新展现打手网昔日的别样风采。

31 / 拉鳗鱼

鳗鱼，学名为"鳗鲡鱼"，在习惯上又将它分为"海鳗鱼""河鳗鱼"，是生长在象山沿海滩涂或江河湖泊中形同如出一辙而又生性截然不同的两种常见的经济型鱼类。海鳗鱼姓"海"，是因它生于海、长于海，却喜于河，常栖息于江河出口或雨水充沛的浅海滩涂洞穴之中，以小鱼小虾为食，属于"留洋"鱼类，而河鳗鱼姓"河"，是因它生于海、长于河，却终于海，常栖息于江河湖泊及其堤岸洞穴石缝之中，以小鱼小螺为食，属于"海归"鱼类。这两种鱼都喜栖息在水质清洁、负氧度高的浅海或淡水之中，是世界上最爱干净的水生动物之一，能依靠自身湿润的皮肤在陆地上作短暂呼吸，即便"绝食"一年半载，也能活得好好的，寿命可长达五十年以上，是世界上最神秘的鱼类之一。这两种鱼虽有相同的身材，头尖嘴大，眼睛细小，体态圆长，像蛇似鳝，黄褐肤色，无鳞光滑，黏液浓稠，喜钻泥涂，故在我老家就有"一只手抓不住两条鳗"之谚说，但不同的是，"海鳗鱼"生性凶残，两颚宽大，牙齿锋利，一旦被咬，就会皮开肉绽，血流不止，让人望而生畏，而"河鳗鱼"则性格温驯，肉质丰腴，脂肪含量极高，营养价值丰富，常被人们称为"水中人参""鱼类软黄金"。

我县是个半岛县，海岛星罗棋布，海湾延绵曲折，海涂辽阔平缓，海塘挨挤密布，湖泊散落珍珠，江河纵横交错，水系四通八达，风调雨顺气净，非常适合鳗鱼生长，尤其是我老家那波澜壮阔的大海、烟波浩渺的湖泊、奔腾不息的江河、潺潺流动的溪水，以及平景如画的滩涂，无疑成了鳗鱼繁衍生息的天堂。我记得，过去在我老家每到农闲时节，村民们都会扛着水车到海边、到湖港车鱼塘（即"竭泽而渔"），或到海滩浅潮"撮网剩"，而在这一过程中，最激动

人心而又最提心吊胆的压轴戏，当然是抓鳗鱼了。因为其他鱼不管它有多刁、多凶，只要将鱼塘里水车干了，或在潮水退下时，都得乖乖就擒，而鳗鱼则不同，一有风吹草动，就会钻入泥涂底下，让你看不见摸不着，消失得无影无踪，所以在我老家有个传统的土办法，那就是用脚踩踏的方法，寻找躲藏在泥涂中的鳗鱼，然后逐一将其捕获，这种方法在我老家简称为"闹鳗"（这里的"闹"在我老家特指用脚进行踩踏的一种俗称）。"闹鳗"既可"单人独闹"，也可"多人围闹"，到底采用哪种方法，全凭当时的情形和自己的喜好。"单人独闹"可以心无旁骛，随性而为，不受时间、场地限制，直到将鳗鱼捕获为止，而"多人围闹"则可以你争我抢，热情高涨，尽兴尽力，烘托氛围。在我老家无论是"闹海鳗鱼"还是"闹河鳗鱼"，村民们都喜欢"多人围闹"，既可快速缩小"围闹圈"，也可迅速扩大"围闹圈"，能及时捕获鳗鱼。因此，我老家村民在闹鳗鱼时，一旦发现"鱼况"，"闹鳗"人都会自发地从不同方向快速围拢过来，将已陷入泥涂中的双腿抬得高高的，又重重地踩踏下去，活像一台台双气缸活塞正在做上下运动，溅起一堆堆泥水，全然不顾是否弄脏人家脸面，唯独惦记着自己脚底下那根绷得紧紧的神经，一旦发觉自己踩踏到那种蠕动着的、软绵绵的、滑济济的感觉，就毫不迟疑地将双手伸到泥涂之中，一般是用左手配合双脚慢慢地固稳住鳗鱼，并探摸出鳗鱼的头尾方向，然后用右手食指或中指弯勾成扣状，死死地卡住鳗鱼鳃颈部，即所谓"抲鳗鱼要抲三寸"，既可防止鳗鱼脱逃，也可防止被海鳗鱼撕咬，这样就可将鳗鱼捕获了。当然，这是一种传统捕法，虽然我老家村民也一直惯用这种方法进行捕获鳗鱼，但现实还是有些骨感，甚至有些残酷，有时即便已将鳗鱼踩踏在自己脚下，也终因鳗鱼太滑没能捕捉住，甚至频频发生被海鳗鱼撕咬事件，更让我老家村民望"鳗"生畏，望"鳗"兴叹！

大约在20世纪六七年代，在我老家出现了一种专门捕获鳗鱼的工具，被我老家村民称为"鳗拉"，意思是能迅即将钻入泥涂中的鳗鱼拉出来进行捕获。使用这种工具，不仅可以减轻村民们"闹"的艰辛，而且还可避免被海鳗鱼撕咬的风险，变不可能为可能，就成了我老家村民捕获鳗鱼必带的好帮手。这种"鳗拉"竖起来看像个N字，放下去看像个Z字，一般长约两米，由手柄、拉头两部分组成。手柄部分长约一米半，将一根圆木刨光磨滑成一端稍大、一端略小即可，至于具体的直径大小则根据个人手感、喜好而定，并将略小的一端镶嵌在拉头的接口之中，形成一体；拉头即N或Z部分长约半米，一般都是铁制的，成扁条状，其侧面长约三厘米、宽约五毫米，由打铁店加工而成。以N形为例，其右侧一竖一般高于左上角三四十厘米，上端有圆洞接口，与手柄略小的一端镶嵌连接，右下夹角内侧有横向防滑齿槽，当鳗鱼陷入其中时，在拉力的作用下，就能将鳗鱼死死卡在槽内不能动弹了，而中间那根斜杠长约二十厘米，左上角外角呈圆弧形，内角则大于四十五度小于九十度，以防此角尖在拉的过程中顶戳在暗藏泥涂中木桩、石块等坚硬物体上不能自拔，左侧一竖相对较短，一般长约十厘米，有点外撇，既能确保"鳗拉"快速入泥，又能为"鳗拉"起到垫脚的作用。在使用时，只要将鳗拉伸至前方，拉头脚垫向下，由于自重作用，就能快速陷入泥涂之中，然后往下一压，快速拉回，就能将钻入泥涂中鳗鱼直接拉了出来。如此这般，"鳗拉"就成了我老家村民捕获鳗鱼的一种利器。

说到拉鳗鱼，不得不说一个曾在我老家流传的鳗鱼故事。传说，很早以前，鳗鱼有四位兄弟，俗称山鳗、海鳗、河鳗和田鳗，经常在一起游玩，它们不仅身材修长，而且身手卓异，有一天被海龙王看中了，就邀它们分别担任海天之间东南西北的四根擎天柱子，既把天从海面上撑起来，便于百姓讨海，也彰显了海天众神上天庭、下龙宫的排场。开始时，鳗鱼四兄弟觉得这职业很光彩，兢兢业业，可时间一长，就慢慢地"滑"了起来，不仅藐视"海规天条"，而且违反职业操守，一个"贪"字了得，山鳗贪财巧取豪夺、海鳗贪吃无恶不作、河鳗贪玩沉湎安乐、田鳗贪色荒淫无度，导致海天混淆，影响百姓生活。因为触犯海怨天怒，一排巨浪倒来，一声闷雷霹雳，打得鳗鱼四兄弟作鸟兽散，一个逃进深山，一个潜入海滩，一个躲进江河，一个藏在田间，从此历经磨难，就变成了现在这个不堪回首的模样：山鳗成蛇，田鳗为鳝，海鳗也变得尖嘴猴腮，唯独河鳗不思悔改，安于豢养，还在日本闹出个"生于安危，死于安逸"的国际笑话，成了我老家村民对年轻人进行职场教育最经典的一个故事。

鳗鱼营养非常丰富，不仅是一种可美容的"化妆品"，而且还是一种可健身的"滋补品"。《本草纲目》记载，鳗鱼"性平，味甘；强肾壮精、祛风杀虫"，尤其是其体内含有一种很稀有的西河洛克蛋白，对人体具有良好的美容保健作用。虽然在我老家"红烧海鳗""清蒸河鳗"都是历经岁月洗涤让人过舌不忘的品牌菜肴，但最让我惦记的还是老家每年自制的"新风鳗干""抱盐鳗鲞"的美味。我还记得，将海鳗鱼腹部剖开，去内脏，撒盐包裹，并用绳线紧扎，挂在通风遮阳处晾干，就成"新风鳗干"；将海鳗鱼背部剖开，去内脏，成片状，抹盐洒酒，进行腌渍，再将鱼体撑开，挂在通风遮阳处晾干，就成"抱盐鳗鲞"。无论是蒸"新风鳗干"还是蒸"抱盐鳗鲞"，记得我小时候总赖在灶台边，趁家人不注意，撕上一小块，就偷吃起来，那种吃了生馋、咽了生香的味道，已成为我对老家挥之不去的一个记忆。

年年岁岁鳗相似，岁岁年年人不同。这么多年了，"鳗拉"这种大众的捕鳗工具，也早已流逝在潮起潮落的氤氲之中，不为当下的人们尤其是年轻人所熟悉，真想握一把流光，掬一泓心泉，重展出我老家村民拉鳗鱼的昨日场景，贴上文化的商标，染成斑斓的影像，揉进我如烟的乡愁里，成为我埋藏在心底里不时就能"拉"得出来的又一篇讨海辞章。

32 / 缸白玉蟹

缸白玉蟹,也称"缸陷白玉蟹",是象山沿海村民根据白玉蟹的生活习性而采取一种古老而又极具地方特色的捕捉方法。这里的"缸"既是象山沿海村民对缸、瓮、桶等各种陷捕白玉蟹器具的总称,也是象山沿海村民对以"缸"为器具陷捕白玉蟹这种方法的一种俗称。白玉蟹,学名"彭越蟹",俗称"朋友蟹",是生长在象山沿海滩涂洞穴中的一种海生节肢动物。这种蟹名称众多,古今不一,南北不同,典故精美,流传广泛,相映成趣,脍炙人口。汉代刘冯在《事始》中说:"世传汉醢彭越,赐诸侯,英布不忍视之,覆江中,化此,故曰彭越";元代王元恭在《至正续志》中云:"称其白玉蟹,因盐酒醉后,蟹钳洁白如玉",而"朋友蟹"则是我县沿海村民取"彭越"谐音而称之。白玉蟹通常栖息在沿海滩涂高潮位、岸堤边及海草丛旁洞穴中,洞口偏偏,洞道弯曲,个体适中,大于沙蟹而小于蝤蛑,壳形近方,壳色青灰,壳面光滑,壳质厚实,生性凶猛,长有两螯,一大一小,大者武威,小者食物,体重二三十只成斤,因盐酒醉之,体态异于平常,两螯洁白如玉,且味咸中带鲜,备受众人喜爱,已成当下大众餐桌上必备的一种常年下饭。

白玉蟹是我县沿海滩涂上的一种大众蟹,就数量而言,仅次于沙蟹、红钳蟹,也因其量多,故在我老家捕捉的方法也很多,有用钓钩荡的,也有用手洞中抲的,更有用饵食诱的,这些捕捉方法我都经历过,唯独缸陷白玉蟹这种方法失传年久,不为我等所知,只有听村里老人回忆,才粗略还原当年"缸蟹"的情景。据说,缸白玉蟹首先要有"缸",不管是"瓮"还是"桶",总要有像"缸"一样的东西,才能使白玉蟹陷入其中难以逃脱而被捕获;当然,这"缸"的数量越

多,收获也越多,积小才能成多;其次是"埋",即将"缸"埋入海滩泥涂之中,但"埋"在那里却是一大学问,也只有老到的缸白玉蟹人才能"埋"得恰到好处。一般情况下,将"缸"埋至与海滩泥涂表面齐平,而两"缸"之间的距离则依据白玉蟹洞的密集程度而定,至少也要有三五米间距。因为在海滩泥涂上虽然到处都是密密麻麻的蟹洞,既有白玉蟹洞,也有沙蟹洞,还有红钳蟹洞,等等,但是这些蟹洞不仅大小不一,而且形状也有别,比如白玉蟹洞洞口是扁的,洞道既弯又深,虽然沙蟹洞洞口也是扁的,但洞口明显偏小,洞道虽弯却浅,而红钳蟹洞洞口是圆的,洞道是直的,所以将"缸"埋到什么位置,必须要有慧眼识白玉蟹洞的本领。第三是修建"隔离带",即在"缸"与"缸"之间用竹编、草编等进行隔离,因当时还没有网,所以用这些编栏进行隔离,就能将白玉蟹引到有"缸"的地方。"隔离带"一般高于海滩涂面约二十厘米,当潮水退下时,白玉蟹就会屁屁颠颠地出来活动,当它爬着爬着一旦遇到这些"隔离带",就会沿着"隔离带"前行,而后便会掉入"缸"中。第四是上饵,就是根据白玉蟹的生活习性,进行设饵引诱。由于白玉蟹是个重口味的家伙,喜食油腥味极重的饵料,而在当时一些村民还舍不得用一些肉类去做钓饵,故常用布条、棉絮浸些菜籽油,然后系扎在竹竿、木棒上,再搁置在"缸"口中央,这时只要白玉蟹闻到这些油腥味,就会一路闻味寻来,最终落入缸内而无法外爬,而步其后尘者,也会落得同样下场。等到潮水上涨时,缸白玉蟹人只要将缸里的白玉蟹连同搁在缸口的饵料棒取回,就可回家了。由于这种捕法操作简便,收获颇丰,故在我老家曾盛行一时,只是随着海洋资源的衰竭,这种原始的捕蟹方式也早已退出人们的视线。

说到缸白玉蟹,让我蓦然心动的,是两则有关蟛蜞蟹的典故。"不识蟛蜞",出自《世说新语》,后来《晋书》也记载了这个故事。说西晋灭亡后,一位名叫蔡谟的司徒官员跟随朝廷渡江,来到江南海边,有一天看到蟛蜞,就高兴地说"蟹有八足,加以两螯"。他以为是北方的河蟹,就命令仆人抓煮吃了,结果上吐下泻,吃坏了身子,仔细一看才发现不是河蟹。过了一段时间,遇到朋友谢仁祖,他提及此事,谢仁祖就取笑了他:"卿读《尔雅》不熟,几为《劝学》死。"意思是说《尔雅》早有记载,你不熟读,差点被《劝学章》害死了。那么,《尔雅》是怎样记载的,《劝学章》又怎么差点害死他了呢?原来,《尔雅》记载:蟛蜞"似蟹而小,不可食"。《荀子·劝学篇》记载:"蟹六跪而二螯。"蟹只有"六跪"("跪"即"足"),应属明显差错了。虽然东汉时大学士蔡邕据此改写《劝学章》,认定"蟹有八足,加以两螯",但问题是蔡谟司徒系蔡邕的曾侄孙,而蔡邕是蔡家最有名望的长辈,按理说其家族后人熟读长辈名著理所当然,也无可厚非,可谢仁祖偏嘲笑蔡谟只识祖宗不识经典,却以己之浅薄攻彼之博长,无疑成了一则流传千古的历史笑话!如果说蔡谟是北方人不识蟛蜞,尚有情可原的话,那么在我老家曾流传的一则"掠无蟛蜞"的故事,也令人深思。传说,大清年间,为防海盗侵掠,当地州府县衙强迫沿海居民内迁,强行实施海禁,期间没收一切渔获。有一天,乡公所有位秀才带人到某村没收蟛蜞,见到村口贴有"此处不准掠蟛蜞"的告示,犹豫再三,没有进村,只好空手返回,而其他不识字的乡人,完全无视这种告示,强行没收了许多蟛蜞。回到乡里,识字的秀才被乡里人嘲笑为"掠无蟛蜞",从此便成了后来形容讽喻一些人照书行事、不懂变通的一句经典俗语。从"不识蟛蜞"到"掠无蟛蜞",相距一千多年,而这两个故事流传给我们的启示,无疑与现在餐桌上的白玉蟹味道一样,值得回味。

事实上,白玉蟹壳硬个小,没多大肉,故在我老家也很少有村民将它现烧鲜吃,只有到了秋风开始横扫落叶时,白玉蟹生膏增肥了,进行腌吃,才能让人吃到它独特的美味。时间一长,有关白玉蟹的生活习性,也就成了人们在餐桌上谈论的一个话题,诸如"西风响,蟹脚痒","蟹立冬,影昈踪","死蟹一只壳,死蛏一肚泥","蟹虾蛏鲎,未死先臭","老蟹还是小蟹乖,小蟹打洞会转弯","吃药难吃蟹,百药都要解","亮夜蟹壳黑夜肉","拘白玉蟹不难,只要勿怕泥涂烂","钓白玉蟹勿用饵,只要蟹钩甩得快","水稻发蓬,彭越满桶","退潮泥螺涨潮蟹",等等,这些都无不折射出了我老家深厚的白玉蟹文化底蕴。不过,在我老家腌制白玉蟹,也特别讲究,不仅要将刚捕获的白玉蟹逐一进行清洗,而且还要用清水进行滤养,让其慢慢吐净泥沙,然后再加入姜、蒜、盐、酒等佐料进行腌制,由于白玉蟹个小,容易入味,一般腌制一天半夜,就可食用了。如果时间太久就容易变咸,而时间太短则有些蟹还没死,虽可当作"洗手蟹"来吃,鲜固然是鲜,但食后也容易导致身体不适,就值得注意了。当然,吃白玉蟹也并非传统吃法,将蟹壳剥开进行吃肉,而是进行直接咬嚼,吸其味吐其壳,那种咸香酥脆、清甜鲜美的感觉,就油然而生了,多吃还会上瘾,让人牙根生痒,欲罢不能。难怪,白居易有诗赞:"乡味珍彭越,时鲜煮鹧鸪";而章甫则诗称:"外事添蛇足,余生嚼越螯。"

时光无法倒流,往事只能回味。每一次当我从老家海边走过,看到滩涂上密密麻麻的各种蟹都在快乐地忙碌着,就会情不自禁地想起苏轼在《艾子杂说》中说的一句名言"一蟹不如一蟹",从而也使我不止一次地在自己已荒芜了的记忆心间寻找初次"邂逅"白玉蟹、初次捕捉白玉蟹、初次品味白玉蟹时的情景,尤其是那种咸咸的、鲜鲜的腌白玉蟹的味道,则成了我一辈子都不能忘却的家乡记忆。每当我回忆起这种味道,便会在不知不觉间想到《红楼梦》中的一句名诗:"都言作者痴,谁解其中味。"也许只有这种味道,才是刻在我心底里的一种无声证明,让我明白无论自己身在何处都应该魂系何方,也正是这种味道,让我蓦然回首来时路,岁月却深处凝香。

33 / 照沙蟹

今年是农历戊戌年,不知是天气持续高温的缘故,还是受我县大目湾这块投资热土的影响,自入夏以来大目湾水域的膏蟹就开始旺发了,每晚都吸引着数以百计的照蟹人,手持电筒、头戴顶灯,集聚在登瀛桥下、沿河两岸及其草丛湿地中。他们或用网兜撩,或放蟹笼捕,或用鱼饵钓,或用双手抲,这边拉回一只蟹笼高呼逮到三十六只,那边尖叫用鱼饵钓上五只。在这此起彼伏的叫喊声中,有人透露一夜能逮到几十斤膏蟹,能买到千把元钱,仿佛整个大目湾水域成了灯光闪烁、人声沸腾的不夜城。

我得知这一消息,心里就痒痒的,有种莫名的冲动,就是想去一显身手,寻找当年自己年少时在老家照沙蟹的感觉。于是,我特意网购了手电筒,配备了撩兜、蟹笼,还购买了几条充当蟹饵的青鲐鱼,一切准备就绪,就带着一种好心情出发。这是一个炎热的夜晚,我约上几个朋友,驱车来到大目湾河边，还没等我们进入"阵地"，已强烈地感受到了捷足先登的照蟹人正在发起"总攻"，他们两三人一组，四五人一帮，打灯的打灯，捉蟹的捉蟹，提桶的提桶，既分工又协作，或簇拥着守株待"蟹"，蹲下身子，盯死看牢，视情出击，或游动着走马观"蟹"，不停地进行侧翼迂回、穿插包抄，我们就近走过，清楚地听到蟹桶里"噼里啪啦"地作响。经过一道施工栈桥，我们选择了一处"战位"，虽相对偏僻，但地势险要，前有纵横沟壑，边有弯曲滩岸，既便于"埋伏"布阵，也利于"游击"包抄，显然是个与蟹"邂逅"的战略要地。于是，我们就安营扎寨，立即投入紧张"战斗"，一边将装有饵料的蟹笼抛入河中，期待着二十分钟后再笼中捉蟹，一边沿着河滩石岸仔细寻找膏蟹踪迹。还没走几步，我就发现一只膏蟹正不停地划动着它那对扁平如桨的后足，像一只翩翩起舞的蝴蝶，从河中向岸边款款游来，激起如镜水面层层涟漪。我刚将这只膏蟹撩了起来，又突然发现前面有群膏蟹正扒在一块突兀的石块水边，像是在乘凉，又像是在拉家常，从它们口中吐着的白沫来看，仿佛谈意正浓，也许是受到我手电筒的突然照射，它们都警惕地高举起一对对眼柄，正疑惑地张望着，就在这说时迟那时快的一刹那，我已轻手轻脚地靠了上去，一个老鹰捉小鸡的快速拿捏动作，竟一手逮到了三只膏蟹，没想到其中一只膏蟹气急败坏地在我手掌狠狠地咬了一口，我"啊唷"一声，还是强忍着一股剧烈的疼痛，快速地将它们放到了桶里。

　　俗语说，"快抓螃蟹慢抓鱼"。这也是我身经历练并牢记在心的一项少年功夫。因为我老家依山濒海，辽阔的海域、平坦的海涂、平缓的海浪，使各种海生蟹类得以众"生"，而充沛的雨水、丰富的藻类，又使各种海生蟹类得以成"长"，尤其是沙蟹就成了我老家司空见惯的一种大众蟹，每年到了深秋季节，尤其是西北风一刮，再也不像它平常时节那种惯于修身养性的平静和矜持了，开始不停地爬呀，游呀，正所谓"西风响、蟹脚痒"，就是为了完成一个心愿，即在寒冬到来之前，把自己繁殖下一代的任务安排好，即便自己这样可能为此付出沉重的代价，那也心无旁骛，所向披靡。所以在我老家那片海滩上，经常能看到沙蟹像非洲大草原上动物大迁徙一样，不停地在潮涨潮落间东奔西走，去寻找自己繁殖的天堂。也由于沙蟹作为蟹族一员，同样具有趋光性，故在晚上用灯光进行照射，它不但不会逃之夭夭，而且会满不在乎，镇定自若，甚至会飞蛾扑火般循着灯光爬了过来，我老家村民正是利用其这一生活特性，在晚上用灯光照捕沙蟹就成了一种传统的讨海方式。至于，照沙蟹始于什么时候，那非我等所知了。但是，据我所知，宋代寇宗奭在《本草衍义》中就有记载："夜则以灯火照捕，始得之。"如此看来，照沙蟹的历史就有点久远了。不过，在我老家照沙蟹，需要准备两件器具。一是灯，这也是照沙蟹之"照"的本义。我记得在老家照沙蟹时，大多提的是煤油灯，而且为了防风避雨，在下海时都将煤油灯放在特制的玻璃罩内，故在我老家也将此灯俗称为"玻璃灯"。这种"玻璃灯"成长正方塔状，高约三十厘米、边宽约十五厘米，用铅皮焊制，四角两边有凹槽，插上玻璃可防风吹雨淋熄火，拉开玻璃可放置灯盏点火，顶盖斜面，中央高凸，四周透空，便于散烟，并在顶盖对称的两个斜面，安装一个把手便于拎携，而底部是个灯座，镂有三个进气孔，并将镂出的铅皮内掀，用于固定灯盏，而灯盏大多是墨水瓶改装的，即将墨水瓶的塑料盖换成铁皮盖，并在盖中央接出一根三五厘米长铁皮管，穿上棉纱，倒上煤油，将棉纱点燃，就可用于照明。尽管亮度不如现在电灯，可在那个年代却是个不二的选择。二是拖桶，这是放置沙蟹的器具。这种拖桶是木制的，其底部像铁镬，凸凸的、圆圆的，且在桶帮一侧下沿固定一根棕榈丝绳，在照沙蟹时只要将这根棕榈丝绳的另一端系在自己腰上，无论走到哪里，这只拖桶都会乖乖地跟在身后，既不会陷入泥涂不拔，也无须饱受其他篮篓的拎背之苦，在回家上岸时只要将系在自己腰上的棕榈丝绳解下再系扎在两只桶把上，就可背可挑方便极了。准备好这两件器具，就可随时下海照沙蟹。至于什么时候下海照沙蟹，似乎是个讳莫如深的话题，只有那些长年累月耕海牧渔的村民，才会深知其中奥秘。在我老家似乎有个不成文的约定，只有在每年下半年强冷空气南下(俗称为"暴头")之后，才会开始下海照沙蟹，而在这时，要是遇到雨后转晴，或在半夜涨潮，则更适合下海照沙蟹了。因为"暴头"过后，秋意即刻萧瑟，更添沙蟹几分"愁"意，往往急得一个"爬"字了得，而淅淅沥沥的秋雨，总是如丝如鞭，哗啦啦地下个不停，虽然沙蟹躲在洞中，但长时间困着呛淡水也心里难受，这时最好是在晚上天气转晴，它们一定会倾巢出动，哪怕是爬出来只为了透口气，更何况还有一个重要任务，要是遇上涨潮，它们都会虔诚地加入迎潮队伍，如此这般，一定能照获个桶满篓满！

　　我老家村民照沙蟹，大多是在吃过晚饭后，看下天气，掐下潮时，临时决定，说走就走。因为考虑转天还要参加生产劳动，而且要点名、记工分，所以只能在上半夜兼份副业，自食有余，卖些零用钱。海滩就在村口，经过一道堤坝，就能到达目的地。夜幕下的海滩，总是显得格外空旷而又宁静。一到目的地，村民们就迫不及待地开始点灯照蟹，顿时盏盏点点的灯光，随着照蟹人的不断移动和姿势变换，犹如孔明布设八卦迷魂阵般显得有些变幻莫测，将整个海滩装扮得既神秘而又绚丽。这时，海滩上的沙蟹们，有的还蹲在洞口懒散地吹着泡泡换气，有的正互相追逐着嬉闹，有些被这突如其来的灯光一照，好像被魔法定了身似的趴在原地一动不动，还有一些不明事理的，竟把眼柄举得高高的想看个究竟，甚至还迎着灯光径直跑了过来。面对这种千姿百态的蟹状景象，有时真的让照蟹人目不暇接，照捕得腰酸手痛！当然，运气好的话，还能意外捕捉到诸如望潮、青蟹、鲎和埋伏在滩涂上的鳓鳗鱼等稀罕物，这样更可告慰自己为此付出的艰辛了。至于照获的沙蟹，在我老家大多会制作沙蟹酱。我至今还记得制作沙蟹酱的步骤，先把沙蟹洗净，去脐盖，放入捣臼捣碎,加些盐、蒜、姜、酒进行均拌,腌制一个晚上,就可成为一道极具家乡味道的常年下饭了。

　　正是这一次次历练,让我在大目湾照膏蟹大显身手,得胜而归,一不经意,还穿越到了我年少时代,回放了我人生中那部自导自演的连续剧,尽管只是一个片断,但作为一种讨海文化,还是寓意深长的。都说,父母在,人生尚有来处,老家有你与生俱来的惦记;父母去,人生只剩归途,老家有你思念不尽的乡愁。我想,老家之于我,既是一件件散落在我当年跋涉过滩涂上的渔具,那是我父亲曾为我寄存的成长希望,也是一缕缕飘荡在我当年放学时屋顶上的炊烟,那是我母亲曾为我标记的老家符号。

34 / 搂观音手

　　近日重读鲁迅名著《故乡》，令我神往并充满遐想的，还是文章中描写鲁迅故乡的海边生活细节。尽管这篇文章写在20世纪20年代，距离今天也将近一百年了，但不同的年代，却似乎有相同的背景，尤其是文章中闰土对鲁迅说的那句话："我们日里到海边捡贝壳去，红的绿的都有，鬼见怕也有，观音手也有。"仿佛一下子让我情不自禁地回想起自己年少时经常到海边搂观音手的情景。

　　观音手，是生长在浙江省沿海潮间带礁岩石缝或物体上行固着状的一种海生贝类。关于其名称，古往今来，众说纷纭，从南到北，各执一词，不同的地区有不同的称呼，真是仁者见仁、智者见智，显示出了海边人丰富的想象力。即便是在我老家也有多种说法，归纳起来，不外有三：一是学名，是指在学科上的专业名称，如在中医上称为"石蜐"，只是知者恐怕很少；二是俗称，大多因其形得名，随便称呼，诸如"笔架""龟足""鸡冠贝""狗爪螺"等等，数不胜数；三是尊称，大多是出于信仰、忌讳而得名，诸如"观音手""仙人掌""佛手""素节"等，也不在少数。这种海生贝类形状怪异绝伦，外壳粗糙不堪，像一幅被固化了的双手合一图，一半似手掌，一半似手臂，由头状部与柄部两部分组成。头状部形体偏扁，峰谷凸显，酷似双手合掌，既可张又可合，由三十多个大小不一、壳质坚硬的壳板组成一个壳室，一般宽约三厘米，高约四厘米，在潮水上涨时壳室张开，藏身其中的蔓足伸展出室外摄取浮游食物，在潮水下退后壳室合闭，护卫着藏身其中的蔓足以防外敌侵害。观音手喜欢群居在礁岩石缝中，抱团丛生，因而其头状部的壳色，也因受阳光照射的时间不同，会

呈现出许多种不同的色彩。在一般情况下,生长在礁岩石缝最外端的观音手,受光照时间相对较长,其壳色会呈淡绿色;生长在礁岩石缝中间的观音手,受光照时间相对较短,其壳色会呈淡黄色;生长在礁岩石缝最里端的观音手,受光照时间相对较少,其壳色会呈乳白色。因此,有时在孤僻的礁岩石缝里发现一处观音手丛,令人难以置信的却是宛如一处色彩斑斓的万花丛,这是观音手的神奇之处。柄部体态柔软,形似手臂,呈椭圆状,一端连接头状部,一端固着于礁岩石缝或物体上,以便站立的身子不至于被海浪卷走,表皮粗糙,覆盖石灰质小鳞片,看上去有点像恐龙皮,呈褐色或黄褐色。驳开外壳,体内肌肉发达,肥硕鲜嫩,晶莹剔透,肉色红润,肉质劲道,可生食熟品,甘甜若龙虾,味鲜似牡蛎,富含碘、钙等蛋白质和维生素,具有健胃、利湿、强腰、活血等功效,在明永乐年间被列为"岁进海味"贡品,自古以来竟赢得无数达官贵人、文人食客为此点赞称好,已成为我县小海鲜中的一种高档海产品。

我记得在年少时,村口那一湾蜿蜒的海岸岩缝里,到处长着观音手。每年到了春雨霏霏的季节,在村民们感叹"晴为何物"时,而生长在礁岩石缝上的观音手,却尽情地享受着春雨的滋润,吃饱喝足,铆足了劲地蹿长,呈现出一派勃勃生机。这是观音手的最佳生长期,也是观音手的最佳美食期。难怪东晋名士郭璞在《江赋》中写道"石蜐应节而扬葩",意思是观音手到了某个时节会开花。但是,他并没说"节"为何时,直到南宋时沈怀远在《南越志》中才说了此"节":"石蜐如龟脚,得春雨则生花。"因而,每到这时我老家村民都会下海搂观音手。也因为搂观音手不需要直接下到海里,只需攀爬在礁岩石壁上，故在我老家将这种讨海方式称为"讨岩头"。虽然搂观音手没有复杂的工序，只需带一根长五六十厘米，已将两头敲扁磨平，并弯成"7"字状的钢筋钩就行，以便将观音手在礁岩石缝中的搂剔出来，但攀爬在这陡峭的海礁岩石上，也绝对是一项体力活，好在当时观音手多，我每次觉得手痒口馋了，就约上几个同伴，边搂观音手边生柴火，进行现烧现烤，现品现尝，那种味道绝对让你上瘾，那种情趣绝对让你亢奋，自然也就不觉得累了，而印记在脑海里的情景，也不会因时间的流逝而忘却，以至于后来家里要来客人，我就拿根钢筋钩溜出去，到海边攀爬一番，搂个半盆一碗观音手，就能让客人吃得举筷无措，洋相百出，笑开了怀。也许是由于海洋环境的破坏，也许是由于过度的搂食，观音手的生长状况如同当下中年男人的发际线一样，慢慢地在消退，而且每况愈下，从近岸走向近海，从近海走向那些人迹罕至的孤悬海岛，已存"灭顶"之虞。正像马克思在《资本论》中所说"只要有50%的利润，就有人铤而走险"一样，随着观音手市场价格的不断走高，搂观音手的人员结构、装备配置也发生变化，不再是在家门口都能随意搂得到了，而到一些悬岩险礁上搂观音手，则更讲究专业，什么吊梯啦、保险绳啦，等等，一应俱全。从此，搂观音手就自然而然地成了一项高危职业。

越是从事高危职业，越是忌讳某些细节。也不光是在我老家，而且我还发现一般海边的人都十分崇尚佛教，信仰佛祖保佑，尤其是搂观音手，攀爬在巨浪咆哮、浪花四溅、暗流湍急、险象环生的陡岩峭壁上，常常是一只脚踩在地狱之门上，一旦失足就会酿成千古恨。因此在我老家在外出搂观音手时，就有了许多不成文的忌讳，比如搂观音手就不能说"搂"，而必须改称"捧"，或者说"牵"，有些村民就干脆不称"观音手"，而是使用一些代名词，比如将观音手称为"素节"，以规避亵渎佛祖之嫌。在这些村民看来，将观音之手搂来吃了，是罪过的。观音菩萨慈悲为怀，普度众生，不杀生灵，以素为要，而手又如植物枝节，故将观音手称为"素节"，也许是大家觉得这样称呼更贴切，就慢慢地流传了下来。

说到"素节"，不得不说观音手的来历。相传，观音菩萨的前身为春秋时期楚国的妙善公主。在她十六岁那年,其父楚庄王欲为她找一驸马,妙善公主不从,决意出家修行,气得楚庄王火烧寺院,五百多僧人化为灰烬。妙善公主在住持惠真的帮助下,逃过一劫,道心更坚。三年后,其父楚庄王突患怪病,百药无效,病入膏肓。这时,太医得一怪梦,便告诉楚庄王此病须亲生骨肉之手作药引才可治愈。楚庄王正在懊悔自己火烧妙善公主时,忽听宫门卫兵报告,有一童声道仙在门外声称自己的手能等同楚庄王的亲生骨肉,为他治好病。楚庄王大喜,急忙相请。卫兵跑回,道仙自断左手相送,便急忙转身扬长而去。楚庄王接过卫兵送来的断手,一眼看到掌心的胎记,便知道是自己女儿妙善公主的左手。于是,楚庄王号啕大哭,悔不当初,跪发宏愿,哀恸天地。三天后,妙善公主因舍身救父,孝感天地,终于得道成仙,成为观音菩萨,而太医用妙善公主的断手做药引为其父治病,也终于手到病除,于是就将残存的断手送往城外抛入海中,也不知是漂了多长时间,才漂到浙江沿海,所到之处的礁岩石缝中就长出了许许多多像妙善公主断手一样的物体来,村民们把它搂来吃了,无论怎样烹制,味道都特别鲜美,于是有人说那是妙善公主的断手变的,从此就有了现在"观音手"这个非常响亮的称谓。

真是"一花一世界,一叶一菩提",观音手不过是海鲜王国里的一个小不点,它所富含的文化底蕴,对于一个不曾相识或从未品味过的人来说,或许无法理解其真实的含义。但是,在我看来,它是一篇名著,它定格在鲁迅作品中,那是它永恒的经典;它是一本诗集,它行走在唐诗宋词间,那是它美丽的化身;它是一个传说,它传颂在佛道两教中,那是它智慧的结晶;它是一帖中药,它荣记在中医药典上,那是它慈悲的情怀;它是一种味道,它存储在大众舌尖上,那是它品质的骄傲!虽然我已与它挥手道别多年,但我还是想将它印记在我脑海里的美好,撰写成文字,镌刻成图案,制作成音像,分享在我的朋友圈。

35 / 扳鱼罾

　　在近年来的一片"嗨象山"声中,大目湾这块投资热土似乎爆棚了,仿佛成了象山迈入"亚运时代""地铁时代""湾区时代"的前沿阵地和重要作品,尤其是随着象山中心绿地、亲和源养老社区和阿拉的海水上乐园等项目相继建成或即将竣工,一些观光者用"气派""时尚""高端"等溢美之词刷屏朋友圈,吸引着越来越多的市民前去打探究竟。我也经不起家人的磨泡,在一个春暖花开的日子,一家人说是去郊游踏青,实是也想去浏览一下大目湾美景,在切身感受大目湾这座现代之城蒸蒸日上、日新月异,并为它点赞称好时,却不想在一个名叫鹁鸪山西闸的边上,发现有人正簇拥着在观看什么,于是我们也不知就里地停车加入其中,原来他们正在观看当地村民扳鱼罾,而且碶闸两边各安装着两三张鱼罾,在这此起彼伏、一扳一等中,我们都看到扳得各种鱼、蟹活蹦乱跳,赢得扳罾人眉开眼笑、观看者高声尖叫,而我却不由自主地将思绪切换了频道,身心穿越了时空,回想起了当年自己在老家时扳鱼罾的情景。

　　扳鱼罾,简称"扳罾",是象山沿海村民将渔网固定在港湾、码头、碶闸和船舶上进行捕鱼的一种作业方式。这种捕鱼方式非常古老,最早在屈原《楚辞·九歌》里就有记载:"扳罾何为兮,木上作渔网。"距今已有两千多年历史了。而司马迁在《陈涉世家》中还记录这样一个故事,说在秦末陈胜起义时,陈胜就暗中派人把写有"陈胜王"三个字的布帛,"置人所罾鱼腹中",以假授天意,造谣惑众。由此可见,在秦末时期扳鱼罾已成为百姓常用的一种捕鱼方式。到了明清时期,随着制作工艺在不断改进,罾的机括设计更加精巧,开

143

始用上杠杆、辘轳等一些简单机械，繁重的体力劳作得到进一步减轻，以至于乾隆皇帝在其摹本《清明上河图》中也画有扳鱼罾的情景，只是不知道他是想推介还是欣赏这种捕鱼方式，我就不得而知了，但是对于传承这项事业还是起到积极作用的。我老家的先民们大多是在清末光绪年间从外地迁入的，是不是受到乾隆皇帝的影响，我没有考证也无法考评。但我曾在老家听一些村民说过，当时受生产工具和生产技术的限制，捕鱼范围仅局限于近海滩涂，为了生存而谋取更多的渔获，一些村民就凭借历代相传的秘籍和自己常年耕海牧渔的经验，刱榛辟莽，与时俱进，"作结绳而为网罾，以佃以渔"，这种非常适应当地近海滩涂作业的捕鱼网具就应运而生了，而且还一直流传至今，并产生了那种"与其临渊羡鱼，不如退而结网"的蝴蝶效应，以至于我老家村民曾一度出现扳鱼罾热潮。这里的"扳"是我老家村民对这种捕捞作业行为方式的俗称；"罾"是一种专门制作的渔网，"鱼罾"则是相对于"虾罾"而言，在我老家还将固定在海岸、船舶上的鱼罾分别称为"岸罾"和"船罾"。在一般情况下，鱼罾的规格特指正方形网口一边的长度，大多分为八米网、六米网和四米网等不同规格。整个鱼罾由网衣、铅坠、担杆、撑杆、拉绳及撩兜、鱼护等组成。网衣呈正方形，网目约两厘米，越近中央，网目越小，沿口用一根较粗线

绳贯穿成为网纲。我在老家时,网衣都是村民自织的,用的是麻线,故在网衣织好后,还要进行"血网",即将整口网衣放入猪血桶内沉浸沁透,晾干后既改变了网色,也增加了血腥味,能很好地起到诱鱼作用。据说,比现在的乙纶或锦纶线效果要好。铅坠是固定网衣中央外侧,一般为四或六只,大小根据各人喜好而定,主要是起到让网衣加快入水的作用;担竿是鱼罾制作的关键,主要用于将网衣撑开并担挑起来,选择四根大小、长短相等的竹竿,用稻草或麦秸火烧烤成相同的弧度,镶嵌或捆绑成一个形似大写的"十"字,尤其是这个"十"字的交叉特别讲究牢固性,现在大多用钢管焊接,而在过去则由木匠用原木榫卯,再将竹竿大的一头镶嵌或捆绑上去,竹竿的长短根据网口的大小而定,因为竹竿小的一头要与网衣四角的网纲进行固定。撑竿是一根用于支撑、扳吊鱼罾的竹竿,大小应能支撑起吊鱼罾的负重,长短则根据网口、撑点临水间距而定,一端用棕榈绳连接担竿的"十"字交叉处,一端固定在沿岸岩石或坚固的物体上;拉绳一般用较粗的棕榈绳,既可在扳拉时防滑,又可在海水浸泡中防腐磨损,一端系在撑竿外头,一端系在岸边某一物体上。虽然撩兜、鱼护都是辅助用具,但撩兜的竿柄特长,至少也要三五米,才能捞起网中的渔获,而鱼护则不拘一格,能放置渔获就行了。

我老家海湾延绵,海岸漫长,海岬平缓,巨礁突兀,港汊纵横,碶闸星罗,码头棋布,这些都是村民们扳鱼罾的好场地。虽然扳鱼罾看似简单,利用杠杆原理,尽在一拉一放间,但是除了体力,还是要讲智力,比如观天识潮,也是一个不可或缺的因素。我还记得其中要旨,有风比无风好,大水潮比小水潮好。因为有风鱼想待一会儿也不行,而大水潮水流急鱼不想游动也身不由己了。毕竟,扳鱼罾是打埋伏战,渔网是平躺在水底的,鱼出不出来"打酱油",什么时候出来"打酱油",经不经过这里,谁也无法预料,因此"十罾九空"也是扳鱼罾过程中的一个常态。正像我还在老家时经常哼的一首歌谣那样:"扳鱼罾,扳鱼罾,既扳鱼儿又扳风,扳条大鱼送人情,扳条小鱼自家吃;扳鱼罾,扳鱼罾,扳了鱼儿又在等,一年四季成海景,谁人不羡我渔翁!"现在回想起来,仍然觉得那么温馨,那么有鱼腥味。当时,我家有张鱼罾,每次刮风前大雨后,我都会去扳鱼罾,而且劲头十足,似乎一旦拉绳在手,双腿自然会站成弓箭步,屁股往下一蹲,两臂小鲜肉都会暴出,带水足有百十斤的鱼罾就能在瞬间扳出水面。记得有一次,我扳起鱼罾刚露出水面,罾中十几条鱼急得如作战地图上标的箭头符号似的跃出水面,四处乱窜,活蹦乱跳,急得我不停地告诫自己慢些再慢些,我非常享受这种壮观场面,似乎忘却了当时是怎样将这些鱼一一捞起,放到鱼护里的。那种精彩的场面,我想要是诗仙李白也同在,一定会惊呼在《与韩荆州书》中那句名言:"何令人之景慕,一至于此!"

"有鱼,有鱼!"又是一阵狂欢惊叫,立即把我从沉思中拽了回来。原来,我们站边的一个鱼罾扳到了一条鲻鱼,而且个头挺大,估计也有三五斤重,我猴急似的抢过撩兜就去捞鱼,急得这条鲻鱼四处乱窜,怒睁着眼,狂甩尾鳍,激起水花,四处飞溅,真是好看极了。扳罾小伙见状,对我嫣然一笑,我真不知道是这条鱼可笑,还是我这个人可笑。此时,我儿时的顽劲又上来了,忙央求扳罾小伙说:"可以让我扳几罾吗?""可以呀!"扳罾小伙很爽气地将手里的拉绳递到了我手里。我接过拉绳,似乎劲头更足了。没等多久,我用足自己那套少年功夫,猛一使力,水中的鱼罾就已大半出水了,再慢拉轻收,鱼罾就全脱水了。只是可惜,接连三次,网网滴水,罾罾无鱼,我甚感今日运遇华盖,才会与鱼无缘。我不无遗憾地将拉绳交还给了扳罾小伙,期待着并祝愿他接下来能有如意的收获,却没想到他转过身体,与我相视而笑,笑得很真诚,也笑得很温馨,那种有鱼不喜、无鱼不怒的表情,深深地印记在我的脑海里,如同我们在象山中心绿地上看到刚绽出的花朵一样,鲜艳、清澈和奔放!

"岁岁春草生,踏青二三月。"春天的大目湾是一幅画,也是一首诗,更是一支歌,我们流连其中,各抒情怀,挥斥方遒,我乘机出了个"四脚崭齐,肚皮贴泥,背脊弯弓,黄汗如雨"的谜语,没想到大家"秒猜"就说出了谜底"扳鱼罾"。是啊,大目湾作为象山发展春天的一个象征,也是未来建成宁波现代滨海城区的一个缩影,到处充满着现代城市的精气神,而扳鱼罾的无意点缀,既可让人追寻两千多年前文化记忆,也可让人感受穿越时空的沧桑巨变,历史与现实的交融,更使大目湾旖旎成人们心目中的美丽景色。

36 / 烧蛎灰

在我一次次准备回老家探访时,总是告诫自己不要把这件事给忘了。可是,等我回到了老家,七七八八的事一忙,又把这件事给忘了。于是,我就想下次回老家一定要把行程倒过来,先把这件事办好。其实,这件事也不是什么大事,只是我近来突然想到了一件心事,那就是想回老家去看看村里那座蛎灰窑,寻找当年自己遗留在那里的那一抹挥之不去的生活记忆。终于,这一次如愿以偿了,当我兴高采烈地来到老家村口那个原来名叫碾子场的地方,熟悉的场地,陌生的场景,已让我找不到原来的那种感觉,仿佛从前的一切都已消失在岁月的过往之中。也许是我触景生情,也许是我心有灵犀,毕竟是站在自己曾经怀梦的地方,还是让我艰难地回想起了那一段尘封了的、碎化了的生活往事。

烧蛎灰,就是将包括牡蛎壳在内的所有蛏子壳、藤壶壳、蛤蜊壳、钉螺壳,毛蚶壳等海生贝壳通过烧制成为一种生产生活用品。据《天工开物》记载,蛎灰具有"固舟缝""砌墙石""垩墙壁""襄墓及贮水池"以及"造淀、造纸"等方面用途。我县烧蛎灰的历史非常悠久,用途也十分广泛。据民国点校本《象山县志》记载:"附蛎灰窑,廉布《朝宗碶碑记》:'宋砥置灰壤之利,积钱三百万有奇',是象山蛎灰早著。今火炉头、盐仓前、高隆、岳头灰,均为粪田肥料,不堪供建筑之用,惟高隆壳灰可漂麻布,麻线令色白。"由此可见,我县烧蛎灰的历史可追溯到宋代,距离现在至少也有七八百年了。只是我老家在明洪武二十年(1387年)被施"海禁",强逼村民内迁,从此村落荒芜,烧蛎灰业也因此挂了近五百年的空档,直到清光绪元年(1875年)撤销"海禁",我老家村里才迎来那些捷足先登的先民们，开始筚路蓝缕，创臻辟莽，自力更生，新建家园，自然也少不了重烧蛎灰。我不知道我老家村里那座蛎灰窑建于何年，是当年先民遗传的，还是后来村民新建的，尽管现在遗迹荡然无存，但我还是记得当年挑灯夜战、一派嘈杂的繁忙景象，也许当时正处于村民们集中翻盖瓦房这样一个特殊时期，就像1987年版《象山县志》记载："50年代住草房、60年代造瓦房、70年代加走廊、80年代翻楼房"；更因为在当时水泥还待字在深闺中，不为大多数村民所熟悉，所以烧蛎灰就成了每个村民在翻建瓦房时必办的一件大事，尽管都知道这是一件苦差事，但为了能过上美好生活，都会集全家之力，义无反顾地乐此不疲。

蛎灰窑距离我家不远，而且就建在村口路边，就成了包括我在内村里同龄小孩最欢喜玩乐的地方，每次结伴游玩总是想着煨块番薯、烤块土豆什么的，一起分享那种唇齿留香的美味，留下了许多我童年时代的美好时光。时间一长，也让我熟悉烧蛎灰的整个过程。现在回想起来，仿佛历历在目。先说蛎壳吧，当然在这里也意指一种统称。这些蛎壳在"主人"死亡后，就会随波逐流，由于受海潮洋流的影响，都会慢慢地集聚到某个海床，沉淀成一个个"蛎壳滩"。在我老家一些老到的车壳人，只要看到海潮洋流走向，就会判断出在这里能否车到蛎壳。当时，我老家村里就有个车壳队，五六个村民合伙，以搞副业的形式承包，专业从事海上车蛎壳。因为车蛎壳是船上作业，所以那船也被改装得有些与众不同。这不，在前舱甲板上就安装了一个车轮，将一根牵引绳一头在此固定缠绕，一头紧扣在耙盆十字架上，设置三排方向不一的十字脚踏，在作业时需三人同时用脚蹬踏，才能车得蛎壳满耙盆。耙盆形像一把"饭勺"，之所以称"耙"，是在于那"盆"底部是网织的，能起到滤泥拢壳的作用。耙竿长约二十多米，由两根大小相等的毛竹头尾相接而成，凿去中间竹节，通水减少浮力，在我老家俗称"龙竿"，底部安装一个网盆，盆口铁制，外薄内厚，宽约十五厘米、厚约三厘米，内侧钻有双排小孔，里排用棕绳穿结成网袋状，外排用麻绳穿结成网罩状，以防网袋负重破损；盆口直径约一米，中间用十字钢架固定，以防在作业时受力变形。在后舱将军柱一侧，加装一根"凵形"木桩,上端安装一个活轮,用麻绳连接耙杆,以操控耙盆作业。在中舱桅杆边竖一根吊秤,以便把耙盆吊上甲板。把这几个动作连贯起来,就是在作业区将耙盆放入水中,使其顺水漂到一定距离时,固定将军柱上麻绳,使耙盆迅速沉底,然后用力踹踏车轮,使耙盆慢慢地切入壳层,直至车满耙盆。这时,拉动活轮将耙盆吊离水面,然后用吊秤钩住耙盆,将其拗上甲板倒出蛎壳,用水冲洗干净,就算大功造成。如此循环往复,等到潮水开始泛涨,就可返航待价而沽了。我已想不起当时蛎壳每吨或每筐价格,但参照当时一个正劳力参加生产队劳动每天报酬约五角钱算,在现在看来,这个价格也贵不到哪里去了。

蛎壳买好了,就可着手修缮蛎灰窑。这也是在烧蛎灰前必须要做的一个环节。我常把蛎灰窑的平面图画成一把"蒲扇"状,那"把手"就是窑门,那"扇面"就是窑池。窑门一般低于窑池约一米,通过一个通风暗道把两者连成一体。窑门实际上是个送风口,在当时没有鼓风机的情况下,村民们只好自制推拉风门,人工向风道送风。风门安装在窑门门框内侧,一般长约一米、宽约五十厘米,在风门正中下方内侧还安装一个进风门,当风门推进时,进风门就会自动关闭处于密封状态,当风门拉出时,进风门就会自动打开让空气进入送风通道。在窑门外侧还得安装一个类似于龙门架的毛竹架,用绳索将推拉风门的T形推把固定好,使推杆与风门下沿连接,这样就可用双手推拉风门送风了。为了增加风门的密封性,我老家村民都会在风道四周涂上厚厚的海涂泥,并适时在风门道口加水,以增加风门在推拉时的润滑性。窑池呈盆碟状,直径大约五米,中心设有点火装置,一般用竹段或树枝铺设,再用稻草拌泥封面,待稍干后戳孔呈炉灶状。这些都准备好了,就可点火烧制蛎灰。不过,在点火前还要将部分蛎壳与碳末、砻糠掺拌,以增加可燃性。然后,再用稻草、麦秆等易燃物在炉灶处铺设好,点火后便可边均匀地加盖壳料,边缓慢地推拉风门送风,等到壳料充分燃烧后,才可直接加添蛎壳。这时,每推拉一次风门,都会发出一声很沉重的"啪－嗒"声响,而在蛎壳堆中就会发出一阵无规则的"噼里啪啦"声音,如此力与火的交融,宛如一曲情感独奏,如歌如泣,回肠荡气!这个过程是个漫长的过程,一般大约需要一个昼夜,当然最后还是要看所烧蛎灰的数量。突然,仿佛有一种熟悉的声音在我耳边回荡,那是一首我老家村民常哼的《烧蛎灰谣》:"烧蛎灰,造房子;苦爹娘,爬起早;一手拿,一肩挑;推风门,唱高调;为儿女,住好房;白粉墙,心亮敞……"顿时,脑海里呈现出了一幅幅母背儿女或儿女缠母而边哄边推风的动人画面。

蛎壳的主要成分是"碳酸钙",经过燃烧就成了"氧化钙",俗称"生石灰"。如果用于建筑材料,那么还要加水沁透,使其成为"氢氧化钙",俗称"熟石灰"。这是一个非常危险而又必须经过的一个重要环节。因为它遇水就会产生三百多度高温,所以即便村民们都会小心翼翼,但也难免衣物被烧得"千疮百孔",这时的蛎灰已如同一袋面粉,要想加工成各类糕点,还需要不断地加水揉和,"敲蛎灰"就成了蛎灰成为建材的最后一道程序。将蛎灰加水拌成干湿状,用木棍不断地进行敲打成凝泥状,再兑水或加添麻筋(即将旧麻绳斫成寸段搓成细丝)进行掺和,就可砌砖粉墙了。

不想这一别就是半个多甲子年,我老家的蛎灰窑也在燃烧自己、精彩蛎壳中早已退出了生活舞台。我久久地站在这片曾经为我寄美托梦的故土,不禁心潮澎湃,那种永不褪色的情感因子,蓦然让我回首,难忘在这里发生的那一窑窑蛎灰、那一枚枚蛎壳背后的故事,似乎信手捡起了席慕蓉那枚《贝壳》,紧攥于手,扪在胸口,听到内心正在独白:"请让我也能留下一些令人珍惜、令人惊叹的东西来吧。"

37 / 钓带鱼

又到一年开渔时,渔港喧腾,千舟竞发,一个期盼中的冬捕带鱼汛拉开了序幕。仿佛也就在一夜之间,整个渔区都有了酒后般的性情,尤其是冷落了三个半月休渔期的中国水产城,更像是一位素面女子突然增添了妆容,显得格外妩媚,令人顾盼,源源不断的新鲜带鱼开始发往全国各地,端上百姓餐桌。我每次吃到这新鲜带鱼,都会想起自己童年时吃的"带鱼饵"。因为在20世纪六七十年代买带鱼都是凭票的,而像我老家自然买不到也吃不起,尽管带鱼饵是渔民在钓带鱼时回收的饵料,但在那个年代对于我老家来说也算是一道好和饭了。也许是我在当时"带鱼饵"吃得多了,每次看到母亲买来带鱼饵抱盐,就知道一年的钓带鱼汛又开始了;也许是我在当时有关钓带鱼的话题听得多了,总是感觉自己的记忆空间也变成钓带鱼的渔场了。因此,每次当我沉浸在这带鱼宴会中,那些缠绵于心的泛黄记忆,都会再现出孤篷点点、银花闪闪的钓带鱼画面。

带鱼是一种洄游性鱼类,海洋资源十分丰富,是我国四大经济鱼类之一,在每年五至八月间,都会洄游到长江、钱塘江、象山港口等南北洋流交汇的海域产卵育子。因为这里低盐分、多浮游生物,非常适合新生代带鱼成长,一直生活到冷空气侵袭时,才会开始集结准备南下越冬,并在渔山海域形成冬汛渔场。这时,带鱼栖息范围开始缩小,密度开始增加,是一年之中最佳的捕捞时机。据民国点校本《象山县志》记载:"带鱼钓期自九月至转年二月止,谓之鱼汛。"俗话说"小雪小捕,大雪大捕",也就是这个意思。不过,这个"捕"在我老家有网捕和钓捕之分,而钓捕有延绳钓和矶竿钓之别,且延绳钓又有"母子船钓法"和"单船钓法"之异。延绳钓法是一种最古老的钓带鱼方法，素有带鱼捕捞的"活化石"之称。据有关史书记载，我县延绳钓法是在明嘉靖年间从福建传入，至今已有五百多年历史了。最早出现的延绳钓法为"母子船钓法"，这是由一个钓捕船队组成，其中一艘为母船、八艘为仔船，母船配有十名渔民，仔船每艘配有四名渔民，只有四十二名渔民到岗到位，才能完成钓捕作业。也许是由于"母子船钓法"船多人杂管理困难，容易产生利益矛盾，故在昙花一现之后，也就消失在汪洋大海之中，而传承下来的"单船钓法"，则以个船为单位，合伙进行作业。这种船在我老家称为"小钓船"。我还记得，当时每次有风暴来袭，这些"小钓船"都会云集在渔港避风，有福建的、温州的、台州的，印象中颜色数温州船鲜艳。一艘"小钓船"由四名渔民合伙组成，备有近十套钓组，一套钓组主要由主线（也称"绳线"）、支线、钓钩、浮标和沉石等连接而成。主线为一根长约数千米、直径约半毫米的尼龙线，两端为连接浮标或沉石的系绳。一端连接浮标的，称为漂流钓法；两端连接沉石的，称为定置钓法。至于采取何种钓法，当然根据现场海况而定。支线为一根长约一米、直径约零点三毫米的尼龙线，一端每隔约四米系在主线上，一端系一枚中型钓钩。这些钓具平时盘放在钓盆中，只是在出海时需在途中将一条条新鲜带鱼去头斫尾，斜切成二三十块鱼段，逐一挂在钓钩上作为鱼饵，以提高钓具

首放速度。一旦到了作业渔区,渔民们立即各就各位,依次为前手负责放钓入海,后手负责接浮标沉石的缆头绳,三手负责放浮标沉石入海,老大负责掌舵,整个过程快速、有序、娴熟。据我老家渔民说,看似几个简单动作,没有几年苦练,达不到那种默契程度。在正常海况下,每艘钓船都会来回放两排平行的主线,风向决定放钓绳方向,北风时由西向东略偏北放,南风时由东向西略偏南放,两排主线间距约半海里,直到将钓组放完。然后,返回第一浮标,开始起钓取鱼。这时,前手负责收钓起鱼,后手负责将刚钓上的带鱼装入框内,同时将三手制作的鱼饵挂在钓钩上重新投入大海,三手负责切带鱼段作为新饵料,尽量腾出时间帮助后手脱钩、上饵,老大则视情调控船速、航向,如此循环往复,日钓带鱼可达一千多斤。据说,这是传统钓业最基本的组合,多一人则太多,少一人则太少。令人欣慰的是,时至今日我们还能从清代象山籍诗人倪占象的一首《象山杂咏》诗中,读到那种人欢鱼跳的钓捕场面:"渔蓑隐隐海连天,于绾山前钓晚烟;看取孤篷三尽雪,银光遍铺带鱼船。"据作者自注:"邑南百二十里有于绾山,昔于绾渔隐于此葬山下,故名。"这就表明诗人在清乾隆年间至少目睹了韭山列岛海域的钓带鱼情景。只是到了20世纪70年代后期,随着大马力渔船的兴起,海洋资源每况愈下,古老的延绳钓业开始走向衰退,逐渐消亡在人们的视线之中。

带鱼是一种大众鱼类,不仅肉质细嫩、味道鲜美,而且营养丰富,食用方便,自古以来就有无数文人食客为其留下了许多不朽的篇章。明代文学家杨慎在《异鱼图赞》中称:"佩带谁遗,皑如曳练。"他把带鱼说成是西王母侍女的腰带变的。清代钱国珍在《钓带鱼》中赞:"钓带船归拖白练,词人附会咏杨妃。"他把带鱼喻为绝色美人杨贵妃。清初诗人宋琬在《带鱼》中说:"银花烂漫委银筐,锦带吴钩总擅场。千载专诸留侠骨,至今匕箸尚飞霜。"他把带鱼的满口利齿说成是"锦带吴钩",好像带鱼是江湖上行侠仗义的侠客。清代诗人朱绪在《昌国典咏》中道:"万尾交衔载满艘,相连不断欲挥刀。问谁留得腰围玉,龙伯当年暂解袍。"他把带鱼喻成龙伯束腰的玉带。当然,也有不太看好带鱼的。明代诗人谢肇淛在《五杂俎》中道:"闽有带鱼长丈余,无鳞而腥,诸鱼中最贱者。"他说带鱼是鱼类中最卑贱的。说到带鱼的长相、习性,不得不说在我老家流传的两个故事。一是说带鱼是东海龙王手下一位将军,在一次巡海中把自己的佩剑给丢了,怎么也找不到,就发动所有的带鱼兵出去寻找,在寻找中后面游的带鱼兵看到前面游的带鱼兵,以为是将军那把白如霜雪、利若秋霜的宝剑在漂流,便蹿上去一口就咬住不放,紧接着前条咬后条,咬成长长的一大串,从此带鱼就有了同类咬杀的习性。二是说带鱼体形修长,肌肤洁白,能说会道,风姿绰约,平时很获东海龙王赏识。他在八十三岁生日时,要求带鱼编排个节目为其祝寿。带鱼领衔后不敢怠慢,精心策划,认真编排,日夜演练。到了生日那天,龙王独坐龙椅上,静候带鱼为他表演节目。等到开幕锣鼓一响,只见两个舞女率先出场,拉起手来搭了个"龙门"。紧接着分九节出场,每节九人,前后相连,从"龙门"下来回穿梭,此起彼伏,长袖善舞,婀娜多姿,正当观众暗中叫好时,不料龙王勃然大怒,他认为这九节连起来是条龙,龙是不可在女子手腋窝下穿行的,是犯了不可饶恕的谋大逆罪!于是,下令将带鱼打入死牢,剥其皮、抽其筋,永不翻身。带鱼被关进死牢后,皮被剥了、筋被抽了,就在它奄息之际,众舞伴出手相救,在它身上撒了一层止血粉,把它放出死牢,让它死里逃生。从此,带鱼身上有了一层白霜,据说就是当年舞伴们给它撒的那一层止血粉。尽管带鱼的命得救了,但它还是落下终身残疾,因为它身上的筋被抽了,到现在它游起来还只能扭动身体,而不能摆动鳍。然而,让带鱼没想到的,它编排的节目却被流传了下来,至今在我老家或许还能看到有小孩在玩一种"穿龙门"的游戏。

一季春冬,一场花雪;一次回眸,一生鱼情。我一直欢喜听有关带鱼的故事,也欢喜吃带鱼,尤其是欢喜吃带鱼鳃部中间那块像饭撬一样骨头两边的肉,记得当时在我老家有个传说,谁家的孩子饭撬骨吃得最多,谁家的孩子将来到哪都有带鱼过饭吃。于是,我每次吃了都将那块饭撬骨收藏起来,还不时拿出来与人分享引以为豪,只是可惜我年少外出转辗南北,那些收藏的饭撬骨也就地散落在老家的乡愁里,而留记在我心里的那些故事歌谣谚语,尤其是那句"带鱼吃肚皮,讲话讲道理",则成了我一辈子为此践行的一个诺言。

38 / 抲虎鱼

　　虎鱼,也称"黄虎",学名"赤魟鱼",是生活在象山沿海浅潮中的一种海生鱼类。之所以称为"虎鱼",是因为在我老家"魟"与"虎"的语音比较接近,而"魟"又属生僻字,不为大家所熟悉,故取而代之,时间一长就成习惯了。这种鱼身体极扁平,体盘近圆形,既如扇子,又似盖子,也像帽子,故有渔民称它为"扇子鱼""草帽鱼";它全身软骨无鳞,胸鳍发达,如蝶展翅,在游动时翩翩摆动,婀娜多姿,诱人瞩目;眼睛、喷水孔长在体盘背面,眼睛细小突出,喷水孔紧挨于后,与眼睛等大,成近四方形;嘴巴、鼻孔、鳃孔、泄殖孔均位于体盘腹面,鼻孔长在嘴巴前方,嘴型呈波浪形,牙齿短而细小成铺石状排列,竖起来很像一幅素描的萌娃脸;尾巴细长,形如鞭状,前部宽扁背面有一枚锯齿状尾刺,外包一层薄皮,刺尾基部有一毒腺,刺尖细而锋利,一旦刺破外层包裹薄皮,就会分泌出毒液,后部近圆细长如鞭,其尾长约为体长两倍半;体色鲜明,略有花纹,在常态下背呈赤褐色,腹呈乳白色,边缘呈橘黄色;平时不爱游动,常栖息在海底泥涂表层,常捕一些软体动物、甲壳类及鱼虾为食。虎鱼是一种卵胎生鱼类,春季交配,秋季产卵,每次能产七八个卵,母鱼有护仔迹象;母鱼在交配后,可将异性精液藏于体内达数年之久,并在需要时可"自我受孕"。象山沿海一年四季都能捕获此鱼,体形大小不一,小的仅有手掌大小,大的可达一两米体宽,尤其是在每年冬季,虎鱼皮肉肥厚,肉质细嫩,味道鲜美,是品尝的最佳季节,或红烧或清蒸,都能令人饱享口福,业已成为象山城乡居民争相喜食的一种特色小海鲜。

　　记得我还在老家时,捕获虎鱼的方式也很多,有被拖网拖住的、有被涨网涨住的,有被拉钓钩住的,有被扦网围住的,无论是哪种捕获方式,面对活蹦乱跳的虎鱼,村民们都会见鱼色变,不敢贸然徒手将它抲起来。因为虎鱼尾巴有一枚毒刺,尤其是在捕获时,一旦虎鱼受到惊吓,就会不断地挥动着那枚尾刺进行防卫,一不小心就有可能在刺入皮肤时注入毒液,也由于其尾刺两侧有倒生锯齿,在将其尾刺拔出皮肤时,就会造成周围肌肉组织损伤,不仅会加速毒液进入血液循环系统,而且还会使伤者立即产生烧灼感,发生剧烈疼痛,继而发生腋窝、腿部淋巴肿胀,并伴有全身阵痛、发烧畏寒、痉挛等症状,如不及时抢救,就有可能危及生命。因此,我老家村民在下海捕鱼时,都会带一把自制的"虎鱼钩",以备应急之用。我记得这把"虎鱼钩",形如一只"7"字,一般杆柄长四五十厘米,直径三四厘米,大小根据各人手感喜好而定,而这个"钩"则为一枚五寸长的方形船钉,钉在杆柄一端两三厘米处,就形成"7"字钩状。在捕捉虎鱼时,村民只要将"虎鱼钩"一端的钉钉在虎鱼背上,将其拎起请人帮忙或放在渔护里,将其尾刺拔掉就无后果之忧了。否则的话,即便拿回家宰杀清洗,还是存在被刺的风险。对于虎鱼的危害,像我一样土生土长的海边人自懂事起,就知道虎鱼尾巴有枚毒刺是要伤人的。我也经常听村民讲,某某村民在捕鱼时被虎鱼刺伤了,痛得在渔船甲板上打滚,哭着嚷着要跳海,伙计们只好把他捆绑在船桅上,才安全护送回家。某某村民在下海摸网剩时,一不小心被虎鱼刺伤了,差点就趴在海涂上不能动弹了,幸亏村民

及时相救,才一路跌跌撞撞,护送上岸到家。在那个缺医少药的年代,我记得老家村里有个习俗,就是一旦有村民被虎鱼刺伤了,都会采摘一种刺叶,捣烂后敷在伤口进行治疗,数天之后就会转危为安

了。这种刺叶在我老家称为"锦岗刺叶",其茎成藤蔓有刺,其叶圆圆的,很像虎鱼形状,其果成熟后红红的,黄豆大小,自霜降后,外形干瘪,味道微甜,其根结块呈大肠状,当时粮食匮乏,就有村民上山掏其根,切片晒干可卖,据说能做酿酒原料。这种不起眼的刺叶,竟成了我老家村民治疗虎鱼刺伤的一帖特效"土方",佑护着一方百姓平安,现在想起来倒觉得这不起眼的刺叶还真神奇!

虽然我在讨海中没有被虎鱼刺伤的经历,但对虎鱼毒刺的恐惧还是刻骨铭心的。记得有一次下海"撮网剩",这也是我老家村民的一种讨海习惯。因为在海涂上扦了槽网,一些鱼蟹在退潮时,一旦触碰了渔网,就会条件反射地向相反的方向逃窜,随着潮水越退越浅,这些鱼蟹发现逃脱不了了,就会就地埋伏起来,以躲过此劫,所以村民们根据这些鱼蟹的习性,便在浅潮中捕捉这些鱼蟹。我也不例外,用双手在这浑水中摸呀,摸呀,突然摸到一种异样的感觉,鱼背平平的、滑滑的,当我心头掠过一丝快意,认为是摸到一条大鲻鳎鱼,正准备下重手将它按住抅起时,突然感到情况不巧,凭自己的经验判断这不是鲻鳎鱼,因为鲻鳎鱼的体宽是没有那么大的,"不好,是条虎鱼!"正当我惊恐万状地将双手缩回时,只听"嗤"的一声,这条虎鱼的尾巴从水面反打了过来,在半空中划出了一道优美的弧线,然后又坦然地放了下去,急忙摆动着它两边娇柔的胸鳍,俨然像是一只漂亮的海中大蝴蝶,激起两排对称的涟漪,簇拥着朵朵飞溅的浪花,快速离我而去。这时,我猛地回过神来,向正在附近摸鱼的村民高喊:"虎鱼,我这里有一条虎鱼!"已记不清是哪个村民了,一个快步动作跑了过来,手拿"虎鱼钩"猛地钉下去,瞬间将虎鱼拎出水面,我记得足足有三五斤重,当时非常后悔自己没带"虎鱼钩",否则这条到手的虎鱼,就不会让人给抅走了。这是我唯一的一次与虎鱼亲密接触,虽然与危险擦肩而过,但几十年过去了,当时的场景还历历在目。

说到虎鱼,不得不说在我老家流传的一则有关"虎鱼欠鲨鱼三担肉"的故事。据说,虎鱼与鲨鱼曾是同祖同宗,同属软骨鱼家族,开始两者关系不错,只是后来由于性格差异,便产生了不可调和的矛盾。在鲨鱼看来,弱肉强食是不二的海洋法则，是天经地义的，但在虎鱼看来，你鲨鱼时时处处置我于死地，不是我不报，是时候未到，一直记恨在心里。时间一长，虎鱼就发现鲨鱼有个致命弱点，就是怕冷，每到冬季就会变得呆头呆脑，整天随潮涨落沉浮，感觉游都游不动，更不用说游得快了，认为是个报复的好机会。考虑再三，决定与鲨鱼进行游泳比赛，规定谁输了就给赢者三担肉，以各自身体为担保。虎鱼心想，这时鲨鱼还"冻"着，自己肯定会赢，那它这一身肉，到时就是自己的奖品。于是，虎鱼找到鲨鱼，提出要与它进行游泳比赛。"比就比吧!"鲨鱼连想都没有想，就答应了。双方商定了比赛日期。比赛那天，双方各邀亲朋好友观摩。比赛开始，鲨鱼还没当一回事，虽游在前面，但游得不快，而虎鱼紧随其后，心里却在想着等鲨鱼游得体力开始不支了，再超越过去，赢得最后胜利。不料，比赛那天刚好是农历二月二"龙抬头"日，是海龙王新年上班的第一天，正在海区巡察行云布雨情况，鲨鱼游着游着，突然发现这一情况，不禁吓得一跳，一个激灵把它惊醒了，尾巴左右一摆，就箭一样游了出去，把虎鱼抛在后面，自己先到了终点。比赛结束后，鲨鱼倒游回来向虎鱼讨要"三担肉"的奖品，虎鱼开始耍赖不给，还振振有词。鲨鱼气极了，张开大嘴，正要吞咬虎鱼，却被虎鱼的尾刺挡住了。从此，虎鱼为躲避鲨鱼追讨，只好终年躲藏在海底泥涂里，慢慢地就变成了现在这副模样，而鲨鱼为了寻找虎鱼下落，也不再发"冷呆"了，还念念不忘地在讨要那"三担肉"的历史欠账。这则故事，告诫了人们"乘人之危，陷害别人，是极其卑鄙的"这样一个浅显道理。

邂逅一段老乡情，感慨一派老时光。再忆珂虎鱼，就是把自己那段挥之不去的乡情煮茶、经历把酒，曾经往事便有了说不完的话题。曾经的曾经不去重拾必将成为过去，过去的过去不去回忆终将成为尘埃。更何况，虎鱼是有故事的，个中是非曲直，如同带刺的玫瑰，也值得我们在餐前餐后去评说。

39 / 撮钉头螺

　　莞甬高速三门湾大桥开式通车了,那种跃跃欲"驶"的愿望,终于在己亥年正月初二实现了。那天上午,我们带着节日的好心情,驰骋在崭新的甬莞高速公路上,极目远山翠绿如黛,盼顾近海浩瀚含烟,一派仙境风光,真是美丽极了。大约一个小时就到了三门健跳高速出口,装扮一新的三门县城,车水马龙,游人如织,到处洋溢着春节的氛围。我们在心湖公园作了短暂逗留,便逛入城区老街,七转八拐地在经过菜市场门口一条小巷时,发现路边一字摆放着各色海鲜地摊,我逐一看过诸如牡蛎、小白虾、蛏子、毛蚶、虾蛄弹,以及鲈鱼、海鲫鱼、鲻鱼等,或养着或干摆,都透骨新鲜,突然发现边上有摊钉头螺,不禁心头一热,就站着不走了,见主人低头只顾剪螺尾,我又看了看剪好的钉头螺,像是一位收藏家淘到一个"大漏"一样,毫不犹豫地蹲下身子,与摊主攀谈起来。老婆是丹城人,不谙海鲜品质,看到这类小螺,便是不屑一顾,一股劲地催我走人,我说都几十年没看到这种螺了,必须买点回去,可以重温一下我记忆中的那种老家味道。因为我老家与三门守海相望,历史上还曾同属一县,所以在这里看到的海鲜,与我老家也是不分彼此的。我们回到家,就迫不及待地将钉头螺清洗干净,冷水下锅,稍加些盐,水开螺熟,满屋弥漫出了一股熟悉的清香,我连忙用筷子撮起嗑了起来,边嗑边思,曾经往事便浮现在眼前,历历在目。

　　钉头螺,也称"海螺蛳",学名"海蛳",据《象山县渔业志》记载,"其壳尖长,也称钻螺",是生长在象山沿海滩涂高潮位或海米草附近或礁石边上的一种贝类动物。这种螺壳口外唇脆薄,壳体厚实坚固,呈左旋性纹路,褐黄两色对称,体表凸凹不平,层级精致明显,长三五厘米,堪称"螺中姚明";掘足很小,长在外套腔左侧入水部,有发达的乳状突起,喜群居生息,以滤获一些浮游生物、藻类为食。幼贝时可将贝壳举起,成贝时则将贝壳拖在身后爬行。在涨潮时能将贝壳埋入泥涂中,以防身体被海浪卷走;在退潮时能缓慢爬行,在其身后则留下一道深深的爬痕,也就成了人们按痕撮螺的一种方法。当时,我老家离海滩也就几百米远,大人们对这些遍布滩涂的钉头螺,自然是不屑一顾,只有我们这些小孩一有空闲,便相约到海涂上倒腾一番,只要你手巧有耐力,个把小时就能撮得一餐鲜,运气好的话,还能抲些弹涂鱼、青蟹什么的,让全家饱享一顿海鲜大餐。那时,我们对撮钉头螺可谓兴趣十足,慢慢地还演变出许多种撮螺游戏,印象最深的是一种"比谁撮得多",竟允许撮得最多者从撮得最少者那里挑选几粒自己喜欢的层级多、体态长的钉头螺,虽然大家对自己的心仪之物被人"掠夺"了,都有些许不舍,但因事前约定好了,大家也都能够接受,并乐此而不疲。20世纪六七十年代,是农村孩子玩具最稀缺的年代,就像毛蚶壳可以当作打仰扑的玩具一样,一些层级多、体态长的钉头螺,也被我们这些小孩当作"掌心的宝",不时拿出来与人比较,还可交换到自己更喜欢的一些物品,诸如玻璃弹子、弹弓等自认为更好玩的东西。我记得曾撮到一个足足有五厘米长的"螺王",被一小伙伴看中,非要用他爸爸到宁波出差买回来的一盒饼干交换,我考虑了一天才同意。后来,读到古人用贝壳做钱币,我立刻就想到自己小时交易的情景。至今难忘的,是我们在撮钉头螺时遭遇的一次险情。在看似平坦的海涂上,由于围塘取泥等原因留下了一个个泥坑,等日复一日地淤泥胀填之后,就成了一个个难以设防的陷阱。有个叫涛子的小伙伴大概是看到一粒硕大的钉头螺,正拖着一道深深的爬痕在爬行,就一个箭步跨了过去,谁知陷入泥坑而不能自拔,再想抬脚从淤泥里拔出来,却越拔陷得越深,很快大腿也陷入泥中。同行的阿柳赶紧大叫:"涛子,你先别动,不然整个人都要陷进去的!"大家围了过来,都吓得不知所措,只听阿柳沉着地说:"我听讲在甘肃挖掘出一头大象,就是这样陷入沼泽地的",还没等阿柳把话说完,涛子就吓得哭了起来:"你们快想办法救我,我不想做大象!"阿柳与另一个看似力气稍大些的手拉着手去拉涛子,就相差咫尺拉不到涛子的手,多迈一步则有可能连阿柳也陷入淤泥之中。在救助无望中,我说到岸边找根绳子来,幸亏离岸边近,绳子很快就找来。我们将绳子一头抛给涛子,让他紧紧系在腰身上,连拉带拔用尽所有力气,终于将涛子拖了出来。这时,我们那颗悬着的心终于放下了。事实上,大家心照不宣的而且更害怕的却是另外一件事。也是在不久之前,村里有两个女孩在浅潮中蹚水,也陷入类似的泥坑而不救,事后想想就更可怕了。自从出了这次险情之后,我们就不再相约去撮钉头螺了,不过在后来的几年里,我每次遇见涛子都不忘与他开这个玩笑。

"清明一粒蛳,抵过一头猪",是我老家村民的一句口头禅。这不是说清明时节的钉头螺有多大,能抵得上一头猪的重量,而是说每年到了这个季节,大地春暖,万物复苏,和煦阳光,轻拂海风,充沛雨水,还有平缓的海浪,能让钉头螺快速地健康生长,而在这时既是钉头螺的繁育期,也是钉头螺的品尝期,不但个个肥硕,而且味道鲜美,其营养价值也是猪肉不可比拟的。更何况在当时,虽然在我老家村民都会养猪,少则一头,多则几头,但在平时是极少有肉吃的,即便村民也经常买肉,但买来的大多是肥肉,只见油花不见肉,孩子们盼过年就盼在大年三十晚上能吃一顿肉,正是由于人们平时长期吃不到肉,家长们也都知道自家小孩对肉嘴馋,便认为只要让小孩嘴不空、肚不饿,心就不慌,一粒钉头螺或能打发孩子们的吃肉念头,就足以抵得上一头猪了。

每次钉头螺撮回家,大多将它倒入网袋搓洗,去除外壳泥垢,再放入盆里滴一滴油养着,这时钉头螺闻到油香,就会将壳里的泥沙吐出,肉质就干净了。然后,剪去尾尖,既便于烧熟,也方便吸出螺肉。在我老家最传统的烧法是清煮。这是保持钉头螺原汁原味的原始烧法。舀一勺清水到锅里,加些许盐,就和钉头螺一起烧开,再掺些蒜叶,闷几分钟,就熟了。此时,还没有揭开锅盖,满屋就会弥漫着一股淡淡的清香,让人垂涎欲滴。清煮钉头螺也是孩子们最喜欢的零食。无论是在家还是外出路上,都会抓一把放在口袋里,就像吃炒豆、爆米花一样,随时塞一粒到嘴上一嘬,肯定是件非常惬意的事。最经典的烧法是油炒。在烧沸的油锅上倒入钉头螺,加些佐料,爆炒到香味飘溢,再加适量的水,焖煮到沸滚,再撒些葱花。此种烧法,色香味俱全,是大人们最喜欢的下酒菜。在我老家吃钉头螺不叫"吃",而叫"嘬",这"嘬"也是有要领的。最常见的是用手抓住钉头螺头部,先用嘴在剪了一端的螺尾吸一口,把肉吸到螺尾口;再调转头,气沉丹田,对准螺口猛地一嘬,鲜美的螺肉带着汤汁就全吸到嘴里了。因为钉头螺最好吃的部分不是壳口前端的肉,而是尾尖后端的胶质物,所以要想吸出整个肉质,就必须掌握嘬的要领了。虽然螺肉真的很少,但吃的是一种滋味,更是一种心情。在我老家还有一个习俗,就是将吃过的钉头螺壳撒在屋顶上,据说这是为了祛除虫害。因为当时村民住的大多是草房,而在草缝间隙会生一种长长的很臭的百足虫,这种虫一旦闻到螺壳里的残香,都会飞蛾扑火般钻进去,其结果就应验了那句俗语,即在"螺蛳壳里做道场"。

一盆钉头螺,抿酒自在嘬。都说在一万个人心目中,就有一万个别样的老家,我想我老家除了海的元素,与大家相同的应该就是浓得化不开的乡情,而这乡情应是一种味道,也是一种记忆,该是一种习俗,更是一种文化。毕竟沧海桑田,时过境迁,原来最不起眼的钉头螺,现在变成餐桌上的香饽饽,总想为它写点什么,却总是搁笔,在等待中希望自己有更好的措辞,可是等到今天还是没有思绪,而这也许是钉头螺早已融入我的乡愁里。

40 / 敲梆鱼

　　"敲梆鱼"是我县渔民对利用声学原理进行捕获大黄鱼作业方式的一种俗称,在行业上也称"舟艚作业""敲舟作业"和"敲罟作业"。这里的"梆",实际上是安装在渔船上的一只"舟"。这种"舟"似鼓非鼓,是由一根直径二三十厘米长的樆栌木竖直锯开,掏空中心部分制成的,类似于和尚诵经时敲的木鱼,只是比木鱼大、长许多,其长度一般比安装此"舟"的渔船前舱宽度还稍长一点,在作业时就横架前舱,两端固定在渔船两边舷梆上,也有用毛竹截段去除内节或直接用长条厚实的木板进行替代,由两位渔民在作业时各持两根木棍敲打,因敲打的声音与更夫巡夜敲的梆子声音相近,故俗称其名"敲梆",而这种船也称"敲梆船"。也由于黄鱼头骨中有两颗起平衡作用的"耳石",在遇到相同频率的声波时会引起共振,致使黄鱼立即头疼脑涨,失去平衡,迷失方向,就像孙悟空听到唐僧念紧箍咒一样,既头痛难忍,又无力逃脱,纷纷翻仰鱼肚,浮出海面,被渔民捕获的鱼就称为"敲梆鱼"。这种捕鱼方式,曾在我县20世纪60年代名噪一时,后因国家明令禁止,立即退出我县海洋捕捞的历史舞台,虽然存续时间很短,但影响十分广泛,几乎是家喻户晓,因而"敲梆鱼"既是当时在我县海洋捕捞中如日中天的捕获黄鱼作业方式的一个代名词,也是导致我国沿海渔场黄鱼资源至今还没有根本恢复的一个罪魁祸首!

　　"敲梆鱼"作为海洋捕捞的一种"大兵团"协同作业方式,其规模之庞大,方式之独特,成效之显著,都是空前绝后的。当然,造成的资源毁灭,也是无法弥补的。因为黄鱼属于典型的暖温性近海集群洄游鱼类,在每年立夏前后,多栖息于八十米以内海域中下层,一般多在大水潮的黎明或黄昏时分上浮游动觅食,在小水潮或白昼时节下沉休养生息,以摄各种小鱼小蟹为食,且在集群游动、进食和产卵时,都会通过声肌收缩,压迫内脏使鳔共振发出间歇性叫声,故有"黄鱼春月生子,声如群蛙聒耳""四月半水黄鱼咕咕叫""头水黄鱼夜东涨,柯来黄鱼劈老鲞""青蛙跳,黄鱼叫"等渔谚之说,所以在这时"敲梆鱼",也称"柯洋山",每次需配置各类渔船38~46艘进行大规模作业,其中指挥船一艘负责现场指挥、网船两艘负责运载网具、机动船四艘负责现场协调及来回拖运敲梆船、敲梆船31~39艘负责现场敲梆;携带高约四十米、宽约六十米、长约一百二十米的渔网一艚及其他渔具,在渔网上、下纲每隔六米系一个浮力球或约百十斤重的吊脚石锤子,便于渔网在作业时张开,并在下纲每隔两米系一根约三、四十米长的纲绳,一头系一个"毛竹筒"浮在海面,便于起网捕鱼,而人员配备则需要大约141~167人,其中指挥船为六人,老大为总指挥,掌握"红、黄、绿"三色令旗,负责现场指挥,机动船每艘为五人,网船每艘为十二人,敲梆船每艘为三人。因为船只、人数太少,就会显得气场不够,进而影响作业成效,所以一些渔业队因渔船、人员数量达不到作业要求,常常临时招兵买马,突击进行技术培训,并让渔民在晒网场上反复演练。在渔船到达指定海域后,总指挥都会拿出一种式样特别的"仪器"侦察鱼情,确定水下有没有黄鱼。在当时没有声呐设备的情况下,这个"仪器"虽简易但管用,即将一根十几米长去掉内节的毛竹直插海底,用耳朵紧贴竹筒口倾听水下传来的黄鱼叫声。据称,黄鱼的叫声有"十腔十调"之分,所谓"十腔"即雌鱼"哧哧哧哧"如蛇吐信,雄鱼"咕咕咕咕"如蛙群鸣,低头下沉鱼"吱吱吱吱"如燃煤气灯,抬头上游鱼"喳喳喳喳"如雨打芭蕉,沉底鱼"咄咄咄咄"如窃窃私语,刚从外海游入的进洋鱼"咪嘞咪嘞"以示鱼少,"沙沙沙沙"以示鱼多;大水潮的起水鱼"咕吱咕吱"以示鱼少,"咯咕咯咕"以示鱼多;还有产卵鱼"喳吱喳吱"如泣如诉。当然,黄鱼的叫声还远不止这些。所谓"十调"即黄鱼的叫声随潮水涨落及鱼群密疏、聚散、动静等不同变化,其声调节奏也随之会出现高低、重轻、缓急、浓淡、聚散等变动,或断断续续,或抑扬顿挫,这些些微的区别也只有经验老到的讨海人才能听得明、辨得清。难怪李时珍也说:"海人以竹筒探水底,闻其有声乃下网。"在明确水下有鱼后,总指挥就会将用绳子系着的"秋箩"抛下大海,测定海潮流向。如果海潮从西向东流,那么敲梆船位置在西,网船位置在东。反之亦然。因为黄鱼是喜欢逆水游动觅食的,如果位置搞反了,那么就捕不到鱼了。在掌握海潮流向之后,总指挥会发出红色旗令,机动船立即把各敲梆船拖运到指定位置,呈直径约两千米的半圆形一字排列,每艘敲梆船的间距为五十至八十米,因敲梆船是单数的,故其中间一艘必须处于海潮流向的中心点,与下游两艘网船间的中心点成直线;南北两艘边船与位居中间的一艘敲梆船,必须保持一个正三角形状,这样才能将敲出的声波均匀、有效地传导入海中,达到驱鱼成群进网的目的。在敲梆船只排列到位后,总指挥发出黄色令旗,各敲梆船开始一人负责摇橹,两人负责执棒敲梆,顿时在二三平方公里的海面上梆声隆隆,喊声喧天,一场声势浩大的"敲梆大战"开始打响。这时,敲梆船边整齐推进、边收缩间距,当半圆直径缩小到约一千米时,停泊在下游的两艘网船开始放下渔网,张开口袋拦截鱼群。随着包围圈越收越紧,橹就摇得越来越勤快,梆也敲得越来越起劲,梆声由远而近,由慢而快,由轻而重,发出巨大的震荡合音,通过声波传入海中,致使黄鱼的"耳石"发生激烈共振,开始乱作一团,有的拼命向无声波震荡的方向逃窜,有的出现昏迷症状,纷纷跳出海面,有的直接翻仰出鱼肚而亡。眼看捕捞时机已到,总指挥发出绿色令旗,各渔船开始合拢起网,打捞渔获,产量当然是高的。据《象山县渔业志》记载,"一网产鱼超过二十吨"。整个敲梆过程大约需要五小时,前四小时为完成包围圈,后一小时为起网捕鱼。这个时间也是遵循潮汐的自然规律,因为海潮从退到涨的时间间隔为五小时,所以超过了这个时间段,海潮流向就会反转,而渔网也随之反转,就捕不到鱼了。

说到敲梆鱼的来历,这里还有一个古老而神奇的传说。相传,在明嘉靖年间,广东潮汕地区有一老和尚,不慎跌入海中死亡,尸体下落不明。在无奈之下,众和尚商议在出事海域为师父做佛事超度亡灵。于是,众和尚三五个一船,组成一个庞大的船队,分赴出事海域敲木鱼诵经,时间一长周围海面纷纷有鱼群窜动,和尚们以为老和尚超度显灵了,鱼也都"披上金光灿灿的袈裟"，可过往的渔民们却由此打开了智慧的"脑洞"，也学着和尚敲木鱼诵经的模样，每次都能捕得黄鱼满舱，渐渐地便摸索出了这套专门捕获黄鱼的敲舴作业方式，这是在当地严守了近四百年的秘密。直到1954年3月福建诏安县从广东邻县聘请了两名渔业指导员，就迅速爆发出了狂热的敲梆浪潮，沿海一路北上，所到之处繁衍了上亿年的大小黄鱼无一生还，年捕获量猛增二十倍，敲梆鱼堆积成山，黄鱼资源到了濒临灭绝的边缘。据《象山县渔业志》记载，"1961年石浦渔业队受南边渔民影响，曾进行过，当即被政府制止(即1963年国务院下发了〈关于禁止敲罟作业的通告〉，同年10月省人民委员会批转省水产厅、省高级人民法院〈关于禁止敲罟作业座谈会会议情况的报告〉)"，从此"敲梆鱼"开始在我县销声匿迹，渐渐远离人们视线。

都说面朝东海，春暖花开。我深知这"花"有三朵：百里海岸上的花，山花烂漫千容；大浪飞溅出的花，浪花曼妙应景；海里游动着的花，黄花鱼美名扬。从山花争艳的近岸，到浪花翻白的深海，再到黄花美味飘香的餐桌，曾留下了许多文人食客的不朽篇章。只是可惜"黄花"不再，黄鱼已成当下人们餐桌上最奢望的一种珍贵食材。知否，知否？应是"敲梆鱼"留下的时隔半个多世纪后记忆与现实无言以对的一次邂逅。

41 / 撮香螺

　　己亥年春节多雨，宅在家里闲着，偶看《西京杂记》，发现书中记载："赵飞燕为皇后，其女弟在昭阳殿遗飞燕书曰：'今日嘉辰，贵姊懋膺洪册，谨上襚三十五条，以陈踊跃之心（列举了清单）。'"其中一条是"香螺卮"。"香螺卮"，乃香螺壳制作的酒杯。这就让我诧异了，掩卷沉思许久，还是想不出这种酒杯模样，毕竟西汉王朝距离今天也有两千两百多年了，平时宫廷剧也看得少，更不知这种酒杯是适合小口品抿，还是得当开怀畅饮？但有一点是可以肯定的，能制作"香螺卮"的香螺壳，一定是香螺壳中的珍品宝壳，绝非一般等闲之壳，否则我老家的香螺早就水涨船高了。想到了老家的香螺，自然忘不了那一段藕断丝连的经历，还有那股令我嘴馋的香味。

　　香螺，学名"黄镶玉螺"，也称"圆香螺"，是生长在象山沿海潮间带中下区滩涂或泥沙质海底的一种贝类软体动物。这种螺乍眼一看，形像女子编盘的发髻，圆圆的外壳将整个螺身包裹，身材匀称形状得体，一袭黄褐色外壳，在顶部配一抹淡淡的青灰色，螺旋部较小，体螺层膨大，说句恭维话就是"该大的大该小的小"，不过半月形的壳口，显得有点夸张，外唇薄弧线分明，内唇厚滑层如玉，类角质的厣盖能恰到好处地将壳口紧封密盖，以抵御外敌侵害，既像一位阅尽繁华归隐海疆的素人，也像一位久经沙场阅人无数的智者。唐代大诗人白居易在《骠国乐》中就以"玉螺一吹椎髻耸，铜鼓千击文身踊"描写了乐舞者形象，而元代散曲家王举之在《水仙子·春日即事》中则以"饮琼浆卷玉螺，柳丝长忙煞莺梭"描述了美食者的表情，这就难怪一些简约美学爱好者以香螺体为题材，创作出了一系列时尚作品，成为一种设计流派。对于这些认知,我认为只是一个表象,因为香螺是个海洋长老,诞生于白垩纪,家族非常庞大,在漫长的进化过程中,历经天地玄黄、宇宙洪荒的黑暗,目睹兄弟阋墙、分崩离析的残酷,一路能幸运地走了过来,肯定有它不为人知的一面。我老家村民大多世代以渔为生,对香螺品性的了解,可以说了若指掌,知根知底。虽然我只是有过短暂接触,但还是能列举出其生活习性。香螺是一种掠食性肉食动物,而且是一种杀人不见血的肉食动物。这是因为它的斧足极为发达,行动能力很强,既可在海域移动,也能在滩涂爬行,还能像锄头一样挖掘涂泥,在滩涂泥层寻找猎物,深度可达八厘米;虽然它的视觉已经退化,但嗅觉还是很灵敏,触角前端呈扁平三角形,一旦捕捉到猎物信息,就会用斧足将一些比自己躯体小的猎物包裹起来,或依附在一些比自己躯体大的猎物身上,在确定攻击位置后,便会调整自己的吻,吸住猎物外壳,然后在吻的腹面有个穿孔腺,能分泌出一种酸性物质,开始进行溶解,并慢慢摩擦出一个小孔,再将齿舌从孔中探入猎物体内进行锉食,直至将猎物内脏全部吃掉,像蛏子、蛤蜊等双壳类,包括蟳蚱蟹、梭子蟹等甲壳类动物,都是它捕食的对象,这恐怕让人没想到吧!当然,香螺又是一些底栖鱼类诸如海鲫鱼等的天然饵料,这是它的宿命,构成了整个海洋动物的食物链,所以人们有时会在海滩上发现一些蛏子壳、蛤蜊壳上有个圆孔,这十有八九都是香螺的"杰作"。当时,我老家滩涂有大片蛏田,有县水产公司养殖的,也有大队集体养殖的,只是在每年放养蛏苗时,都必须严格筛选香螺,逐一进行排除,开始我不知原委,还以为另行养殖,后来才知道蛏子养殖视香螺为天敌,一旦发现其踪迹,必须将它排除,决不能让其与蛏子共养生息。不过,对于养殖者而言,香螺是一种有害动物,而对美食者来说,香螺又是一种难得的食材。我在小时就经常下海撮香螺自食,每次在潮水刚退下时,我会在滩涂上寻找一个个或明或淡的"+"字裂缝,因为这时香螺正准备从泥涂中爬出来,只要它动一下身,那么覆盖在它身上的泥涂就会开裂,此地无银三百两,便可将它捉拿归案,而等退潮时间一长,香螺从泥涂中爬出来了,就会在滩涂上留下一条条清晰可见的"–"字爬痕,便可"按痕索螺",撮它个正着。有时撮到一只香螺,会发现它的斧足里还

包裹着一些猎物，这是香螺正在寻找一个安全的美食环境。有一次，我发现滩涂上有蝤蛑蟹爬过的爪印，等我找到蝤蛑蟹，却发现在蟹壳上还趴着一只香螺，我庆幸自己遇到"狗屎运"，也幸亏自己来得及时，否则这只蝤蛑蟹可能已被香螺吃了。每年农历三四月份，是香螺的美食季节，这时香螺肉质甘腴，膏黄醇香，味道鲜美，素有"盘中明珠"美誉，尤其是其肉尾部，是香螺的精华所在，那股天然的香气，让最不喜欢吃螺的人，也抵挡不住它的诱惑。我老家村民们都将香螺肉尾部称为"香螺黄"，吃香螺就喜欢吃这"香螺黄"，有时"香螺黄"断落在壳里了，非得用牙签将其挑出，甚至不惜将螺壳敲碎，也舍不得半点"香螺黄"留在壳里，正是为了品享这股独特的香味。

　　说到香螺之香,不得不说在我老家流传的一个典故。相传,东海龙王的小女儿俗称"小龙女",不仅生得眉清目秀,而且还聪明伶俐,深得龙王宠爱。有一天,她听说人间正在举办灯会,就吵着要去看热闹。龙王就捋着龙须摇头说:"那里地荒人杂,不是你龙公主去的地方!"可小龙女撒尽了娇,龙王还是不许。小龙女嘟着嘴巴开始赌气:"你不让我去,我偏要去!"好不容易等到三更半夜,小龙女装扮成一个渔家少女,便悄悄地溜出水晶宫,踏着朦胧月色,来到正在举办灯会的地方。这是一个小渔村,一路上鱼灯、虾灯、蟹灯、螺灯首尾相接,好看极了。小龙女东瞧瞧、西望望,越看越高兴,不知不觉来到一个十字路口。这里更好看,灯叠灯,灯接灯,火光璀璨,五颜六色,小龙女挤在人群里,似痴似呆地看得出神。就在这时,不知是谁从楼上泼下一盆水来,不偏不倚泼在小龙女头上。小龙女大吃一惊,知道不好了。原来,她的装扮是碰不得半滴淡水的,一旦碰到淡水,就会恢复原样。就在这刹那间,只见小龙女一个闪身,躲到了一盏螺灯里。她万分焦急,生怕自己这时现出龙形,招来风雨冲塌灯会。说来也巧,正在东海巡察的观音菩萨,看到刚才发生的一幕,不觉动了慈悲之心,便对身后的侍从说,到香炉里抓把香灰,去解她之危吧。侍从点头称是,便脚踏祥云,来到灯会上空,一把香灰撒过去,就把小龙女救了出来。再说东海龙宫,自从不见了龙公主,宫里宫外乱成一窝蜂。龙王自己不必说了,只见海龟丞相急得头颈伸出老长不敢回缩,守门蝤蛑蟹将军吓得口吐白沫举着双螯有气无力,而那些小白虾宫女都躬跪在地直打寒战,一直等到小龙女回来,大家才松了口气。龙王瞪起怒眼,狠训小龙女:"你好大胆,胆敢藐视父皇,触犯官规!说,到哪里去了?"小龙女一看龙王动了真怒,知道再撒娇也没用了,便照实说了自己的遭遇:"父王,女儿去看灯会了。要不是观音菩萨救了我,差点没命了!"龙王不听则罢,一听脸上黯然失色。他害怕观音菩萨向玉皇大帝检举此事,一旦追究下来,自己难逃"教女不严"罪责。龙王越想越气,一怒之下,就将小龙女逐出了水晶宫。从此,小龙女开始流浪,在走投无路中,又躲到那盏螺灯里,因身上的香灰还没清洗,便保留了这一身香气。为此,我曾写过一首《香螺》诗:你一次轻易转身/改变了你一生命运/你与生俱来的品质/本可光彩照人/却默默躲在这旮旯里/也许生存/远比名分身价更重要/可仅寄托坚固的外壳/又怎能摆脱黑色的宿命/你逃得过一张张鱼口/却还是逃不过人类一只只/充满欲望的手。

　　香螺酌酒慰风尘,远胜珍馐满席陈。现在的香螺已是我老家大众宴席上必备的一道特色冷菜。每次吃了香螺,我都想留几个香螺壳,仿制成"香螺卮",在飞觞献斝中,重现香螺壳曾经宫廷御用的光彩,尤其是在当下象山全域旅游的今天,我想对于制作类似的旅游工艺品还是有现实指导意义的。

42/张 网

　　我每次回老家到我大姐家走访，都要先将车开到那个名叫"腰嘴头"的岬角上，在那里停留一会儿，远眺一下海景，感慨一番这里发生的沧桑巨变。我之所以一次也不例外，是因为这里曾是我大姐家所在张网队的"网厂"（过去是指栲网的厂房，后来泛指张网队队部所在地），坡下是码头，边上是晒场，尽管现在早已不见当年模样，而且一条海上巨坝已将这岬角挽在了臂弯里，成为一处得天独厚的观海览胜景点，但让我挥之不去的还是几十年前的情景，那时我还在读小学，整个暑寒假就住在我大姐家帮助带外甥。我大姐家务很忙，经常外出到海岛上拔猪草，而我姐夫则刚上任这个张网队的"栲头"（即张网队队长），工作似乎更忙，经常起早落夜，跟着潮水走，而我则成了姐姐姐夫的"小差走"，总是有事没事地来回奔跑，甚至还常带外甥到"网厂"看热闹，慢慢地就熟知了许多有关张网的技巧妙道。

　　张网，是我县沿海村民将网具定置在海上利用潮流拦截过往鱼虾等海生动物的一种作业方式。这种作业方式也不知始于何时，但据1987年版《象山县志》记载，在我县"已有百余年历史"，始引人为迁徙而居的台州人。而据《象山县渔业志》记载："我县在（20世纪）50年代张网桩头仅100株，70年代后期增至5879株，90年代后期数达10000株。"另据宁波市水产研究所1990年调查报告："此种作业网罗之鱼品种，计273种，其中鱼类182种，虾蟹67种，头足类和其他类各12种。"由此可见，张网作业不仅历史悠久，而且发展迅速，是一种投资少、操作易、见效快的大众产业。我记得，每年的张网时间从清明前后开始，到寒露脚跟结束。纵观其过程，不外有以下五个步骤：一是打桩。就是将由三根长约五米、直径约十厘米的毛竹段与两根半爿毛竹片用草蔴绳捆绑成桩,打入海底泥涂之中,在中间主桩竹上事前固定一根直径约五厘米的尼龙绳作为根缆,根缆的长度约为所在海域水深的八倍,上端系一只毛竹筒浮在海面,便于下步放网架。打桩选择在小水潮时,尤以风缓浪平为佳。过去是人工打桩,需在船上搭架,费时费力,现在有专用打桩机,就方便多了。桩的排列与海潮流向呈垂直线,桩距一般约为一百米。有渔谚云:"开春打桩要趁早",寓意抢占一席好桩地,事关一年收成。不过,桩地选得好,还要打得牢,否则桩被浪拔走,网也损失了。二是放架。就是将由四根长约六米、直径约十厘米的毛竹搭成一个"井"字形网架,并在四角系上每根长约七米、直径约三厘米的尼龙绳作为边索,然后用船运到桩地,再将四根边索与那根固定在桩上的根缆,连接在一个名为"铁活落"的连接器上,就算完成。这种连接器是铁制的,形似"8"字,上接边索、下接根缆,中间有个"活落栓",可三百六十度随潮流旋转,过去是沙朴木制的,故称"木活落"。因为这个"木活落"制作工艺烦琐,且没"铁活落"牢固,所以早被淘汰在潮起潮落的汪洋大海之中,已不为当下年轻一代的张网人熟知。三是系网。就是用纲绳将渔网口固定在网架口上,这也是张网之"张"的核心要义。因这种渔网大多是村民自制的,故网口与网架口的大小也十分吻合。按照传统的尺寸,这种渔网网口周长约二十二米,纵深长约十五米,网眼大小从前到后逐渐细密,网身呈圆锥形,尾部呈袋囊状,用绳扎住尾口,便于捞取渔获。这时,当潮水在涨退时,由于受潮流推动网身下沉的影响,网架便会竖起,网口朝向逆流,形成一个巨大的喇叭口,而游弋于海面上的鱼虾,便会随潮进入网口,成为囊中之物,而当潮水涨退平时,潮流平缓了,网架就会倒下,平躺在海面上,网口随之闭合,便可捞取渔获。四是落航。就是在潮水涨退平缓时,将船开到网地把网袋中的渔获取回来。这种船每个张网队是必备的,故也称"张网船"。无论过去橹摇,还是现在机动,每艘张网船都配四人。船到网地,各就各位,"老大"负责控制船速航向,"前头"负责用撑钩将网袋捞起来。别看这是一个简单动作,没有三五年练就,是上不了这个岗位的。因为这个动作的熟悉程度,直接影

响本航次捞取渔获的速度,所以必须保证一篙下去就能百发百中、一气呵成地将网袋捞起来。"站后"一般由轮机长兼任,负责将网袋拖到船舱,而"打仓"则负责倒出渔获,系扎袋口,再将网袋抛到海中。整个过程,既有分工,又有合作,依次有序,快速完成。不过,在每年张网初期,由于天气尚冷,收获不会很多,但随着天气逐步转暖,产量也会逐渐提高,到了春夏之交,便成张网旺季,一般每潮每网可捕几百斤甚至上千斤渔获。五是接航。就是在落航船返航停靠码头后,由"横担"(即普通队员)们用专用的虾竹箩,将船上的渔获挑上岸,便可按需处置了。在"栲头"确定当天的鱼价后,由"散参"(即副队长)负责销售、仓储等具体工作。在一般情况下,每天的渔获不外有这两种处置方式,要么是现卖鲜货,当时每天都有成群的行贩等着要货,要么是晒成干货,直接将这些鱼虾撒在拼簟上晒成烤头、虾皮。要是遇上下雨天,就会将那些售余的鱼虾,或进行腌制,再晒成咸烤头,或放在大锅里蒸,再晒成熟虾皮,虽然熟虾皮颜色有些发黄,但可直接进行吃,也不失为另一种风味。

说到张网,总是让我想起那首曾流传于网厂内外的《张网十字歌》:"一字写来像根杠,顶苦生活算张网,半夜进来五更出,廿四小时做八双。二字写来下划长,冒着雨雪去打桩,湿透衣裳背发冷,上下牙齿如打仗。三字写来中划短,每日生活团团转,扎纲扎缆扎边索,拷草劈篾忙勿完。四字写来四角方,一水张了要换网，双脚跻登撑勾挠，手胳肢窝毛搓光。五字写来背脊圆，大鱼小虾装一船，活蹦乱跳透骨鲜，看了嘴馋咽口水。六字写来两脚振，半夜三更轮着转，一担鱼虾百十斤，上坡挑得腿抽筋。七字写来尾巴翘，三伏太阳如火烧，拣虾板上刨海蜇，背脊晒得连起泡。八字写来分两边，刮风下雨接航去，瓢泼浪花飞头过，听天由命可怨谁。九字写来后脚蹩，天天苦得懒叹息，腰酸背痛自晓得，宁愿讨饭不上船。十字写来一划短，一年薪水烟酒钱，今年又忖明年好，每年穿件破棉袄。"这首渔歌与那部20世纪二三十年代在我县拍摄的反映渔民生活的电影《渔光曲》一样，都道出了讨海人的艰难与心酸，那是过去那个时代的写照，也是过去那个行业的缩影。不过，我每次站在那个"腰嘴头"上，都会在脑海里浮现出当年网厂内外鱼虾成堆的情景，仿佛自己走进了一个庞大的海洋生物博览馆，面对那些五光十色、奇形怪状的海洋生物，我总是不停地在自己的记忆空间寻找那些曾经耳熟能详的品种，颜色黄的是大黄鱼、小黄鱼、梅童鱼，红的是红珠笔鱼、红果鲤鱼、章鱼，蓝的是马鲛鱼、尖嘴管鱼，白的是龙头鱼，灰色的是鮸鱼，黑的是乌贼鱼、鱿鱼、虮蛄鱼，形状像把刀的是勒鱼、鲚鱼，像根飘带的是带鱼、像爿树叶的是鲳鱼，像只风筝的是釭鱼，像只青蛙的是鮟鱇鱼，像根棍棒的是鳗鱼，像只鞋垫的是鳎鳎鱼，像顶帽子的是海蜇，当然还有许多虾呀、蟹呀、鲎呀，我开始目不暇接、数不胜数了。多想能穿越时空，在原来的网厂里大快朵颐地美餐一顿，只是遗憾时光已经飞逝，岁月也不可挽回，我不得不重回到现实中来。

　　"海底一根桩，海上一张网。"如果真像我姐夫所说的"张网就是我们渔民在海上放风筝"，那么我想大海就是张网的天空，潮流就是张网的风向，桩缆就是张网的引线，只是与放风筝不同的，那就是张网这根引线不是攥在人手中，而是固定在海底那根桩上，这也许正是那句"只有根植于大海之中，才能获得大海的回报"之诗的意境吧。在回家的路上，我车里突然播放出苏红的流行歌曲《三月三》："又是一年三月三，风筝飞满天，牵着我的思念和梦幻，走回到童年——"嘹亮的歌声，优美的旋律，又把我的思绪带回老家那个曾在海上放风筝的渔村。

43/扦 篱

　　我曾写过一篇《扦槽网》的文章，文中讲到"扦篱"这种作业方式始于隋唐时期，在唐代文学家陆龟蒙的《渔具诗·序》中有记述，到了20世纪四五十年代，随着"网"的出现，"篱"也就随之消失在潮起潮落的氤氲之中，不为当下的大众所熟悉。那么，陆龟蒙在《渔具诗·序》中是怎样记述的，"篱"又是怎样一个东西，"扦篱"究竟是怎样一种作业方式，我带着这些问题多次回到老家，走访了村里的一些老人，从他们依稀模糊的记忆碎片中，还原了已销声匿迹在六七十年前的"篱"及"扦篱"的大致过程。

　　陆龟蒙的代表作《渔具诗》，是我国历史上最早进行渔具分类记载的重要文献。他在《序》中这样写道："列竹于海澨曰'沪'。"意思是说，"将竹连排扦插在海边（的渔具）称为'沪'"。人们看到这个"沪"，或许就会想到这是上海市简称，却不会想到上海市的简称正是源于这种渔具。实际上，在晋朝时苏州河出海口沿岸渔民就以扦插这种竹编渔具为生，后来"上海"立县就取名于唐锦的"其地居海上之洋"，意为"出海的地方"，而那里遍地的"沪"就成上海的代名词了。如此看来，上海原来也是个渔村。虽然陆龟蒙说"列竹"，但并没说列什么"竹"，是竹段、竹片还是篾丝，故各地因取材不同，名称也各异，在江苏取竹段而编称为"簖"，在福建取竹片而编称为"簾"，而在我老家取篾丝而编称为"篱"，故也称"篾丝网"。篱单张长约五米、宽约一米五，形似当下人们在夏季使用的竹编篾席，而将它们横向连接起来扦在海涂上，就成为一种古老的渔具了。我老家地处海岛一隅，虽然在明洪武二十年（1387年）被官府"奉旨封禁"，列为"海禁"之地，不准百姓在岛上居住，时间长达四百八十八年,直到清光绪元年(1875年)朝廷撤销"海禁"之后,八方移民才纷至沓来,我老家村里终于迎来那些捷足先登的先民们,开始筚路蓝缕,创臻辟莽,自力更生,新建家园。他们既得我老家山的优势,延绵山麓,树木葱郁,竹林茂盛,竹源丰富,因竹而兴,遂仿古法,截竹拦鱼,从而生簖,又占我老家海的便利,辽阔海涂,近在咫尺,日耕其海,夜枕其涛,扦簖为业,以渔为生,农忙务农,农闲下海,便把"落海渔篓当米缸",过着靠海吃海的日子。虽然编簖所需的篾丝、棕榈绳、接竹等原材料都是自产的,但制作的过程却极为烦琐复杂。将毛竹劈成篾丝,需选三年龄以上老竹,然后进行定长断竹,剖开去节,除黄刨皮,定宽开片,劈成篾丝,大小如筷,再经煮烤,才成簖材。只有经过高温煮烤的篾丝,才能不为虫蛀、不易水胀,硬如枫木,能抵海蚀。将棕榈丝纺搓成绳,需从棕榈树上驳下叶牙,进行晾晒抽丝,然后再通过纺车或手工搓绳。因这种绳不易胀缩,耐水抗腐,稳固性好,故成编簖首选。接竹既是每张簖两头的包边竹,也是簖与簖之间、簖与桩之间的连接竹。一般情况下,这种竹选取于当地长约2米,直径二三厘米的水竹。这些原材料都准备好了,村民们便可利用农闲进行编簖。编簖如同织网,慢工可出细活。首先要在接竹上固定三道等距的已对折长约六米的棕榈绳,一端留一截长二三十厘米的系绳,一端将一根篾丝嵌入三道两绳间进行固定,然后将三道两绳进行交叉固定,再将一根篾

丝嵌入三道两绳间进行固定,以此类推,循环往复,直到长度到达五米时,再以一根接竹收口,就算完成一张篱的编制。在我老家通常将扦在海涂上的"篱",单张称为"匣",十匣称为"顶",十顶称为"槽",而这个"槽"则有三种特定的含义:一是表示数量,作量词使用,相当于"一套"的意思;二是表示形状,意指所扦的篱都会构成某种槽形图案;三是表示功能,意指所扦的篱都会设立"鱼槽",而"槽"为"巢"的谐音。按此计算,一槽"篱"的长度应为五百米,但是否需要扦这么长,则因人而异、因地而定,没有一个统一的标准。

扦篱,顾名思义,就是将篱扦在海涂上,但怎么扦却是有学问的。因为篱非常笨重,不易搬运,所以一旦将篱扦了下来,就不会轻易变动,一年四季都固定在同一位置上,只有当某张篱损坏了,才能将它撤下来进行调换修补,不像扦槽网那样每天换一个地方。这对扦篱者来说,必须具备观潮识涂的本领。观潮就是通过观察潮水的流向,尽可能使自己所扦的篱,最大限度地正面拦截潮流,否则鱼在退潮时就会顺着潮流逃走了,即所谓"扦反水了",也就意味着围拦不到鱼了。识涂就是掌握海滩涂况,尽可能地避开航道、沙泥涂,将篱扦在有鱼口的油泥涂上,因为那里能集聚鱼类。篱地选择好了,应预插篱桩进行放样,大约每隔二三米浅插一根篱桩。这种篱桩为每根长约四米、直径六七厘米的松树篱。扦篱一般从潮位最低部扦起,先扦一个形似Ω符号的鱼巢,或安装一个现成的竹编鱼篓,因这个鱼巢往往处于篱的中间,故称"中巢"。然后,再向左右两边延伸,每扦一根篱桩,便将两张篱的接竹连接起来捆绑在篱桩上,再在每张篱的中间加扦一根篱桩,以起到稳固作用。在扦到左右两边顶端时,各设一个形似"凵"字的鱼巢。这是因为鱼类在退潮时,一旦触碰到篱之后,就会条件反射地四处乱窜,有的则会顺着篱边反方向逃窜,也因这种"凵"形鱼巢,外口大内口设有倒阀,鱼一旦游进去就出不来了,便会乖乖成为瓮中之"鳖"。这时,一道坚固的"海上长城",已巍然屹立在海涂上,而展示出来的雄姿,要么是V图案,表示潮水是垂直流动的;要么是"凵"或"「"图案,表示潮水是左右斜向流动的。无论哪种图案,都有一个相同点,就是上口大、下口窄,形成一个喇叭状,表示已尽最大可能将潮流正面拦截住了。这时,随着潮水慢慢退下,篱也越来越狭窄,鱼就别无选择地进入了鱼巢。

当潮水退到篱的上沿时,扦篱人就会兵分两路,带着推桶、撩兜、鱼杷等捕鱼用具,随潮趟入齐腰深的海水,把守着左右两边的鱼巢。这时,被围拦的虾鱼蟹鲎开始急躁地在篱区打起浑来,有的惊恐万状地抬起头来,甚至不惜冒着风险跃出水面,想居高临下地把这浑混的世界看个清楚,自己究竟有没有危险,有的惊慌失措地低着头,四处乱窜,甚至不惜冒险冲滩,试图寻找逃脱的机会。可是,让它们始料不及的是潮水越退越下,在它们也感到为时已晚时,只好潜伏在滩涂上,或躲藏在浅塘港汊之中,或钻到洞穴泥涂底下,希望等到下一潮水到来,能够逃过此劫重回海里。当潮水退到篱区露出滩涂时,扦篱人捕捉了左右鱼巢里的鱼,就紧靠着篱边,边向"中巢"合拢,边不停地用撩兜将正困在篱边挣扎的鱼类一一勺起,放入推桶。虽然要关注着撮篱剩的人动向,防止闯到篱边抢鱼,但对于散落在滩涂上的鱼,扦篱人一般不会去争抢,常留给撮篱剩的人分享,这似乎是扦篱人的一条不成文行规。这时,经常因为一条大鱼挣脱,立刻会引起众多撮篱剩的人哄抢,常常几十人挤在一起浑水摸鱼,像打水仗一样,场面自然壮观。只有等到扦篱人都进入"中巢"捕鱼,撮篱剩的人就会自然散去,开始寻找还"剩"在滩涂上的鱼,而扦篱人捕捉了"中巢"里的鱼,一潮的扦篱活也告一段落了。无论丰歉,都只能期待下一潮了。扦篱人将渔获稍加整理,便可打道回府,尽享那种大海赐予的美味了。至今,在我老家还保留着扦篱人那种特有的习俗,所食海鲜,现抲现烹,力求简洁,原汁原味,总是让人吃了欲罢不能,齿颊留香。

潮起潮落如初见,可惜扦篱成秋扇。尽管大海依旧,日复一日,惊涛拍岸,但扦篱这种作业方式却像夏天的扇子遇到秋风一样,即刻就被淘汰了。在这漫长的沧海桑田巨变中,我老家村民没因浮云遮望眼,留住真情在心中,点点滴滴的回忆,细细碎碎的拣拾,还是重现了扦篱的身影,回放了扦篱的片断,芬芳了扦篱的苦乐,丰富了扦篱的灵魂,总算给扦篱穿上了一件让人刮目相看的时尚外衣!

44 / 挖淡菜

因为不止一次地观看了央视热播的纪录片《舌尖上的中国2》第五集《相逢》，所以我每次在为我县石浦镇村民张士忠与家人跨越六十多年悲欢离合的故事感动时，都感到非常意外。没想到张士忠在片中是通过一组挖淡菜、煮淡菜、晒淡菜、赠淡菜的特写镜头来传递思念之情的，让我每次看了都有一种时光倒流的感觉，情不自禁地想起自己曾在年少时也挖淡菜的情景。

淡菜，也称"壳菜"，学名"贻贝"，雅称"东海夫人"，是生长在象山沿海礁岩石缝上的一种双壳类软体动物。这类软体动物大多簇生，外壳呈紫黑色，略有珍珠光泽，壳面斑驳层叠，布满丝状藻类，沧桑感非常强，壳体呈楔形状，前端尖细扁薄，后端宽广而圆，壳长约为壳宽两倍，两壳相等，左右对称，壳内面灰白色，边缘略呈蓝色，铰合部偏长，铰合齿退化，后闭壳肌弱，韧带深褐色，肉色淡黄，呈椭圆状，边唇分列，些微皱曲，有条黑斑线环绕，向内包裹，中间鼓突，呈芽苞状，长有一撮黑褐色藻类足丝，似毛细软漫长，像丝瓜藤一样遍布生活空间，既能固定自己位置，又能吸收体外养分，确保肌体健康成长，成为海生动物界的一道风景。我老家周边都是绵延不绝的海礁，挖淡菜便是村民们与生俱来的一种讨海活，而在每次外出采挖时，家人总要叮嘱几句，仪式感很强，具有神秘色彩，诸如在野外吃自己携带的午餐时，不能自己想吃就吃，而是要先撕小部分扔在身边，也不能大声喧哗，更不能说"回去""回来"等话，那时我还年少似懂非懂，只知挖淡菜有危险，就不敢贸然犯规了。挖淡菜有专门行头，尤其是对穿鞋特别讲究，因为那时还没有登礁鞋什么的，所以能防滑的布鞋、草鞋、车胎鞋，都是首选鞋类；挖淡菜需要专门工具，而这种工具大多是村民用钢管焊接的，长约一米，一头尖弯钩，一头宽刀口，便于将缝隙中的淡菜勾挖出来，或将簇生的淡菜从底部铲出来，在我老家将这种工具称为"淡菜锹"。那时，我说是跟家人去挖淡菜，其实不过是跟家人去凑凑热闹，用现在的网络语言说就是去"打酱油"，因此在工具上也没多大讲究，常拿根生蜷钩充数，好在这种钩轻巧，就不讲是否专业了。我记得到过八排门、风门口等海礁，也到过金七门小南山海礁，虽然我与大伙一样都攀爬在陡峭的礁岩上，但我挖的大多是"旱菜"，即在潮水退下后裸露在礁岩上的淡菜，这种淡菜一般个小、壳薄、肉少，这对于我来说挖的是心情，拾到篮里都是菜，吃到嘴里一样味道。相比其他村民专门挖的"水菜"，即常年生长在水下或临水礁岩上的淡菜，自然是小巫见大巫了。因而，当时就有一些年轻人并不满足于挖"旱菜"，而是使出浑身解数，常常将一个大网兜往脖子上一挂，憋足一口气就潜到水下挖"水菜"，等他们再浮出水面换气时，胸前的网兜里常常是沉甸甸的一袋淡菜了。我记得当时村里有个叫阿章的村民，是二十出头的壮小伙子，一米七几的个头，浑身晒得黑黝黝的，有一身强劲的疙瘩肉，他凭借着自己水性好，每次都潜到水下，挖得都比别人多许多的淡菜。也许是受他的启发，村里有几位年轻人就自发组队，购买了一些水下专用设备，专业从事水下挖淡菜，足迹遍布周边海岛，有的远赴舟山海域，在我曾为此叹服时,却在无意中读到明代郑若曾在《筹海图编》中的一段话:"曾尝亲至海上而知之。向来定海、奉象一带,贫民以海为生,荡小舟至陈钱、下巴山取壳肉、紫菜者,不啻万计。"如此看来,这种挖淡菜的方式也早已成为一种传统习惯了。

淡菜是一种大众美食的海产品,也是一种大众美谈的海产品。虽然这种海产品属于低端产品,在平时也没人关注,但一旦端上了餐桌,就会成为人们谈论的热点。它是一种写在墓志里的御用贡品。据史载,从唐代元和四年(809年)开始,朝廷就从明州府每年进贡淡菜、海蚶各一石五斗,虽然数量不多,大约也就两百斤,但由于层层加码,闹得民怨四起,到长庆元年(821年),元稹出任浙东观察使,就给皇帝上了奏折,要求免去进贡海味。没想到,这次皇帝竟准奏了。元稹是唐代著名诗人,与白居易齐名,世称"元白"。有趣的是,白居易竟把这件事当作政绩写进元稹的墓志里,从此淡菜也就成了骨灰级的御用贡品。它是一部老少皆宜的食疗药典。我记得有这样一首广为流传的《淡菜歌》:东海夫人是雅称,营养丰富美味名;一枚胜似一只蛋,性温味甘又带咸;益肝补肾又调经,滋阴熄风疗眩晕;强精填髓增雄风,软坚散结消瘿气;养血止血且止泻,青壮老幼均相宜;药理实验搞疲劳,抗菌抗炎抗肿瘤;男人吃了笑哈哈,女人吃了羞答答;药食同源贵常吃,健康幸福是一家。果真如此,那就没有不吃的道理了。它是一位千娇百态的尊贵夫人。因淡菜欢喜宅居在礁岩石根深处,便有传说是东海龙王宫女化身的,尤其是剥其双壳,形象逼真的形状,中间还有一撮毛,总是让人浮想联翩,就连当年李自珍听了,也惊讶不已,便在《本草纲目》中记下"淡以味,壳以形,夫人以似名也"的药名。据说当时宁波有位诗人听说其名,也吟诗幽其默:"应是龙宫多嬖幸,故将一品锡嘉名。"意思是说东海龙王也太宠爱后宫了,才将淡菜封为一品夫人。它是一幅耐人寻味的艺术画卷。传说清代画家聂璜为编《海错图》,画了三百多种海洋生物,就画不出淡菜那种自若神态,为此游历海岛数年,潜身于陡峭礁岩间,终于打开画风空间,完成了淡菜点睛之作,从此成就了《海错图》辉煌,一举成了北京故宫的珍藏品。它是一部有诗和远方的文学作品。古往今来,不知有多少文人墨客被其叹服,写下了许多不朽的文学篇章。随手可拾的，便是晚清时期象山诗人欧景岱的《淡菜》诗："渔家胜味等园蔬，老圃秋来尚未锄；淡到夫人名位正，无盐唐突又如何。"清代宁波诗人戈鲲化也在《续甬上竹枝词》中写道："河伯昔曾闻娶妇，何如东海娉夫人。"类似的诗作，就数不胜数了。它是一则令人捧腹的餐桌故事。相传，当年八仙在蓬莱岛渡海中，吕洞宾与何仙姑相谈甚欢，不料蓝采和醋意大发，于是蓝吕大打出手，刀光剑影，欲置对方于死地，任凭众仙相劝无济，何仙姑夹在中间左右为难，无奈之下脱下自己裤子，当着众面怒拔宝剑，忍辱割下一撮体毛，挥手扔进大海，蓝吕看到这幕，都当场惊呆了，立即罢手修复旧好，一起完成过海大业，终成千古美谈，而何仙姑扔的那撮体毛就随波逐流，所到之处就成淡菜身上的那一撮毛了。每次在餐桌上说起这些，总是有人惊讶地说真像，至于到底像不像，是不是真像，那是只有意会不可言明的事了。

淡菜之所以称为淡菜，是因为在烹饪时无须放盐，而地区不一，口味也不同。正如央视在《相逢》片中所说，淡菜是法式大厨的最爱，香料可以提味增香，葡萄酒的加入，既能去腥又能丰富淡菜在口感上的层次，而在我老家却讲究原汁原味，烹饪淡菜大多清水白煠，无须添加各种配料，只需将洗净的淡菜放在锅中，猛火烧到壳开就可以了，这时那股扑鼻的清香，一定让你馋得涎水欲滴，迫不及待欲吃过个瘾，虽然淡菜肉质有些坚韧，但我觉得有嚼劲才有品位，绝对是剥壳过酒的好佐馔，每一次都能让人回味难忘。而制作淡菜干，我记得工艺也非常简单，烧开锅中的水，放入淡菜，在煮到七八分熟时，捞出淡菜，用一种专用刮刀将淡菜壳剥开，取出淡菜肉，再放入盐水锅中煮熟，再将淡菜肉晾晒干燥，便可长期存放家中，成为一种招待八方来客的常年和饭了。

一种味道可以感染一份心情，一段记忆可以厚积一种文化。多少年了，那种熟悉的淡菜味道一直留存在我的味觉记忆里，如同一幅永不褪色的多彩画卷，定格在我心中，萦绕在我心头，牵引着我思乡的脚步。不管是我回到故乡还是常驻在他乡，每当这段记忆涌起时，都会蓦然回首，又见潮烟里老家人，一壶煮酒淡菜飘香。

45 / 钩生蜯

    总是惦记着一种令人馋涎欲滴的美味,仿佛一直留香于我的齿颊之间,而又掩藏于岁月之中,总想与大家一起分享,却又囿于其名"蜯"字,只好一次次作罢。它原名为"生蜯",可能因为这"蜯"字,所以几乎没人知道它的真实名称。其实,在民国版《象山县志》里就记载为"生蠵",而在《象山县渔业志》里记载为"生蜯",这"蜯"显然为此"蠵"的简化字,即便简化了的"蜯"字,电脑还是打不出来的。这一次,我请了懂电脑的人,总算将这"蜯"字倒了出来,然后每次打到这"蜯"字,就如同拨动自己的心弦,文字的河流开始在我已碎片化了的有关生蜯的记忆原野中浅浅流淌,淌过我流年里弯弯扭扭的足迹,淌过我当年时忙忙碌碌的身影,淌过我经年来断断续续的思绪,既表明"生蜯"曾是大众餐桌上的一种特色"小海鲜",让人品享了无与伦比的口福,也表达我与"生蜯"曾有过一段情非得已的缱绻。众里寻它千百度,渲染了少年时光,难忘每次都为我留下了心速蹦跳的美好感觉。

    生蜯,学名"蠊蜯",也称"香蜯",简称"蜯",是生长在象山沿海礁石岩壁罅隙中的一种双壳类软体动物。这种生蜯长四五厘米,宽二三厘米,前端大而呈斧状,后端小而呈圆形,外壳为棕褐色,壳面生有黄褐色绒毛,平时行固着状,或仰或斜依附在礁岩罅隙里,在潮涨时张开壳口,伸出蔓足以捕浮游藻类为食;在退潮时闭合壳口,常借一些藻类进行伪装,俨然与斑驳不堪的礁岩融为一体,构成一个个得天独厚的严实掩体,在目不暇接的礁石丛林里,保持着坚不可摧的吸力,任凭潮涨汐落恶浪淘荡,仍然尽情地品享岁月静好;虽然上帝只给予它一个用以裹身的外壳,但立足于这壁垒森严、礁石丛生的不屑

之地，凭借自身的力量，既要伪装防晒，又要抵御外敌，现实中恐怕再也找不出如此有心机的贝类动物了。生蟶可谓是海生贝类群居家族中最为嚣张而又孤意的典范，只要有一丁点的空间，就会亲挽亲、戚托戚，不分长幼尊卑地拥挤在一处，在一个个不起眼的旮旯里，构成一个个尽享天伦之乐的大家庭，用心照不宣的气息共担风平浪静间转瞬而至的祸福。生蟶内壳洁白，肉色淡黄，肉质韧结，鲜香可口，因富含人体必需的多种微量元素，与观音手、贻贝被誉为"礁岩三宝"。据说，李时珍当年专门到浙江沿海考察，了解它的膳食疗效，并在《本草纲目》中作了记载："释名：生蟶，蟶蛤。"同时，还引《藏器》曰："蟶蛤生东海。似蛤而扁，有毛。"而据民国版《象山县志》记载："生蟶似蛤而长，壳有毛。嘉靖府志：产象山。乾隆四十八年（1783年），爵溪渔户采得一蟶稍大，壳有精彩，煮之，中有珠如赤豆大。"如此看来，我县还是生蟶的主产区，也只有我县如此优美的海洋环境，才能孕育出这品质上乘、形貌上佳、个头硕大、内生豆珠的生蟶。

在我老家钩生蟶的习俗由来已久，记得当时大多是妇女儿童所为，这并不是说我老家成年男子不会钩生蟶，也不想吃生蟶，而是因为成年男子是家里主劳力，每天要参加生产队劳动，需要赚工分养家糊口。再说钩生蟶是种眼头生活，没什么技术含量，只要有攀礁爬岩的体能，就能钩得生蟶一餐鲜，让一家人吃个痛快，这也算是我老家妇女们会持家的一种小门道，正如清人姚燮在《西沪棹歌》中所说："嫩杨苗绿小桃妍，生蟶升槃蛤上筵；煮得满盂开外饭，一家弟妹坐团圆。"虽然钩生蟶对于经常在大风大浪中闯荡的我老家成年男子来说,是小菜一碟,只是迫于生计罢了,但吃起现成的生蚝来,还是比谁都更起劲,尽享那种"剥生蚝、过老酒"的口福。

既然是钩生蚝,那么肯定有"生蚝钩"。我老家也属吴越之地,而这"生蚝钩"就可堪比当年吴越男儿佩戴的"吴钩"。所谓"吴钩",乃青铜铸就的兵之利器。在古诗词中就能经常读到,诸如李贺"男儿何不带吴钩,收取关山五十州";李白"赵客缦胡缨,吴钩霜雪明";辛弃疾"把吴钩看了,栏杆拍遍,无人会,登临意";王昌龄"鸷鸟立寒木,丈夫佩吴钩";文天祥"含笑看吴钩,回首蛟龙池",等等,这些"吴钩"都具刀剑的功能,而我老家的"生蚝钩"却是一种代劳渔具,虽都是重要器具,但各有不同用途。"生蚝钩"都是我老家村民自制的,取一截筷子粗的钢筋将一端敲扁,在约十五厘米处纵向将其弯曲成九十度直角,再将另一头弯曲成一个约二十厘米长的折叠当作手柄,就完成了制作工序。钩生蚝一般都带两把钩,一长一短,佩在身侧,"长钩"约一米,"短钩"约五十厘米,类似于影视剧中特种兵的武器配置,"长钩"对付远距离目标,"短枪"当属近身防卫。每年农历四、五月份,是生蚝的最佳美食时节,不仅肉质肥壮,而且味道鲜美。每到这时,我老家村民都会算好潮水涨落时间,携带必备的工具,相约结伴去钩生蚝。村子距离海边很近,走出村口便可攀爬在延绵不绝、怪石嶙峋的海边礁岩上,或跳孤岩或跨峭涧,或蹲礁边或钻岩缝,开始与生蚝玩起了捉迷藏,真的有点像央视大侦探节目中的荒野求生者,而在这脚边波涛咆哮、头顶浪花四溅中寻找生蚝的下落,倘若没有一双知海识蚝的慧眼,是很难把这纷扰隐秘的生蚝世界,看得清清楚楚真真切切,而这生蚝也似乎有灵性,越长越显得精明,要么躲在临水临崖的罅隙中,要么藏在危峰兀立的旮旯里,仿佛也知道每月就有那么几个屈指可数的大潮日,便与村民们比拼起了生死较量。

我记得在刚开始钩生蚝时,总是攀爬在别人后面,钩来的生蚝就像老家的糠筛、米筛筛过一样,都是一些"细糠碎米"。时间一长,就懂得了干这一行的门道,只有在别人还没有钩过地方,才能钩得个大肉肥的生蚝。那时我还年少,年少就有年少的优势,别人进不去的岩壁罅隙,我就能攀爬进去;别人顾忌的习俗，我可以无所顾忌地想干啥就干啥。每次发现一块处女地，虽然是踏破了铁鞋，但唾手可得的珍馐，总是小劳而大获，令人羡慕不已，让我乐此不疲。没有钩过生蚝的人，还以为生蚝这么小，无须吹灰之力，就能将它从礁岩罅隙中捉拿归案，这也小看它了。我可以负责任地告诉大家，如果不带任何器械，那么即便是金庸笔下内功绝顶的段誉，也可能奈何不了它稳固的身姿。我曾不止一次地与它扳过腕力，可每次都是我先败下阵来。记得有一次，在一个天然溶洞边，平时洞口常淹没在水下，洞内昼夜海潮奔腾，惊涛拍崖声若雷轰，让人听而生畏，总是避而远之。我那天不知哪来的胆量，爬着爬着就爬进了洞里，心里总是惦念着洞里有乾坤，人迹罕至的地方能有一个好收获，便把一些顾忌、习俗抛在了脑后，我越往里攀爬发现生蚝就越多，幸亏自己带了双钩，左右开弓，远近统钩，越钩越进，钩到蚝获，钩着钩着就忘了时间，更不知潮水已悄然上涨，而且越涨越快，这让在洞外的同伴急死了。他们开始的催促我都把当成耳边风，故意"没听见"，直到最后几个同伴几乎异口同声地哭喊，我才依依不舍地告别了那险象环生的"地宫"。惊险的是，就在我"再见天日"还不到一分钟，那块唯一能"一步跳"的礁岩就被海水淹没了。为此，同伴们在回来的路上一直赌我的气，我只好将在洞里钩来的生蚝，与他们进行分享，还拉钩作了君子协定，谁也不许把这件事说出去，就成了至今还尘封在各自心底里的一件往事。生蚝的吃法很简单，无须繁杂的烹饪，只需冷水落镬煮熟，就能吃得唇齿生香。只是随着海洋环境的破坏，以及人们对生蚝这个物种的过分采食，致使它们的生存环境每况愈下，再现我记忆中的那种丰盛场面，恐怕永远是不可能的事了。

走过万水千山，总是走不出我老家那种原产的透骨新鲜的味道拘囿；跨过千川万壑，总是跨不出我老家那种特有的源头海鲜的食材诱惑。也许，是我太在意心中所念，舍不得放下曾经过往中的美好，常把生蚝奉若海鲜的宠儿，挂在嘴上，记在心里，一直在想为它申请一个地理标志证明商标，告诉大家它是象山的珍稀贝类，是象山的特色海鲜，应当让它在象山这个海洋王国里有一个归属的名分。

46 / 揳白蟹

前段时间,单位里有位同事想买几只白蟹打牙祭,因不了解什么是白蟹、梭子蟹,也不了解什么是雄蟹、雌蟹,故在单位群里发了个求教信息,立刻引起了同事们的关注。我也凑了个热闹,还专门写了篇贴文,说白蟹是梭子蟹的俗称,因其腹部洁白而得名,梭子蟹是白蟹的学名,因其壳两头尖尖形似织网梭子而得称,这是一种蟹的两种不同称呼。白蟹可分为雄蟹、雌蟹,而雌蟹根据其不同的生长季节,还可分为"小娘蟹""大包蟹"和"抱子蟹"。白蟹有许多种,在象山沿海常见的有两种,即"三疣白蟹""斑点白蟹"。"三疣白蟹"是因其外壳面有三个排列成类似于"∵""∴"符号的疣状隆起点而得名;"斑点白蟹"是因其外壳面有三个类似于黑眼圈状的斑点而得名,在丹城地区通常称为"三眼蟹"。"三疣白蟹"个体要比"斑点白蟹"大,销售价格也高,通常在市场上看到的大多是"三疣白蟹"。至于白蟹雌雄的区别,最简单的鉴别方法就是看其肚脐,尽管在幼蟹时其肚脐不易区分,但在成蟹后雄蟹肚脐就呈长尖形,而雌蟹肚脐因交配而不同,在交配前呈三角形状,据此在丹城地区称它为"小娘蟹",在我老家则称它为"小蟹姑",意思为白蟹中的姑娘,而在交配后呈半圆形状,据此人们就称它为"包蟹"或"籽蟹","包蟹"应为"抱蟹"别称,意为此蟹已抱卵受孕,而"籽蟹"即在肚脐上抱着蟹籽的蟹。白蟹交配的时间,大多在每年农历十月份左右,故过了这个时间段,在我老家就戏称东海无"小蟹姑"或"小蟹哥"了。这是白蟹的成长规律,也是白蟹的生存法则,每到这时雌蟹就要在体内积蓄能量,开始生黄生膏肥壮起来,为越冬产籽做准备,而雄蟹身体却每况愈下,开始变得瘦骨嶙峋,而且越来越瘦,不再是健硕的"小蟹哥"

了，在我老家就称它为"白蟹筋""白蟹壳"，意思是指过了每年农历十月份，雄蟹瘦得只剩下一根筋或一只壳，就不好吃了。我是在手机上直接写贴文的，写着写着，眼前就浮现出在老家时掣白蟹的情景。

　　白蟹是一种季节性很强的洄游性蟹类，每年总是跟随着四季更迭的脚步，春生夏长，秋婚冬育，循环往复，周而复至，完成其生物学上的基因传承，而且在平时非常谨小慎微，行不失时，动不失态，不像其他蟹类诸如青蟹、沙蟹等那样，狂妄自大，有恃无恐，能顺应变化，随遇而安，游到哪里就在哪里安家，遇到有现成的洞穴，就在洞穴里安顿，未遇到现成的洞穴，就在荒滩野涂上驻扎，静静地埋伏在泥涂中，等待下一潮潮水涨了，再继续它放荡不羁的行程。而白蟹却有不同习性，生活按部就班，从不风餐露宿，也不抛头露面，总是随潮游动，从不误时而遗，也不贪食而争，按照祖辈遗训，有序延续生命，每年在春夏之交从深海游到近海产卵孵化，随着新蟹的诞生并茁壮成长，老蟹就会消亡在汪洋大海之中，到了夏秋时节新蟹肌体已发育壮健，个体也越来越大，便成为人们捕获的对象，而到了冬季当这些新蟹还沉浸在婚后的美好憧憬时，不料冷空气开始南下，它们便在冥冥之中循着母蟹的足迹，开始洄游到大海深处，潜伏在海底泥涂中，去孕育新的生命，故有渔谚云"蟹立冬，影无

踪"，意思是说每到这时就看不到白蟹的影子了。根据白蟹这一生长规律，我老家村民在不同的季节就会选用不同的网具进行捕获。在每年初夏时，白蟹个体小、密度大，生活在近岸浅潮中，一般选用挈网、槽网捕获，而到了夏秋季节，白蟹个体大了，密度也小了，开始远离近岸浅潮，一般选用张网、流网捕获。我在老家时间短，讨海经历也少，印象最深的当属用挈网捕获白蟹了。挈网是一种小网，单人作业，口宽兜深，前低后高，形象一只簸箕，口宽约四米，深度约三米，后高约一米，周边由一根网纲贯穿，网纲有多个活动套环，在作业时分别套在两根交叉固定的挈杆上，再用一根横杆进行固定，形成一个倒A字形状，将网口放置在潮头，当潮水上涨时，白蟹就会随潮涌入网内，在连续的三排浪涌过之后，手握那根横档提起挈网，就能捕得白蟹桶满篓满。记得当时白蟹特别多，有时一脚踩下去，脚底下就有二三只。尽管这些白蟹都是些"小蟹姑""小蟹哥"，但在我老家自有专门的吃法，那就是将这些"小蟹姑""小蟹哥"外壳剥掉，腌制成"咸蟹股"，就成老家村民的一道常年和饭了。

说到白蟹，在我老家还流传着一则"虾荒蟹乱"的故事。大意是说海里的虾多了，百姓就会遭荒灾，而蟹多了社会就会出现动乱。传说，在很早以前，玉皇大帝要举办一场盛大的生日派对，东海龙王接到通知后，就为敬献什么礼物伤透了脑筋，听说民间有块宝石非常精美，就下令黄鱼去寻找，黄鱼领旨后就游呀游，刚游到指定的岸边，果然发现了那块宝石，但宝石正从岸边往海里滑，黄鱼想用嘴把那块宝石接住，就一个急速游冲了上去，不料一头撞在那块宝石上，只听"蹦"一声巨响，那块宝石一分为二嵌进了黄鱼头颅里，黄鱼立刻昏了过去，等它醒来时，再也找不到那块宝石了，只好悻悻而回，向龙王作了禀报。龙王听报后又气又急，眼看玉帝诞辰临近，只好命鼋帅率虾兵蟹将再去寻找，鼋帅受命后浩浩荡荡，齐奔岸边潮头，虾兵所到之处恶浪翻滚，造成海水倒灌，致使当地百姓粮食颗粒无收，而蟹将所到之处掘地三尺，把海边滩涂都翻了个遍，害得当地百姓苦不堪言，就认虾蟹为恶虫，尤其是白蟹不仅外形丑陋，双螯八足，而且脾气暴躁，动辄咬人，更被视为怪异无常的"夹人虫"。我在老家时，也遭遇过几次年成不好，农业歉收，每次都会听到村里老人在感叹："难怪今年的虾这么多！"言下之意,是虾多害的。而有几年海里白蟹多发了,就能听到村里老人在议论："今年白蟹这么多,难道这社会还会出乱?"我当初年轻,不知原委,似听非听,似懂非懂,也没当一回事,但总是感觉我老家村民对白蟹是有偏见的,并非多多益善,这恐怕是那个时代的悲哀了。

白蟹是一种时令海产品。在我老家就流传着"七尖八团"的说法,意思是说雄蟹在每年农历七月、雌蟹在每年农历八月,是最肥壮、最鲜美的美食季节,尤其是在我老家流网捕获的那种长螯的白蟹(俗称"流网蟹"),堪称白蟹中的珍品。据说,一些老饕们能品出一蟹"四味",即"大螯"肉质结实,股股丝丝,口感鲜香;"足爪"肉质饱满,肌理细嫩,口感鲜甜;"蟹身"肉质晶莹,爽滑软弹,口感鲜嫩;"蟹黄"晶莹剔透,醇厚绵柔,口感鲜润。那种妙不可言的味道,不知激发了多少文人墨客用尽极其华丽而又工巧的辞藻,表达出了极其喜好的情怀,为我们品味蟹馔平添了几分诗情古韵。唐代白居易说"陆珍熊掌烂,海味蟹螯咸";北宋秦观讲"左手执蟹螯,举觞属云汉,天生此神物,为我洗忧患";清代李渔言"蟹之鲜而肥,甘而腻,白似玉而黄似金,已造色香味三者之极致,更无一物可以上之……独于蟹螯一物,心能嗜之,口能甘之,无论终身一日皆不能忘之"。在那片不绝于耳的赞美声中,我突然想到鲁迅说的"第一个吃螃蟹的人",郑板桥题的"看你横行到几时",苏轼写的"一蟹不如一蟹",他们都以蟹为指代,对勇士进行褒奖,对权贵进行批判,对无知进行鞭策,没想到这蟹还能派上如此用场。

又值一年品蟹季,当设一餐全蟹宴。我们都在坚守年复一年的潮起潮落,我们也在期待年复一年的白蟹大餐,尤其是在当下人们已赋白蟹新含义了:白蟹"横行"姿势被视为商者风范,寓意四海纵横,横财就手;白蟹"无畏"模样被称为"敢蟹",取其谐音就成"感谢"了;白蟹清蒸点缀些荷花、荷叶,就成一道"和谐社会"大菜,而将白蟹葱油称为"解元",而这又是古代乡试状元,就寓意吃白蟹能金榜题名、考试第一了。如此白蟹,能不品尝?无论在家独自品尝,还是在外邀友共享,都当抿口小酒,"酒"霄云外,唯有"蟹(谢)"了。

47 / 养紫菜

　　紫菜是生长在近海潮间带礁岩及其固定物体上的一种藻类植物。这种植物最引人注目的,当然是其叶,藻质膜状,表体光滑,边有皱褶,缘疏锯齿,不但能吸收阳光、温度和海水中的无机盐,产生光合作用,而且还能行有性生殖,雌雄同体,由营养细胞转化成雌雄性生殖细胞,在雌性细胞受精后,叶的边缘就会变厚增大,开始孕育果孢子,就可繁殖下一代了,这是其他植物之叶所不能的一种功能。据《象山县渔业志》记载,紫菜品种众多,全世界有七十种,中国有十七种,浙江省有六种,象山县有两种。品种不同,其叶的形状、长度及色素的含量和呈现的颜色,也各不相同,但以紫色居多,故被称为"紫菜"。在野生环境下,紫菜喜栖息在风大浪急、潮流通畅、无机盐丰富的海区,尤其是喜欢生长在面朝东南、石灰质礁岩及其他固定物体上,一摊摊、一簇簇,在潮涨时淹没于水下,轻盈绵软,随流飘曳,如歌似舞,尽显风韵,在潮退时就地倒伏,层层叠叠,黏黏糊糊,摊成一片,形似一片片原始森林,成了一些小蟹小螺避暑生息、躲避天敌的天然屏障,其中还有藤壶、牡蛎等海洋生物,构成了一个远离喧嚣、相伴与共的命运共同体。紫菜含有多种生命活性物质,营养十分丰富,食药疗效很高,且口感柔软,清香鲜美,一直是人们喜爱的一种特色海产食材。

　　我老家地处孤悬海岛,海岸绵长,礁石平坦,浅海辽阔,滩涂平缓,海潮流畅,海浪适中,海温适宜,海盐适度,非常适合紫菜生长。据1987年版《象山县志》记载,我县在隋唐时就有采收紫菜习俗,到了宋代紫菜还被列为贡品,年产量可达五六万斤。我在老家时,就经常攀爬在礁岩上撮螺、撬蛎黄,看到一

摊摊、一簇簇紫绿色的紫菜,都会细心把它采收回来,到家就可现炒鲜食,成为一种时令菜肴。我还听说,当时我老家村民到一些孤僻的岛礁采收紫菜,都会带去一些沙子,这让一些不谙其行的人百思不解了,不知其所以然。因为紫菜长得好,礁岩就会显得湿滑,稍有不慎就会摔伤,所以带些沙子去,把那些沙子撒在长有紫菜的礁岩上,在采收时就能起到防滑作用,而且还因沙子比紫菜重,只要将采收的紫菜放在水中,沙子就自然沉底了,并不影响紫菜品质。不过,撒沙子却是项技术活,撒得太少起不到防滑作用,撒得太多又没那么多沙子,也只有一些老到的村民才能撒得恰到好处。当然,也有一些天不怕、地不怕的菜鸟级村民,不但不带沙子,还只穿双拖鞋,攀爬在这湿滑的礁岩上,总是让人传为笑谈。村民们采收的紫菜鲜食有余,都会晒成干品,择机出售了,会有一笔额外收入,可补贴家用。在20世纪60年代,我老家村民曾试养过野生紫菜,但都没有成功,直到70年代借鉴外地经验,开始在滩涂上养殖"坛紫菜",终于获得成功。"坛紫菜"因原产于福建海坛岛而得名。也许是海坛岛与我老家地理相近、水流相通、环境相似,故"坛紫菜"非常适合在我老家海滩生长,不仅产量高,而且产值好,在当时迅速掀起了一股养殖热潮。那时,我家也养了六亩紫菜,虽然苦些,但还乐着,因为这在当时也算是一项响当当的朝阳产业。

养紫菜可分为育苗与护苗两个阶段。在时间上,每年从清明到白露间是育苗阶段,即在室内培育紫菜苗,而从白露到转年清明间是护苗阶段,即在室外养护紫菜,这包括在海滩上架设网架、海上管理、采收等环节,这两个阶段连接起来,就是紫菜的一个生命周期。在操作上,就是在每年清明节前,选择一些品貌端庄、果子饱满的紫菜,将它研成细末,放在水深约二十厘米的育苗池内进行"选种"。育苗池大多东西走向、开有天窗,具有采光、保暖的功能,水温一般控制在二十三度左右,然后在池水中悬挂成行成串的文蛤壳,并用双脚进行踩踏、搅拌紫菜细末,尽可能多地让果孢子从叶片藻细胞中脱离出来。因为这个果孢子有个习性,就是欢喜依附在石灰质物体上,而这时育苗池里只有文蛤壳是石灰质物体,所以果孢子一旦脱离叶片藻细胞,就会自然而然地依附在文蛤壳上,经过四五个月时间,待果孢子渐长成壳孢子,就可将它移植到网衣上,进行海上放养了。这个"网衣",就是人们所说的紫菜网,必须是维尼龙线编织的,非此线就难以成活了。每张紫菜网长约三米、宽约两米,网眼边长约五厘米,如果是新网还必须在溪水中漂洗,反复挼搓揉拧,在确保原线中不留洗涤残液了,才能使壳孢子愉快地移植在网衣上,而这个过程又是非常挑剔的,必须先将网衣铺摊在水深约六十厘米的池底,并在水中悬挂长有壳孢子的文蛤壳,按照一张网五只文蛤壳的比例,实行一网一池培育,壳孢子就会从文蛤壳里释放出来,在网衣上安居新家。因壳孢子释放有个时间规律,大多集中在每天上午十时左右,故在这个时间段必须加大水流、水温监控,以确保壳孢子能悉数释放出来,在检测到每张网衣壳孢子数量达到规定数值时,就可系到网架上了。这种"网架",是村民们在海滩上架设的一种专用养殖设施,上下走向,并列布排,与潮流成六十度偏角,以避正面拦截潮流。一槽网架长约五十米,宽约三米,两端为桩基,每根桩长约八十厘米,埋入泥涂中,以防在风大浪急时走架损网;网架两边为一根直径约五厘米的尼龙绳,每隔两米五横向固定一根竹段作为浮筒,在涨潮时能保证紫菜网浮在水面,竹段两端垂直固定一根高约八十厘米木段作为网架脚,在退潮时能保证紫菜网悬于滩涂上,不至于陷入泥涂之中。每槽网架共十六副网架脚,这之间就成了十五匣网地,每匣网地可横向固定一张网衣,每张网衣就成了紫菜在海上生长的"土地",极目远望,恰似一架架浮梯铺设在滩涂上,能随潮水涨退而升降浮动,就别有一番风景了。不过,在网衣系架前,还要将网衣捆挂在船舷旁,快速行驶在海潮急流中进行击水刺激,以期那朵朵浪花能唤醒沉睡的壳孢子。当它睁开那惺忪的睡眼,目睹这美好世界时,便会迫不及待地开始生长发芽了,大约过了两个星期时间,就可在网衣上看到隐隐约约的苗斑,紫菜初长成了,当紫菜长到约二十厘米时,村民们便可取长留短采收紫菜,以增加紫菜的生存空间,促进光合作用,也能促使紫菜吸收更多营养,增强细胞发育,提高单位产量。这时,正值农历九月中下旬,北方冷空气开始活跃,一旦冷空气南下,紫菜就会变厚老化,不但会影响美食口感,而且也会影响销售价格,村民们开始抢收紫菜了。也因潮水涨退时间循环往复,每半个月一个周期,故在我老家将这一周期称为"一水",而在这"一水"第一遍采收的紫菜就称为"头水菜",在下一水第二遍采收的紫菜就称为"二水菜",以此类推,在最后一遍采收的紫菜就称为"倒脚菜",以"头水菜"品质最佳,口感最好,价格也最高。当然,采收的紫菜还要进行加工,这也是养紫菜不可或缺的一个环节。在当时,紫菜加工都是手工的,在我老家就首创了"三洗一斫二干"加工法,曾深受食客们好评。所谓"三洗"即一洗海滩污泥、二洗海水残液、三洗海藻杂质,"一斫"即紫菜斫得大小均匀,"二干"即杂质剔除干净、当日晒成干燥。如此紫菜,当为精品,厚薄均匀,色泽亮丽,包装灵巧,易于携藏,无须烹庖,方便即食,自然就能卖到好价格了。

"宁可食无馔,不可饭无汤。"也不知清代理论家李渔所说的"汤",是不是特指紫菜汤,已无从考证了。不过,紫菜一直是人们喜爱的一种汤料。据说,《红楼梦》里林黛玉就欢喜喝紫菜汤。只是随着时代的朝迁市变,食物的稀缺也在快速更替,而且仿佛只在弹指一挥间,紫菜就从朝廷贡品跌落百姓人家,成为一种家藏备用食材。正当我老家村民还在为紫菜销售发愁时,却因突发的一场新冠肺炎疫情,举国上下,全民宅家,一些家庭图省事,一碗紫菜汤了事,积压的紫菜竟成了"抢手货",这或许让遭遇这场灾难的村民们,又看到养紫菜有诗和远方了。

48 / 栲渔网

"一网金,二网银,三网打个聚宝盆,四网拖个黄鱼群,五网拉个蚶螺全,六网张个虾蟹满,网网鱼虾袋袋沉哟,船儿满载返家门……"。我每次回到老家,看到遍布村落旷野的渔网,都会浅吟默诵这首渔歌,想起记忆深处的往事,感叹岁月如梭的过往,那种久别重逢的感觉,顿时浮现熟悉的画面。渔网是我老家村民讨海的工具,也是我老家村民向往美好生活的金色钥匙。离开了渔网,村民们的讨海生活仿佛便会失去收获的乐趣;有了渔网,海再大水再深也如耕耘在自家那块自留地。在我老家村里,曾经最常见的当属渔网了。大的,小的,宽的,窄的,密的,疏的,要多少有多少,要啥样有啥样。从渔网的名称中就可见端详,张网、拖网、流网、围网、罾网、串网、掣网、手网等,还有各种被我遗忘了、叫不出名的渔网,无不能从这些迥异的名称中想象出其不同的捕捞功能。在平日里,村民们只要不出海捕鱼,最喜欢干的活儿就是聚在一起整理渔网,织新网、补旧网。当然还有一项非常重要的常见活儿,那就是栲渔网了。

在20世纪五六十年代,我老家的渔网大多是麻线织的,而这种麻线又都是村民就地取材,收割野生或种植的苎麻,经浸洗、脱胶、分纤、揉绩等工序,搓纺而成的。苎麻是一种宿根性、簇丛性草本植物,能长一米多高,茎秆挺拔笔直,大小如同笔杆,繁殖能力很强,不用怎么管理,也能成活数年。其叶可喂猪,其茎可当柴,其皮层纤维纺搓成线,既可出售也可自织成网,在当时也算是一种比较重要的经济作物,故有村民将野外的苎麻移植在房前屋后,成块成片,郁郁葱葱,甚是壮观。到了每年秋季,便可将其收割,去其叶取其茎,用一种专用的刮麻刀，逐一刮去其外皮表层，然后累扎成捆，沉到河里，"烂"上一周，皮色由绿变白了，便可将其捞起，平摊在石板上，用木槌逐根将其敲偏，剥出茎秆(俗称"麻骨")，便是色泽洁白、拉力强的纤维层茎皮(俗称"麻皮")，再将这一绺绺麻皮分挂在竹竿上，就像当时村民晒番粉丝那样晒干，便可抽出粗细不一的麻丝，纺出规格不一样的麻线，织出式样不同的渔网。据说，苎麻的纤维拉力要比棉花的纤维拉力大好几倍，而且易染色、不皱缩、耐霉变，透气性、吸水性、散湿性也比棉线好。虽然麻线渔网韧性大、耐浸泡，富有弹性，柔软性强，但长期浸泡在海水中，也难免会造成网线腐软发毛，导致出现网目模糊、滤水不畅等情况，为提高渔网使用率，确保网线始终挺括，网目充分开张，达到滤水快、捕获多等成效，在我老家便有了世代传承、赓续不断的"栲渔网"习俗。

栲渔网有三种不同的方式，即"树栲""血栲""油栲"。不同类型、不同线质的渔网，就有不同的栲法。"树栲"，就是将一种名为栲树的树皮放在水中煎熬，使树皮胶汁完全溶解在水中，再加入渔网进行上胶染色，也称"栲网"。栲树是一种野生常绿乔木，分布在我老家山上，常被村民砍下当柴烧，因该树皮含有鞣酸可制染料，当时的农资商店就常年购销该树皮，为我老家的栲渔网备足了原材料。记得当时在我老家的渔业队，都建有专门的栲渔网灶台，而且渔业队队长也称"栲头"，足见栲渔网这活在渔业队中的重要地位。栲渔网灶台呈正方形，边长约为三米，高约一米五，灶台上方中央安装一只直径约一米半的烤膛镬，紧贴镬沿放置一只高约两米的特制木箍桶，能盛十多担水；灶台前方为上、下两层的灶膛，中间用铁栅分隔，上灶膛为烧柴口，下灶膛为进风、出灰口；灶台后方为一支高约三米的烟囱；灶台两侧为台阶，在一侧摆放着两只类似过去农村杀猪桶大小的木桶，备作渔网冷却、滤水用具。在栲渔网前,先在镬中加水,按照10∶1的比例,加入栲树皮,再在镬中安放一只栲树木栅,以防渔网在栲染时贴镬烤焦,这时就可点火烧水了。先以猛火将水烧沸,然后再小火慢炖,就像煎中药一样,慢慢地将栲树皮中的胶汁煎出,煎约三个小时。当镬内的胶水呈酱褐色时,就可将渔网搁置在镬内木栅上,再在渔网上压一块大石板,使渔网全部浸入胶水中,以防渔网在沸水中悬浮水面,造成拷染不匀现象,然后盖上镬盖,闷浸时间约为二十分钟,在将镬中渔网捞出放在灶台一侧木桶内进行冷却、滤水时,需将还未栲染的渔网立即放入镬中,再等二十分钟,在将镬中渔网准备捞出时,需事前将已冷却、滤水过的渔网晾在晒场上,以此类推,循环往复,流水作业,直至栲完。在一般情况下,旧渔网需连续栲染两次,新渔网需连续栲染三次,而且在栲染前还要进行一次清洗,挼搓揎拧把网线中的浆渍洗净,滤干再栲利于上色。这种栲法适合一些网衣较长、网爿较多的大型渔网,诸如流网、拖网、张网等,栲染后的渔网呈棕红色。也由于渔网数量多、栲染工序复杂、费时又费力,难免会耽误出海,便有了"三天打鱼、两天晒网"的说法。

"血栲",就是把新鲜的猪血溶于盛有清水的木桶里,然后将渔网沉浸其中,每隔半个小时翻动一次,以确保渔网受血均匀,浸泡时间约为半天,再将渔网捞出晾干,放入搁有蒸笼的锅里蒸十分钟,取出晒干就算完成,也称"栲血"。血栲的关键在于把握血浓度,常以手浸湿、风干后有黏感为标准。这种栲法仅适合一些小型渔网,诸如村民家里的挈网、沙蟹网、扳罾网等,其目的在于提高捕获量。血栲需要大量猪血,尤其是在三年困难时期,人都吃不到猪肉了,哪还有猪血栲渔网?当地供销社就想办法到新疆、内蒙古等边远地区求购,用其他牲血进行替代。据说,原浙江省水产厅副厅长耿如云曾带队到山西老家求援,常提木桶到杀猪的群众家把血一点一滴地接储起来,保障了沿海渔民的血栲需求,足见这段历史的艰难。经过血栲的渔网会呈猪肝色,而且会散发出一股难闻的血腥味。正是这股难闻的血腥味,会诱使一些捕获物飞蛾扑火般入网,能起到意想不到的效果,这些渔网不仅体积小、数量少,而且栲染方便,成本也低,所以便有村民常用常栲,乐此不疲。虽然经过血栲的渔网，在开始时会出现一些干硬，但只要经过一番搓揉，或在使用前洒些水，使其湿软，便可运用自如了。不过，经过血栲的渔网，也会骤增其保管难度，既要提防鼠害，又不能闷叠在一起，尤其是梅雨季节，网线更容易发霉变质，除非在作业时处于水中，一旦收网就要尽可能地将其晒燥，放在通风透气处，否则就有可能事与愿违了。

"油栲"就是在渔网上涂刷桐油，然后进行晾晒，干燥后就算完成了，也称"栲油"。这种栲法仅适合一些蚕丝质渔网，诸如丝拉网等，因蚕丝忌高温、不易上色，故只能油栲了。其实，油栲的方法非常简单，只要把渔网挂起，一手把网线拉直，一手用细毛刷蘸些油轻轻地刷一遍，讲究均匀就可以了。在我老家，这些桐油大多是村民从自家种植的桐子树上采摘下果子，经机械压榨加工提炼而成的一种天然植物油。这种桐油具有易干燥、耐高温、拒腐蚀等特点，广泛应用于渔业领域，渔网经过油栲之后，能迅速在网线表面形成一层不透气的保护膜，会起到防水、防腐等作用。记得我还在老家时，有家邻居是放丝拉网的，每隔一水(约半个月时间)都要进行一次油栲，我经常驻足观察，发现栲前栲后判若两样，尤其是栲后网色如新，留有深刻印象。相比树栲、血栲，油栲更为省事。也许，正是因为当时的渔网，都取材于天然植物，纯属绿色环保产品，所以即便废弃了，也不污染环境，这是值得欣喜的。

丹城昨夜又东风，无尽往事在忆中。渔网是一部漫长的历史，自伏羲"结绳而为网罟，以佃以渔"，激起一泓巨浪，不断推动着渔网更新而生生不息，诸如草绳网、竹篱网、棉线网、蚕丝网、麻线网等，层出不穷，广泛应用于海洋捕捞，成为塔山文化的重要组成部分。只是随着现代科技革命的兴起，到了20世纪六七十年代，这些经久耐用、热衷一时的传统渔网，又被一种更轻巧、更牢固，滤水快、使用周期长并无须栲染的化纤线渔网所替代，成为渔网革命的一个新里程碑，迫使在我老家世代传承的栲渔网习俗，应声消失在人们的视野中，已成为一个遥远的记忆。尽管时光无情，很多往事已去不复返，很多习俗也无法重现，但是岁月有痕，再忆栲渔网，只是想把那份情感，安放在我牵挂的乡愁深处。

49/拘鲹鳎鱼

鲹鳎鱼是一种贴在海底泥涂上生长的经济鱼类。这种鱼身体扁平,头圆尾尖,体长约为体宽四倍,双眼细小而紧挨,位于头部左侧,嘴形弯曲而不对称,长在腹部下方,有眼侧无齿,无眼侧有绒毛细齿,背部鳞细栉次,体液黏稠光滑,周边鳍条相连,体色背腹各异,背部呈黑褐色,腹部呈粉红色,形似一条半边鱼,常栖息在海底泥涂上,以捕甲壳类、小鱼小虾及其他软体动物为食。鲹鳎鱼生长过程极为奇特,它刚孵化成幼鱼时,两眼也长在头部左右两侧,与其他鱼类一样相互对称,大约经过二十天变态发育,由于颅骨开始不对称生长,右眼就会慢慢地被扭向头部左侧,约两周后止于原左眼边缘,双眼就处于同一位置,而吻部也被弯曲成弧状。生活方式从此改变,由原来的浮游生活变为底栖生活,平时就伏贴在泥涂上生存,并慢慢地适应周边环境变化,逐渐加深有眼一侧肤色,与海底环境保持同色,而无眼一侧则保持原状,这也是海洋生物"物竞天择、适者生存"自然进化的一种本能。鲹鳎鱼家族庞大,种类繁多,沿海各地各有不同称呼,甚至同一地方有多种称呼,这些称呼大多是个归类统称,并不特指是哪种鲹鳎鱼。在古史中,鲹鳎鱼被称为"王余鱼"。西晋时左思在《三都赋》中曰:"双则比目,片则王余。"南宋时范成大在《吴郡志》中说:"王余,鱼其身半也。"在现实生活里,有根据其体形称呼的,诸如"箬鳎皮"意为像爿粽箬叶,"鞋底鱼"意为像只鞋底,"牛舌鳎"意为像只牛口舌等,既绘身又绘色,栩栩如生;也有根据其生活习性称呼的,诸如"榻沙鱼""贴沙鱼""拖沙鱼"等,既形象又逼真,朗朗上口;更有不着边际、毫不相干称呼的,诸如"龙脷鱼""鲜梅皮"等,如不理解其中"脷"的含义、"皮"的特征,那就很难想象得出这是扁扁宽宽、薄薄肉肉的鳎鳗鱼了。

我县近海岛屿众多，海湾曲折，滩涂辽阔，海洋生物多样，食物来源丰富，非常适合鳎鳗鱼生长，一年四季都能捕获到鳎鳗鱼。据1987年版《象山县志》记载，我县现存五种鳎鳗鱼，学名分别为"中华舌鳎""大鳞舌鳎""半滑舌鳎""窄体舌鳎"和"短吻舌鳎"。这些鳎鳗鱼外形基本相似，在我老家根据其不同的捕获方式，又将它们分为"近海鳎鳗"与"外洋鳎鳗"两大类。"近海鳎鳗"也称"细鳞鳎鳗"，是指生长在近海浅潮中，大多是通过张网、扦网、放拉钓等方式捕获的，是我们平时所称的真正意义上的"鳎鳗鱼"；"外洋鳎鳗"则称"粗鳞鳎鳗"，是指生长在外海大洋处，大多是通过拖网作业捕获的，虽然我们平时也称它们为"鳎鳗鱼"，但无论在体型、颜色、口感上，两者还是有差别的，市场价格也相对便宜。从外观上看，"外洋鳎鳗"就显得体形更窄、颜色更红、鳞片更粗。当然，这些差别只是相对的、也是些微的，在我老家只有老到的讨海人才能识辨，对于大众食客来说，就难分伯仲了。我在老家时，就经常下海放拉钓、撮网剩、捯网，也经常抲到鳎鳗鱼，故在我的记忆中，鳎鳗鱼是一种非常狡猾的鱼，也是在我老家出了名的一种"难抲鱼"。也许，人们看它体形扁扁的、软软的，就认为它是柔弱的、薄力的，那就大错特错了，而它还有一个响当当的绰号"鳎鳗刨"，让人听了就要对它敬畏三分。当然，这个"刨"现在城里人很少见到了，而在过去农村却是件司空见惯的家常用具，不同名称的"刨"各有不同的用途，诸如木工刨能将木板刨得平整、番薯刨能将番薯刨成细丝，由此可见"鳎鳗刨"有多厉害了。我至今想起抲鳎鳗鱼的经历，心里还有余悸。鳎鳗鱼在生活中非常灵活，有时在抲它时，明明感觉已将它抲在自己手里了，却不知它什么时候已从你的指缝间溜走，而大一些的鳎鳗鱼由于你手的虎门还没鱼体宽，一旦触碰到了它，就会让它逃之夭夭了；它仿佛还会土遁术，当它感到有危及自身生命安全时，能立刻钻到泥涂中，而且逃避得非常快，转眼就能逃出数米之远，总是让你始料不及，刮目相看。鳎鳗鱼急起来非常凶，也许大家会被它的假象所迷惑，认为它既没有尖牙利齿不像鳗鱼那样凶相毕露，也没有致命毒刺不像虎鱼那样令人生畏，但与"兔子逼急了也会咬人"一样，鲳鳎鱼一旦性急了，就会使出它惯用的“撒手锏”，那就是立刻反卷起身体，用其背上的鳞片刨你手背，让你在遭袭中痛而失手，而这也许是它必须把握的最后一个逃命机会。有一次，我用右手按住鲳鳎鱼头部，正准备将它抲起来，放到渔护里，就在这瞬间，没有想到它立即倒卷起身子，一片片鱼鳞即刻坚竖起来，形似一枚枚锋利的刀片，猛地刨在我的手背上，顿时有股剧痛袭上心来，我手自然一松，那条鲳鳎鱼就逃跑了。这时，我发现手背已被刨得血肉模糊了。从那以后，我在抲鲳鳎鱼时，就不敢轻意怠慢了，总是双手捕捉，一手抲住其头部，一手按住其尾部，这样就不受鲳鳎鱼侵害了。

鲳鳎鱼虽其貌不扬，但肉多刺少，肉质细腻，口感爽滑，性味甘平，营养丰富，颇具补气健脾、益气养血等疗效，深受广大食客喜爱。每年秋季是鲳鳎鱼的最佳美食时节，在我老家还流传着“八月桂花鳎”“八月鳎壮如鸭”等乡谚，意思是说每到这时，鲳鳎鱼不仅肉质肥厚细嫩，而且还有赛过鸭子的绝佳美味。鲳鳎鱼是一种能上高端酒店、能下百姓厨房的大众食材，而它的形象、名称也令人充满遐想，大多取其谐音，寄寓美好愿望。据说，春秋末期吴王阖闾委派伍子胥攻打楚国时，开始将信将疑，没有十分把握，当他大获全胜，准备班师凯旋，就御设鲳鳎宴，寓意“诺”言“踏”实，亲自下厨烹饪，进行接风洗尘，从此鲳鳎鱼成为一种身份、地位的象征，而在民间常把鲳鳎鱼的“比目”形象，等同于连理树、并蒂花、比翼鸟等爱情信物，成为婚宴上不可或缺的一道主菜，寄喻夫妻同行，相爱与共，尤其是在我老家曾流传端午节出嫁的女儿要回娘家送鲳鳎鱼的习俗，此“鳎”为“榻”，寓意“榻”食平安，祝愿父母睡得好、吃得好，身体也就棒棒了。而在家人外出时，也会烹食鲳鳎鱼，寓意践行“鲳”言，遵规“鳎”矩，早办成事，平安回家。

有关鲳鳎鱼的来历，古往今来说法不一。有的说，越王勾践有一次在海边野餐时，将一条鱼剖为两半边，上半边鱼放到锅里了，就随手把下半边鱼丢到海里，没想到这下半边鱼，竟遇海水就摇头摆尾地游走了，从此便有了现在的鲳鳎鱼。也有说，鲳鳎鱼为撮合毛鲿鱼婚事，让涂鳗鱼去见面，被毛鲿鱼认为在戏弄它，一气之下打了鲳鳎鱼一巴掌，就把它打成现在这副模样。我在童年时，就常听妈妈讲鲭鳎鱼的故事。说从前有个孝子，他母亲在临终前想吃一口鱼，否则就咽不下最后一口气，可当时正值三九严寒，大雪纷飞，整个海面都被冰冻了，既无法捕到鱼，也无法买到鱼。孝子只好每天跪在海面上，祈求东海龙王开恩，能满足他母亲心愿，也不知跪了多少天，恰巧东海龙王巡海经过，发现海面有人跪着，口中还念念有词，凑近一听知道是这么回事，就让一条鱼跳出海面，孝子拿到了这条鱼，就一路奔跑到家，左邻右舍见了，无不感言这是一条"诺她鱼"，意思是答应他母亲满足心愿的鱼，可当他拿刀进行剖鱼时，心想母亲也吃不了这么多鱼，自己又不能贪占这份便宜，就决定将鱼劈成两半，一半留给母亲吃，一半送回海里放生，后来那半边放生的"诺她鱼"，就成了现在的鲭鳎鱼。更有说，这个孝子姓王，那半边获得余生的"诺她鱼"，也就成了史书上所说的"王余鱼"。

再忆柯鲭鳎鱼，使我想起曾经热播的电视连续剧《宰相刘罗锅》片尾曲《故事里的事》中的两句歌词："故事里的事，也许是真事；故事里的事，也许是从来没有的事。"对于我来说，有关鲭鳎鱼的故事，无论是真事还是从来没有的事，都不重要了，重要的是它已定格在我的乡愁里，那是一种久远的渔文化，也是我老家挥之不去的一道风景。

50 / 捕白番薯

　　记得是在庚子年端午节间，战友儿子结婚，邀请我吃喜酒，我就按时赴宴，算为战友捧场。因酒店与我外甥女家相近，同在一个镇街上，直线距离也就一公里路程，故我在婚宴结束后，推辞了其他战友的相关活动，就到外甥女家去串个门，而这也是我早想实现的一个小心愿，平时回老家大多来去匆匆，细想起来已有多年未登外甥女家门了，上次来时小外甥孙拉拉还不会走路，如今已是一个读小学三年级的"小后生"了，而今年大外甥孙凯迪考上了华东理工大学研究生，更想当面给他鼓鼓劲、加加油。他考上研究生，也算是中了状元，是非常难得的，值得我引以为豪，可当我来到他家时，才知道他并不在家，而是参加学校组织的远在贵州的一项助教活动。外甥女、外甥女婿自然热情地接待了我，在闲聊中就不知不觉地聊到了渔业生产。外甥女婿是从事海洋捕捞的，在2005年就自建了一艘大马力铁壳渔船，自己当船长，雇了五名船员，把这艘大马力渔船撑得稳稳当当的，把这渔业生产也搞得红红火火的，在当地也算是一名被人称颂的"红老大"，不仅年轻有为，经营有方，而且重视教育，儿子好学，都是值得我赞赏的。尤其是在临别时，外甥女婿说要送给我几斤冰鲜的白番薯，这就让我感到惊愕了，还以为是他在山地里掏来白番薯，而现在又不是这个季节，我正在疑惑之间，外甥女婿却说是他在海上捕获的一种白番薯，这就让我更感到好奇了，紧跟着他的话题，我就问了他捕获白番薯的一些细节，他深入浅出，娓娓道来，仿佛为我揭开了这个海洋生物的神秘面纱。

　　白番薯，也称"海番薯"，学名"白瓜参"，属芋海参科，因其体色而得名，是

一种生长在东海的大型食用海参。就其体形来说，与其说像一块番薯，不如说像一只芋艿，而且更像一只刮了皮的芋艿子，洁白的表皮，密布的刺孔，长约四至十二厘米，大小不等，前端较大形似钝圆，后端细小有根长尾，中间肥胖像只皮球，内腔骨骼有长条状石灰质骨片，体壁厚实，全身无刺，前后两端各有一块黑色藻斑，而在刚捕获时，他说可萌萌哒了，古风盎然，憨态可掬，让人见了无不会眼前一亮。它生活在东海某个特定海区，海底平坦，水深七八十米，距离石浦近二百公里，这可能是他前些年没有捕到这种白番薯的一个主要原因，也可能是这种白番薯是近几年才生长的海洋新生物种，让他在对的时间、对的地方邂逅了，这种机遇在我老家俗称为"水头运"，意指在海上运气好。还有一个不确定的因素，就是白番薯在一年之中会有两个休眠期，即夏眠期和冬眠期，在休眠期间它都会深居在洞穴之中，这也可能让他捕获不到这种白番薯。白番薯对海底水温很敏感，太高、太低都会休眠，只有在十八度左右时，才会苏醒过来，至于何时能苏醒过来，他说不用刻意地去铭记，近几年就流传着这样一句谚语："秋风吹催叶黄，白番薯爬上床。"在出海时只要看下山上树叶，就知道白番薯有没有爬上海床了。而目前我国实行休渔期制度，从每年5月初开始到9月中旬结束，一年之中有四个半月是禁止捕捞的，渔船出不了海，自然也捕获不到白番薯。只有在每年4月份前或在9月份后，才能捕获到这种白番薯。虽然在这两个季节都能捕到白番薯，但从捕获数量上看,肯定还是9月份后捕获得多,这是因为4月份还属农历春季,水温刚开始回暖,就要休渔了,捕捞时间短,而9月份后虽然进入农历秋季,水温开始逐渐下降,但是有个时间跨度,捕捞时间更长,这就导致在这两季捕获的白番薯,存在各有不同的口感、品质。春季捕获的白番薯,经过一个漫长的寒冷冬天,自然要消耗许多脂肪,使它体形消瘦出皮率高,口感更加筋道;而秋季捕获的白番薯,因夏眠时间较短,没有消耗过多体能,使它还保留充沛的营养物质,肉质更加肥厚。至于,哪种白番薯口感更好、营养价值更高,他说没有经过系统检测,也不掌握一个标准参数,只是看个人的喜好了。

我县是渔业大县,大马力铁壳渔船有近3千艘,从事拖网作业也是当前我县海洋捕捞的一种主要方式,而拖网又分单船拖网和对船拖网,且在外海捕捞作业的,大多是单船拖网。不过,单船拖网可分为尾拖作业和舷拖作业,尾拖作业又可分为底拖作业和中拖作业,底拖作业还可分为杂拖作业和专拖作业。按此划分,我外甥女婿是从事杂拖作业的,即不以捕获某种渔获物为目的,将网具下沉到海底,紧贴海底表面,通过渔船拉动,把所有海洋生物统统拖入渔网。这对渔船主机动力提出了要求,在这么深的海里,拖着一张偌大的渔网,拖力是非常大的,并且航速要保持在三海里/小时以上,否则就会影响捕获成效了。当然,这拖网也是非常特别的,由翼网、背网、腹网、侧网、三角网、囊网等六个部分连织而成,形似一个前口大后口小、长约两百米的锥体状。在连结前,须备好两张翼网的长方形网片,目大五十四毫米,宽一百二十目,长三百目;两张背网和腹网的长方形网片,目大五十四毫米,宽一百四十目,长二百四十目;两张侧网的长方形网片,目大五十四毫米,宽一百二十目,长二百四十目;四张三角网的三角形网片,分大小两种规格,大三角网目大六十毫米,高宽各八十目;小三角网目大五十四毫米,高九十二目,宽三十六目;两张囊网的长方形网片,目大四十七毫米,宽一百一十目,长一百八十目。在连织时,只需将翼网与侧网连结,并在侧网后端两边一百二十目处,每四目扣减一目,裁成尖角,上部连结背网,下部连结腹网,其后大小三角网连结囊网,就形成一张拖网了。网口上纲、底纲均为钢丝绳,曳纲为左右两条棕榈绳,长约水深的三倍；上纲装有二十三只直径约九十三厘米的塑料浮球，能确保上纲浮起来；下纲用网衣包裹了一根长约一百一十米的铁链条，重达1000多斤；两个张网扳架设在船尾两侧，并在后舱甲板上配有绞网机、卷网机、动力滑车、起网吊杆和导向滑轮等辅助设备。在起网时，只要开动绞网机、卷网机，就能将渔网慢慢收回来，在靠近船尾时，通过起网吊杆，就能将囊网连同渔获物吊至船舱，就可倒出渔获物，进行分拣归类待销了。目前，白番薯的市场行情非常看好，不论大小，随捕随收，价格稳定，供不应求，穿梭在渔区的各种收购船，随叫随到，统收价每斤五十元，全部销往广东，这广东人也太能食会吃了。

我回到家，就迫不及待地开始清洗、烹煮白番薯了。清洗简单，只要将体表垢积的藻衣洗净，然后剪开腹腔，将内脏肠胃污物取出，就算大功告成了，但去沙却有些麻烦，要用牙签逐一疏通体表密布的刺孔，再用手挤压或用水冲洗可能藏在其中的泥沙，要花费好长时间，简直让我差点失去耐心，但在好奇心驱使下，总算完成清洗任务。然后，把白番薯放在高压锅里，加上酒、姜等去腥佐料，猛火烧煮。因为我外甥女叮嘱过，烧煮时间不能太长，否则要融化了。于是，在高压锅烧开后，我就看着时间，烧了三分钟，发现只是收缩了些，像一只只大蒜瓣泡在水中，再烧四分钟，发现半生不熟样，拿筷子戳了戳还是硬邦邦的，再烧五分钟，发现软化了许多，感觉还可更软些，再烧六分钟，发现已经糯化，香气也出来了。于是，我配了些酱油、米醋、蒜泥等调味品，挑了一只大的白番薯，蘸了蘸佐料放在嘴里，顿时感觉像鱼膏一样，糯糯的，入口即化，真是美妙极了。据称，白番薯是一种富含人体有益的营养成分，蛋白质、氨基酸含量极高，低脂肪、低糖、无胆固醇，是一种名贵的营养保健食品，可以食药同源，对于改善人体细胞再生和修复具有良好的食药疗效。

同为番薯名，不同番薯味。这种白番薯如同一阵秋风吹皱了我平静的心湖，也颠覆了我留记在心里的番薯形象，原来以为不管是白番薯、红番薯，还是黄番薯、紫番薯，都是农耕作物，都是我人生中挥之不去的一段艰苦生活记忆，而如今不曾想到大海里也长番薯，而且还是白番薯，这就意味着还有其他番薯，番薯类多，番薯丰产，番薯热销，无疑是万象山海的又一个美丽神话。

51 / 晒海盐

　　我在前段时间，因晚上闲着无事，觉得休息时间还早，就拿着遥控器不停地调换频道，寻找自己想看的节目，却在无意中看到了央视科教频道正在播放我县高塘岛乡花岙盐场的纪录片，立刻就被片中一幅幅熟悉的画面所吸引。花岙盐场是目前我县唯一保留的传统盐场，其制盐技艺已被列入国家级非物质文化遗产名录，尤其是听了片中那一句句叩问心灵的台词解说、一组组激情飞扬的特写镜头，就让我屏气凝神地看完了这档节目，似乎还觉得不够过瘾，意犹未尽，兴致未了，满脑子都回荡着片中的画面，想着想着就想起了自己在老家时的晒盐经历，顿觉一股咸咸的暖流涌上心来。

　　我老家与花岙盐场仅一港相隔，大佛头山的阻挡导致背面不能相望。海边人家都是靠海吃海，既下海捕鱼，也在家晒盐，浩瀚的海洋就成了我老家村民取之不竭的"盐仓"。据1987版《象山县志》记载，我县制盐历史始于宋政和年间，建有玉泉盐场，下辖瑞龙、玉女、东村三个分场，设十个盐仓、十八个盐舍，遍布全县各濒海村落。在漫长的岁月里，历经时空变迁、盐业兴衰，让我能够屈指可数的，还有白岩山盐场、昌国盐场、旦门盐场、新桥盐场，当然也包括花岙盐场。由于长期受盐文化的熏陶，我县许多地名也因盐而得名，诸如贤庠镇的"贤庠"，就取"盐场"谐音。石浦镇、贤庠镇的盐厂村，因此"厂"为棚舍，故这两个村应为原盐场场部的所在地。石浦镇延昌社区，此"延昌"也为原"盐仓"谐音，是指原储盐的地方。自古以来，我县制盐工艺不外有两种，即烧盐和晒盐，而烧盐的时间则为更早了。高塘岛乡孝贤湾村，其名也取"烧盐"谐音，指那里原是烧盐的地方，而大徐镇杉木洋村陈列的烧盐工艺，则是

我县古籍制盐的一个缩影。

在20世纪六七十年代，我老家村里有道特殊的"风景线"，即村民们在自家门口围墙上，都会摆放一排碎缸爿、破酒埕、烂捣臼等东西，这让外地村民看到了，都还以为是防盗设施，却不知是我老家村里一个个"家庭盐场"的晒盐器具。我在老家晒盐时，曾给这些"碎破烂"东西，逐一进行编号，还美其名为"晒池"。当时，我国还处于计划经济时代，社会生产力低下，每个村民都要参加生产队劳动，实行每天记工分制度，每个家庭按所记的劳动工分折算成劳动天数，到年底能获得每天几角钱的年收入。也许是因为当时家庭收入微薄，也许是因为当时家里要腌制咸鱼、咸菜的用盐量比较大，尽管当时的盐价也很便宜，我记得也只有几分钱一斤，但可能由于占家里的总支出比重大，还是一笔很大的开支，而且农村人家向来都是讲究节俭的，能不开支就不开支了，所以我父母为了把这笔盐钱节约下来，就经常在我面前嘀咕，说谁谁谁家用的盐都是自晒盐，这海水是不用花钱的，挑几担倒在晒池里，晒干了就是盐，这样家里腌制咸鱼、咸菜，就可不用买盐了。也不知道我老家是从什么时候开始晒盐的，我只知道每次都是我父亲挑来海水，倒在一只沉淀缸里，然后由我母亲负责打理晒池。那时，我记得还在读小学，每到暑假我都会接替母亲负责打理晒池的活。这是一年之中最热的一个季节，火辣辣的太阳晒得我像泥鳅那样，黑不溜秋的，也无暇顾及，整天就围着晒池转，忙于并池、加水，可时间一长，我发现每次父亲到海边挑水前，总是要掐着手指算潮时。虽我当初也不谙其事，不知他葫芦里卖的是什么"药"，但后来当我也到海边去挑水时，父亲就告诉了我他葫芦里装的"药"，那就是到海边挑水，并不是随便什么时间都可以挑的，要看天气、潮时，否则挑来的海水是晒不出好盐的。因为海水的盐浓度平均值约为3.8‰，也就是说每一千斤海水能晒出三斤八两盐，但受天气、潮时的影响很大，不同天气、不同潮时的海水，其盐浓度是不一样的，诸如在晴天时小水潮潮流慢，海面曝晒时间长，水蒸气散发快，在涨潮时海水的盐浓度就相对偏高，而在雨天时就不一样了，所以我老家村民在长期的晒盐实践中，就总结出了一套"挑水经验"，诸如"晴天挑潮头、阴天挑潮中、雨天挑潮尾""小水潮挑涨、大水潮挑退""夏天挑日、秋天挑夜、冬天挑早"等常用口诀，既简便易懂，又具可操性，无不集中了村民们的智慧，而每次挑回来的海水，都要经过一个晚上的充分沉淀，才能确保晒出好品质的盐。不过，想要晒出更多的盐，必须讲究加水方法，而实行"普加兼并"法，据称是最有效的。所谓"普加"，就是在第一次往晒池里加水时，把所有的晒池都加满，一直加到"双眼皮"为止。所谓"兼并"，就是在第二次往晒池里加水时，就要看蒸发情况，尽可能多地兼并出一个或几个晒池，并在兼并出的空晒池里加满水；第三次、第四次，直到第N次加水，以此类推，循序渐进，确保晒池不空、池水倒动，从而形成沉淀、蒸发、再沉淀、再蒸发的晒制过程。当第一次普加的海水，经过暴晒，水汽蒸发，颜色渐浓，呈卤状时，便可集中到一个晒池，并在池底套铺一层黑色塑料膜，以增加吸热功能，加快卤水结晶，就能确保晒出既快又多的盐。每到这时，还有一道工序非常重要，是不可或缺的，我还记得它有个好听的名字叫"打卤花"，就是定时用筷子搅拌卤水。据说，只有"打卤花"打得充分了，才能晒出大小均匀、体面细腻的盐；如果不"打卤花"，或者打得不够充分，那么卤水一旦沉淀了，其沉淀物就会变成"硝"（即"亚硝酸钠"）了。盐与硝的最大区别在于形状，盐为正方体，硝为圆柱体，而硝却是有毒的，虽不能食用，却是制造火药和化肥及腌制皮革的重要原料。不过，硝融化了，又是做豆腐的好原料。这卤水也真是神奇，不打不开"花"，一旦开"花"

了，再晒上两三天，就能看到盐的结晶体。当盐粒呈干状时，就可以收盐了。这时，我每次都会小抓几粒，细瞧盐的棱角，比对盐的色泽，拿捏盐的质地，品尝盐的咸度。有时当我刚将几粒盐放入嘴里，还未感觉出咸味时，仿佛躲在树荫下时刻关注着我的知了，似乎开始为我祝贺了，叽叽喳喳地为我唱起了赞歌，我总是抬头予以回望，与它分享这份成功和喜悦。那时候，我最害怕下雨了，尤其是那种被我老家村民俗称为"大浪"的阵雨，说来就来，毫无征兆，总是让人防不胜防，也不知多少次把我已晒成的盐淋泡汤了。当时我家里有广播，每天都会预报天气，我也会准时收听，可那时的天气预报，还真不如看家里老母鸡进窝情况准确，而这也是我老家村民一直在传承的一种最为古老的掌知天气的原始方法，虽然匪夷所思，但也确实管用实效。如果老母鸡在傍晚时进窝早，那么说明明天天气将会继续晴好；如果老母鸡该进窝了，却迟迟不肯进窝，那么说明明天天气将不会晴好了。那时，我非常关注家里那只老母鸡，几乎每天都会问母亲那只老母鸡的进窝情况。如果听母亲说早进窝的，那么我就放心了；如果听母亲说磨磨蹭蹭的，唤也唤不进窝，那么我得连忙准备好蓑衣、笠帽和盖板等雨具，将那些晒池一一"穿戴"起来，加盖严实，以防万一了。当然，也有虚惊一场的，但未雨绸缪，总比被淋泡汤了要好。盐，就这样被我晒成了，而且日积月累，年复一年，一粒粒、一碗碗都融入了在我老家的生活里，浸染了我少年时的一身咸味。

　　品尽人生百味酸甜苦辣咸，才懂持家艰难柴米油盐醋。盐是我们每天开门"七件事"的必需品之一，虽排名"老四"，用量也小，就那么点，但国需家用，不可或缺。自夙沙氏煮海水为盐，人类这部历史就沾满了咸味，多少朝代因盐兴衰成败，多少帝王因盐怅然若失，多少百姓因盐悲欢离合。我们传颂着古道中马背上的千古传奇，我们也传承着海岸边围塘里的古籍秘法，这不晒不成的盐啊，虽被人们称为"百味之祖""食肴之将""国之大宝"，但封存在我的记忆里，却总是默默地丰富着我的日常生活，佑护着我的健康成长。

52 / 晒蛏干

又是一年春暖花开时，同事们纷纷相约到宁海长街去踏青、品尝蛏子美味。有的说长街蛏子知名度高，值得慕名前去大快朵颐，以增添到那里踏青的乐趣；有的说到长街踏青关键是那里有好玩的景点，而不只是品尝那里的蛏子美味；有的说长街蛏子还没鹤浦蛏子好，如果只是品尝蛏子美味，那么还不如到鹤浦去踏青了。如此等等，众说纷纭。我听了之后，也觉得到长街踏青，仅为品尝蛏子美味，就有些牵强附会了。我告诉同事们，就蛏子品质而言，肯定还是鹤浦的好，至少也是媲美的。还未等我把话说完，就有同事将我军了："你是鹤浦人，说鹤浦蛏子好也合乎情理，那么鹤浦蛏子到底好在哪里呢？"我接过同事的话题，就一五一十地把鹤浦蛏子好的理由说开了，在大家的点头惊讶声中，仿佛在我自己眼前也展现出了一幅全省仅有的、波澜壮阔的鹤浦蛏子养殖史卷！

我国蛏子养殖已有六百多年历史了。明代李时珍在《本草纲目》中记载："闽、粤人以田种之，候潮泥壅沃，谓之蛏田。"我县蛏子养殖始于何时，我未做了解，而据《象山县渔业志》记载，在20世纪50年代初，浙江省水产局就在我县樊岙公社南田大队创设了"象山县地方国营水产养殖试验场"，蛏子养殖面积达三十八公顷（约六百亩），这是全省绝无仅有的一个省级蛏子养试场，也是我县空前绝后的一个省级蛏子养试场。1959年象山、宁海两县合并后，该养试场就移交给了象山县管理，改名为"象山县地方国营水产养殖场"，下设象山县樊岙养殖场、宁海县长街养殖场；1961年象山、宁海两县分设后，象山县水产局接管了樊岙养殖场。1964年场部迁址到了红卫塘峙尾巴山脚，1971

年3月养殖场停办,1992年5月原樊岙乡撤销并入鹤浦镇行政区划。从中可以看出,鹤浦蛏子与长街蛏子是有历史渊源的,而且还曾同属一个养殖单位,但在养试时间、机构规格、养殖规模上,就胜了长街蛏子那么一筹,其中肯定有客观原因的,诸如蛏子养殖生长的海况涂貌,肯定要比长街好,否则省水产局就不会在鹤浦设养试场了。虽然目前长街蛏子名声在外,但酒香也不怕巷子深,只有相互比较了,才能鉴别出鹤浦蛏子的品位。或许,正是鹤浦蛏子的养试成果,才形成目前全省的蛏子养殖产业,只是随着时间的推移和科技的广泛应用,而不断改进养殖方式方法罢了。

蛏子,学名"缢蛏",在我老家俗称"蜻子",而在福建沿海则称"跃子",其头部有两根吸排食软管,尾部有一只可站立斧足,属双壳贝类,壳长形而两端圆,长可达十厘米,是一种海生软体动物。鹤浦蛏子不但个体大,肉色洁白细嫩,肉质鲜美肥厚,口感有点甜,有股甘蔗味。这种味道仅局限于"干蛏",即刚抲来的蛏子,而在市场上卖的大多为"水蛏"。有谚说"一斤蛏子三两水",是指一斤蛏子放在淡水中浸泡,能吃进三两淡水,故就没有那种特有的味道了。鉴别蛏子肥瘦,是我老家村民的一项特有技能,只需眼睛瞟一下,就能判断得出来,方法也非常简单,如果发现蛏壳边缘是淡黄色的,而且中间肚皮肉是奶白色的,那么这蛏子肯定是肥的,味道就一定醇香可口了;如果发现中间肚皮肉是黑褐色的,那么这蛏子肯定是瘦的了。当然,这也有季节的原因,有谚说"八月蛏剩根劲",每到这时蛏子普遍都是瘦的。蛏子养殖是一种粗放式、易管理、周期短、见效快的朝阳产业。当时,鹤浦有数千亩养殖滩涂,平如镜面,藻类丰富,涂泥肥沃,被平整为五亩一垅、十亩一匦的蛏田,四周挖成沟渠,便于排水养田,边界以插树枝作为标记,纵横成线,整齐划一,让人看了一目了然。那时,每亩蛏田需平均投放约二十斤蛏苗,而每斤蛏苗约五千只蛏子,小得像米粒一样,在翌年四五月份就可收获,能产一千斤商品蛏子。因为当时蛏子养殖是没有投放任何饵料的,任其在蛏田里自然生长,所以不像现在虾塘里套养的蛏子,生长得更快,产值也更高。这么大的养殖面积,要在短时间内把所有蛏子都抲起来,的确是件非常不容易的事。于是,养殖场就发动周边村民抲蛏子,每抲一斤蛏子给予一角钱报酬,这在当时也算是高收入了,每天有成百上千名村民赶来,大显抲蛏子身手。蛏子一般生长在泥涂下约三十厘米处,需用双手不停地伸下去,逐一将它抲上来,其艰辛就可想而知了。限于季节,一般在十天半月内必须完成,否则天气一热,蛏子就难以长途运输了,故在这段日子里,周边村民都忙于抲蛏子了。而抲来的蛏子,大多租用渔船运往上海十六铺码头销售。据说,这是浙江蛏子唯一获得准入上海市场销售的免检认证水产品,可见当时鹤浦蛏子的品质了。

尽管养殖场做足了销售功夫,但也有事与愿违的时候,一旦天气热到某个温度,蛏子就不适合运到上海销售了。而每天要零售这么大的销量,也是件不可能完成的事情,故养殖场在我老家水库边上,创办了一家蛏干厂,即将蛏子加工成干制品进行出售。蛏干厂建有一排工棚屋,有二十多名员工,大多是在我老家村民里聘用的,当时我还是个小孩,就经常结伴到蛏干厂游玩,一些分拣蛏肉的阿姨,常将一些破损蛏肉塞到我们嘴里,更添了我们小孩游玩的乐趣。蛏干厂设有五个功能区,清洗区是将刚从海里抲来的蛏子,在经过一般清洗后,集中放在鲜篮里进行清吐泥沙。这种鲜篮口径约一米、高约三十厘米,能确保蛏子浸泡在淡水中,均匀受水,清吐干净。灶台区是将清洗后的蛏子,放在大铁锅里蒸煮成熟。蒸煮蛏子一般为干蒸干煮,即将蛏子倒入锅内,无须加水,盖上锅盖,猛火旺烧,在烧到锅盖边上冒出蒸汽时,再掀开锅盖,自下而上翻拌一次,使锅内蛏子均匀受热,烧到锅内蛏壳张开,就可捞出来了。分拣区是通过两道流水线,一道是剥壳线,即将蒸煮成熟的蛏子倒在作板上,员工们围在一起,逐一将蛏肉剥出来;一道是清洗线,即将剥出来的蛏肉，倒入清水中漂洗，逐一撕下依附在蛏肉上的那层褐色藻衣，极有可能还依附在蛏肉上的泥沙杂质，以免影响蛏肉在晒干后的品貌，然后再将蛏肉倒入专用篾箩上，以便沥干水分。晾晒区是将沥干水分的蛏肉，分摊在遮阳通风的竹帘上进行晾晒。在晾晒时需要定时翻动，以免蛏肉粘在竹帘上，造成蛏肉破损，影响销售价格。当蛏肉晒到干燥坚实、呈淡黄色时，就可收储归仓了。在遇到阴雨天时，也可放在锅内用温火进行焙干，但经过焙干的蛏干，不仅颜色要比日晒的更深，而且价格也更低了。储藏区是储藏蛏干的场地，在蛏肉晒干后，还要进行一次筛选，个体完整、色泽亮丽的，就属于优质品了，而个体小且不完整的，或颜色更深且带黑褐色的，就属于次质品了。在分类进行储藏时，还要按每一百斤蛏干撒入一斤蒜瓣，以防虫害，就随时可出售了。当时，鹤浦蛏干不仅外销看好，而且内销也吃香，因蛏干富含蛋白质、维生素 A 等营养元素，不仅味道鲜美，营养价值丰富，而且还颇具食补功能，深受我老家村民喜爱，不时都会买些赠送客人或备用自食，成为一种自产自销自食的特色食材。蛏干吃法很多，方法也很简单，只要取出适量，放在水中浸泡，软化一会儿，就可与各种时蔬搭配，烹制出令人馋涎欲滴的美味菜肴，诸如蛏干炒笋片、蛏干红烧肉、蛏干溜羹等特色菜品，留记在我的味蕾里，虽时间跨越五十多年了，但每当我想起时，还是觉得那样的活色生香。

"借问蛏干何处有，朋友遥指邻居家。"正当同事们还犹豫是否前往宁海长街踏青、品尝蛏子时，我因事回了一趟老家。坐在朋友车子里，与他聊起了鹤浦蛏子、蛏干，没想到他赞美之词溢于言表，并告诉我他邻居家就有蛏干出售，于是在我忙完事务后，就赶紧到他邻居家买了几斤蛏干，并到那个养殖场、蛏干厂原址作了短暂停留，在已荒芜的杂草丛中，我详细寻找了还可能遗忘在哪里的记忆碎片，切身感受了还可能留存在哪里的生活温度，凝神聆听了还可能萦绕在哪里的遥远故事。

53/张鳗苗

那是己亥年春节，这天气也太反常了，都下了二十几天的雨，还不见要停的样子。天气不好难免会影响人们节日生活，诸如回家探亲、外出旅游什么的，但改变不了一些冥冥之中的自然规律，诸如四季更迭，春播秋收，机不可失，时不再来。就像我老家正在进行的张鳗苗作业，就没因春节期间连续阴雨天气而受到影响，正处在一个火热的捕捞旺季之中。

张鳗苗，就是在海上捕捞鳗鱼幼鱼。这是一种新兴的海洋捕捞作业方式，而这种鳗鱼学名"鳗鲡"，俗称"河鳗"，也称"池鳗"，是我们平时常见常食的一种经济鱼类。因这种鳗鱼生长方式极为奇特，需生在海水里、长在淡水中，故令当今国际水产生物学界也百思不得其解，已成为一项世界性顶级难题，被称为世界生物学中的"哥德巴赫猜想"。它生在西太平洋，为遵祖辈遗愿，不远千里北漂，历尽九死一生，来到我国沿海，伺机溯游江河，长在淡水之中，而到每年秋季，又惦记着出海，通过各种途径，一路劳途奔波，只为谈场海恋，一旦完成婚配，就会自我消亡，了却一生心愿，待鱼卵孵化了，又在冥冥之中，踏着祖辈足迹，开始循环往复，成其生命定律。它的一生要经历卵期、叶鳗、玻璃鱼、鳗线、黄鳗、银鳗六个阶段，而从卵期到鳗线，大约需要漂流半年时间，在每年冬至到转年清明间到达我国沿海岸边淡水交汇处，伺机进入内陆江河湖泊成长。这时，它头小体长，纤弱如丝，全身透明，形似一截尼龙线，长约十厘米、体重约一分克。每到这时，我老家周边各村都成了张鳗苗的主战场，村民们开始在鳗苗必经的海域，张起一道道渔网，以捕获正从远道而来的鳗苗。据说，目前全球最大的鳗鱼消费国是日本，鳗鱼与寿司、天妇罗被并称为"江户之味"，而每年举办的"土用之丑日"，是日本法定的"鳗鱼节"，鳗鱼消费一直处于狂热之中，只是随着日本鳗鱼资源的急剧下降，从20世纪70年代开始进口我国鳗苗，旋即在我国沿海刮起了一股张鳗苗风暴，我老家村民也闻风而动，张鳗苗成了一项热门的海洋经济产业。

阿夫是我战友，曾当过三年兵，就退伍回家了。在家待了一段时间，就与家人合伙，重操张网旧业，一晃几年过去，感觉没赚到钱，就改行到镇上开了个快餐店。他在部队时就是炊事员，烹饪这些大众菜肴，还是挺拿手的，炒得锅碗瓢盆叮当响，这个快餐店也开得风生水起，据说还赚了不少钱。正当战友们都为他叫好时，他却突然把店关了，回老家去张鳗苗，让我也觉得有些不可思议。今年春节我去看望他，他告诉了我张鳗苗的事：那是在2008年，当时我家村口那块张鳗苗的网地到期了，要重新抓阄分配，我心动了就报了名。这不是我心血来潮，而是我看准了商机。因为我一直关注着鳗苗行情，在2000年时鳗苗价格每条十二元钱，到2018年时最高卖到了每条四十四元钱，虽然我是半路杀入的，但当时的价格每条也有二十多元钱，所以我认定这是一个朝阳产业。苦，是辛苦些，每年冬至过后四个月，几乎没有空闲了，但我家祖辈都是吃讨海饭的，习惯了也不觉得怎样苦，关键还是这个钱好赚，一年就忙这四个月，其他时间就可自由支配，出去旅游、种些地头，都有时间了。我现在张了四十一张网，门里十六张、门外二十五张，每天的生活就是跟着潮水走，一日两潮，风里来雨里去，只要捕到鳗苗，不管是多是少，上岸就有行贩等着收购，一手交货，一手数钱，现卖现钱，从不赊账。我当时是一次性投资的，有近十万元。买了艘小船，就花了几万元。这艘船长约十米、宽约两米，二十四匹马力，是295型那种柴油机，动力挺大的。那时，一张网的价格是五百元，我买了四十一张，成本就要两万多元，还有就是那些架、桩、缆等杂七杂八的投资，乍一听这成本还是蛮大的，好在这些都不是一次性耗材，是可以折旧的，每年平均摊派下来，就没有特别重的负担了。与你说这鳗苗是怎么张的，纸上谈兵，我说了你也听不明白，不如我把船撑出去，让你看一下就明白了。

　　船就停在码头边上，他说着就拉了下缆绳，一只塑料筏就靠了过来。他跳了上去，再拉系在船上的那头缆绳，塑料筏就靠到了船边。他爬上船，解开缆绳，"突突突"一阵柴油机轰响，船就靠上码头。我登上了船，他将船退出，调转船头，又一阵"突突突"轰响，柴油机冒出了几股黑烟，船就飞快地向网地驶去。不到十分钟，船就到了门里网地。他没有直接驶入航头，而是从外围兜了一圈，我像部队首长在视察阵地，目睹了整个网地的布局情况。然后，他拐了个弯，船就靠上他的网架。他说，他张的网叫"老鹰网"，浮在水面约两米深，每根桩长约七米，都是横切潮流排列的，缆绳长约十五米。这桩与张虾桩是不同的，张虾的桩是一根桩一只网架，都是单独的，似在海上放风筝，网架可三百六十度转动，而这桩是平行排列的，一只网架两根桩，两只网架三根桩，以此类推，这网架就联排成行了。这网与张虾网也是不一样的，张虾网口是正方形的，这个网口是长方形的，而且网目更细，前口网目十六毫米，后囊网目6毫米，是那种乙纶线平织布裁剪缝制的，非常细密，鳗苗一旦游进去，就出不来了。

　　他说着，随手拿起一根勾竿，插入海里，一下就将一个网袋勾了起来。因为网目太小，几乎所有流经网口的漂流物都被拦截了，而这漂流物尽是那些塑料制品、柴草枝叶等杂物，足有几十斤。也因鳗苗太小，而且是透明的，非常难以辨认，所以他在倒杂物时，先在盆里铺了一块绿布，可能这样看得更清楚些，然后就把杂物倒在盆里。他说，这时鳗苗还有可能夹缠或依附在杂物上，故在拣弃杂物时，要像考古队员在挖掘文物时一样，每件都要处理得十分小心，"一浸二抖三看"就成了拣弃这些杂物的必经程序。"一浸"就是在拣弃杂物时，都要在盆水中浸一下，尽可能让鳗苗分离出来；"二抖"就是在浸水后，还要在盆里抖一抖，尽可能让鳗苗能脱落下来；"三看"就是在拣弃杂物前，还要仔细检查一遍，看在杂物中是否还夹缠着鳗苗。正如他所说的，他每一网都非常仔细而又十分耐心地拣弃了每件杂物，确保了不轻易丢失每一条已捕获的鳗苗。不过，第一网拣弃杂物后，并没有发现鳗苗；第二网拣弃杂物后，也没有发现鳗苗；第三网拣弃杂物后，总算发现了三条鳗苗。他说，这可能是潮水还没有涨到位的原因。于是，他拿来一只手抄网，也只有饭勺那么大，将鳗苗从大盆中捞起来，放入随船携带的小桶中，到家就有行贩来收购了。

因为他在潮水涨平后，还要到门外去接航，所以不能停留更长时间，只能满足了我的好奇心。在回来的船上，我说他是在开"金矿"，他忙着摇头说不是，人们之所以说鳗苗是"海上软黄金"，是因为它成斤的价格比较高，听起来堪比黄金价了，但实际上也只是赚些辛苦钱。近几年，随着国内养鳗产业的发展，这些鳗苗仅一部分出口日本，大部分是被广东、福建、江苏等地养殖公司收购了，需求量是上去了，但价格却跟着捕获量走，在捕获量多时价格就低些，在捕获量少时价格就高些，每年收入也相差不大，吃过用过略有节余就行了。他说自己这把年纪了，已不奢望什么，儿子也在工作，不知能干几年，该到"金盆洗手"画句号的时候了。

半岛朝雨泡轻尘，老家春色入画里。在那个特别的春日里，我已感受到了张鳗苗那种"寸网尺金"的期待和"寸时寸金"的珍惜，真的希望张鳗苗不再笼罩在这个春节的阴雨绵绵之中，等到拨云见日时，必能张得心意满，年年都有好收成。在与战友匆匆告别时，我紧握着他那双粗糙的双手，仿佛读懂了一句老话，那就是"无苦不来钱"的真实含义。

54 / 捕鳓鲞

　　壬寅年的春天来得有些晚，春节过后连续阴雨也就罢了，还下起雪来，真让人担心会"倒春寒"。而有关象山港鳓鲞的信息却来得有点早，才过了元宵节，就有人在朋友圈里分享"开春第一鲜"美味了，馋得我又想起了那种熟悉的味道。那么，鳓鲞是怎样捕获的，它有哪些鲜为人知的生活习性才斩获"开春第一鲜"的美誉？当我把这一想法告诉了同事王兴国科长，想不到王科长爽快地给我推荐了个人，说去问问他就知道了。他叫邱少莲，是王科长在老家时的好邻居，也是他至今还保持联系的好朋友。王科长打电话给他，他说今天刚好有事在家。我们就驱车赶到涂茨镇毛湾村，拜访了这位捕鱼达人。待我们坐定，邱少莲就说："从前天开始，象山港海域已禁捕鳓鲞了，而外围海域目前还未开捕，要等到下水洋，鳓鲞就可成批量上市了。"邱少莲今年五十六岁，他十五岁时下海捕鱼，十九岁时进入宁波市海洋渔业公司，三十三岁时又回家与人合伙捕鱼，从渔时间已长达四十多年了。他到过西太平洋捕鱼，也到过南太平洋捕鱼，捕鱼的足迹遍布大半个太平洋，可以说是个名副其实的捕鱼专家了。当我就鰆鯃的有关问题请教他时,他不假思索地娓娓道来,仿佛即刻就把我带到了渔旗猎猎、马达轰鸣的捕鰆鯃现场。

鰆鯃,是马鲛鱼在特殊时空条件下的一种称呼。这"特殊时空",也只局限于每年三月间、从象山港海域捕获的马鲛鱼,才能可称为"鰆鯃"。从字面上看,这"鰆鯃"两字,一个带"春"字,一个带"吾"字,而这"吾"字,就是"我""我们"的意思,如将其再拆开,就成为"五口",是个数量词,意思是说这春天的马鲛鱼,不仅能为"我"也能为"我们"能带来极其美妙的口味。鰆鯃的谐音为"春物",故被称为"春天使者",其寓意是"春天来了,鱼儿回家,应时美食,尽享口福"。"鰆鯃"虽属生僻字,不太熟悉,但还好读,读其偏旁,都可蒙对,却很难写,电脑里常用五笔字码也打不出来,平时看到的"川乌""穿乌""串胡""蹿乌"等名称,也都是白字代替的,并无实际意义。鰆鯃是生活在太平洋深处的一种洄游鱼类,在每年三月间,就会循着自己的出游路线,一路向西,历尽艰险,回到自己生于斯、长于斯的故乡,繁殖下一代,以了却自己心愿。因此,它洄游到不同的地方,就会有不同的称呼。如果它洄游到胶东半岛,那么它就被称为"鲅鱼"了,如果它游到台湾海峡,那么它就被称为"土鲄鱼"了。鰆鯃一年性成熟,雄雌异体,体形狭长,生性凶猛,头尖口阔,牙齿锋利,腹肤银白,背色蔚蓝,尾形如燕,体质健硕,刚劲有力,风姿绰约,色泽亮丽,尤其在体背上会出现数列蓝色斑点,似乎就成了它的原产地认证标志。据说,这是一种生理现象,持续时间大约为半个月,一旦排放了精、卵子,就会自然消退了。也许是鰆鯃在洄游时,心念急切,游速飞快,一旦头部扎进网眼里,就会被渔网缠住了,虽会拼命挣扎,但常常是死得壮怀激烈,也死得悄然无息。因此,在刚捕获时,它总是身姿硬邦,翘首摆尾,鳃色鲜红,体液黏稠,尤其是厚实的雄性"鱼白"(即精囊)和饱满的雌性"鱼卵",更使它显得丰腴细腻、雍容华贵。在清明节前捕获的鰆鯃,更为珍贵,也被誉为"明前鯃"。而一旦过了繁殖期,鰆鯃就不再是"鰆鯃"了,它体态消瘦,眼眶突出,皮肉松软,就判若两鱼了。它幼鱼时长得非常快,一二个月后就有半斤多重了。这时,它们就会外出闯大海,一旦游出象山港海域,就是普通马鲛鱼了。

象山港海域是个半封闭狭长形海湾，水域面积达五百六十三平方公里，纵深长达六十多公里，平均水深近二十米，沿岸曲折，港湾众多，港中有港，视野宽阔，常年风平浪静，洄旋窝少，水清面蓝，青山环抱，阳光旖旎，雨水充沛，咸淡适中，自然成了鳓鲓最理想的繁殖"产房"。而大目洋是直通象山港的天然门户，处于太平洋洋流与长江、钱塘江、甬江等水流的交汇处，平均水深也近二十米，海水浑浊，浮游生物丰富，非常适合鳓鲓生长，也是鳓鲓每年洄游的必经海域，就成了当地渔民捕鳓鲓的主渔场。目前，捕鳓鲓主要有捕张网、捕流网两种作业方式。捕张网是一种固定的作业方式，就是将每张渔网的两端固定在事前打好的桩基上，一般东西走向，正面截流，以捕渔获。这种渔网每张长约七十米，高约六米，网眼宽约八厘米，尽管现在大多用尼龙线网了，但这些渔民可能觉得弃之可惜，还有在沿用聚酯线网的，至于网张数量，大多因船而异，一般在三五十张，一日两潮，在潮水涨退平时，就可捕渔获了。也因这种作业方式是固定的，不易切换网地，总是待在一个地方守株待兔，其成效难免要比捕流网逊色了。捕流网是一种流动的作业方式，通常根据鳓鲓的洄游路线，提前设网，步步为营，不停地变换网地，这对渔船提出了更高要求，当然投入大收入也多，而船员配置大多为三人，一名是老大，一名负责收放网，一名负责择鱼，这也是最优化的一个组合。渔船到达目标海域，就可将事前连接好的渔网，随船放入海中，先放浮标，再放网衣，流水作业，一气呵成。捕流网无须候潮，视情即可收网，就能捕到渔获了。一般情况下，"北水"（即退潮）的捕获量要比"南水"（即涨潮）大，这可能是鳓鲓有溯流的原因。不过，根据捕流网的作业水层，可分为中上层、中下层两大类，与此相对应的渔网，也俗称为"轻网""重网"。鳓鲓是属于中上层鱼类，平时习惯浮游在中上层海域，故渔民们也常捕"轻网"。"轻网"的规格，与张网的规格基本等同，只是捕流网的船体更大了，网张也会更多，这时放在海中的一槽流网，就会长达数公里，而在这个千舟云集、桅樯林立的海域，就会形成一道道层层叠叠的"网阵"了。捕鳓鲓的时间很短，也就个把月时间，一般从舟山下、渔山东海域捕起，到象山港口也就结束了。

鳓鳎肉质细腻，肉多刺少，鲜香软糯，入口即化，尤其是雄性"鱼白"，肥美嫩滑，营养丰富，更是极品，极其珍贵，因而吃法众多，无须大厨烹饪，都能吃到各种美味，让人啧啧称好！但是，萝卜青菜各有喜爱，尤其是我国幅员辽阔，南北方口味差异大，即便是像鳓鳎那样的美味佳肴，也难免有人嗤之以鼻，不屑一顾。据史料记载，元代王元恭曾任庆元路（今宁波市）总管，他字"居敬"，号"宁轩"，真定（今河北正定县）人，在主编《至正四明续志》时，就写道"马鲛形似鳙鱼，其肤似鲳，有黑斑最腥，鱼品之下者"。这让清代的宁波人全祖望看到了大不服气，就作出批注："鲛鱼过三月，其味太劣，在社前后，则清品也，不知宁轩何以贬之。"在全看来，鲛鱼过了农历三月，说它味道不好，还情有可原，可在农历二月间，却是鱼之上品，尤其是其尾巴素有"鲳鱼嘴、鳓鳎尾"之称，就不知道宁轩有什么理由可贬低它了？他似乎还没想通，又作了一首诗予以驳斥："春事则临社日，杨花飞送鲛鱼；但莫过时而食，宁轩未解芳腴。"这里的"春事"是指农耕播种，而"社日"是指道教节日，"社神"为土地神，社日分为"春社""秋社"，"春社日"是指在立春后的第五个戊日，即在农历二月初二前后，而农历二月初二又是民间传说中的土地神诞辰日，也是古代先民在农耕播种前必须祭祀的一个节日。"杨花"是指柳絮。意思是指在每年杨柳飞絮时，鲛鱼肥美鲜嫩，是非常好吃的，但不可错过时节，宁轩可能是没有尝到那种应时的味道。尽管全翁用"芳腴"两字，概括了鲛鱼的品质，但也不难看出有些强求人意，就难免会闹出笑话了。

春游象山往来多，最爱鳓鳎品味好。随着我县旅游业的迅猛发展，"象山鱼都""海鲜王国"等口碑也名声远扬，而且"到象山来吃海鲜"已成为一种时尚的旅游目的地首选攻略，"春品鳓，夏尝鲳，秋食鳗，冬吃带"，一道道过时不候的时令海鲜，都会勾起游客们难咽的欲滴馋涎，既然已经心动，还不如行动吧。

55 / 钓鲻鱼

　　庚子年国庆节,我在家看手机短视频,得知我县道人山围涂海塘鲻鱼旺发,已成为县内外钓友网红打卡的垂钓场。我立即想起史料中的道人山岛,原为我县宝海乡一个行政村,曾有居民近百人,与现涂茨镇毛湾村隔海相望,两岸最近处只有约五百米。道人山岛孤悬海中,东北西南走向,呈狭长马鞍形,四周峰峦起伏,陆地面积达一点二三平方公里。因岛上主峰为巨岩,形似道人端坐,世称"道人岩";也因传说在秦时徐福、安期生到过此岛,寻找长生不老之药,从此改称为"道人山"。从道人山岛东至东屿山岛,再经牛鼻山南北航道,南至南韭山岛,在这个面积约八十平方公里的海域,共有十三个岛屿、四十四个礁石,分成三大群落,并呈无规则散乱状,故名为"乱礁洋"。更因在南宋时,民族英雄文天祥乘船途经此处,作了一首诗《过乱礁洋》,便留下了"海山仙子国,邂逅寄孤篷;万家图画里,千崖玉界中"的绝美诗句。2014年,我县在围建这个海塘时,堤坝中端连接了道人山岛。一道长约五公里、按五十年一遇抗台标准建造的围涂海塘堤坝,宛如一条巨龙,呈"7"字形横卧在乱礁洋上,把爵溪街道、大徐镇和涂茨镇的沿海滩涂尽挽在了臂弯里,围涂海塘面积达两万多亩,既保持了自然的生态环境,通过一个开放的碶闸,与大海直接相联相通,海塘里的蓄水可随潮水涨退,增强了海生鱼类的成长活力,又曾人工投放了二十多万尾黑鲷鱼苗,增加了海生鱼类的共生密度,自然就成为县内外钓友网红打卡的垂钓场了。

　　当天下午,我决定到现场探个究竟,驾车不到半小时,就到达爵溪街道公屿码头。这是道人山围涂海塘的西入口,我下车站在堤坝上,极目远眺海景,

远岛深黛，其状点点，浪花披练，如在画中，乱礁洋也成了"美礁洋"。我走下堤坝，漫步在内侧的公路上，一字儿停放着的各类小汽车，已看不到尽头了，我就留意了一下车牌号，发现有浙A、浙B、浙J等省内车牌号，竟然以浙J车牌号为多，还有沪C、渝B、蒙E等外省车牌号，像是自己遭遇了正在堵车的高速公路。在海塘岸边，紧挨着各式钓具，有的钓友独坐在孤悬水中的钓台上，有的钓友跨腿坐在钓箱上，有的钓友则蹲守钓位上，时而抛饵，时而收竿，忽见一钓竿弯成弓状，惊得鱼儿乱窜，钓线呼呼作响，知道是中鱼了。这时，我发现固定在钓位上五颜六色的遮阳伞，犹如百花园里盛开的鲜花，把这地处偏僻的围涂海塘装扮得既有壮观的场面，又有别致的风景。我随便问了几位钓友，得知他们有的来自台州、宁波，也有的来自金华、绍兴，其中一位来自重庆的钓友说，他在宁波工作，经朋友的介绍，就约了几位钓友，还带来了家属，一起来这里钓鱼，打算钓个几天几夜，过个欢度国庆的钓鱼节。就在我们谈话间，他老婆也凑了过来。我就问她晚上回去否，她指了指身后的帐篷说，累了就在那里躺会就好了。我顺着她手指的方向，还发现在钓位后、公路下的开阔地带，竟搭着各色的露营帐篷，形似一个狭长的露宿营地。忽然，我听到了一阵通过高音喇叭播放的叫卖声："盒饭二十五元，盒饭二十五元！"抬头一看，是一辆送快餐小车缓慢地驶过来了，所到之处便有钓友放下手中的钓竿，或吆喝着钓友一起吃盒饭，或自个跑去买盒饭，又回到钓位上，边吃饭边关注着鱼情。据说，这里的盒饭生意好极了。类似这样的快餐车有两三辆，从上午九时多开始，就来回不停地叫卖着，除了提供中餐、晚餐盒饭，还负责代购一些渔具、香烟、矿泉水等商品，悄然拉动了附近店商的生意，并呈现出了火爆的态势。在不知不觉间，我已磨蹭到了傍晚时分，大多数钓位已开启了夜间垂钓模式，一只只聚光灯照映在水面，浮光掠影，斑驳陆离，点亮了这里的夜景。

我还是第一次看到如此爆满的钓鱼场景，真的有点让我流连忘返了。在回家的路上，我就决定明天也来凑个热闹。于是，我回到家就开始准备渔具。因为是第一次钓鲻鱼，所以那种亢奋劲就甭提了，这是每个钓鱼人都知道的。转天一早，天还蒙蒙亮，我就出发了，在我到达时，钓场却已是人满为患。虽然我也知道钓鲻鱼要选择人多的地方，因为人越多投下的饵料也就越多，而投下的饵料越多聚集的鲻鱼也就越多，所以当我发现有个停车位时，就决定在那里开钓了。我选择了一个钓位，发现环境还是挺好的，只是距离左右两边钓位近了些，也就两三米吧，只要不影响到左右两边钓友作钓，我想还是能钓有所获的。于是，我迅速开饵，拌好饵料，投入窝料，搓饵扬竿，就静等鲻鱼上钩了。这时，只见左右两边钓友此起彼伏，都在高呼狂拉之中，惊得鲻鱼乱窜，激起水花四溅，却不见自个鱼漂有动静，心里自然急着，就不停地搓饵扬竿，可转而一想，这鲻鱼也不是张口等着吃的，总得有让它赶食的时间，如此抚慰自己，焦急的心情也渐渐放松了。又等了一会儿，不经意的一个顿漂，我猛地提竿，知道中鱼了。因为这鲻鱼形像一只粗壮的纺锤，所以劲特别大，一旦上钩，手感特别好。也因为这鲻鱼头扁，上颌略长于下颌，上颌骨在口角处急剧下弯，后端明显露出于眶前骨之外，而下颌前端有一突起，与上颌凹陷相嵌合，虽在上下颌边缘长有绒毛状细齿，但常用下颌刮食，不像其他鱼直接张口吸食，而且其吃相有点像小鸡啄米，吃得时间短、速度快，反映到鱼漂上的下顿、上顶信号，如果口不大，那么就难以抓口了，所以鲻鱼难钓也是出了名的。鲻鱼食性广，食物链低，常食海涂泥沙中一些低等的藻类和有机碎屑、硅藻、多毛类幼虫等微生物。明朝屠本峻在《海味索隐》中也称其为

"不嫌入淤而食泥"。因此它对人工投饵非常敏感,有其独特的喜好,这也是鲻鱼难钓的一个原因。鲻鱼在我老家俗称为"乌珠",这不仅是指其眼圈乌黑,而且其背部也是青灰色的,给人有种黑不溜秋的感觉。鲻鱼有个习性,就是在每年4月间成群进入海边河口,尤其是欢喜在淡咸水交汇处觅食产卵,形成鱼汛,到12月寒潮来袭时,就躲到深水处去越冬了,而且它在平时出游时,大多依年龄段分群,很少有大小混群现象,因此每次钓获的鲻鱼个体,也就相差无几了。经过一天的坐钓,我最终钓获了四条鲻鱼,重有四五斤,尤其是那条抄跑了的鲻鱼,总觉得特别的可惜,这也似乎印证了那句老话,即没有得到的东西永远比得到的东西更珍贵的道理。

说到鲻鱼,我又不得不说曾在我老家流传的有关"吃鲻鱼头"的故事。据说,在很久以前,鲻鱼是个圆头圆脸、相貌堂堂的精灵。有一年,东海龙王举办了一场跳龙门比赛,规定凡跳过龙门的,都能加官晋爵。通告一出,吸引各方精灵跃跃欲试,可一看龙门这么高,大多就胆怯退场了。只有鲻鱼和鲤鱼报了名。在比赛时,东海龙王自任主考官。鲻鱼和鲤鱼抓阄决定了比赛顺序,结果鲤鱼先跳,可鲤鱼连跳了三次,都没能跳过龙门。轮到鲻鱼了,只见它"飕"的一声,就如离弦之箭,轻松跃过了龙门,围观的虾兵蟹将都拍手叫好。可东海龙王却说"还是鲤鱼跳得好",还当场封鲤鱼为"龙门将军"。各方精灵自然不服,为此据理力争、打抱不平,可东海龙王却说:"我金口已开,就不容更改了!"这让鲻鱼气坏了,一头撞在龙门架上,把自己的头撞成了现在这模样。从此,在我老家"吃鲻鱼头"就成了被人冤枉、受人计算的代名词。尽管鲻鱼肉质细嫩,味道鲜美,营养丰富,含有蛋白质、维生素等多种微量矿物质元素,吃法众多,深受大众食客的喜爱,以至于在我老家还流传着"千鱼万鱼鲻鱼,千肉万肉猪肉"之渔谚,但那种受人之气的"鲻鱼头"就不要吃了。

忽闻半岛有鱼汛,不忘打卡试鱼情。我欢喜钓鱼,也希望像张志和那样戴一身"青箬笠,绿蓑衣",像李煜那样手拿"一壶酒,一竿身",像王士禛那样"一人独钓一江秋",不为无鱼悲,不为中鱼喜,在这万象山海间,尽情享受自己乐趣。

56 / 摸小白虾

　　我外甥的妹夫在西周镇承包了一个海塘养殖梭子蟹，因租赁期到了，他也不想继续承包，在将养殖的梭子蟹出售后，还要做最后一次清塘，就可以退还蟹塘了，故外甥约我一起到蟹塘里摸小白虾，我就欣然同意了。那天上午，他一早就给我发了一个微信定位，我就兴致勃勃地驾车前往，可车到了柴溪村，发现导航偏离了，我只好沿着象山港围海堤坝返回，一路打听，经人指点，终于在乌沙山村附近找到了这个蟹塘。这是一片不着边际的围涂海塘，为了便于养殖，分隔成一个个成排连片的养殖塘，每个养殖塘占地面积有二三十亩，四周水泥砌成，一侧有个碶闸，关可蓄水，开可排水，通过一道沟渠围绕，直通海里，确保塘里水质清澈，生态环境适宜，适合海生动物生长。当我到达蟹塘堤岸时，外甥已将碶闸打开多时了，只见塘内还有几处低洼积着水，水面上浮游着一层小白虾，正惊恐地举着一双双眼柄，似乎在张望是否会危及生命安全，约有十几尾海鲫鱼也不知发生了什么事，或惊慌失措四处打浑，或自相惊扰引起乱窜，激起层层涟漪，更让小白虾们无所适从，整个画面美极了。外甥穿好防水裤，准备下到塘里摸小白虾，问我是否重温一下感觉，虽然我当面婉拒了，说看着你摸有同样的感觉，但内心早已思绪万千，那种久违的感觉，又一次涌上心来，在不知不觉中眼前就呈现出了自己在老家时曾经摸小白虾时的场景。

　　小白虾是海生白虾的一种俗称，也因该虾煮熟后除头尾稍呈红色外，其余部分都为白色而得名。这种虾属长臂虾科，通体明亮、微带红色，体形侧扁，长六七厘米，额角侧扁细长，上缘基部鸡冠状隆脊，末端尖细附有小齿，尾节呈刺状,其腹各节后缘颜色较深,第二步足指节长度约为掌部两倍,掌部约与腕节等长,其腹部三至六节背面中央有明显纵脊,故学名为"脊尾白虾"。唐代诗人唐彦谦曾作诗《索虾》一首,其中"双箝鼓繁须,当顶抽长矛",就形象地概括了小白虾的外形特征。小白虾属于一种为数不多的国产虾,只生长于我国近海及围涂海塘之中,对环境适应能力强,繁殖生长速度快,每年夏秋季节为繁殖期,成熟亲虾每只能产下五百到三千粒不等的黄色受精卵,并抱于腹肢进行孵化,在我老家也将此类虾称为"黄籽虾",大约经过"一水洋"(即十五天)时间孵化,就能成为溞状幼体,即为我们平时据称的"虾籽",虾籽经过数次蜕皮即成"仔虾",仔虾通常经过约三个月时间生长,就能长成四五厘米长的"成虾",又可繁殖下一代了。我老家地处海湾一隅,村口就是一片广阔的滩涂,受海洋性气候影响,春天暖得早、冬天冷得迟,夏秋季气温大多在25℃左右,非常适宜小白虾的生长。小白虾多,捕获的方式也多,有张网扦网的,也有推网拗网的,更有扳罾挑捕的,而让我感到最有诗情画意的,就莫过于在浅潮中摸小白虾了,而这需要选择适合的季节、潮时,不是每天都能在浅潮中摸到小白虾的。我记得只有在夏秋季节,选择一个风和日丽的小水潮,才能摸到这种活蹦乱跳的小白虾。这是因为到了夏秋季节,小白虾进入了交配、孵化期,而小水潮阳光煦和,潮流缓慢,小白虾就会进入浅潮,陶醉在卿卿我我之中,这时小白虾基本上不摄食了,反应也比较迟钝,捉拿起来更乖顺。所以我老家村民都会把握时机,不约而同地到浅潮中摸小白虾,也在长期的实践中,人人都练就了一身摸小白虾的拿手绝活。我在老家时,就经常跟着家人到浅潮中摸小白虾。这听起来有点玄乎,到浅潮中摸小白虾,无疑等同于到大海里捞针,是非常不可能的一件事,其实最大的海也是有边缘的,虽然大海深不可测,但在靠近岸边处,还是有浅水的,这就为摸小白虾变不可能为可能了。我们常见在河塘里摸鱼,不难发现这样一个现象,那就是摸过去又摸回来就摸到鱼了。因为在河塘里鱼受到惊吓后,就会四处逃窜,所以会躲到它认为安全的地方,而到浅潮中摸小白虾也一样,需要营造一种环境,让小白虾放松警惕,使它感到无所顾忌了,才能摸得到、抓得住小白虾。毕竟,在浅潮中摸小白虾，是漫无目标、不着边际的。虽然小白虾在平时也欢喜群游，但它们警惕性也很高，一旦出现不正常的动静，它们就会弓起身子一弹，就游出了你双手可触及的范围，即便你具有鱼鹰的抓捕本领，也就很难抓捕到小白虾了，弄不好还会被它弹得皮绽血流，留下难以抚慰的遗憾。于是，我老家村民都会把摸小白虾当作一场表演，在演出前先进行一次彩排，那就是在开始摸小白虾之前，先在浅潮中走一遍、踩一趟，故意在平缓的滩涂中留下一些脚印，让小白虾在感到疲惫不堪时，有个可休息的地方。这时，潮水正处于开始准备上涨而还未上涨之间，那些已随波逐游许久、正准备跟随潮流进入滩涂的小白虾，发现了这些歪歪扭扭的脚印，自以为是个可以避浪躲流的"港湾"，便三五只成群聚集在这脚印里，或作长途跋涉后的休整，或作情感交流中的小聚。这时小白虾处于放松心态，当手触碰它时，也不会有激烈的反应，就像在一场大战役总攻后打扫战场，小白虾自然成了缺少战斗力的俘虏，只要慢慢按住它的背部，或者直接拿捏于掌心之中，就成瓮中之鳖了。"快抓鱼，慢抓虾"，是我老家流传的一句谚语，意思是说小白虾在水里，尤其是在浑浊的海水里，游走速度还是很快的，而且还很难看得清它游向哪里，所以当手触碰到小白虾时，动作要轻、速度要慢，尽力营造没有构成对它危害的假象，而在作出抓捕时，速度还是要快的，要在瞬间就将它攥得紧紧的，使它没有动弹的余地，只得乖乖被擒了。正当我还在沉思之中，只见外甥已将捕获的十六七尾海鲫鱼，还有三五斤的小白虾送上岸来，他说塘里小白虾太多，双手抓都抓不过来，正遗憾没有撩兜这专用渔具时，我建议他用塑料箅篮去舀，他说好的，又下到蟹塘里去了。

　　小白虾是一种既好吃又好弄的海鲜，肉质细嫩、营养丰富，鲜香可口，既入得酒店的厅堂，又下得市民的厨房。在我老家村民餐桌上，小白虾吃法很多，大可随心所欲，让人大快朵颐，其中最传统的吃法是水煮小白虾，不需要炉火纯青的刀工和纷繁复杂的工序，只要将锅里水烧开，倒入洗净的小白虾，加上少许的盐、食用油和少量料酒，盖上锅盖待水烧开，再加些佐料姜葱蒜，关火焖一分钟即可，就能让人吃到小白虾那种原有味道"鲜"；最经典的吃法是烤盐白虾，这是一种简单到极致的烹饪方法，只需将盐放在锅里炒到微微发黄时，倒入洗净的小白虾，继续猛火慢炒，使盐中的矿物质与小白虾高度融合，充分吸收，就能让人吃到小白虾释放出的那种特有"香"；最时尚的吃法是醉小白虾，只需将洗净的小白虾放入皿器中，盛有白酒，使白酒能全部浸没小白虾，醉呛十五分钟后，再加入少许白糖、盐和味精，将调料搅拌均匀，就能使酒的风味与虾的鲜味紧密地融合在一起，就能让人吃到小白虾那种生猛活色的"嫩"。当然，小白虾本身就是一种调味品，尤其是在汤海鲜面时，小白虾就成一种不可或缺的料理了，无不能让南来北往的食客感受到极大的味蕾愉悦，味道真的是好极了。

"驼背公公，胡子松松，个头小小，蹦蹦跳跳，杀它没血，烧它见红。"那是在我童年时期常猜的一个谜语，谜底当然是小白虾了。说到小白虾，我又想到曾经在我老家流传的几则谚语，诸如"大鱼吃小鱼，小鱼吃虾米"，既说明了在自然界中存在弱肉强食的生存法则，又告诫了人们必须自强不息，落后要受挨打的道理；"吃虾过老酒"，既表明某件事情简单易办，又表达办理过程的愉悦心情；"虾荒蟹乱"，我至今还不解其意，虽然我在老家时经常听到年老的村民在窃窃私语，说些类似"今年小白虾介多，会不会年成不好了"的话，但我一直在想小白虾多多益善呀，为什么会年成不好呢？这也是我一直在思考的一个待解谜题。

57 / 撮鮸鱼

　　鮸鱼，俗称"米鱼"，是生长在我县近海岛屿、礁石附近的一种常见性海生经济鱼类。它形似鲈鱼，身长而侧扁，头小尖突，口裂微斜，吻不突出，吻缘完整，生性凶猛，牙齿锋利，呈犬牙状，背呈弧形，体被栉鳞，鳞片细小，表层粗糙，眼膜透明，红而明亮，肉质结实，鱼鳔肥厚，能发声响，体色灰褐，背部带有紫绿色，腹部呈灰白色，背鳍中间有一深缺刻，鳍棘上缘为黑色，尾鳍呈楔形，基部为黄色，边缘稍浅色，一般体长约四十厘米，体重约一斤，大的可达十多公斤，是一种暖温性、洄游性鱼类，喜栖息于水深十五至七十米、海水浑浊度较高、底质为泥或泥沙的海域，有昼沉夜浮的生活习性，白天生活在海底休养生息，晚上开始上浮换气捕食，肉食性强，捕食量大，常以鱼虾为食。每年春季是鮸鱼的最佳美食季，在我老家民间就有"春鮸夏鲈秋鰔冬鲫"的说法。

我县海域辽阔，岛屿众多，地理位置非常特别，处于长江、钱塘江、甬江三大河流入海南下与太平洋洋流北上的交汇处，奔腾不息的江河水流在投入大海怀抱时，不仅把高山平原间的散落泥土，而且还把江河湖泊里的有机物质，毫无保留地融合成一股强大的洪流，浩浩荡荡，所向披靡，把这原本湛蓝的海洋，也浸染成一种千百年来始终不变的浊黄色，而孤悬其中的六百多座岛屿，也敞开了巨人般的胸怀，与这股浊黄色的水流亲密地相拥相融，不仅使岛屿周边的海水变得浑浊了，而且还使岛屿周边的海水变得更富有营养了，而这对于生于斯长于斯的鮸鱼们来说，无疑是从清水池游进了白米塘，一辈子都能饱食无忧了，这就会引起鮸鱼们的关注，尤其是在每年鱼汛期，鮸鱼们都会像回娘家似的，不辞劳顿，远道而来，还一路憋足了劲、鼓起了鳔，发出一阵阵

"咕！咕！"的声响，似乎在召唤更多的鲍鱼洄游到这里来一起索饵、产卵，从而形成了久捕不衰的大目洋渔场、猫头洋渔场和渔山渔场，不仅成为鲍鱼们休养生息的生长乐园，而且还成为鲍鱼们颐养天年的生活乐园。每到这时，正是每年早稻的收割期，故我老家就将鲍鱼称为"米鱼"，意思指这时的鲍鱼肥壮得像稻谷一样饱满，而且多得可以当饭吃。为不耽误捕获鲍鱼，村民们都会放下农活，集中精力去"抲洋山"了，而抲的方式也很多，有拖网围网的，也有张网钩钓的，于是便在我老家流传一句"宁可忘割廿亩稻，不可错过鲍鱼脑"的渔谚。对此有人曾提出异议，认为把"廿亩稻"与"鲍鱼脑"进行比较，明显存在夸大"鲍鱼脑"之嫌，我觉得是没有真正领悟谚语所蕴含的真实意境，诚然"廿亩稻"与"鲍鱼脑"是不等值的，但问题是谚语中只是"忘割"，而不是"弃割"，这说明廿亩稻还是存在的，就不存在得不偿失的现象，只是今天有意"忘割"，明天再进行"补割"，我认为这是谚语的妙处所在，给人留下了想象的余地。如果在"忘割"期间，遭遇了台风等恶劣天气，那么这鲍鱼肯定是捕不成了，出海的渔船也会返航，立即进行抢割稻谷，虽然可能会造成一定损失，但这些损失与西晋时期的张翰比起来，我认为就不值得一提了。张翰在洛阳做官时，忽然想起老家那道"莼羹鲈脍"的美味，就与人说"人生贵得适意尔，何能羁宦数千里以要名爵？"遂毅然决然地弃官返乡，回他老家去品尝那道"莼羹鲈脍"的美味了。一个为吃鲈鱼，把官辞了，一个为吃鲍鱼，把稻谷忘割了，这只能说明一点，鱼的味道留存在人类的感知中，实在是太美妙了。

我在老家时，没有出海捕过鲍鱼，但在我年少时，每次天下大雪，我老爸总是唠叨着要到海边撮鲍鱼，耳闻目睹他的喜与悲，也让我慢慢地懂得了鲍鱼的一些生活习性，当我后来也跟着老爸到海边撮鲍鱼，就算我与鲍鱼打过交道了。因为鲍鱼有个生活习性，就是在白天大多潜伏在海底休养生息，不怎么爱活动，而到了晚上就会游上海面捕食，也会呼吸一下新鲜空气，这一点非常像生活在非洲的河马，在水里憋气憋的时间太长了，每隔一段时间都要抬起头来换口气，而鲍鱼鱼鳔具有储气功能，充气则身体上浮，放气身体则下沉，也因海底气压太大，故它每晚都要浮出海面，尤其是在大雪天，当它浮出海面换气时，实际上海面都是雪水，当它第一口吸入雪水时，已经麻木了它的口腔神经，可它还以为这清冽爽口的雪水，是天上掉下的免费馅饼，于是就大快朵颐地吸个不停，它越吸就会感到身体越冷，而身体越冷它就会越吸，它以为这是在补充能量，却不知是在饮鸩止渴，结果它的肠胃受不了了，摇摇欲坠地挣扎了一番，就翻起了肚皮，开始飘浮在海面上随波逐流了。我记得在老家时，每次在大雪过后，我老家村民大多不会闲在家中生碳取暖，而是纷纷走出家门，要么是扛起锄头到山上去寻找野味的踪迹，要么是拿着撩兜到海边去寻找被雪水冻死的漂流鮸鱼，而我总是选择后者，或攀爬在礁岩上，或跋涉在浅潮中，跟着家人去撩鮸鱼。或许是当时的海洋资源丰富，冻死的鮸鱼也可能不在少数，虽不能说每次都能撩到鮸鱼，但还是有八九不离十的一个大概率期望值。我每次到海边撩鮸鱼，一般选择在潮水刚上涨时，如果风向能迎面吹来，那么就更值得期待了。有一次，我跟在老爸之后，攀爬在延绵的礁岩上，发现前面有块突兀的岩石，我老爸说："我们站在哪里瞭瞭吧！"当我们爬上这块岩石，虽寒风凛冽，浑身颤抖，但视野开阔，海天一色，极目瞭望，全无死角，我心里在想，如果有雪冻的漂流鮸鱼，那么这里无疑是个最佳位置。就这样，我们站在那里耐心等着，东张张西望望，随着潮水慢慢上涨，我突然发现前方海面不远处，有一个灰白色的漂浮物，时而下沉时而上浮，似鱼非鱼还看不清楚，我就告知我老爸："这里好像有条鱼！"他急忙转过身来，定睛看了看，似乎肯定地说"好像是的！"这时，我的心顿时被绷得紧紧了，死死地紧盯着那个漂浮物，随着它越漂越近，我们都已确认是鮸鱼无疑了。在它还未靠近岸边时，我就伸出长柄撩兜，把它撩入网兜中。我老爸拎着鮸鱼，在手上掂了掂说："这条鮸鱼十多斤是有的。"我说："要不我们再等一会儿，也许还会有鱼！"我老爸说："天太冷了，不空手回去，已心满意足了！"就这样，我们都兴高采烈地回家了。

鮸鱼富含各种人体必需的营养成分，是一种药用食疗兼具的难得食材。别看它一身"灰不溜秋"模样，可它全身都能制作成各式美味佳肴。最奢华的当是清蒸鮸鱼胶，只需放些老酒、姜丝等去腥佐料，大火蒸烧，便能尽享入口即化的感觉,这是宴请宾客的一道珍贵佳肴;最经典的应是红烧鮸鱼头,有的保持其整体模样,有的从中切开一分两半,有的切成块状,有的剁成碎末,只因头骨上鱼肉非常鲜嫩,通过大火闷烧,更能提鲜增香,酱色浓郁,香气扑鼻,就让人难挡口馋了。红烧鮸鱼头虽经岁月沉淀,但至今还是我老家的一道著名特色菜。最风味的定是制作鱼滋面,除去鮸鱼皮,用刀刮取鱼肉,和以少量番薯粉,再以刀背轻轻敲打,使之成为薄薄一层皮子,然后切丝勾芡,便成一道鲜美可口的鱼滋面;最常见的必是清蒸抱盐鮸鱼肉,因鮸鱼肉质粗糙,大多用来抱盐,让咸味渗透进入肉质,放在锅里蒸熟,就成为人们喜爱的一道"咸下饭";最馋人的即是红烧鮸鱼鲞,先将鮸鱼劈晒成鲞,再切成块与猪肉一起烧烤,集鮸鱼与猪肉的鲜香于一体,就会让人百吃不厌、唇齿生香了。不过,鮸鱼还有许多种吃法,我想无论是哪种吃法,套用时下流行的一句广告词,那就是"总有一款适合你!"

踏遍海边撮鮸鱼,得来全不费工夫。也许,这只是在特殊时空背景下的一种捕鱼方式,已随着海洋资源的衰竭而渐渐远去,不为当下的人们所熟悉,也很难能够再见到这样的场景了,但作为自己年少时的一种亲身经历,我想把它镌刻在我的讨海记忆里,贴上岁月的封签,成为我挥之不去的乡愁的一部分。

58 / 制渔具

我曾在有段时间,每次回到老家,都要去村民家串串门,或到村口哪个海边码头,领略一下海湾风光,感慨一番沧海巨变,重温一次海涂气息。看到村民们携带着各式各样的渔具,正在匆匆忙忙地下海上岸,都会在脑海里浮现出这样一个场景:那是一个半夜潮的晚上,我和村民们相约就在这个码头下海去撮网剩,可当时谁也不知道有没有在村门口哪片滩涂上扦槽网或扦在哪个位置,只是根据潮时、潮位的判断去碰运气,可村民们还是全副武装地携带了各式渔具,就像电影《渡江侦察记》中的侦察兵一样,跋涉在浅潮中进行寻找,或侧耳静听周边有无人为发出的嘈杂声,或蹲下身子巧借海天一色的余光,寻找槽网在夜幕中映出的夜影,直到有人触碰到了槽网,才知道我们进入网地了。于是,我们拿出各自携带的渔具,如同战士上战场端着武器冲锋陷阵一样,长短大小拿捏自如,左撩右扑得心应手,捕得各种渔获箸满篓满,就心满意足地归家了。这些渔具都是村民自己制作的,既有箩篓篮箬,也有网线钓钩,更有耙撬筒笤,可谓五花八门、形形色色,有道是"三分手艺,七分家伙""没有金刚钻,揽不了瓷器活",无不勾勒出了一幅幅我老家村民讨海生活的众生相。

我县是个半岛县,十八个镇乡街道全部涉海,民间使用的渔具源远流长,据1987年版《象山县志》记载,我县在春秋战国时期就有人类活动。而1990年从塔山遗址挖掘出来的那枚已尘封六千多年的青铜鱼钩,是我县现存的最古老的一件渔具了。我老家地处海湾一隅,原先是个荆棘丛生的海边沙滩,自清光绪元年取消"海禁"以来,才有先人从四面八方迁徙而来,在这沙滩上,筚路蓝缕,创臻辟莽,围海造田,新建家园。傍海而居必捕鱼而食,村门口那片宽广的海涂,就是我老家村民世代耕耘而取之不竭的"蓝色粮田"。而在《诗经》中提到的网、钓、罛、罭、汕、笱、罾、罩、潜、梁等十余种渔具名目,距今已有两三千年的历史了,在我老家村里还能看到从前的影子,有的得到了传承,就原版原本地延续了下来,有的是得到改进,式样就别具一格了,像一些虾笭、蛏篮、鱼箬、蛤蜊耙、毛蚶掸、望潮撬、弹蝴筒等渔具,尽管制作简单粗糙,但是非常结实管用,反映了我老家村民智慧捕鱼的那种特有禀赋。渔网在渔具系列中,算是个大块头了,但在我老家村里就经历了三次演变,从最早的竹篾到线网,再到尼龙线网,是随社会进步出现的一种质的飞跃。现在村里几乎家家户户都会织渔网,一把小小的梭,一块窄窄的范,就能一点点织起一张张偌大的渔网。我在家庭环境的熏陶下,从小就能绕梭子、织渔网了。那时,渔网多为麻线,范为网眼的尺码,小范织的是小网眼,大范织的是大网眼。当然,大网眼是用来捕大鱼的,小网眼是用来捕小鱼的。渔网织成后,父亲就去山上砍来栲树,用锅熬出栲汁,把网浸泡到里面染成棕色,晒干后就可下海捕鱼了。经过染栲的渔网,可防水防腐,就经久耐用了。我记得当时村里空地上,到处可见的就是渔网,大的小的,宽的窄的,密的疏的,要多少有多少,要啥样有啥样,拉网流网、粘网拖网、旋网地网、插网推网、撩网槽网,等等,从这各不同的渔网名称中就能揣测出捕什么样的鱼。平日里,村民们只要不出海捕鱼,最喜欢干的活儿就是聚在一起整理渔网。因此,织网、补网也就成了村民们平时里最常见的活计儿。那种"一网金,二网银,三网捕个聚宝盆,四网打个铜罗群,五网拉个鱼仓满……"的美好憧憬和向往,无不绽放在村民们的笑脸上,勾画出了一幅幅宋代诗人米芾所作的《渔村夕照》:"晒网柴门返照新,桃花流水认前津;买鱼沽酒湘江去,远吊怀沙作赋人。"阿娄是村里公认的抲望潮高手。他有个习惯,就是每次下海抲望潮,都要带一把望潮锹,而他这把望潮锹,就成了他抲望潮的"秘密武器"。他有一种与生俱来的异禀赋能,一双不大眼眼,似乎能洞察海涂洞穴的细微,目光所到之处,隐藏至深的望潮,都能撬到擒来。虽然他已六十多岁了,说起年轻时的讨海经历,他目光直视着远方,仿佛在眺望着遥远的他曾经鏖战的那片海涂,回忆一下子浮现出了当年的场景。他说自己在十七岁那年,有次下海抲望潮,天下小雨,秋风习习,他来到蜊门巉涂,一下就发现了很多望潮洞,有泛米洞的、有满水洞的、有拖油洞的,让他目不及视,高兴极了。他拿着望潮锹,左右开弓,手到擒来。与其说是抲望潮,不如说是在撮望潮。他说虽然当时望潮很多,但遇到这么多,他还是第一次,所以记忆特别地深,一辈子也忘却不了。这,也使我想起村里流传的一句说法:蜊门巉蜊门巉、望潮抲来当饭。蜊门巉是我老家村口滩涂的一角,也是望潮特别欢喜生长的一片海涂。因为哪里有蜊门海峡的回流经过,海洋生物特别丰富,所以望潮就欢喜在那里栖息成长了。他不无遗憾地说,现在年纪大了,不再下海抲望潮了,可村民们欢喜我做的望潮锹,平时有空就在家做几把,只要村民向我要了,都无偿赠送,于是在村民心中就有了"阿娄伯"望潮锹这个品牌。见到阿玉姐,待我说明了来意,她就爽快地笑说自己之所以能被村民夸为"阿蛏姐",是因为她有这双纤纤玉手,还有她爸给她做的一根根非常有灵气的蛏钩。她说她爸做的蛏钩,有些与众不同,尤其那钩竿,长短适中,粗细均匀,拿在手中,在钩蛏时插探转提,能达到竿人合一的境界。她每次下海都要带上一根蛏钩,无论是撮泥螺、挖蛤蜊,还是掸毛蚶、捕蟳蚜蟹,她看到滩涂上有蛏眼,就拿出蛏钩把蛏子钩上来,人家下海是一种鲜,而她下海至少也有两种鲜,久而久之,就博得了大家美称。说话间,她一转身,就从房间里拿出一大把蛏钩,她说这些蛏钩都是她用过的,现在珍藏着它,就是珍藏了自己的青春岁月。到了陈德鹏家,就发现他家有两架"海马"。他说在小水潮,就放在村口海边码头,现在正是大水潮,就背回家了。这种"海马"是村民海涂作业的交通工具,能单膝跪骑滑行,速度快、轻松省力。陈德鹏和妻子黄香菜每次下海都各骑各的,从事讨海生涯二十多年了,都是鞍前马后,出双入对,不光是下海,连上街也都在一起,按理说早过了秀恩爱的年龄,可能是因为他们在海上携手经历了太多的大风大浪吧,还喜欢这样让人看了总是羡慕嫉妒恨。说到渔具,他们夫妻俩就笑开怀了。原来,他们心中还珍藏着一段渔具姻缘。因为他俩都是本村人,而且从小在一起练就讨海技能,所以黄香菜特别羡慕陈德鹏使用的"泥螺横",每次下海撮泥螺都能撮得满满当当的,陈德鹏看出了她的心思,就给她做了一把女式的"泥螺横",可黄香菜没用几次,就嫌太吃力而不用了。没想到在她们结婚时,黄香菜把这把"泥螺横"也嫁过来,还成了一朵永不凋零的玫瑰花,当邻居纷纷邀请陈德鹏或合伙做生意或出资造新船时,陈得鹏总是婉言谢绝,说自己习惯了"泥螺横"的生活,而黄香菜也总是支持丈夫的选择,相信丈夫有这方面的特殊能力。一晃几十年过去了,现在她们已造起别墅,一对子女也都大学毕业,先后参加了工作,小日子过得富足幸福。不过,她俩还经常带着"泥螺横",骑着海马驰骋在海涂上,那是她们已在享受使用渔具带来的生活乐趣。

　　春夏秋冬潮起潮落耕海牧渔不辍,一年四季潮烟人家靠海吃海生存。这些渐行渐远的渔具,对于我老家村民来说,既是一种生活用具,也是一种精神寄托。它不仅记录了我老家村民与生俱来的讨海本能,也凝聚了我老家村民靠海吃海的智慧汗水,更见证了我老家村民讨海生涯的生活历程。正如有人说:"只有经过时间发酵的东西,才是好的东西。"我每次回到老家,都要去寻觅、追忆那些老渔具,是因为在那些老渔具里,也珍藏着我在年轻时的梦想,所以我才有了这份忆想,希望自己在感悟人生时,能闻到那种沁人肺腑的淡香。

59 / 张挑捕网

那是在庚子年下半年，央视科教频道《地理·中国》栏目播放了象山县高塘岛乡花岙岛万柱谜墙、山壁洞窟、巨佛庇佑等自然景观。我有朋友在家看了电视节目，还觉得不够过瘾，就约了他的一些驴友，慕名前来实地踏看。电话打给了我，自然，作为东道主，我全程陪同参观。车停在金高椅码头，我租了一艘"海上的士"渡船，准备带他们先从海上观看远景。当我们坐上渡船，随着一阵柴油机轰鸣，渡船就缓缓退出码头，快速地调转船头，一路向南，披风斩浪，急驰而行，在船至长嘴头山海湾时，发现前方海面停着一艘小船，似乎正在张网作业，我就问渡船陈老大，那艘船在干什么，他告诉我这是在张挑捕网。我朋友听了也很惊奇，说从来没有见过这样的捕鱼方式，就商请陈老大将渡船靠上去看下究竟，只听陈老大一声"好嘞"，一个急转右舵，船头就偏向右侧行驶，不一会儿就停靠在张挑捕网船边上，发现有船靠了上来，张挑捕网船上的一男一女，疑惑地站在船舱上了，脸上挂满了不解的表情。当她们发现我们都是游客时，脸上的疑虑也顿时消散了，面对我们笑嘻嘻的，当我问她们能张到什么鱼，能否撩一次给我们看一下时，他们高声地说都是一些小鱼小蟹，那女的转身就去拉绳索了，不一会儿就将一个网袋拉了上来。那男的则拎过网袋，倒在一只塑料盆里，我隔着船看上去白花花的一堆，却看不出是什么鱼。我朋友更是充满了好奇心，非要跳到那艘网船上看个究竟，这时我才知道她们是夫妻俩，是定塘那边人。在我朋友跳到网船上后，我则与陈老大聊开了。他告诉我，他是港口那边人，世代都是捕鱼出身的，前几年感觉自己年纪大了，就转行到这里开旅游船的。他说自己在海上舸鱼无所不及，枸过拖网，张过虾网、扦过槽网，也张过挑捕网，而这还是在年轻时的事。那时在我们这里叫"枸挑簖网"，虽然这种作业方式历史悠久，但在20世纪五六十年代到达了鼎盛时期，慢慢地随着海洋资源的衰退，那些张挑捕船就渐渐退出了人们的视线。那时，在石浦港停满了张挑捕网的"绿头船""红头船""白头船""青头船""绿眉毛""白底船"，石浦因是"浙海重镇"，北上南下的粤、闽、浙、苏等地张挑捕船，都要停泊在这里避风补给。而对那些张挑捕船的俗称，据说是清朝雍正皇帝在即位（1723年）时规定的，是为了防范渔船跨海区作业、出海勾通盗贼，他要求官府"将出海民船按次编号，刊刻大字，船头桅杆油饰标记"。从此，沿海各省出海的渔船，当然也包括张挑捕船，便有了各种不同颜色的标记。"福建船用绿油漆饰，红色钩字；浙江船用白油漆饰，绿色钩字；广东船用红油漆饰，青色钩字；江苏船用清油漆饰，白色钩字。"这些张挑捕船停靠在石浦港里，就显得格外壮观了，便有了乡谚流传"石浦道头不同样，枸挑捕船不同色"，反映了当时我县张挑捕网的盛大场面。

我老家与陈老大家隔港相望，生活相同，习俗相近，因村边海域辽阔，港湾众多，潮流平稳，海洋资源十分丰富，正是张挑捕网难得的理想栖地，故在我老家周边各村也曾一度出现过跟风张挑捕网的热潮。张挑捕网因其在船舱中央固定着一根横杆，而在横杆两头各张着一顶渔网，就像村民在肩上挑

着担子一样,在海潮中截流张网作业,兜捕一些顺流而游的鱼虾而得名,故与张高捕网不同,没有固定的桁地,而是随船临时选择桁地;与张虾网也有差异,它不能随潮涨退自动转换网口,而是单向定置网口。张挑捕网还有一个特点,就是一边在海上作业,一边就将捕获的鱼虾进行加工,或腌制成咸鱼,或烤晒成虾干,这在其他海上捕捞作业中少见的,或许是特殊的时代背景所产生的一种特例。不仅没有农贸市场,而且还禁止村民在集市上销售农副产品,否则"就要割资本主义尾巴",况且那时也没有海产品保鲜的设备和材料,只能就地处置鲜活的渔获了,但作为一种投资少、见效快的传统产业,还是深受我老家村民喜爱的,而在20世纪六七十年代,我国社会还处于计划经济时期,村民是必须参加生产队劳动的,只有通过劳动外包的形式,每年上缴生产队一定费用,就可脱产从事张挑捕网了。当时,一艘张挑捕船共有船员五人,其中老大一人,负责选择桁地,指挥作业,其余轮流负责摇橹、收网、烤晒,忙于杂活。张挑捕网是单船作业,而这些船只大多租用闲置的柴爿船、挖沙船,也有购买淘汰的流网船、大捕船,但都要进行改装,配置一些网具,其中包括在中舱设置三只缸灶,便于在船上加工鱼虾。更换传统的"猪耳朵锚",因在作业时由于网目小、阻力大,容易导致走锚,故须安装一种酷似铁犁外形的专用"之字形"锚,而这种锚没有倒钩,吃泥深、拉力大,能起到稳固桁地的作用。制作网架,根据船体的宽度,选择两根长约十米的木杠或竹竿,在下端一米处叠连,在作业时系于中舱龙骨上,在平时可以拆卸,放在船舱舷边。配置的渔网一般为两顶,由麻线织成,网口为四股线,中间为三股线,网袋为二股线,网目约为一厘米。这种渔网呈喇叭状,网口长方,上、下纲宽六七米,左、右纲高约四米,至尾处逐步缩小,网袋长约十五米,网袋后囊开口,在作业时缚上绳子,系上活结,另一端则系于后舱船旁,便于拉网获取鱼货。这些必备的渔具都准备好了,就可出海张网作业。在渔船到达作业海域,就可抛下犁锚,使船头顶着潮流停泊,便可将那根长木杠横向固定中舱龙骨上,架起两个网架,分别把渔网缚在网架上,并在左右木杠两侧外端分别缚上一道绳索,固定在船头上,使木杠两端通过左、右两条绳索,与船头形成一个等腰三角形,

243

在作业时能起到稳固横梁作用。这时,便可将渔网放入海中,受潮流的影响,网口就会自动张开,形成喇叭状网袋,而随潮入网的鱼虾,直冲到渔网后囊之中,就再也无力逃脱了。

张挑捕网大多选择在离岸不远、海况熟悉、水深十米左右的海域作业,因此除大风天、大水潮等特殊天气外,无论是白天黑夜,还是涨潮落潮,均可张网作业。只是在夜间作业时,需在船上挂起桅灯、艄灯,既可避免往来船只碰撞,也可以光亮引诱鱼虾。在出海作业时,我老家村民大多两船相约,做伴同行作业,相隔一里左右,便于互相照应。一般情况下,张挑捕网每隔一两个小时便可起捕一次渔网。在起网时,只要拉起那根系于后舱船旁,另一端系在网尾上的绳子,便可将渔网后囊拉至船舷边,提到船舱,解开活结,把鱼虾倒至渔筐,然后再打好绳结,把渔网放入海中,等待下次收网。当时,张挑捕网一般连续作业两三个昼夜为一周期。若鱼况好,有时也会连续捕上五六天,渔获物主要是一些红壳虾、小白虾、梭子蟹、青蟹及虾鳗、黄婆鸡等其他各种小鱼,偶尔也会捕到梅童、鲚鱼等名贵鱼货,渔获量就碰运气了,一潮下来颗粒无收的有之,能捕到几十斤或近百斤的也有之,为保证鱼虾质量,过去大多在分拣之后,或将数量最多的虾类,直接放入缸灶上的铁锅中,煮熟晒成干制品,或将鱼蟹腌制成咸鱼咸蟹,工作虽然辛苦些,但还能挣到比在生产队劳动更多的钱,也就心满意足了。不过,现在张挑捕网就不同了,虽然同样是为了生计,但已不可同日而语,一旦捕获到渔获,便可待价而沽了。捕获物大多是那些生长在近海港湾上层水面并随潮游动的小鱼小虾。

古今尘世知多少,沧海桑田几变迁。张挑捕网作为一种大众的海洋捕捞作业方式,曾经伴随着海洋环境的破坏、海洋资源的急衰,而濒临失传的境地。正当这种古老的作业方式,尘封于我老家上一代村民的记忆里,与那相伴终生的涛声潮音渐行渐远,即将消失在人们的视线时,我的一个偶然发现,迸发出了我心中那股慕名的冲动,迫不及待地去领略了一番留存在山海万象间的渔家风光,去邂逅了一次日出而作日落而息的渔家风情,去聆听了一次迎风破浪织网晒鱼的渔家故事。

60 / 放蟹笼

每当春天的脚步轻盈地踏入夏天的门槛,我就在心里美滋滋地期待着能在什么时候、该到哪里去放蟹笼了。这种蟹笼是专门捕获石蟹的网具,而石蟹在我老家也称"岩头蟹",是一种常见的海生经济蟹类,喜栖息在近海沙石水底或礁岩乱石中,以捕小鱼、小虾及小型贝类动物为食。这种蟹之所以被称为"石蟹"或"岩头蟹",是因为它头胸甲隆起宽大,略呈扇状,在壳面上长有一种灰不溜秋的藻衣,形似密布一层绒毛,非常接近海滩泥石颜色,螯足粗壮却不等称,壳质坚硬如同薄石,相互碰击声如瓷音,就称其名为"石蟹";也因这种蟹常年生长在礁岩乱石之中,故我老家村民根据其生活习性则称它为"岩头蟹"。这种蟹鲜活生猛,肉色洁白,肉质细腻,味道鲜美,尤其是春末、中秋这两个节点,是石蟹的最佳美食季,故在我老家也将这两个节点石蟹,分别称为"麦黄蟹""豆黄蟹",还曾流传"春吃尖脐秋吃圆""八月石蟹顶盖肥"等乡谚。不过,在春末海水温度尚凉,虽然石蟹肉质细嫩,味道极鲜,但还不能在岸边放蟹笼进行捕获,只有等到中秋前后,海水温度高了,石蟹活力增强了,才能适合放蟹笼,这时的石蟹个个脂肥膏满,就会让人欲罢不能了,而这也是我近几年来,无一例外地在这个季节,选择一个潮时适合的双休日,或邀上亲友,或带着家人,带上蟹笼、灶具等物品,到海边去放蟹笼,一边将蟹笼放在海里等待收获,一边将刚捕获的石蟹放在灶具上现烧现烤,大家围坐一起既可品尝大海美味,又可感受大海浪漫,是一种最富有诗情画意的秋日休闲活动了。

象山县有百里黄金海岸,虽然有些海岸嶙峋险陡,但在延绵的围海堤坝上,碶闸密布,码头众多,都是适合放蟹笼的好地方,无论是在白天,还是在晚上,都可以说走就走,带上三五只蟹笼将它抛到海里,每过二三十分钟,就可以拉起蟹笼,捕捉到张牙舞爪、狰狞恐怖的石蟹了。当然,运气好的话,还能捕到青蟹、小白虾、泥鱼等地道的小海鲜。不过,想要捕获得更多的石蟹,还是要懂得一些知潮识蟹的本领的。一般情况下,放蟹笼的最佳时段是傍晚时分,如果遇上潮水刚上涨,而且气温高,还有些风、潮水落差大,那么就可坐等渔获了。因为随着夜幕的降临,万籁俱寂的海边,即便是满月的月光,也要比白天暗淡四十万倍,所以就能让那些躲藏在礁岩乱石中的石蟹们,自然放松了警惕,开始爬上礁石,正期待着一顿美美的饱餐,而那些宛若暗夜精灵似的浮游生物,诸如一些小鱼、小虾都具有发光器官,在夜幕中能闪动出丝丝荧光,更按捺不住石蟹们的捕食欲望了。由于退潮逃离"家园"的石蟹们,正等

待潮水上涨，希望重新回到赖以生存的"家园"游玩觅食，因此潮水的落差越大，就意味着逃离的石蟹越多。如果这时有风催浪，那么就意味着推送石蟹往岸边来，所以在这个时候放下蟹笼，已有一个潮时没有捕食、已是饥肠辘辘的石蟹们，就会飞蛾年扑火般爬进蟹笼觅食。这种蟹笼大多在市场上买的，每只约三十元。笼骨由钢筋焊接，呈圆柱形，直径约六十厘米、高约二十四厘米，由两根直径约十二厘米的钢筋弯焊成二个圆圈，再把六根长约二十四厘米、直径约八毫米的钢筋，二根一组对称，分别均匀地焊接在两个圆圈之间作为立柱，而两根长约六十厘米、直径约八毫米的钢筋，则焊在两面圆圈的直径位置作为横梁，这样就形成了一个圆柱体的钢筋笼骨，而罩在笼骨外面的网衣，一般选用网目约三厘米、长约一百目、宽约三十四目的网片一块，并把宽边织成筒状，将笼骨套在里面，并在筒状一端从网目中串过一根细绳，作为网纲，紧松活络，拉紧关笼，宽松放笼，便可放置饵料、整理渔具或倒出渔获。一只蟹笼设有三个漏斗形入口，分别设在蟹笼侧面的六个框格中，每隔一格在两根立柱中间横向剪开十六目网衣，安装一个漏斗形入口，用三块网目二十五毫米、长五十目、宽十四目半的网片，把每块网片宽边拼织成椭圆形进口道，末端呈扁椭圆形，把每只网筒的一头分别绕缝在剪开的框架上，就成了石蟹进笼的通道，一旦爬进去，就再也出不来了。每只蟹笼系有一根长约三十米的拉绳，将蟹笼抛入海里，就会迅速沉下去，搁置在海底一二十米的位置，就可将这根绳头绑定在固定物上，通常半个小时收一次蟹笼，如不出意外的话，每次每只蟹笼都会有几只石蟹了。不过，在放蟹笼前，都要在每只蟹笼里投放一些饵料，投放的饵料将直接影响着渔获量。根据石蟹的觅食习性，饵料要腥味大、肉质坚硬、光泽度好、新鲜鱼类为佳。我习惯将青鲇鱼切成块，放在一只镂空的塑料筒里，再将塑料筒逐一放在蟹笼里，当蟹笼沉到海底，石蟹闻到饵料散发出来的气味，就会爬在蟹笼上寻找入口，一旦找到入口通道，就会奋不顾身地爬进去偷食了。我曾与老家村民私聊，他告诉我放蟹笼最好的饵料是狗肉，或狗的内脏，说狗肉放到海水里，不仅膻味重，而且会发光，能吸引周边的石蟹竞相前来争食，大有"适闻狗肉香，不觉信步入"的成效；如果发现有放狗肉饵料的蟹笼,那么在附近放其他饵料的蟹笼,就休想捕获到石蟹了。不过,我没试过狗肉饵料,主要原因是放蟹笼大多临时起意,一时很难找到狗肉,就一直沿用着老办法,效果应该说还是不错的,每次都自食有余,关键是放松了心情,增添了生活乐趣。

我到海边放蟹笼,事前都要算好潮时,尽可能安排在太阳刚下山、潮水刚上涨的这个时间段,一到目的地,就可放蟹笼了。尽管这样,但每次在吃过午饭以后,就要开始准备器具了,包括整理渔具、检查照明设备、购买食品等,还要到菜市场购买青鲐鱼饵料,把它切成段状,装在饵料筒里,用塑料袋包装好,到现场就可直接放在蟹笼里,这叫"工欲善其事,必先利其器",放有准备的蟹笼。放蟹笼的地方很多,像大目湾、道人山的一些碶闸,东门岛、花岙岛的一些码头,都是不错的放蟹笼点,都曾洒下我们的汗水,也留下我们的欢乐,都已融入我们的乡愁里,成为一种挥之不去的夏日记忆。记得几年前,有一次在松兰山一个废弃码头放蟹笼,我们是吃过晚饭过去的,借着月色就把蟹笼放到海里,没多时我抱着试试看的心情,就把一只蟹笼拉了上来,竟然发现有四五只石蟹爬进了笼里,而在笼外还扒着二三只石蟹,似乎还特别好奇地侧过身来张望,竖着两只小眼睛骨碌碌地打量这水上世界,还想伺机爬进蟹笼,要不是我直接拉上了蟹笼,这几只扒在笼外的石蟹都会有可能爬进笼里,成为我们期待的"瓮中之鳖"。这是个好兆头,我们都兴奋极了。紧接着,我们分头拉了一遍刚放下的蟹笼,每只蟹笼都有或多或少不同的渔获。旋即,我们连忙搭起灶具,就地现烧现烤起来,灶火闪烁,蟹香飘扬,在这夜幕下特别诱人,几个当地村民闻香前来观看,我们请他们品尝石蟹,其中一个没有推让,接过石蟹就剥壳、断钳,就急不可待地吃了起来,在肯定这石蟹好吃时,还问我们渔获量怎样,我就告诉他虽然我们是刚来,但从第一遍拉捕的情况看,我指着锅里的石蟹说,有这么多,应该可以了。他说你们运气好,言下之意还有话题。在我的追问下,才知道在我们来之前,有一船张虾网在这里清洗,搬运上岸。我恍然大悟,因为清洗张虾网,会将一些缠绕在网衣上的碎鱼烂虾洗落,而这些碎鱼烂虾就成了石蟹们的美味佳肴,吸引着更多的石蟹集聚到了这里,所以当我们投下饵料,就被它们当成免费的夜宵了。

　　蟹肥白玉香,自捕更乐趣。这么多年来的放蟹笼经历,也让我发现了一个奇怪现象,那就是当我们把一只石蟹放在篓筐里时,必须盖上盖子,否则它随时就有可能爬出去,而相反放了一群石蟹,就不用盖盖子了,这是因为只要有一只蟹想往上爬,其他蟹就会拉它后腿,结果谁也爬不高、谁也爬不出去,所以由蟹及人,也让我看到在社会上有一种"蟹病",那就是见不得别人比自己好,而这恐怕是人性的最大恶念!

61 / 捣咸蟹酱

　　咸蟹酱曾经是我老家十里八村的一道常年下饭,也曾经是在我老家家家户户必备的一种百搭食材,尤其是与那些烧烤的番薯、芋艿、土豆等食物蘸着吃,堪称是顶级的食味绝配,那种咸咸的、鲜鲜的、香香的味道,虽经岁月沉淀但仍然无法消退保留在我味蕾上的那种特有的味觉引力,尽管现在只是偶尔品尝到从我老家带来的咸蟹酱,但每次闻到那种熟悉的味道,无不让我想起在老家捣咸蟹酱时的场景,还有当时曾在我老家流传的有关咸蟹酱的自嘲式生活谚语,诸如"一勺咸蟹酱,清水变鸡汤""红钳蟹酱,鲜落嘴唇""咸蟹酱过酒,越吃越富有"等,则从一个侧面道出了当时我老家的生活现状和村民的苦乐情怀,尽管在现在看来颇具讽刺意义,但在当时却是一种真实的生活写照。

　　据说,在《周礼》中就有"蟹胥"的记载,而这"蟹胥"就是我们现在所说的咸蟹酱,由此可见早在近三千年前,我们的祖先就把它作为一种菜肴,端上了餐桌,并形成了一种独特的餐饮文化。而在我老家何时开始捣咸蟹酱的,我不得而知,也未作了解,但是我老家村口那片宽广的涂滩上,就栖息着各种小蟹,种类繁多、生性迥异,最常见的就有红钳蟹、白玉蟹、沙蟹,还有许多叫不

出名的小蟹，这些蟹就成了我老家村民们取之不尽的捣咸蟹酱原材料，虽然捕获的方式很多，有手抲的、网张的，也有钩钩的、钩荡的，更有灯照的、油诱的，但各种蟹各有不同的捕获方式，这也是我老家村民靠海吃海的一种捕蟹技能。因为沙蟹是一种大众蟹，数量极多，所以经常能看到在滩涂上密密麻麻一片，像非洲大草原上的动物大迁徙一样，有的正在狂奔追逐，有的正在嬉闹争食，有的正在卿卿我我，尽享大自然的无限乐趣。而这种蟹体形偏扁，壳体长方，呈黑褐色，眼柄较长，雄蟹长脐，脚生细毛，雌蟹圆脐，个头略小，适应性强，随潮作息，潮涨进洞休养生息，潮退出洞嬉闹觅食。沙蟹天性特别警觉机灵，一有风吹草动，就会躲进洞穴，以免天敌侵害，可天算不如人算，也因沙蟹躲藏时留下了洞口足痕，就被抲蟹人视为"此地无银三百两"了。沙蟹洞道横斜，洞口偏扁，洞道较浅，适合手抲，也适合网张，更适合晚上灯照，在白天只要将手伸进洞穴，循道而进，直到洞底，就能把沙蟹抲出来，在我老家就有"抲沙蟹不难、只怕涂场烂"的说法，而在晚上因沙蟹具有刺光性，在灯光的照射下，就成蟹盲一只了，便可手到擒来。而想获捕更多的沙蟹，则可通过张网捕获，这种网是专门捕获沙蟹的，线细目大，长约十米，中间宽约五米，前头窄后部宽，像个梨头形状，一根长约十米的篾丝拉绳，一端连结前头网纲，一端连结一个拉手,当网平摊在滩涂上,网眼全部张开,沙蟹就会在网眼间嬉闹觅食,突然将网拉起,网眼快速闭合,就会将沙蟹缠在网眼中,只能乖乖待捕了。我在老家时,就经常跟家人去张沙蟹网,平时常带三张网,将网逐一平摊铺在滩涂上,就可弓身悄行回到第一张网处,以免影响沙蟹活动,突然拉起网绳,弯腰快速奔跑,使原来平铺的网即刻被拉拢成一条宽带,那些来不及逃脱的沙蟹,就被缠在网线中,我总是猛地冲过去,就将沙蟹一一捉拿,然后换个地方重新将网摊好,就可去拉第二张网了。如此这般,以此类推,虽然张沙蟹网很辛苦,但日捕量也高,平均能达几十斤,多时能达近百斤。红钳蟹洞道垂直,洞口圆形,深约半米,尤其是在滩涂土质坚硬、土层复杂的情况下,手是很难伸到洞底的,就无法将红钳蟹抲出来,所以只能适合钩钩、钩荡的方法,捕获红钳蟹,在我老家就有"钓红钳蟹勿用饵,只要钓儿甩得准"的说法。不过,红钳蟹有两个让人过目不忘的特征,那就是它既有一对大小悬殊的螯,且色泽分明,并伴有图案,大螯叫"交配螯",重约为自己体重一半、长约为自己身体直径的三倍,虽具恃强、打斗功能,但更具向雌蟹示爱、求婚功效;小螯叫"捕食螯",仅具有捕食功能;还有一双火柴棒般突出高举的复眼,可三百六十度旋转、全方位观察,能像雷达一样扫描成像,清楚辨认来自任何方位的敌情,在为蟹一族中堪称翘楚,让人无不拍手叫绝。白玉蟹与沙蟹、红钳蟹相比,虽然也算是一种"大块头"蟹,它喜栖息在岸边草丛中,背甲近正方形,体呈青灰色,两螯淡黄圆胖,平时深居简出,很难见其身影,不宜手抲,也不适网张,但它有个致命嗜好,就是难挡"油"惑,于是我老家村民常设陷阱,在其洞口埋下缸桶,并在缸桶上搁置一块菜籽油棉或布条,它闻油香出洞,就会掉落缸桶里。虽然这种方法比较省力,但一潮下来,也能捕得不错的收获。

对于我老家村民来说,毕竟当时的海产品太丰富了,随便下一次海,都能获得一餐鲜,而这些蟹不仅个小肉少,而且外壳太硬,没啥嚼头,故我老家村民大多是不要鲜吃的,要么是卖给他人捣咸蟹酱,要么是自己捣咸蟹酱,这也是使这些蟹派上用场的唯一途径。其实,捣咸蟹酱的方法也很简便,一般先将这些蟹洗净,再在清水中浸泡半天,让其吐净泥质,去掉腹部脐盖,放入捣臼中，按5∶1的比例加入食盐，并加些老酒去腥，将其捣成粗块状或泥浆状，就可装入瓶罐进行密封，等蟹肉中的氨基酸发酵了，就可开封品享。我老家村民非常注重咸蟹酱的品质，从不轻易将各种蟹混杂在一起捣制成咸蟹酱。这是因为沙蟹适合捣制成泥浆状咸蟹酱，而红钳蟹、白玉蟹不适合捣制成泥浆状咸蟹酱，且这些蟹的味道也不尽相同，所以我老家村民每次捣咸蟹酱，都要在事前作精心筛选，进行分类捣制，宁缺毋杂，确保咸蟹酱色纯味正。如果将这些蟹混杂在一起捣制成粗块状的咸蟹酱，那么就会夹杂着一些毛乎乎的沙蟹足爪，让人看到了肯定心里会有不爽，进而也会影响传统咸蟹酱的那种特有成色；如果这些蟹捣制成泥浆状的咸蟹酱，虽看不出来是什么蟹捣制的，不会影响成色问题，但是各种蟹的味道串在一起，那么就会影响传统咸蟹酱的那种特有口感。也因为我老家村民非常注重这些细节，所以我老家的咸蟹酱虽经时间沉淀，但还能保持原有味道。毕竟，咸蟹酱是个时代产物，每当我们现在偶尔品尝一次，还添加一些姜末、蒜泥、米醋等佐料，就大呼其味道鲜香时，这可能会让现在的我老家村民不屑一顾，倒起白眼，心想你们都不知咸蟹酱背后的苦难故事。在我童年时，整个社会的生活物资十分匮乏，买什么食物都要凭票，吃不饱穿不暖也是一种社会常态，大多数村民都是寅吃卯粮，上顿不接下顿。我记得一年到头，只有大年三十夜能保证吃上白米饭，其余时间一日三餐，不是吃蒸番薯，就是吃番薯丝，而餐桌上的菜肴，当然不缺的就是这道咸蟹酱了。尤其是在吃蒸番薯、蒸芋芳、蒸土豆时，大多数村民只能蘸着咸蟹酱吃，吃着吃着就慢慢地成为一方习俗了。更有甚者，有些村民为解酒瘾，也只能过咸蟹酱，喝一口自酿老酒，嗫一口咸蟹足钳，在艰苦的生活中自嘲自乐了，而在我老家把这些喜欢吃咸的人称为"咸骆驼"，意思是指他们有一个像沙漠骆驼一样耐咸的健康肌体。当时，在我老家还没出现味精这种调味品，而我老家村民在煲汤、炒菜时，大多要加些咸蟹酱提鲜增味，这样不仅煲出来的汤更鲜美一些，而且炒出来的蔬菜也会更柔软一些，于是在日积月累的生活中，咸蟹酱就成了我老家不可或缺的一种特色佐料，在当时还被我老家村民冠以"蟹酱味精"的美称。

　　当年不重来，一日难再晨。在不知不觉间，这个社会发生了翻天覆地的变化，正如有一首诗所说："苦苦苦无限，不苦苦无穷；苦尽甘来日，方知苦是功。"诚然，捣咸蟹酱是那个时代社会贫穷、生活艰苦的象征，但我老家村民却从不妄自菲薄、怨天尤人，而是在天道酬勤中，奋发向上，积极进取，把咸蟹酱捣制成了一种特色品牌，捣制成了一种饮食文化，在这猎猎的岁月阵风中，留下了这道令人馋涎的美味，还有许多令人动心的故事。

62 / 放丝拎网

丝拎网，也称"流丝网""游丝网"，是我老家村民在近海浅潮中捕捞渔获的一种渔网。这种渔网线细色白，形如蚕丝，但非蚕丝，而是一种合成聚酰胺纤维，在学术上称为"锦纶丝"，在民间称为"尼龙丝"，因而由此编织的渔网，非常轻便，并具有光滑性、耐磨性、抗拉性、柔软性等特点，可以随手一拎，在海潮中随便一放，便可捕得心仪的渔获。这是20世纪六七十年代我老家村民非常热衷的一种捕鱼方式，既可单人徒步放网，也可合伙撑船放网，老少皆宜，操作简便，只是随着时间的流逝，那种在燃情岁月中的苦乐年华，都已印记在我的乡愁里，成为我童年生活中的一道风景线。

丝拎网每顶重约两斤，长约五十米，宽约一米半，线粗约一毫米半，网目边长二至八厘米，在我老家有个不约定的习俗，那就是将五厘米以下的网目称为"小眼网"，五厘米以上的网目称为"大眼网"。因这种渔网既可单顶捕鱼，也可多顶连接捕鱼，而要捕获的目标鱼大多是鲻鱼或鲅鱼，且这类鱼都是头小身长劲大，故网目大了就捕不住小鱼，而网目小了虽有时也能捕住大鱼，但大多是被挣得网破鱼逃，这让我老家村民在实践中悟出编织此网的一个道理，那就是想捕多大的鱼就选多粗的线、织多大的网目，故在我老家就有"织多大的网眼捎多大的鱼"的说法。在选线编织成网后，村民们都会用一根细绳贯穿网的四周为"纲"，上下两端为"上纲""下纲"，左右两端为"侧纲"，在上纲每间隔约二十厘米固定一只木质浮子，在下纲每间隔约二十厘米固定一只沉重铅坠，浮、坠的大小多少，则视渔网在入水后能否迅速张开上下纲进行加减。浮标是放置渔网的标志，大多是村民自制的，取一根长约三米的竹竿，从一个泡沫浮球中央穿过,捆固在竹竿的三分之二处,将下端约两米长的竹节捅破,就能使上端约一米长的竹竿立于水面,并在竹竿顶梢上扎一把棕榈丝,就成当地村民约定俗成的放丝拎网标志了。

　　我记忆中的丝拎网,有三种放置方式。"拎放",就是村民们手拎渔网,随时随地放在海潮中,即可捕捞渔获。这是一种单网放法,无须浮标。我在老家时,就经常手拎一顶网,蹬蹬蹬跑到浅潮中,随手把网放开,只是稍等一会儿,就可连网带鱼收起来跑回家,便是全家的一餐鲜了。那时,鲹鱼在我老家称为"泽鱼",这种鱼一般在春季生长,夏秋季成鱼,有拇指般大小,平时生活在浅潮中,密密麻麻的一层,有时从潮头走过,就会惊得鱼群乱窜,激起一片涟漪。也因为这种鱼非常难捞,所以在我老家像我等男孩们就拿丝拎网进行围捕,成为我童年时期的一种讨海乐趣。"桶放",就是村民们将丝拎网搁置在一只拖桶内,跋涉在齐胸深的海潮中,等到潮水开始泛涨了,便可将第一顶丝拎网的前侧纲系在浮标杆上放入海中,然后通过一根连接杆将第二顶网连接起来再放入海中,以此类推,逐一连接,最后再系上浮标放入海中,这就标志着在这两浮标间已放置渔网了,那些过往的船只或其他讨海人,都会自觉绕道而行。然后,放网人返回到前浮标处,就可循着网纲依次将已缠在网上的渔获,一一收入拖桶。因为这时潮水越涨越大,丝拎网也会跟随潮流慢慢上移,不会漂流到海域深处,让人可望而不可即而留下遗憾,所以在这时正涌入潮头觅食的鱼蟹,一旦触网也就被捕获了。"船放",就是村民们在船上放丝拎网。因为"拎放""桶放"都受季节、海域的限制,也不知是谁"第一个吃螃蟹",开了"船放"的先河,一经出现便形成效应,或夫妻搭档,或父子联袂,橹摇篙撑,风雨同舟,乐此不疲,喜获丰收,直到后来出现了柴油机,特别是那种在我老家被俗称为"三匹头"的柴油机,放丝拎网也从此进入2.0版了。

　　因为有了机械动力,所以我老家村民在传统"船放"的基础上,又推出了三种不同的放网方法。一是放浮网。就是让放置的丝拎网浮游在海域上层,即减少下坠的重量,让上浮的浮力大于下坠的重力。这是在夏季专门捕捞那些浮游在海域上层觅食的、在我老家被俗称为"大麦黄""青脊梁"等中等偏小的目标鱼。放浮网必须选择在潮水开始涨退时，尤其是在海浪平缓、海面转清或刮些东南风时为最佳时段，每潮都会有不错的渔获，而这根据船是否在行驶，又分为两种不同的放网方法。停船顺流放网法，就是在退潮时，抛锚停船，先放浮标，让丝拎网跟着浮标，顺着潮流笔直漂去，一顶接着一顶，直到放完，再接浮标。然后，起锚将船调转方向，行驶在网的一侧二三十米处，与网平行，用撑杆拍击水面，驱赶鱼儿游窜，船至前浮标处，即可收网捕鱼了。在收网时，一般逆流操作，船与网成三十五度夹角，一边拎着上纲拉网，一边将上纲串于匣中，若有鱼蟹缠住，便可直接取鱼蟹入护。如遇大鱼时，就用备用撩兜接应，免得在出水时被挣脱逃。行船横流放网法，就是在潮水上涨时，船在横流行驶中，将事前连接好的丝拎网，通过船的拖拉力放入海中。然后，调转船头回到前浮标处，即可收网捕鱼了。二是放沉网。放沉网与放浮网的方式相同，网的式样也相同，所不同的是沉网的网目疏、网线粗，不仅下坠的重力要大于上浮的浮力，而且每顶沉网要比浮网重约两斤。这是在秋冬季专门捕捞那些潜游在海域底层觅食的、在我老家被俗称为"秋茭白""红嘴巴"等中上偏大的目标鱼，在运气好时，也能捕捞到大鲻鱼。放沉网大多采用停船顺流放网法，在潮水涨退时，选在顺风顺水的时段，就能保证网与潮流保持一致，否则容易造成网纲弯曲滚成团状，就捕捞不到理想的渔获了。三是放折网。顾名思义，就是使放出去的网能折成弯曲状。如果说浮网、沉网放入水中是呈I状，那么折网放入水中就要呈"<"或">"状，这就要求在上浮与下坠间再加一道中坠，而这中坠的重力要小于上浮的浮力，但上下坠的重力却必须要大于上浮的浮力。我曾听说，过去的折网分为宽、窄两种，

257

宽网的宽度为窄网二倍以上,却网目更大、重量更重、成本更大,要求海域更深。可能使用起来不是很方便吧,故我老家村民还是欢喜使用窄网,而这种窄网只需在大网目的浮网、沉网上再加一道中坠,就可方便使用了。放折网的方法,与放浮网、沉网相同,只是需要横切潮流,无论潮水涨退,在潮流的推动下,网受阻力的作用,就能达到"折"的效果了。这时,沉入海底的折网,其上纲浮子浮在网的前方半水中,下纲铅坠沉在网的后下方滩涂上,中间铅坠则把网折成两个斜面,而此时正在海底觅食的目标鱼一旦触网,就会抬头往上逃窜,可它怎么也不会想到上面还斜盖着一层网,就一头扎进网目中了。据说,放折网不仅产量高,而且大鱼多,不受季节、风浪等影响,尤其是在盛夏初秋时,还能捕到十多斤重的大鮸鱼,三五斤重的大鲻鳗,还有大白蟹、青蟹等意想不到的海产品,但与放浮网、沉网一样,最担心的还是水下障碍物,一旦缠上竹木桩及突兀的礁石,都会造成硬损,只要不是挂底了,破损些也无妨,反正每年都要换新网的,这也是放丝拎网经济成本考虑之内的事。不过,现在我国实行每年四个半月的禁渔期,在禁渔期间就禁止使用丝拎网捕捞海产品了,而根据刑法及相关法律规定,违规捕捞海产品情节严重的,可处三年以下有期徒刑、拘役、管制或者罚金,这个政治成本实在太大,就不可触犯了。

岁月匆匆,白驹过隙,清风荏苒,去而不返;岁月悠悠,如画春光,点红添绿,回味无穷。恍惚间,我的记忆仿佛与现实重叠了,那片平坦如席的滩涂,是我老家村民世代耕耘的"蓝色粮仓";那湾连绵不断的波涛,是我荡漾在心里始终没有消退的涟漪。我终于想起来了,想起自己在放丝拎网遭遇急流时的险情,想起自己在放丝拎网抓捕渔获时的激情,想起自己在放丝拎网夕阳照面时的诗情,这无比粗犷而又无限细腻的海边情趣,那是我收藏在老家乡愁里的一道原始本色。

63 / 撮芝麻螺

　　我在十多年前，曾资助过贵州省黄平县的一名女生。确切地说，是我们三家资助了这名女生一家。她家有三个姐妹，姐姐是我妻弟阿文资助的，老二是我资助的，妹妹是阿文朋友剑西资助的，我们都资助她们从上初中读到大学毕业，平均每人每年资助约二千元钱，虽资助的钱款不多，但足以改变她们家里的经济状况，也改变了她们三姐妹的命运。现在她姐姐考进了黄平县公务员队伍，她自己考进了黄平县人民医院，她妹妹考进了遵义市中医院。我相信她们一家对我们的善举是充满感激之情的，要不她们母女四人就不会从贵州老家千里迢迢来到象山，非要当面答谢我们了。有客从远方来，自然不亦乐乎。来到象山，当得知她们还有一个夙愿，就是想看一下大海时，这对于我们来说，无疑是小菜一碟了。我县是个半岛县，一路穿陆，二港相拥，三面濒海，地处浙江省中部沿海，拥有国内北纬30°最美海岸线，延绵九百八十八公里海滩相连，六百五十六座岛礁星罗棋布，集合了万象山海的自然风光，千年渔乡的民俗风情，百里沙滩的运动风尚，十分海鲜的美食风味，一曲渔光的影视风华，零珠片玉的海丝风景，无论到哪里都能让她们感受到大海的气息，沉醉在这无与伦比的美景之中，一定会让她们赞叹叫绝的。在象山期间，我们带她们到石浦看海景、尝海鲜，剑西还联系了他朋友的游艇，准备带她们到檀头山岛去撮海螺、吹海风，可不巧的是那天风浪太大了，游艇怎么也靠不上檀头山岛码头，我们只好悻悻地返航，可一路的披风斩浪，却让她们母女四人吐得站不起身来，也算是大海给她们送上了一份厚重的见面礼。既然出不了海，那么我们就安排她们到海边游玩，并在道人山海滩带她们撮芝麻螺、敲藤壶、抔牡蛎,她们可能做梦也没有想到海边的物产这么丰富,就像刘姥姥进大观园一样看得出神,还长了见识,一边品尝藤壶、牡蛎生吃的味道,一边撮着一个个外壳斑斓、壳体玲珑、形态怪异的芝麻螺,更是爱不释手,兴趣极大。她们边撮边问,乐此不疲,而我则成了她们的指导老师,在边教边答中,也许是触景生情吧,慢慢地就回想起了我自己当年在老家时的撮芝麻螺场景。

芝麻螺,学名"单齿螺",是一种生活于沿海潮间带中低区礁岩上的贝类动物。这种动物由外壳和内身两部分组成,形成一个奇特精巧的贝壳体。外壳是它居住的房子,形似圆锥体,壳面有旋肋,壳质厚实坚硬,壳色为暗绿色,有黄褐色方斑,夹以白色斑点,远看像被撒了一把白芝麻而得名,也有说是它个小肉少就借喻芝麻而得称;壳口是它出入通道,略呈桃形,外唇边薄,向内增厚,形成半环形突起齿列状;内唇敦厚,壳色洁白,具有珍珠光泽。内身是个鲜活的软体动物,可分为头、足、内脏囊及外套膜四个部分。头部位于身体的前端,足部位于头部之后的身体腹面,是从体壁伸出的一个多肌肉质运动器官,内脏囊位于身体背面,是由柔软的体壁包围着的内脏器官,外套膜是由身体背部的体壁延伸下垂形成的一个膜。这个膜有个特殊功能,能建造房子,会不时地向体表分泌出碳酸钙,构成一个量身定制的外壳,随自己身体长大而扩大,总是恰到好处地包裹住自己整个身体。这时,它唯一能与外界接触的通道,就是这个壳口了。为确保自身安全,拒敌于壳口之外,它还生有一个保护器官,即从足部后端分泌出一种角质成分,形成一个棕褐色、多旋形的厣盖。这种厣盖具有防盗门的功能,开能外出捕食、爬行,关则挡住壳口,就连章鱼、寄居蟹等天敌,也拿它没办法了。芝麻螺一般在每年农历三月开始爬上礁岩,这时大海里南方暖湿气流开始强盛,春潮涌动,海水渐暖,加上每月初头的大潮汛,潮水涨得高也退得低,日照时间长了,礁岩也被晒得暖和了,而蛰居在低潮位的芝麻螺,在冥冥之中便有了某种莫名的冲动,既为觅食也为繁衍子孙,就义不容辞地爬上高潮位了。芝麻螺雌雄异体,体外受精,雌螺头部腹面有育儿囊,可保育幼生。它平时喜群集栖息,以滤褐藻、红藻为食。每年初夏时节,是芝麻螺美食的黄金季节。这时,芝麻螺肉质丰腴,脆嫩细腻,清香甘甜,味道鲜美,在海螺中拥有"盘中明珠""螺类皇后"等美誉。

撮芝麻螺是我们这些海边长大的孩子最初练就讨海技能的一个必经途径,尤其是我们这些农村小孩,祖辈三代大多是从农兼渔的,都知道自己未来的路怎么走,更懂得"学而优则渔""靠海吃海""下海一餐鲜"的道理,从小在学背"初一十五午时潮、初八廿三早夜平、初十廿五天亮潮"等潮时口诀表时,就开始相约小伙伴们到海边撮芝麻螺了。当时,在我老家村口的海边礁岩上,随时都能看到密密麻麻、成片成簇的芝麻螺,虽然这些芝麻螺大多个体较小,但我们似乎不关注这些,而是在于关注这撮的过程,尤其是在撮到芝麻螺后,我们都会按照事前的安排和各自的分工,把大家从家里带来的一些器具集中起来,就地搬来石头,筑成一个土灶,有锅就摆上锅,无锅就摆只铁罐头壳,舀些山涧溪水,拾来一些干柴,就点火烧起来,待水烧开之后,就把那些剪去尾尖的芝麻螺,倒入锅或罐头壳里,在等水中浮出螺膏时,就可分享美味了。这时,我们围坐在一起,个个脏得像小花猫似的,嗑嗑螺、聊聊天、嘻嘻哈哈一番,就成了我在童年时期的最美好回忆。不过,想要撮到一些个头大的芝麻螺,必须攀爬在临水临崖的礁岩上,这是大人们的事了。我记得有一次,跟着家人在一处临水的礁岩上撮芝麻螺。我刚爬过一块岩石,突然发现前面的岩湾里,有人从海水中探出一个头来,把我吓得一大跳,差点惊叫出声来,不想他朝我笑了笑,就从容地爬上了礁石。这时,我发现他有一身不一样的"装备",一只网袋像挎包一样背在身后,在腰间系了一根腰带,挂了一些钩、铲等器具,还有一只矿泉水瓶,里面装的是香烟和火柴,我后来知道他是另一个村的"撮螺大王",只是我没有想到他是这么撮芝麻螺的,一直在我记忆中留存着最惊险的一幕。

芝麻螺是我老家的一种特色海产品。只要将它的尾端剪去一截,清洗干净,就可烹食。经典的吃法有三,一可油炒,在锅里倒入少量油,将姜蒜炒出香味,放入芝麻螺进行翻炒,再添些佐料,盖上锅盖稍焖收汁,就可出锅装盘了;二可白焯,在锅中稍加清水,放入芝麻螺煮熟,就可出锅了;三可煲汤,在锅中加上适量清水,放些姜片,将水烧开,放入芝麻螺,再将水烧开,加盐调味,撒把小葱,就可盛汤了。不过,吃芝麻螺还是有学问的,尤其是从来没有吃过这种螺的人,就更需要接受餐前的特殊训练了。当然,你是可以双手并用的,用牙签或回形针将螺肉剔出来,放在嘴里吃,只是这样的话,不仅速度慢,而且要频繁地擦手,这就显得既麻烦又有失文雅了,而最地道的吃法,就是用筷子撜起芝麻螺,先蘸一下汁液,然后把壳口一端放到嘴里,屏住呼吸,用力一嘬,螺肉就出来了,就会让你品尝到满口清香的味道。如果没有汁液,而且从壳口里嘬不出螺肉,那么就要调转方向,先在尾端被剪处嘬一口,迫使壳内螺肉松动,然后再调转方向,在壳口处用力一嘬,一股鲜美的螺肉就含在你嘴里了。如果这样吃芝麻螺,那么你就可同时喝酒、划拳甚至拍人肩膀,不必担心自己双手会弄脏他人衣物了。据说,经常食用芝麻螺,能增加人体眼球壁的弹力,具有预防近视眼的作用,难怪在我老家就把芝麻螺当成了一种老少皆宜的天然零食。

随浪逐梦爬礁岩,不想味好成美谈。再忆撮芝麻螺,虽然与我们资助他人无关,风马牛不相及,但我总觉得又有些许的联系,正如芝麻螺个小,没有人因此不喜爱它,还把它摆上宴席餐桌,成为一种特色菜肴,而资助他人,在我们力所能及的范围之内,也算是一件小事。正是这种不经意之举,却有可能在被资助人心中,早已播下了希望的种子,这是我在事前没有想到的一个美好结局。

64 / 挖海泥虫

　　岁岁重阳菊花傲放满地香，今又重阳山海秋色胜春光。记得有年重阳节刚好是星期天，我们一家人说是到野外赏秋，而欣赏到的却是山海之间的不同景色。那天下午，我开着车子，顺着茅石线，经蟹钳渡，一路向南，在到达新桥镇政府门口时，儿子说到崇巉码头去看看，上次到那里放蟹笼，一只石蟹都没放到，不知现在是否有人还在放蟹笼，我说好的，就在高塘村路口右转弯，经下七里村，直奔崇巉码头。不巧的是，当时崇巉码头正在施工，码头现场进行管控，车子进不去了，我就调转车头，原路返回，开至半路，发现有条近路，可直达影视城，儿子、儿媳都说陪老妈到影视城去看看，我就说我不去了，到附近去看下钓鱼，就约定了候接车地点。我又调转车头，在崇巉码头附近，向左驶上围海堤坝。这条堤坝刚经修固，宛如巨龙，巍峨壮丽，堤坝外侧还增设了一道防浪墙，有一米多高，车子驶过没能看到外侧海况，却能看到内侧河道有人在钓鱼，我就将车子靠边停下，准备下去看钓鱼。我下车后，习惯地环视了下海滩，潮水退下，远岛如黛，港湾曲折，滩涂平缓，突然有只海鸟低空飞过，惊得滩涂上正在觅食戏闹的沙蟹、红钳蟹、弹涂鱼们，一片惊慌失措，纷纷躲进洞穴，这时我才发现在堤坝下只有十几米之远的地方，还有两个人正弯着腰在挖什么东西，这让我感到好奇了，在这乱石堆积的滩涂上，不知能挖到什么东西。再仔细看了一会儿，觉得既不像是在挖沙蟹，也不像是在挖弹涂鱼，到底在挖什么东西呢，我心生疑惑，决定下去看个究竟。刚好，附近有个上下海台阶，当我走到台阶口时，却发现在边上摆着两只大塑料桶，满满地养着一根根长五六厘米，像冬虫夏草一样的东西。我从未见过这东西，也想不出它叫什么名称，就继续往下走，站在堤坝外沿的砌石上，又看了一会儿。见他们一直忙碌着，也无暇顾及我的观看，我就高声地问："师傅，你们挖什么东西呀？"这时，距离我近的一位师傅，才站起身，竖起锄头，按在手中，侧过身来，对我说："挖土笋！"紧接着，他可能觉得我没听懂，又说了一句："挖海泥虫！"可我还是没有听懂，也不好再问了，就挽起裤腿、脱了鞋袜，蹑手蹑脚地来到他身旁，边看他挖，边与他聊。这时，才得知他姓刘，他俩都是福建人，租住在附近村里，是专门挖这种名叫"海泥虫"的海产品。我才隐约想起，自己在山东青岛、福建厦门出差时，曾吃过这种海产品，连忙在自己的味蕾记忆库里探索，仿佛还留存着它那种特有的味道。

海泥虫，学名"可口革囊星虫"，简称"泥虫"，俗称"土笋"，是我国特有的生长在沿海滩涂上的一种海生动物。它形像"沙虫"，学名"方格星虫"，个体比沙虫更短小；也似"沙蚕"，俗称"海蜈蚣"，但不同的是海泥虫体圆而无足。它由头部、躯干和尾节三部分组成，头部前端是翻吻，中央是口腔，周边布满触手褶，有钩或棘感，可收缩隐藏在躯干内；躯干呈圆柱形，体表散布腺体的开孔和乳突，消化道向躯干后端螺旋盘曲，肛门位于靠近躯干前端背面中线处；尾节略细，体色深褐；体表润滑，含有蚯蚓血红素细胞，在触手褶扩展时流出体外，在触手褶收缩时流入体内，能确保自身始终处于滋润状态。它身体柔软，呈蠕虫状，常栖息于潮间带高潮位，营底埋生活，一般生活在十几厘米至一米不等的洞穴中，以滤底栖硅藻、有机碎屑为食。虽其貌不扬，但味道鲜美，肉质劲道，营养丰富，素有海上"冬虫夏草"之称。

我驻足细看了一会儿，只见他轻移脚步，眼睛紧盯着滩涂，寻找每一只可能伪装了的海泥虫洞，一旦发现了，就举锄重落，快速翻泥，露出海泥虫，立即将它拾起，放在塑料桶里，节奏如此娴熟潇洒，动作如此干净利落，无不让我叹服他是一位挖海泥虫高手。我试探着问："刘师傅，能否让我挖一下？"没想到他爽气地回答："好呀！"说着就站起身，将锄头递给了我，我接过锄头，才发现这实际上是把钉耙，而又与传统的钉耙有些不同，它只有三个钉齿，而且还是扁的，手柄也特别短，只有约一米长，难怪在这滩涂上挖得如此轻巧，而当

我手握着这把锄头，却让我感到举锄难下了，不知从哪里挖起。刘师傅似乎看出我的心思，便指教我说："你要先找一个海泥虫洞，这个洞有时像蛏子洞，但又不像蛏子洞那样有规则，必然是双洞的；有时也像蟹洞，只是洞口没那么大，而且洞口周围堆积着的涂泥颗粒也非常小。一簇簇像菜籽一样的，这是海泥虫的排泄物，越新鲜越好，这说明海泥虫还在洞里。"我按照刘师傅指教的方法，挖了几锄头，却在翻开泥后，并没有找到海泥虫。刘师傅又告诉我说，懂得识别海泥虫洞，只是第一步，否则都是无效劳动了；其次，要眼明手快脚轻，尽量不要惊动海泥虫，因它听觉、嗅觉都非常灵敏，一旦感到有动静，就会退缩到洞底，让你费时费力也挖不到了；第三，要狠准快地下锄，能在半途截获它，就省时省力了；第四，要躬身力行，使锄头与滩涂平面保持四十五度夹角，这样更容易将涂泥翻过来，堵截海泥虫退路；第五，一旦发现海泥虫，就要快速将它拾起来，否则也会功亏一篑。我又按照刘师傅指教的要领，挖了几锄头，还真的挖到了几条海泥虫。为不影响他作业，我就将锄头交还于刘师傅，便问他我挖得怎么样，他笑着说："你是有讨海经历的！"我想这是他对我的褒奖。在我看来，这不是一种简单的体力活，还是有专业技能的。刘师傅说，他们前几年在江苏盐城那边挖，开始产量还好，后来挖的人多了，感觉赚不到钱，就出来寻找新的地方。刚来这里看涂时，发现这片海滩非常完好，不但没人挖过，而且当地村民对这也不感兴趣，他们就租下房子，打算在这里挖一段时间，每隔个把星期，主要是看潮时，潮时短就不挖了，便回一次老家，把东西运回去销售，赚些辛苦钱。刘师傅还说，他们在这里挖泥虫，每天都是提前坐在堤坝上等，当滩涂露出轮廓时，就下海开始挖。因为在潮水刚退时，海泥虫还生活在洞口，不仅洞眼更容易找，而且挖开涂泥就能带出海泥虫，能省去好多力气。有时从退潮挖到涨潮，只有在腰痛背胀坚持不了时，才能站一会儿，也没有地方坐，艰辛是没话说的，从小讨海长大，也只会这一手，只有靠干苦力吃饭。至于每天的量，那是要看潮时的，潮时短能挖几斤就不错了，潮时长能挖到十多斤也是有的。现在，价格还是稳定的，每斤保持在五十元左右，我们那边销量很大，处于一种供不应求的状态。海泥虫是可以养殖的，现在技术非常成熟，一斤种苗当年就能产出三斤成品，投喂的都是可食用颗粒饲料，不仅能够提高成活率，而且还能提高养殖效益。关键是我老家那边可养殖的滩涂面积少，而想养殖的人又多，就人为地抬高了滩涂养殖的承包成本，而像我们这样一次性拿不出承包款的，就只能流落他乡，四处找挖了。

海泥虫富含人体必需的营养物质，具有很高的食疗药用价值。各地吃法很多，清洗也很简便，只需将海泥虫剪开，清理内脏污物，放入水中洗净，就可生炒红烧煲煮了。刘师傅说，他老家的"土笋冻"很有名气，既是一道冷食菜肴，也是一种土特产品。我说在前几年到厦门出差时，在那里吃过"土笋冻"，看上去晶莹剔透的，在细嚼慢咽间，能感觉出有种特别的清香味道。"每个地方的口味都是不同的，你下次来时，尝尝我老家的味道。"刘师傅如是说，我表示感谢，也与他们就此别过了。

众里寻它千百度，此虫安处是崇巘。挖海泥虫是一项新兴的讨海方式，投入少，创收快，非常适合个体作业，而我县沿海滩涂多、面积广，在每一个不起眼的角落里，都有可能生长着这种颇具开发价值的海泥虫，无论是现挖、养殖，还是美食、外销，或许都能形成一种产业，带动一方百姓致富，只是不知当地百姓为何没有引起重视，这是我在回来的路上一直在思考着的一个现实问题。

65 / 捕墨鱼

"你身藏一肚子墨水/不去写锦绣文章/只用来逃命/也许大海的深邃与湛蓝/不是笔墨可以形容的/也许生存/远比成名成家重要/可是你柔弱的身躯/又怎么能推翻黑色的宿命呢/逃得过一条条大鱼的口/却逃不出人类那一张/欲望编织的网。"我已忘了这是谁写的一首《墨鱼》诗,每次在我品尝墨鱼美味时,都会想到或轻吟这首诗,仿佛这样更能抒发这首诗的意境。前段时间,我有个战友来做客,在请他吃海鲜时,其中就有一道"墨鱼大烤",看他吃得欢快的样子,我就给他吟诵了这首诗,本想给他介绍墨鱼的品质习性,没想到他却问我墨鱼的本名叫什么,我就告诉了他墨鱼的本名叫"乌鲗",墨鱼是它的俗称,因体内有墨而得此称。还未待我把话说完,他又问我为什么不是盗贼之"贼",我就告诉了他,乌贼也是它的俗称,只是"鲗""贼"同音,人们就以"贼"为"鲗"了;也因墨鱼生性多疑,机警伶俐,狡猾善变,游速飞快,人们很难捕获到它,故人们也认"鲗"为"贼"了。那么,你们是怎样捕获墨鱼的?它有哪些生活习性?战友还不依不饶地问我,我只好在举杯畅饮间,断断续续给他讲解了有关墨鱼生前身后的逸闻趣事。

墨鱼祖先是诞生于两千一百万年前的一种海洋生物,历经山海洪荒,终逃生死一劫,繁衍成了一个庞大家族,目前已知世界上共有三百五十多种,而在象山常见的有两种墨鱼,即曼氏无针墨鱼和针墨鱼。不过,这两种墨鱼貌似神同,形似孪生兄弟,不是地道的讨海人,就难以区分伯仲了。虽然我们在习惯上称墨鱼为"鱼",但在实际上它不是一种真正意义上的"鱼",而是一种头足类软体动物。它由头、足和躯干三个部分组成,一般体长约二十厘米,重

约一斤，头部短而呈圆球形，位于身体前端，两侧有眼，眼后有窝，为嗅觉器官；顶端为口，四周围有口膜，口腔内有角质颚，能撕咬食物；足部生在头顶，共有五对足腕，一对长四对短，长者为"足"，短者为"腕"，为捕捉器官；躯干表面有各色花斑，两侧有条肉鳍，前狭后宽，具有助游功能，俗称"边裙"，是墨鱼最好吃的部位之一。背面包裹一根石灰质壳骨，形似一艘船壳模型(俗称"墨鱼骨"，药名为"海螵蛸")，这也是区分曼氏无针墨鱼与针墨鱼的焦点。如果壳骨尾端是圆弧形的，那么就被称为"曼氏无针墨鱼"，这是在我老家被指为正宗墨鱼的依据；如果尾端有尖刺突出的，那么就被称为"针墨鱼"，这在我老家被俗称为"虾虮子"，则属于另一品种，无论是味道还是价格，都要稍逊一筹了。腹下内脏被一层肌肉性套膜包裹，像是套着一个橡皮袋子里，在皮肤表层聚集着各种色素，能在瞬间改变肤色，以便适应海洋环境。在剖开腹腔时，有三种不同颜色的内脏引人注目，白的俗称"墨鱼蛋"，是雄性墨鱼的缠卵腺；黑的俗称"墨鱼囊"，是其储墨的器官；黄的俗称"墨鱼黄"，是雌性墨鱼的卵子。这些都是墨鱼的精华，更是味道鲜美的食材。实际上，墨鱼是个外海物种，只有在每年春季才洄游到近海进行繁殖，在雌性墨鱼排出卵子时，雄性墨鱼就会排出缠卵腺，将卵子一串串包裹起来，粘附于岛礁附近的海藻及其他物体上，等孵化出幼鱼，天气也开始转冷了，墨鱼们就会携带着子女，返回外海越冬了。墨鱼会作花样游泳,泳姿十分优美,而在遭遇险情时,游速能达每秒十五米,相当于每小时五十四公里的速度,可堪比奥运冠军了。它在平时以捕甲壳类、软体类及其他小动物为食。

象山海域辽阔,岛礁众多,那种海风飘逸、月光变幻、山影幽秘、浪花烂漫的自然风光,就成了墨鱼们生于斯长于斯的刻骨记忆,每年都要远涉重洋洄游到这里休养生息,形成了如期成汛、久捕不衰的渔山渔场、大目洋渔场和猫头洋渔场,吸引着南下北上的拖网船、张网船,都集聚在这里"柯洋山"。我有两个姐夫原来是张网的,现在有三个外甥是柯鱼的,我了解得多了,也"数墨成行"了。墨鱼每年从谷雨到小暑间,都会形成鱼汛。在我老家有个说法,柯好"三水",不枉一汛。这里的"水",既是潮时,也是节点。"头水"是指在谷雨前后四五天,雨生百谷,春暖花开,墨鱼闻花,远道而来,俗称"花水";"二水"是指在立夏前后十天,斗指东南维,万物生长旺,墨鱼始集聚,旺发成鱼汛,俗称为"立夏水";这时,正是墨鱼的捕捞季,有时墨鱼多得像锅里的饺子一样,甚至会飞出海面,随便拿个箪篮什么的器具去舀一下,也能舀到墨鱼。"三水"是指在小满前后四五天,虽汛期高潮已过,但鱼群犹在集聚,俗称"小满水",也称"三水屁"。而真正到了小暑,墨鱼开始作散,捕到的也只是漏网之鱼了。拖网是随船流动的,与墨鱼比的是耐力,最终将墨鱼拖进了网袋里,而张网是固定在海域上的,像是在海里放着风筝,可三百六十度随着潮流自由转向,只有在涨潮退潮时,由于受到潮流影响,网衣急速下沉,网架快速竖起,网口拦截潮流,墨鱼一旦游进去,就再也出不来了。而在平潮时,墨鱼们急于寻找"产房",当发现海面平躺着一个网架时,自以为可当"产房"产卵了,就纷纷游弋于网架周围,争抢着可粘附的位置。没有想到这是人设的一个捕捞陷阱,当潮水出现涨退时,就成了吞噬它们的一个黑洞。而墨鱼急于产卵交配,其游泳能力也会有所减弱,不能在大水潮急流中驻足停靠,便会选择在小水潮进行产卵,在我老家就有了"大水捕黄鱼、小水捕墨鱼"之说。

墨鱼具有滋补肝肾的功能。古人说它"最益妇人",是治疗妇女贫血、血虚经闭的良药。在我老家常将墨鱼骨磨成粉,备作催奶、安胎、治疗溃疡、肿痛的"良药"。墨鱼全身是宝,就连让人常当作污物丢弃的黑墨,也是一种极品食材。据称在16世纪,西班牙"无敌舰队"在征战南美洲时,炊事员在制作海鲜饭时脑洞大开,竟把原本打算扔掉的墨鱼墨用来煮饭,没想到这道黑不溜秋的海鲜饭,居然味道非常鲜美,被将士们竞相抢食,而得到嘉奖。从此以后,墨鱼墨海鲜饭不仅被写进西班牙传统菜谱,而且还被列为西班牙美食上品。不过,我在孩提时,凡见到墨鱼骨,都会把它收藏起来,似乎对墨鱼骨的兴趣,远要超过对墨鱼的喜好。我至今还能列数出墨鱼骨的好处:它可以去污,用它来擦铁锅,一擦就亮;它可以擦牙,而且牙齿就能神奇地变白了;它可以止血,只要在伤口洒些墨鱼骨粉,就能立刻见效了;它可以换白糖,每次看到有挑货郎担的"贷白糖人"从村里走过,或听到摇着货郎鼓"滴吧滴吧"的声音,或听到"收鸡肫皮龟鳖壳墨鱼骨"的叫喊声,我就会把收藏的墨鱼骨搬过来,就能换到一两块小白糖,美美地可打牙祭了。

说到墨鱼,不得不说一个故事。南宋诗人杨万里曾写过一首诗:"秦高东巡渡浙江,中流风紧坠书囊。至今收得磨残墨,犹带官车载鲍香。"意思是说墨鱼本为秦始皇坠入海中的一个书囊,即使到现在,还带有墨香之气。而据唐代段成式所撰《酉阳杂俎》记载:"墨鱼,旧称河伯度事小吏,海人言秦始皇东游,弃算袋于海,化为此鱼,形如袋,两带极长。"那么,秦始皇为何会把算袋弃于海中呢?传说,东海海神禺虢是个人面鸟身、珥两黄蛇、践两黄蛇的神灵,得知秦始皇前来巡视,就托梦于他,约定在东海不老岛见面,并规定不准画其神像,可秦始皇手下画师,还是悄悄带上了纸墨,不料被海神识破,立刻掀起狂风恶浪,冲杀秦始皇的车马仪仗。秦始皇在慌乱中,不慎把带在身边避邪的算袋掉入海中,画师急忙泼墨于袋中,慢慢就成了一只遇到强敌、能喷黑墨、把水搅浑、趁机逃脱的墨鱼。

战友相聚情意切,一道墨鱼相谈欢。虽然我们没有苏东坡"雪沫乳花浮午盏,蓼茸蒿笋试春盘"的清旷闲雅,也没有李白"仰天大笑出门去,我辈岂是蓬蒿人"的飘逸洒脱,更没有陶渊明"采菊东篱下,悠然见南山"的悠然自得,但是阔别多年后的一见如故,也让我们品味到了战友的特殊含义。

66/扦水鸭网

我每次回到老家,总是不忘到村口的海滩边上溜达一会儿,漫步在那道新建的围海堤坝上,思绪就会像开了闸门的海水奔腾而出,不禁想起了自己在年少时曾在这里扦水鸭网时的情景。水鸭网是一种专门张捕水鸭的网,而水鸭是在每年冬季从北方迁徙过来越冬的一种野生鸭类,其学名为"绿头鸭指名亚种",也称"绿头鸭"。据说,它是目前家养雄鸭的祖先,早在公元前475年的战国时期,就开始进行了驯化,是保留至今还大量饲养的一种家鸭品种。实际上,野生的水鸭是属于一种雁形目游禽,一般体长约五十五厘米,重约一公斤,体形大小、色泽与目前家养的雄鸭基本相同,只是它生性更凶、食性更杂、羽色更炫,乍一看是一种黑白分明的天生尤物,让人感觉漂亮极了。它嘴呷扁长,淡黄色,头、颈部墨绿色,面颊近黑色,两眼乌黑炯炯有神,颈基有一白色领环,上背和两肩密杂着白色波状细斑,羽缘黑色;下背、腰和尾羽黑色,中央两对尾羽向上卷曲,羽缘白色;两翅灰黑色,翼镜呈金属紫蓝色,其前后缘各有一条绒黑色窄纹和白色宽边;上胸灰黑色,具浅白色羽缘;下胸和两胁灰白色,杂以细密的暗褐色波状纹;腹部淡白色,亦密布暗褐色波状细斑;尾下覆羽绒黑色,微具绿色光泽,脚趾间有蹼淡黄色,走起路来一摇一摆,留记在我的印象里,是一种人见人爱的宠物宝宝。每年冬至过后,水鸭就分批次地迁徙过来,栖息在我老家村口那片辽阔的海滩上,形成一个个几十上百只的群落,在潮水涨时就栖息在围塘里的荒滩上,以啃采一些嫩草为食,在潮水退时就栖息围塘外的海滩上,以捕一些小鱼小蟹及贝类为食,所到之处都会留下它密密麻麻的足印。水鸭很少见它游于水面,大多生活在海滩上,却生性好动,警觉性很强,一见有人靠近,就会立刻起飞,进行低空盘旋,时常发出"嘎嘎"的群叫声,此起彼伏,声音脆响,很远都能听见,总是让人抬起头,送上一个注目礼。它那娇艳的身姿,无不让我叹为观止。

那是在20世纪六七十年代,扦水鸭网作为我老家村民的一种传统讨海方式,在我懂事开始就一直在延续着,以至于每到年末岁初,这也是我老家最寒冷的一个季节,尤其是在农历月末月初的几个大黑夜,而且在遭遇下大雪、下大雨、刮大风等恶劣天气时,都要到海滩上扦水鸭网。扦水鸭网一般在白天扦网,到了晚上才能张捕到水鸭。这种网既不像渔网围拖在海里,也不像虾网截流在海中,而是悬空挂在海滩上,总是能让水鸭们自投罗网。水鸭网每张长约三十米、宽约两米,网眼边长约十五厘米,用麻线编织而成,上下贯穿两根网纲,两端各系一根网竿,上纲与网竿都系成死结,而下纲则套在网竿上,可上下活动。当水鸭在漆黑的夜晚,进行低空飞行时,一不小心将头穿插进网眼了,由于习惯性的挣扎,便使下纲迅速向上卷起,就把水鸭困缠住了。而这种网竿一般选用竹竿直、竹节平、竹壁厚、韧性好的本地水竹,网竿长约三米,直径约为三厘米,杆梢稍尖,柔软性好,便于弯曲,上端两米系着网,下端半米扦插在海滩中,还有半米是悬空的,就可张网以待了。在扦水鸭网时,必须把上纲拉紧,两端网竿要扦插牢固,否则在恶劣的天气下容易走杆,如被海浪卷走了,那就得不偿失了。扦水鸭网的最佳时间,一般掌控在下午或在近黄昏时,最好是网扦好了,回到家了,天也黑了。用村民的话说,这水鸭很有灵性,如果网扦早了,被它发现了,那它晚上就不会再来了,这就张捕不到水鸭了。记得有天下午,天气非常寒冷,黑云低沉,北风呼啸,眼看就要下大雪了。我就扛起一捆水鸭网,准备到海滩上去扦网。那时,我记得家里有十多张网,平时网与杆都是卷在一起的,能一扛了之,说扦就扦。海滩离家也很近,只有十多分钟路程。扦水鸭网怎么扦是不讲究的,横着扦、竖着扦都不做要求,也没有在方向上、间距上作出特别规定,只是扦在哪里却是非常讲究的,既要远离堤坝、礁石等障碍物,这是因为这些障碍物在夜里都会出现一些暗影,水鸭出于自身安全考虑,每到晚上都会避开这些是非之地,以防出现不

确定因素,又要选择晚上水鸭可能会栖息的地方,而这唯一的方法,就是观看留在海滩上的水鸭足印,虽然它早就飞走了,但留下的足印越多越清晰,说明水鸭在此栖息的数量越多、时间越近,而到晚上返回的可能性也越大,张捕率就越高。好在我熟悉海滩情况,知道水鸭平时栖息的海滩,就不知道什么是冷了,总是赤着双脚,一口气跑到了网地。我先把成捆的网竿插在海滩上,以此作为中心点,然后再取出一张张网,扦成一列就行了。每次扦好网,我心里总是热乎乎的,期待着当晚就能张捕到水鸭。这种心情可能只有钓鱼人能感同身受,每晚总是辗转反侧睡不好觉,一早就爬起床了,迫不及待地跑到海滩去撩水鸭。这也是扦水鸭网一个不成文的约定,即所谓的"扦得晚撩得早"。因为当地村民都是随潮落海的,没有规定的作息时间,只有更早没有最早,而水鸭网大多扦在潮间带中潮位,是村民下海作业的必经之路,如果有水鸭被扦住了,一旦被人发现了,那么就有可能被顺手牵羊取走了,所以每次都要起早赶去,到网地检查张捕情况。有时是下雪天,早晨天气特别寒冷,海滩潮头还结着冰,我就赤着双脚踩下去,开始时就像踩在钉板上,会感到钻心的疼痛,不一会儿双脚就麻木了,即便上身跑得满头大汗,双脚也不会有痛感了。不过,我每次跑到半路,都会眺望一下,逐网进行辨认,如果发现两端网竿还笔直竖着,且网的上纲还绷得紧紧的,那么就可排除"情况",立刻返还回家了。如果发现两端网竿斜弯着,且网的上纲下坠呈 U 字状,那么就可断定有"情况",就要跑到网地去捕捉了。有一次,我在眺望时发现有张网有"情况",

在跑到网地时，才发现是一种我从未见过的野生动物，它头部像老鼠，身体却像猫，而双足又像鸭子，我诚惶诚恐将它带回了家，才知道原来是一只水獭。还有一次，我也是在发现有"情况"后，就跑到了网地，却发现是一只猫头鹰。这是农村小孩常见的一种益鸟，它常在夜间外出活动，以捕老鼠为主要食物，是为村民看家护园的好朋友。不过它的叫声很恐怖，每次听到它的声音，村里就会谣传要死人了。所以一半是出于保护，一半是出于恐惧，在我将它带上岸后，就把它放飞了。这是我在扦水鸭网中遭遇到的几个场景，现在回想起来，仿佛还历历在目。

水鸭全身都是宝，其肉虽韧劲粗实，需要多煮慢嚼，但富含人体必需的营养成分，粗蛋白含量比家鸭高，水分含量比家鸭低，能让人品尝到有一种特殊的味香，食不忘味了。据《本草纲目》记载，其肉甘凉、无毒、补中益气、平胃消食，除十二种虫，故我老家村民常捕食之，以防身上生疮痈、热痱、蛔虫等恙疾；其绒是自制羽绒背心的顶级材料，既细软贴身又具极强的保暖、防水功能，是当时我老家村民求之不得的御寒暖衣。而这不是我在为违捕野生动物寻找托词，事实上我在写这篇文章之前，也在心里一直纠结着这个问题，那就是要不要、能不能写这篇文章，会不会违反野生动物保护法，进而带来麻烦，但仔细一想，我在扦水鸭网时，国家还没有颁布野生动物保护法，而且时间间隔也相差几十年了，按照法不溯往的原则，作为曾经存在的一种大众讨海方式，我还是放心地写了这篇文章。

写很久以前的事，叙很久以后的情。我之所以要写这篇文章，不仅是我在很久以前苦并快乐着的一件事，而且还是我在很久以后一直存寄于心的一腔情。只是随着海洋环境的破坏，围海堤坝已无节制地一次次向外延伸，我老家村口的那片海滩也一次次被侵占，海滩缩小了，水鸭不见了，再忆那种挥之不去的扦水鸭网经历，尽管水鸭网也早已消失在潮起潮落中，但经过岁月的沉淀，已酿造成为唯我只敢在夜深人静时独自品享的一种家乡美酒。

67 / 牁蛏秧

　　我已写过《牁蛏子》《晒蛏干》两篇有关蛏子的文章了，总觉得还言犹未尽，意犹未了，是因为《牁蛏子》写的是怎样把成品蛏从泥涂中牁出来成为商品蛏，《晒蛏干》写的是怎样把牁出来的成品蛏加工成为干品蛏。而在蛏子养殖的过程中，就需要将原生的蛏秧进行移地养殖，也由于蛏秧所处的生长阶段、生活习性不同，因而牁的时间、方式也不尽相同，所以我又写了《牁蛏秧》这篇文章，以便更直观地反映蛏子的养殖过程。

　　蛏子，也称"缢蛏"，因自壳顶至腹缘有一条微凹的斜沟，形似被绳索勒过的痕迹而得名。它由外壳、足、水管、外套膜等四部分组成，外壳狭长，两壳对称，能张能合，张似蝴蝶状，合成椭圆形，一侧有张合纽带，壳质脆薄，呈淡黄色，两端开口，一端有两根吸排水管，一端有只锚形斧足，整个肌体由一层外套膜包裹，常年立居在泥洞穴之中，以滤浮游性、底栖性硅藻类或有机碎屑为食，肉质细嫩，营养丰富，味道鲜美，吃法众多，是象山常见的一种特色海产品。蛏秧，顾名思义，就是蛏子幼苗，是蛏子养殖必播的种苗。我国是蛏子的主产区，蛏子养殖已有六百多年历史。我县蛏子养殖早在南宋时期，就有课税记录，到民国十九年（1930年）间，年产蛏子已达五千担。而据《象山县渔业志》记载，在20世纪50年代初，浙江省水产局曾在我县鹤浦镇大南田村创办了"象山县地方国营水产养殖试验场"，蛏子养殖面积达三十八公顷（约六百亩），直到1971年3月停办了这个养殖试验场，这也是我县历史上规模最大、职格最高的一个蛏子养殖试验场。在此期间，仅这个蛏子养殖试验场每年就需要采购大量的蛏秧进行养殖，按照当时每亩蛏田平均投放约二十斤蛏秧计算,每年就需采购蛏秧约一万五千斤,这还不包括当时周边各村自办的集体养殖场,实际的蛏秧需求量就更大。虽然大量的蛏秧需要从外地采购,但由于受潮时、路途及环境等不确定因素影响,从外地采购来的蛏秧往往会造成很大的损耗,容易导致蛏秧成活率下降,进而就会影响养殖产量,而动员当地村民就地进行抲蛏秧,并高价进行收购,就成了这个蛏子养殖试验场稳产、当地村民增收的一种双赢选择,而我老家所在村就处在这个养殖试验场的边缘,独特的地理优势就让我老家村民每年都能分享到抲蛏秧这块致富"蛋糕"。因为蛏子是一种海生贝类软体动物,雌雄异体,一年性成熟,生殖腺分布在内脏囊中,从外观看难以区分雌雄,但剥壳后可发现雄性生殖腺呈乳白色,雌性生殖腺呈淡黄色。而到了每年中秋时节,这些"男大当婚、女大当嫁"的亲蛏们,在冥冥之中感受到了秋意渐浓、水温渐降时,这时海水平均温度约为20℃,就会迫不及待地考虑繁殖下一代了,并在大水潮浪推波拥的肆意挑逗下,都会情不自禁地排放出精、卵子。这种现象大多发生在每年农历八九月间,因而这段时间也被称为蛏子集中繁殖期,蛏子每年最多能排放四次精、卵子,每次排放时间约为几分钟,而每次的间隔时间却需半个月,排放量以第一次、第二次为最多,成交率也以第一次、第二次为最高,而这些精、卵子排放在海水中,就会在海浪的簇拥下,随波逐流,四处漂游,各自寻找着自己的归宿。一旦遇到属于自己的"缘分",两者就会紧紧地相拥相守,开始受精发育,进行卵裂孵化,逐渐发育成"0"形幼虫,再经过约一周时间的浮游生活,体形开始变态,行匍匐生活了,就会慢慢地尝试着投入大地母亲的怀抱,喜栖息在潮间带高潮位有积水、泥质稀软、藻类丰富的低洼处。一旦着泥成功,就会快速地潜入泥涂之中,开始转入正常的穴居生活,美滋滋地吸吮着滩涂上的有机藻类,确保自身健康快速成长,过了一两月时间,就成为可移殖的蛏秧了。这时,蛏秧还小若谷粒、大如麦秆段,当每斤达到约五千只时,就可将蛏秧抲出来移到蛏田养殖了。

在我老家抲蛏秧的时间,大多集中在每年农历十二月份至翌年三月份间,天气太热了,就会降低蛏秧的成活率,因而根据"抲"的不同季节,又将蛏秧分

为"冬秧""春秧""夏秧"三类,以"冬秧"品质最佳,个体最小,成活率最高,"春秧"次之,"夏秧"最差。当时,在我老家村口就是一片平缓的滩涂,尤其在围塘坝下、海礁岩边,都能看到密密麻麻、挨挨挤挤的形似冒号的"小蛏眼"。别看这"小蛏眼"不起眼,它却是蛏秧身份的识别码,根据这些"小蛏眼"洞口的大小、两洞间距的长短、洞口的清晰度,以及洞口周围是否散落一些细长段状的泥粒,我老家村民就能判断出蛏秧个体的大小、蛏体是否健壮等信息。而这些"小蛏眼"也是蛏秧与外界保持联系的唯一通道,当潮水上涨淹没了这些"小蛏眼"时,穴居在泥涂中的蛏秧,就会上涌到这些"小蛏眼"洞口,伸出身上两根特有的进出水软管,一根吸收滤食海水中的有机藻类,一根排泄经过消化吸收后废水污物,确保自身肌体有机、健康地生长。当潮水退下露出滩涂时,蛏秧就会潜居到洞穴中、低部,以防外敌侵害。蛏秧继承了父辈传统,崇尚"独身主义",自居的洞穴绝不允许藏有它身,而其洞穴的深度,却随蛏体的大小、体质强弱、底层泥质及季节变化而不同,蛏体大、体质强壮、底泥稀软、水温低时,洞穴较深,反之则浅。在一般情况下,蛏秧洞穴的深度约为其身长的五倍。当时,我老家村民都在自然生长的滩涂上抲蛏秧,俗称"抲散秧",虽然方法很多,但我记得主要有以下三种:一是刮泥筛洗法。就是在潮水退下后,选择一处有积水的低洼塘,用一把自制的木锄把低洼塘周边的泥涂连同蛏秧刮到低洼塘中央来,刮的深度以蛏秧穴居的深度为标准,一般约为二三厘米,然后将刮过来的泥涂摊平,然后再等到潮水上涨时,处于下层的蛏秧,迫于摄食、呼吸等生理需要,就会爬上泥涂表层,这样一次刮土就能使蛏秧的密度增加一倍,一般经过二三次刮土后,就可在一侧挖池筛洗了,在筛洗时再将低洼塘中央的泥涂刮过来,放在自制的竹筛或网筛上,只要轻摇筛子,泥土就会滤净,剩下蛏秧了。这种方法虽然捕获量大、成效好,但前期工序复杂,时间跨度较长,而且必须选择在大水潮进行,否则小水潮潮位低,一些高潮位滩涂还涨不到潮水,就会影响筛洗成效。二是混水撩滤法。就是在低洼塘内将周边刮过来的泥涂,连同塘内的泥涂进行反复搅拌成一种泥浆状,然后用一种制作的类似于泥螺横的网具进行直接撩滤,就能捕获到蛏秧了。这种方法虽然没有刮泥筛洗法的捕获量大、成效好,但短平快,立竿见影,有成就感,这也是我老家村民最常见的一种捕获方式。三是徒手捕捉法。就是在潮水退下时,看到海滩上有"小蛏眼"的地方,就用手直接在泥涂中去拿捏捕捉蛏秧。不过,这有个前提条件,就是蛏秧体长必须在约15毫米以上,否则太小了,在用手拿捏时就没有手感了。这种方法虽然费工费时,非常辛苦,但其优点就是不限人设,只要能下得了海,无论妇孺老幼都能信任得了,这也是在我老家最原始的一种捕获方式。我的童年可以说是在海滩上长大的,不仅抲过蛏秧,而且至今还记得一套鉴别蛏秧优劣的简易方法,就是在装有蛏秧的箩筐上,只要稍加摇动或用手进行轻拍,如果能看到蛏秧双壳迅速紧闭,并能听到"嗦–嗦–"的声响,就可认定为好蛏秧了。当然,这前提还要求蛏秧壳质富有光泽,颗粒饱满,大小均匀,碎杂质少。一旦收购了蛏秧,就要尽量缩短在岸上的停留时间,力争在当天能下田播种,以确保蛏秧的成活率。

"麦穗花开三月半,美人种子市蛏秧。"一直以来,蛏秧常被人们誉为"小娘蛏""小娘圣蛏",并称"浙东之蛏皆女儿蛏也",似乎成了美少女的化身。每到这时,当我从老家的海边走过,看到成筐成筐的蛏秧摆在眼前,或刚抲上岸,或正要下海播种,都会让我幻化出一幅幅千古美人的俏丽倩影,瞬间美化了我老家的山海风景。

68 / 钓鲈鱼

　　我喜欢钓鲈鱼,也喜欢《晋书·张翰传》中那个"莼鲈之思"的典故。西晋时期,张翰在洛阳做官,有一天在庭园里散步,忽见微风吹落一片树叶,便想起老家那道"莼羹鲈脍"的美味,立刻回房就写下了那首著名的《思吴江歌》:"秋风起兮木叶飞,吴江水兮鲈正肥;三千里兮家未归,恨难禁兮仰天悲。"与人说"人生贵得适意尔,何能羁宦数千里以要名爵?"遂命驾而归,毅然决然地弃官返乡,回他老家去品尝那道"莼羹鲈脍"的美味了。也许是受他影响,鲈鱼开始渐行在唐诗宋词里,诸如元稹的"莼菜银丝嫩,鲈鱼雪片肥";郑谷的"一尺鲈鱼新钓得,儿孙吹火荻花中";崔颢的"渚畔鲈鱼舟上钓,羡君归老向东吴";白居易的"秋风一箸鲈鱼鲙,张翰摇头唤不回";皮日休的"雨来莼菜流船滑,春后鲈鱼坠钓肥";范仲淹的"江上往来人,但爱鲈鱼美";张怀的"鲈鱼未得乘归兴,鸥鸟惟应信此心";陆游的"鲈鱼菰脆调羹美,荠熟油新作饼香",无不让这鲈鱼在文学的殿堂里"游"得风生水起,一派无限风光。

　　那种被诗化了的鲈鱼,对于我来说太司空见惯了。那是一种海生鱼类,其学名为"日本真鲈",俗称"七星鲈",在象山沿海都有分布,常栖息于水质清澈、水流湍急的近海及港湾与淡水交汇处。鲈鱼体长侧扁,体重不一,口特别大,呈撇嘴状,下颌突出,长于上颌,体侧有条金色丝线与体背边缘平行,体被细小栉鳞,皮层粗糙,背部呈青灰色,腹部呈灰白色,体侧及背部散布着不规则黑色斑点,前背鳍发达有十二根锋利硬棘,后背鳍基部浅黄色,尾鳍叉形呈浅褐色,生性十分凶猛,善于突袭一些鱼虾为食。鲈鱼有溯流的习性,在春夏间通过沿海一些碶闸,洄游到淡水充沛的水域生长,到了冬季再返回到深海之中。我老家地处海岛港湾边缘,江河湖泊纵横、海岸暗礁连绵,碶闸码头密布,自然成了鲈鱼休养生息的好地方,也因在我老家有比鲈鱼更有产值、更为鲜美的众多鱼蟹,故常被我老家村民不屑为之专门的捕捞,钓鲈鱼就成了一种尽享闲情逸致的消遣方式。我在年少时,就经常在海边碶闸码头上游玩,发现有一种鱼能在瞬间蹿出水面,只听"啪"的一声脆响,眼快的可能会看到在水面上突地掠过一道白光,瞬即就消失在朵朵浪花丛中,眼慢的只能看到在水面上留下一圈圈涟漪。我曾不止一次地次问过村民这是什么鱼况,他们都告诉我这是鲈鱼在捕食,这是我对鲈鱼的最初印象。在开始钓鲈鱼时,确切地说我是不感兴趣的,就是没有孟浩然那种"垂钓坐磐石,水清心益闲"的心境,宁愿跋涉在滩涂上抓鱼扪蟹钩蛏子撮泥螺累死累活,也不愿清坐在这碶闸码头上打发时间,但每次看到村民们都能钓到活蹦乱跳的鲈鱼,渐渐地也为之心动了,尤其是在村里小伙伴们的邀约下,心动就付诸行动了。记得当时农村的渔具还未商品化,有钱也买不到各种配件,只能自己动手制作,于是就到竹园里砍来竹竿当钓竿,拿来家里的鞋底线当钓线,钓钩就用带鱼钩替代,这种带鱼钩不是我钓带鱼用的钓钩,而是遗留在买来的带鱼饵中的钓钩,平时一枚枚保存了下来,就能派上用场了,也没考虑钓钩大小型号,只知

道鲈鱼吃口很凶,钓钩必须牢固,就做成钓具了。记得第一次去钓鲈鱼,是台风过后的一天下午,村里有个碶闸要往海里放水,村民们有的扛着网兜去撩鱼,有的拿着钓竿去钓鲈鱼,我在小伙伴的怂恿下,也拿起事前准备好的钓具,还有充当钓饵的泥鳅,就来到那个碶闸上,急忙取出一条泥鳅,用钩尖从泥鳅后背部横穿,弄得泥鳅活蹦乱跳的,乍一看还像是在调皮捣蛋,忙将钩饵抛到急流之中,因为是第一次钓鲈鱼,所以有些不知所措,好在边上有村民在钓,就像模像样地学着旁人样,有节奏地举竿拉动钓线,拉一下,松一会儿,一次又一次,重复着这个动作,也许是卧榻之侧不容他人侵扰,也许是有鲈鱼正在张嘴捕食,看到有泥鳅在挑逗,一下子就被激怒了,一口吞咬住了泥鳅,正准备转身享受美餐时,却意外遭遇到了阻力,于是一个激灵跃出水面,使出浑身解数,企图挣脱这一困境,却被钓钩死死钩住了,我钓上了第一条鲈鱼。紧接着,我又钓上了第二条、第三条鲈鱼。初战告捷,让我信心倍增。从此,钓鲈鱼就成了我在老家时的一种生活常态。只要有了空闲,而且潮时合适,都会去钓一会儿。当时,我老家正在围建一个海塘,几个缺口还敞开着,潮水一潮进一潮出,那里仿佛成了村民们挥竿狂欢的舞台。有个星期天,我约了同伴去试下手气,可天公并不作美,刮着风还下起了雨,同伴打起了退堂鼓,在他犹豫不决时,我好说歹说,他终于答应同行了。因为我知道钓鲈鱼要钓"起水潮",所以我背了一遍潮时口诀表,知道每个月有两次大水潮、两次小水潮,初一、十五是最大潮,初八、廿三是最小潮,大水潮转为小水潮称为"落水潮",小水潮转为大水潮称为"起水潮"。之所以要钓"起水潮",是因为鲈鱼在经过一个小水潮休养后,肚子已饿得慌了,就跟随着"起水潮"进入沿海港湾大肆觅食,而在大水潮吃饱喝足之后,就会跟随着"落水潮"逃离出海,又去休养生息了,这是鲈鱼的生活规律,也是钓者必须把握的潮时常识。当我们赶到钓位时,已有村民在狂拉渔获了。我们急忙拿出钓竿接线穿饵,就将钩饵投放到咆哮着潮流里,这时我发现海面不时有鲛鱼噌噌噌地蹿出水面,就像在田野里被追赶的鸭子受到惊吓一样,我知道这是鲈鱼正在捕食,心里还在暗暗窃喜,思忖着今天能有怎样收获时,不料在堤坝一转弯处,突突突开来了一艘小船，船上还摆放着大半船渔网，正利用海水的拖拉力，将一张张连接着的渔网自动撒入海中，可恨的是那艘小船转了一大圈，把我刚才看到的有鲛鱼蹿出的海域也给包围了，显然我在这里无法钓下去了。三十六计，走为上策。我只好去另选钓位，可一处处试钓，一次次碰壁，钓了一大圈还是一无所获，正当我心灰意冷时，无意间发现在一堤坝石壁上爬满了小螃蟹，我忽然想起之前钓获的鲈鱼，在肠胃里也有这种小螃蟹，再观察那些螃蟹的表情，仿佛都显得十分惊恐，似乎在躲避水下天敌，我受此启发，心生一计，就在这边上试钓，果然不出所料，刚放下钓饵就中鱼了，而且一股猛劲地往外冲，好在我钓竿硬，一下子就甩了上来，正是一条心仪的鲈鱼。记得那片水域是个坝基，乱石堆积，暗流汹涌，虽然挂了不少钓钩，但有鲈鱼能一次次狂拉出水，也在所不惜了，关键是得到同伴的认可，让我嘚瑟极了。时间也过得真快，一晃就快五十年了，本来以为这些经历，早已封存在乡愁里，却没想到近年来大目湾鲈鱼旺发，又让我一次次重显身手。这不，就在前几天，我还在钓位上遇到一位老同事，他看我上鱼了，就在钓竿上别好"铃铛"，走过来向我"讨教"经验。我就给他"分析"了原因，我说明朝开国皇帝朱元璋也欢喜钓鱼，每次都让文臣解缙陪他钓鱼，可解缙是位钓鱼高手，有一次朱元璋钓了半天，还是钓无所获，心里非常不爽。解缙看到了，就凑近前说："皇上，别看这鱼，也懂礼节啊！"朱元璋正感到莫名其妙，就听到他随口吟了一首诗："数尺丝纶落水中，金钩一抛荡无踪；凡鱼不敢朝天子，万岁君王只钓龙。"朱元璋听了顿时龙颜大悦，而我那同事听了，也好像有所感悟，只说"这不能相提并论的"，可话还未说完，就听到他别在钓竿上的铃铛传来一阵狂响，他急忙跑了回去，我目送他远去的背景，高声地说："那是一条大鲈鱼。"

钓鱼之意不在鱼，尽在举竿凝视中。每一次，当我静坐在这山水之间，都会给自己的身心放个假，尽情地享受这份恬静，把那些名利的东西别在脑后，把那些烦恼的思绪抛在身后，把那些忙碌的喧嚣置于以后，哪怕只有片刻，也要安静一会儿，因为那是一种文化，一种能疗理身心健康的"乡土偏方"。

69 / 捕鳓鱼

　　鳓鱼,也称"勒鱼",俗称"鲞鱼",是一种洄游性、季节性都很强的海生鱼类。它体形长扁而背窄,眼大嘴翘口小无牙,生性凶猛游速极快,身被银白圆形薄鳞,脊椎两侧刺骨密布,如弦紧绷坚硬如肋,腹缘有锯齿状弧棱,可勒它伤而得此名。它在每年春季从西太平洋洄游,喜欢成群进入近海产卵,形成一年一度鱼汛期,而到了秋季一旦遭遇冷空气南下,就会迅速回到深海去避寒了,故有渔谚云:"谷雨到渔场,立夏赶卖场,大暑大谢洋。"鳓鱼对阳光、海温十分敏感,白天多在中下层海域生活,而在晨昏或阴雨天,则会蹿到中上层海面嬉闹捕食,尤其是在潮水要涨未涨、要退未退时,在海面上就会出现有似雨点般水花,被渔民们俗称为"鳓鱼泡",这也是鱼汛期常见的特征之一。鳓鱼体色银白,肉质细腻,鳞片软糯,入口即化,营养丰富,味道鲜美,风味独特,吃法众多,颇具食疗价值,深受百姓喜爱,也因其细刺多,怕吃时鲠在喉,人们习惯将其腌制成咸鱼,俗称"三抱鳓鱼",在蒸熟时会飘散出一种特有的"香"气,故得"鲞鱼"之名。在古代时,鳓鱼除了是美食之外,还被用作陪葬品,这就让人感到意外了,也给鳓鱼蒙上了一层神秘的色彩。据称,山东省胶县三里河遗址,就在墓葬中挖掘出了许多鳓鱼刺骨、鳞片的陪葬品。由此看来,鳓鱼文化源远流长,而散落在民间的有关鳓鱼的渔谚渔歌、逸闻逸事,更是成了普通百姓茶余饭后的闲聊话题,诸如"五月十三鳓鱼会,日里勿会夜里会""五月十三鳓鱼会,今年勿会明年会""十二廿七鳓鱼会,早上勿会夜里会",就准确地反映了鳓鱼成汛时间的规律性;"鲜白鳓鱼吮肚肠,一夜赶过七爿洋",也生动地描述了鳓鱼的具体形象、游动速度及其游动轨迹。不过,鳓鱼的游速也太夸张了,就像前段时间汤加火山爆发,有人竟说那里的扇贝在前一夜都逃到了辽宁獐子岛,游速比导弹还快,就闹出了笑话。"鲳鱼好退勿退非要进,鳓鱼好进勿进非要退",更直接地指出了鳓鱼处事不活、应变不力,导致出现后果的严重性;"鳓鱼刺骨里戳出""鳓鱼刺骨多,女人闲话多",则形象地表达了家庭或单位内部不和、话多失言等潜在隐患的风险性。这些既通俗又形象的生活话题,不仅丰富了人们的想象空间,也让人懂得了许多深奥的人生哲理。如此看来,这鳓鱼就非寻常了,或许还有鲜为人知的故事。

鳓鱼在我国的海洋渔业史上,已有五千多年的捕捞历史,是人类最早捕获的鱼类之一。据《浙江水产志》记载:"吴越地区的鳓鱼捕捞也有近千年历史。"目前,我县捕鳓鱼大多还延续传统的流网作业方式,只是加大了科技含量,给这个传统产业注入了新的活力,并呈现出了与时俱进的个性特征。按船只大小分,可分为捕大流网船、捕中流网船、捕小流网船三种类型。捕大流网船载重量约二十五吨,船体长约十八米,船员约五人,常携带约一百张流网;捕中流网船载重量约十五吨,船体长约十四米,船员约三人,常携带约七十张流网;捕小流网船载重量约五吨,船体长约六米,船员约二人,大多为父子、夫妻搭档,常携带约三十张流网。不过,现在捕鳓鱼的流网船都安装了机

械动力,航速更快,配置也更好。按作业方式分,可分为雇佣制作业、合伙制作业、个体制作业三种方式。雇佣制作业船长大多为船主,聘请船员参与作业,自负盈亏;合伙制作业为全体船员共同出资,共同参与,共负盈亏;个体制作业为家庭成员参与作业,自负盈亏。按网具形式分,可分为中上层网、底层网两种类型。中上层网俗称"轻网"(也称"单片网"),即每张网衣上纲浮筒的浮力,必须大于下纲沉坠的重力,而底层网俗称"重网"(也称"多层网"),即每张网衣不仅同时并存着三张网衣,而且其下纲沉坠的重力,必须大于上纲浮筒的浮力。也因鳓鱼是属于中上层鱼类,故在捕鳓鱼时,常使用中上层网(即"轻网")。在通常情况下,每张网衣长约七十米,宽约八米,网眼对角拉直长约八厘米(俗称"四指流"),网线大多为尼龙线。按网地分布分,可分为内线网地、中线网地、外线网地三个海域。据说,鳓鱼洄游到渔山渔场,在完成产卵任务后,就会兵分三路北上,在到达佘山洋时,由于天气日渐转凉,就悄然游出外海了。而与此相对应的海域,就成了捕鳓鱼的流网作业网地。内线网地,就是从大目洋,经过黄大洋,进入灰鳖洋,抵达嵊山洋,穿越马迹洋,紧靠玉盘洋,到达佘山洋,所对应的海域;中线网地,就是从大目洋,穿越岱衢洋,绕过大戢洋,直抵灰鳖洋,进入黄泽洋,紧靠玉盘洋,到达佘山洋,所对应的海域;外线网地,就是经过册子洋,直抵莲花洋,穿越黄大洋,绕过浪岗洋,直达嵊山洋,到达佘山洋,所对应的海域。当然,这仅是一种经验之谈,至于到哪个网地作业,还要视情作出决定。不过,在渔船到达网地时,就可将事前连接好的网具,横向截流放入海中,先放浮标,后放网衣,随潮漂流,就形成了一道数公里不等的"围网"。这时,鳓鱼正在快速游动,一旦闯入网眼,就会本能地倒退出来,以逃过此生死一劫,却不知其腹下锯齿状弧棱已勒住了网线,不管它做怎样的挣扎,也无法摆脱出来,就只好乖乖待捕了。如果它在退不出来时,就尝试着变换一种方式,继续使一把劲往前冲,其腹下的锯齿状弧棱就有可能会挣脱网线,那么它就会出现截然不同的命运了,而这或许正是它的宿命。

　　记得在我老家,过去有送端午节的习俗,出嫁女儿每年都要给娘家送鳓鱼。我在小时候不知原委,只是猜想可能是鳓鱼味道鲜美,后来听村民说了来龙去脉，才知道这鲫鱼还有个非常励志的故事。相传，鲫鱼有俩兄弟，相貌品行各异。哥哥入江为鲥，行为举止端庄，获赞众夸江鲜；弟弟入海为鲫，身材瘦相貌丑，难耐家境贫寒，成天游手好闲，经常打架斗殴，敢偷龙宫龙灯，被拔牙憋弯嘴，居无所落街头，虽有心爱之人，却遭女家反对，苦追求得芳心，有缘终成眷属，昔瘟三为争气，改前非变新样，勤劳致富持家，疼惜妻儿名扬，终成浪子典范，在村被传佳话。鲫鱼有个习惯，每年春季洄游，陪妻回乡待产。有年恰逢端午，就在家里过节，不仅包了粽子，还炒了一桌菜，雄黄浓酒飘香，夫妻把盏对饮，几杯下肚意浓，便有以下对话。鲫鱼深情地说："我的好老婆啊，二十年前未娶妻，吾身穿着无好衣，耕田种地无心思，整天瞎逛混日子；二十年后娶过妻，天天身穿锦罗衣，勤快耕种有道理，有你到处使有劲；往后再过二十年，还是请你把家持，最苦最累吾在前，富了咱家让人羡。"妻子听后动情，也道肺腑之言："我的好老公啊，二十年前在娘边，头发无油披在肩，烧把青柴烟催泪，待字闺中也好累；二十年后在夫边，相夫教子缝针线，生活无忧好光鲜，在家如同逛花园；往后再过二十年，夫唱妇随和琴弦，最苦最累有我在，有爱家庭让人羡。"正当它们夫妻俩借酒抒发各自内心情感时，没想到鲫鱼的好朋友黄鱼、鲳鱼听说它回家了，就前来登门拜访。因为在平时黄鱼无论游到哪里，鲫鱼总是在外围护着，被渔民们称为"银包金"，所以黄鱼感恩之心昭然若揭，可能是想当面说声"谢谢"，而鲳鱼在平时总是游在鲫鱼前列，也被渔民们称为"三鲳四鲫"，鲳鱼可能想借机密切下关系。可是，就在它们准备敲门时，却听到了鲫鱼夫妻的对话，就不好意思打扰了。于是，一传十、十传百，鲫鱼就成了娘家人"女儿幸福"的代名词。这，也是端午节送鲫鱼的真实原因。

"濒海居人不种田，捕鱼换米度长年。"这是元代温州诗人陈高在《即事漫题》中的一句诗，虽然距离今天已有近千年历史了，但还是让我清晰地看到了古代捕鱼人的生活境况。当然一代人有一代人的使命，一代人有一代人的担当，捕鲫鱼作为一种历史传承，也让我在这潮起潮落中，品尝到了一种生活的真味，感受到了一种文化的厚度。

70 / 钩蛏子

　　蛏子，也称"蜻子"，是生长在沿海滩涂上的一种经济贝类。因其自壳顶到腹缘，有一道斜行的凹沟，很像被筷子夹过留下的痕迹，故传说当年朱元璋在率兵去攻打福州时，坐官船经过浙江东部沿海，发现在滩涂上有村民正在钩蛏子，闻而赏之甚觉好奇，遂用筷子夹蛏子，却不小心蛏子掉落海中，从此之后蛏子就有一道凹进去的痕迹，状如勒痕，便认为是圣赐的印记，就称之为"缢蛏"。蛏子身材狭长，呈椭圆形，形似中指，两壳对称，能张能合，一侧有张合纽带，壳质脆薄，呈黄褐色，两端开口，一端有两根吸排水管，一端有一只锚形斧足，常年直立穴居在海滩泥涂中，以滤浮游性、底栖性硅藻类或有机碎屑为食，含有丰富的蛋白质、脂肪、葡萄糖、钙、磷、铁、硒、维生素等营养元素，因其肉质丰厚，富有弹性，色泽洁白，润滑细嫩，故吃法众多，风味独特，是人们喜爱的一种常见海产食材。

　　古往今来，一些名人食客都给蛏子予以高度的评价。清代诗人谢墉在《鲜蛏》一诗中这样赞美钩蛏子："其光泽如银烁烁，其肌肤如玉溶溶。"在《食味杂咏》中云："西风策策碧波明，菰雨芦烟两岸平，暮汐过时渔火暗，沙边觅得小娘蛏。"并称，"浙东之蛏皆女儿蛏也"。更有莫名诗人赞其"沙蜻四寸尾掉黄,风味由来压邵洋。麦碎花开三月半,美人种子市蛏秧"。古人还把蛏子肉身上长着的两个小肉柱,比作美人头上扎着的两根小辫,因而在烹制时往往起一些形象而动人的菜名,诸如"芙蓉蛏子""仙姑睡牙床""西施之舌""杨贵妃出浴",甚至直呼其美名"小娘圣蛏",从中不难看出,蛏子能与美人媲美,可见蛏子身价之高贵。

象山海湾众多,海岸曲折,海涂辽阔,气候温润,每年有大量的雨水入海,使海水咸淡适宜,各类微生物丰富,涂质以泥沙为主,非常适合蛏子的生长。但人类的过度捕获,也制约了蛏子野生种群的繁衍生息,尤其是在野生条件下要钩到蛏子,也是一件不容易的事。尽管钩蛏子是我老家村民最原始、最传统的一种捕获方式。但钩蛏子不仅要不停跋涉在海涂上,而且还要细心观察海况涂貌,只有发现了"蛏眼",才能钩到如意的蛏子。而这"蛏眼"是我老家的一种俗称,形似一个冒号,一个洞眼是进水通道,通过蛏子的一根吸水管吸食海水中的有机食物,一个洞眼是排污通道,通过蛏子的一根排污管排出体内的废弃污物,以此进行纳新吐故,促进体能新陈代谢,确保肌体健康成长,而这也是蛏子穴居在泥涂底下与外界保持联系的唯一痕迹标志。根据"蛏眼"这两个洞孔的间距长短,就能推算出还穴居在泥涂下蛏子的大小。在通常情况下,蛏子的体长约为"蛏眼"间距的五倍。而蛏子的穴居深度,因季节不同而不同,在通常情况下夏季较浅、冬季较深,平均的穴居深度约为其身长的十倍,最深时可达五六十厘米。蛏子雌雄异体,在每年农历八九月间进行交配繁殖,这是蛏子最瘦的一个季节,俗话说"八月蛏瘦得剩根筋",意思是指每到这时蛏子就不好吃了。也因蛏子崇尚"独身主义",慎独意识强,卧榻之侧不容他蛏鼾睡,故在海涂上一只"蛏眼"只能钩到一只蛏子,这就需要不停地跋涉在海涂上,寻找"蛏眼"的下落。然而受天气的影响,这"蛏眼"的变化也很大,尤其是在下雨天,经过雨点的冲击,这"蛏眼"常如半抱琵琶半遮面,就难辨真容了。在千呼万唤"蛏眼"始出来时,人行走在海涂上,实际上也是对自己心智的一种考验。我在初学钩蛏子时,就感觉这海涂是个迷茫的世界,灰黄色的滩涂看不出深浅高低,坑坑洼洼的水潭也没有色彩,只有一片混沌景象。每当我挽起裤腿,赤着双脚,踩在这黏稠的柔软的海涂上,涂泥立刻就会把双脚包围了,迅速从脚底涌到了小腿,有时还会没过膝盖,那种紧迫的挤夹感也从脚底爬到了小腿,有时还爬上我的心田,我只好惊忧地移动着脚步,身体就会失去的重心,左脚好不容易地拔出了,右脚又深陷入涂泥之中,虽然没有在陆地上行走那样自如轻松,但能迸发出一种努力奋进的信念。而这种信念既迫于生计,也迫于求成的欲望,在众里寻它千百度时,有时蓦然回首,已在身后留下了一行歪歪扭扭模糊变形了的脚印。我也曾试图改变这种窘态,在跋涉时把双脚踩在别人的脚印里,可能是出于偷懒,抑或可能是出于好奇,可每当我把脚踩在别人的脚印里,便会感到在别人的脚印里,似乎有个魔力吸盘,会把我的脚猛地吞吸进去,就在我身体的重心也落下去的同时,立刻会挤喷出一股浊水,溅得我满身污浊,蛏子没钩到,绅士不再了,心情也坏透了。我在惊悚之间,也会告诫自己,不再踩别人的脚印,可在有时候僵化的理智常被感性的情绪抛弃,脚又不自觉地踩进了别人的脚印里。尽管踩在别人的脚印里,可能会被喷污,但只要做到稳站、轻踩,就能避免发生喷污了。我是从双脚踩入海涂的那一刻起认识海涂的,也慢慢地感受到了海涂的美好。尽管跋涉在海涂上寻找"蛏眼",是件非常艰难的事情,但我知道海涂是海生动物的乐园,在这里还生长着不知多少种的海生动物,只是它们以独特的生存方式,构成了一个个神秘的家园。

钩蛏子必须找到"蛏眼",然后通过蛏钩将蛏子从海涂洞穴中钩出来。在这个过程中,需要携带两件渔具,相互配合,才能做到一气呵成。一件是蛏钩。蛏钩由蛏竿、钩头两部分组成。蛏竿是将毛竹片削成筷子状略小,但比筷子长,三四十厘米长;钩头是将一截长约十五厘米的钢丝敲成宽三至五厘米、厚一二厘米的条形状,再进行打磨刨光,并在一端约二厘米处弯成直角,形成L形。然后,在蛏竿一端开裂,将钩头长的一端镶嵌其中,再用细铜丝紧扎,就成一杆蛏钩了。一件是蛏笃。蛏笃形似手枪,只是枪管部分只有手指大小,却比手指稍长,大多是用树杈做成的。使用蛏笃,主要是防止手指在插入"蛏眼"时,被周边的一些死壳碎片划破,起到保护自身的作用。当然,如果不怕手指被划破,或嫌使用蛏笃麻烦,那么也可用手指直接替代蛏笃了。因此,在海涂上钩蛏时,一旦发现了"蛏眼",就用蛏笃(也可用手指)在"蛏眼"中间位置先笃(即插的意思)一下,然后将蛏钩钩头一端,呈侧向垂直插入蛏洞之中,直到蛏钩钩头与蛏子有抵触感时,尽可能使蛏钩钩头紧贴蛏子外壳一侧继续下沉,直到底部为止,然后再用手轻轻旋转蛏竿上端,确保蛏竿在旋转到九十度时,再将蛏竿提拉上来,蛏子就乖乖地跟上来了。这里有个技术问题,如果蛏钩钩头没有紧贴蛏子外壳一侧下沉到位,或者蛏竿旋转角度大于小于九十度,那么要么在蛏钩钩头下沉时已将蛏子捅碎破壳了,要么在提拉时蛏子就会发生倾斜,戗在洞壁,无论是发生哪种情况,都是钩不上蛏子的。根据所钩蛏子外壳的生长年纹,就能判断出蛏子的生长年限,即为哪一年的蛏子。一般情况下,"一年蛏"的外壳色泽均润,壳薄个小,呈粉色状;"二年蛏"的外壳不仅厚度增加,而且年纹圈状也清晰,里圈四五厘米呈灰白色,外圈一二厘米呈黄褐色;"三年及以上蛏"的外壳不仅表面粗糙,年纹增多,而且色泽变沉,有种沧桑感了。不过,受生态环境的影响和经济价值的考量,三年及以上的蛏子,就少有面市了。而在市场上待销的蛏子,大多是经过淡水彻夜浸泡的,俗话说"一斤蛏子三两水",就是指这类经过淡水浸泡的"水蛏",相对于未经过淡水浸泡的"干蛏"而言,其口感、营养、价值都大打折扣了。

蛏子炒烧焖焗碟碟,展壳洁白似花朵朵。因为蛏子天生丽质,体形匀称,在诗人笔下都是个美人胚儿,所以我老家村民也常用蛏子肉给女儿"开荤",即品尝人生的第一口荤食,以寄希望女儿长大之后能"蛏"国"蛏"城,"蛏"心如意,为人"蛏"颂。因此,每当我从老家走过,邂逅一个个美貌少女,仿佛看到了蛏子的美丽化身。

71 / 插弹鲥筒

　　记得在壬寅年年初时，我有幸欣赏了张心荣先生创作的一幅长三米、宽八十厘米的大型竹编画《西沪乐海图》，非常钦佩他的敬业精神，能潜心三年，把每根毛竹都劈成薄如蝉翼、细如发丝的竹片篾线，通过目营心匠的手工编织，全景式地勾勒出了斑斓西沪沿海岸线的山海风貌，大视角地展现出了千百年来当地村民以海为生、耕海牧渔的讨海场景，人物刻画惟妙惟肖，情感流露形象逼真，招式举止端正庄重，编织工艺独树一帜，动静结合细致入微，立体感强错落有致，在方尺中直抒胸臆，尽显千古山海遗风。他把如此平常的百姓生活动态，栩栩如生地固化在竹编工艺作品里，无疑是位大匠运斤之人。我沉醉在欣赏之中，不时重拾起了自己曾经的讨海记忆，又回放出那一幕已远去了的放弹鲥筒场景。

　　弹鲥鱼是常年生活在潮间带高潮位滩涂上的一种小鱼。只要在潮水淹没的地方，都会生活着弹鲥鱼。它体形如鳅，怒目如蛙，侈口如鳢，背翅如旗，腹翅如棹，体色翠斑，正如其名，一个"弹"字折射出了它是种不守本分的"弄潮儿"，每当人们漫步在海滩岸边，都能看到它时而打闹嬉戏，时而追逐猎物的忙碌身影。"状如蜥蜴跃江干，背上花纹数点攒；生怕涂田泥滑滑，不嫌力小几回弹。"清代宁波文人谢辅绅曾作诗一首《弹涂》，非常逼真地刻画出了它的生动形象。它有双凸生的"矿工灯眼"，长在头顶上，眼睑能上下闭合，眼膜可前后弯曲，晶体扁平可随意转动，两眼却有不同分工，一只眼专门搜寻食物，另只眼专门观察敌情，由于视野非常开阔，一旦出现风吹草动，就会迅速作出进退反应。它有个特异的"皮肤肺脏"，可凭借潮湿的皮肤进行呼吸，即便在

礁岩陆地上也能生活一段时间,打破了"鱼水不离"的生存桎梏,这在为鱼一族中是非常少见的,令人叹为观止。它是个神奇的"弹跳高手",只要收缩像腿一样的胸鳍,就能立地侧转身子,弯成一个"√"字形,然后用尾巴一拍滩涂,使劲地伸直身子,就像松开的弹簧蹿到空中,能跳过超出自己身长三倍的距离或跳到超过自己身长两倍的高度,这可能让那些世界跳远跳高冠军纪录保持者也不得不感到汗颜了;它有身善变的"婚恋体色",尤其是在繁殖期间,雄鱼为表达爱意,会在雌鱼前大献殷勤,鼓鳃弓背、支起尾鳍、扭动身躯,体色也会变得粉红,甚至会变成玫瑰红,一旦获得雌鱼好感,就会引其入洞,去生儿育女了;它是个卓越的"建筑大师",作为一种穴居鱼类,挖洞绝对是它的一项绝活。它会张开大嘴,不停地啃出泥块,并将泥块搬出洞口,能像燕子筑巢一样把泥块堆筑在洞口周围,并构建成一座盖住洞顶、一侧上端可爬进爬出类似于碉堡的塔台,这在我老家被称为"戴帽洞",特指弹鲥洞的主洞口,而这个塔台就成了弹鲥鱼在每次爬出洞口时必然会居高临下露头张望观察敌情的一个"观察哨",也成了弹鲥鱼在每次爬进洞口时必然会应时对景核查独具自身密码的一道"门禁岗"。弹鲥洞的结构非常复杂,不像其他海生动物洞穴那样简单扼要,诸如沙蒜洞呈 I 字状、蛏子洞呈 Y 字状、虾蛄弹洞呈 U 字状,而弹鲥洞却呈一个或多个合并的"山"字状,在一两平方米范围内,有三个及以上洞口,除一个主洞口外,其余都是换水洞口和逃生洞口。在地下多层密布的洞道中,虽有转弯抹角,但都是相通的,不像望潮洞在曲径通幽的洞道尽头,却是个座洞,望潮总是待在那里,而弹鲥鱼即便在冬眠时,也栖息在通道上,似乎常年枕戈待旦,一旦出现危情,就溜之大吉了,这是弹鲳鱼之所以很难徒手抲到的一个主要原因。它是个勇敢的"护守卫士",一旦发现有外来鱼蟹入侵自己的领地或接近自己的洞穴时,在警告无效的情况下,就会不惜冒着生命危险,迅即进入"战争"状态,或张开背鳍,瞪起双眼,龇牙咧嘴,飞身而起冲撞敌方,或直接冲上前去展开撕咬,逼迫敌方逃离现场。当然,在它感到力所不及时,也会三十六计,走上为策,立刻逃到洞穴里躲藏了。它有个冬眠的"养生习惯",每当冬季气温下降到10℃以下时,就会深居在洞穴之中,处于不吃不喝的休眠状态,直到翌年春天才会苏醒过来,这时它的动作会更加灵敏,食欲会更加旺盛,会呈现出一派返老还童的景象。

捕食弹鲳鱼在我老家至少也有一百多年的历史了,目前还保留着"钩荡""泥闷""筒诱"三种捕食方法。"钩荡"就是手持钓竿,瞄准目标,抛荡钓钩,稳准快狠,钩落竿提,鱼到手中。"泥闷"就是将弹鲳洞口全部封死,只留主洞口,用稀泥灌入,然后挖一块球状泥块封盖,当潮水上涨时,闷在其中的弹鲳鱼,欲钻出洞来透气觅食,可当它拼命钻到那块封盖的球状泥块时,已筋疲力尽、无能为力了,在潮水退下时,只要将那块封盖的球状泥块翻开,就能捕获到已被闷得奄奄一息的弹鲳鱼了。"筒诱"就是人设"假洞",当弹鲳鱼受惊逃命时,因慌不择路,见洞就钻进,就成"瓮中之鳖"了。而制作这个"假洞",就成了捕获弹鲳鱼的一种专用渔具。我在老家时,常选伐一些竹节长约二十五厘米、口径宽约五厘米的竹竿,把它锯成一头带竹节一头空的竹筒(也称"竹棍"),然后将筒口周边刨光磨滑,并在有竹节一端单边削尖,以便于在海涂上扦插,就成为一只有底无盖一头通的弹鲳筒了。在一般情况下,在海涂上放弹鲳筒的数量、遍数越多,弹鲳鱼的捕获量也可能会越多,至于每潮要放的数量、遍数,没有统一标准,就看个人喜好、量力而行了。我在孩提时,常携带一二十根弹鲳筒,放网袋里,随手一拎,就可到海涂上捕弹鲳鱼了。在找到弹鲳洞时,就把弹鲳筒插放在主洞口边,并将主洞口堵塞,尽可能地保留主洞口原貌,然后在筒口抹上一把稀泥,就伪装成一只可以乱真的弹鲳洞了。当然,在离开时,还要在筒口边上挖留一堆泥作为记号,就可寻找下一目标了。当携带的弹鲺筒都插放好后,就要远离这个区域,在静等大约十几分钟后,因插放弹鲺筒躲到洞穴里的弹鲺鱼,以为险情消除了,就会从其他洞口纷纷爬出来嬉闹觅食,这时就可回来收弹鲺筒了。当我走到还有三五步远时,弹鲺鱼就会习惯地往主洞口跑,可它没想到主洞已被堵塞了,在情急之下,见边上有个洞口,也不检查真假,就毫不犹豫地钻进弹鲺筒里了。这时,只要把弹鲺筒拔出来,就能倒出一条活蹦乱跳的弹鲺鱼。如此这般,以此类推,重复插放,每潮都能尝到透骨新鲜的弹鲺鱼美味。不过,这些只是我在孩提时闹着玩的"小儿科",而一些村民则会携带一百多根弹鲺筒,借助一种俗称为"海马"、可在海涂上滑行的交通工具,则速度更快、范围更广、捕获量也会更多了。这种"海马"大多是当地木匠自制的,身长约二米,舱宽约三十五厘米,两侧帮高约三十厘米,头翘如雪橇而底板平滑,中舱有个扶手高约一米,一只脚或站或跪在后舱内,另一只脚则在一侧海涂上使劲地向后踩蹬,就会飞快地向前滑行了。在放弹鲺筒时,大多在"海马"前舱搁置一只箬篮,便将携带的弹鲺筒放在箬篮里,就可或骑或推着"海马"放弹鲺筒,既能减轻在海涂上跋涉的艰辛,也能提高放弹鲺筒的效率,每潮都会有心满意足的渔获量。虽然弹鲺鱼吃法很多,肉质细嫩、爽滑可口,味道鲜美,营养丰富,素有"海上人参"之称,但在我老家大多将捕获的弹鲺鱼,用梗穿成串,搁在砖石间,用草将其烧烤烘干,就成为常年备藏的一种百搭海鲜干货,其味浓郁鲜香,食之令人难忘了。

"好稳勿安稳,弹鲺钻竹筒(棍)。"这是在我老家流传的一句渔谚,意指弹鲺鱼本可享受美好生活,却缺乏戒备之心,轻易钻入竹筒(棍),就造成不虞之患了。借此,也告诫人们,知人知面不知心,自似平常却无常,切不可因利而智昏,也不可因情而眼黑,一旦落入人设的圈套,就后患无穷了。而这,也是我在写此文时,最想说的一句心里话。

72/耙海番薯

　　我在辛丑年，曾写了一篇《捕白番薯》的文章，没想到在文章发表之后，引起了许多朋友的关注。有朋友在与我偶遇时坦露了心言："自己也算是个老象山人了，仿佛还生活在穷荒绝徼里，闻所未闻，不知所以，总觉得是件天奇海怪的事，你写的《捕白番薯》让我长见识了！"也有朋友在给我发微信时留下了建议："我县渔文化源远流长，海产品也名目繁多，你以前写的文章大多仿佛是在论'古'，以揭开消失在潮烟中的'渔'，似乎忽略了谈'今'，很少展现我县海洋生物多样性的'鱼'，而看了你写的《捕白番薯》文章，就好像为我打开了一扇认识海洋生物的新窗！"更有朋友在给我打电话时发出了邀请："你写了鹤浦的'白番薯'，能不能到石浦写'海番薯'呀？"虽然我知道他可能只是一句客气话，但还是让我听了心头一热，就特意地问了他一句话："是'黑番薯'吗？"他回答："是'海番薯'，大海的'海'！"我又说："呵，我还以为是黑白的'黑'呢！"就在我怀疑大海里的番薯也有黑白之分时，却巧石浦的表侄林杰刚好在场，我就问了他石浦的"海番薯"，他说不了解这个情况，不过他又说他有个同学是船老大，记得是耙过海番薯的，还送给他吃过，他说如果你想了解耙海番薯的话，那么等我回到石浦，就给你约好时间，你去问问我同学吧。在他回到石浦后，就约了我与他同学见面的时间，还给我拍了许多耙海番薯的设备照片，使我对耙海番薯有了个粗浅的感性认识，但由于受突发的疫情影响，与他同学见面的时间，也约了几次就推迟了几次，直到今年7月初在疫情有所好转之后，他再次约了同学与我见面，在石浦的一个茶吧里，我与他同学黄元得相谈甚欢，既了却了压在我心头上的一桩心事，也揭开了耙海番薯这道神秘的面纱。

　　黄元得是鹤浦人,今年四十九岁,从二十三岁那年开始,也算是子承父业吧,一直以捕鱼为生,2002年自建了一艘大马力渔船,一直自任船老大,聘了几名伙计,耙过海番薯,也扝过拖网鱼,尽管这几年在从事拖虾作业,但说起耙海番薯,还是有滔滔不绝的话题。他说"海番薯"是当地渔民的一种俗称,学名是"东海乌参",也有称"红番薯"的,是生长在象山近海某海区五十至两百米深的海底泥质海床上行固着性生长的一种特有的海生动物。它平时生活在泥涂洞穴里,一般体长约十厘米,体重约三两,体形肥短,呈纺锤状,体色褐红,体表光滑,条纹清晰,体壁很薄,呈半透明状,在刚耙获时还能隐约地可看到其腹内的纵肌及内脏,因其外形极像陆地上生长的番薯,故就习惯地将其称为"海番薯"了。它身体两端都有一个孔,头孔为"进水孔",直通口腔,在咽喉部有个网状构造,是一种特有的鳃滤器官,能在吸入的海水中,过滤出有机物碎屑及浮游生物作为食物,以满足自身肌体健康生长所需的能量,而尾孔为"排水孔",则是将经过滤食后的废水排出体外,以确保自身肌体的新陈代谢,提高自身的生命活力。"海番薯"大多是雌雄异体,精子与卵子直排水中,在受精后就能形成胚胎,经过几天的孵化,就发育成能游动的幼体,这时开始尝试着泥生长,再经过一段时间变态,就发育为成体了。在成体的"海番薯"腹腔内,含有大量的生物酶,在死亡后能快速地把自身的蛋白质分解成水,故在耙获上船时,就必须立即将其剖腹放水,放在冰箱里进行储藏,然后就卖给一些专业的加工厂,加工成干品出售。当然,也可鲜食,它是一种高蛋白、低脂肪、低胆固醇的海产品,而且价格也非常低廉,故深受当地百姓的喜爱。

　　耙海番薯是借助一种被当地渔民称为"番薯耙"的渔具,在渔船机械动力的牵引下,就能耙农田一样,将生长在海底泥涂上的"海番薯",逐一不漏地耙获了。过去,一年四季都能耙到"海番薯",现在有禁渔期,也禁耙海番薯了。耙海番薯大多是"双拖"作业,需在渔船两侧各安装一套"番薯耙",总重量约四吨,所需资金约四万元。而这套渔具还包括在渔船前舱要安装两台拉起网机,每台通过一根直径约二十厘米的钢缆,穿过固定在渔船驾驶台一侧的一根撑杆,连接在"番薯耙"的拉环上,就形成"三位一体"了。撑杆是根直径约二十厘米的钢管,每根长十四至二十米,平时竖立在驾驶台两侧,在作业时就像张开的手臂,各拉提着一只"番薯耙",既能防止两耙互缠,也能提高捕获量。而这种"番薯耙",结构也很特别,在作业时其侧面呈Γ字状,其中上面的"一横",是一个用直径约二十厘米的钢管焊接成长十四至二十米、宽约六十厘米的长方形钢架,中间用同样的钢管焊接成呈梯形状,两端有个拉环,用以固定拉起网钢缆,而左侧的"一竖",则是一排耙齿,齿长约五十厘米,每隔十厘米焊接一根直径约三厘米的螺纹钢筋成梳子状,并在外侧焊接一根钢筋,以增强耙齿的坚固性,而在耙齿与钢架间则每隔约五十厘米焊接一根成斜角钢筋,以增加耙体的稳固性。在耙齿左侧则系一张渔网,一般渔网长约五米,网口大小与耙口大小对接,当耙齿在海底耙到"海番薯"时,就会穿过耙齿间距,进入渔网了。在一般情况下,每次耙的时间两三个小时,耙获量少时只有几百斤,多时就有几千斤了。"海番薯"的加工企业,大多集中在打鼓峙,耙获的"海番薯"不管多少,都被他们收购了,冰鲜的价格过去每斤只有一元,现在涨到每斤五元了。而制成干品,大多销往山东、河南、广州等地,因"海番薯"含碘量高,非常迎合北方人口味,故近几年的行情,也越来越好了。不过,耙海番薯是项高危的作业方式,尤其是"双拖双耙",没有经历过的人,可能还感受不到那种触目惊

心的场景。因为海况是纷繁复杂的,尤其是在海底不可能像人们想象的那样,都是鱼虾成群,珊瑚如锦,像个花园,而是暗礁险障丛生,一旦遭遇华盖运,不巧被耙到了,如不及时解险的话,就有可能会造成渔船侧翻事故,这也是我在多年前就改行了的一个重要原因。

"海番薯"是东海特有的一种海参,而海参却有刺参、光参之分。"刺参"即身上有"刺",疣状突起,常见的大多为"辽参";"光参"即身上无"刺",体表光滑,根据它的生长海域、体形、体色,可将它分为"红番薯""乌番薯""白番薯"等不同品种。它家族大、品种多、分布广,"海番薯"只是"光参"的一种,这与"刺参"相比,除了体形不同之外,还有许多的不同点。一是产地不同。"刺参"的原产地大多集中在环渤海,而"海番薯"的原产地则在东海,不同的水域就会孕育出不同的味道。二是养分不同。虽然"海番薯"也富含蛋白质、氨基酸及其他人体所需营养成分,但与"刺参"相比,就有明显的差距了。三是价格不同。相对于"刺参"的价格来说,"海番薯"的价格似乎忽略不计了,这也导致它常成为"刺参"的替代品。四是用途不同。"海番薯"大多被当作一种普通食补食材,而"刺参"则被作为一种养生保健食材。据说,"海番薯"的综合开发,已被列为宁波市农业科技择优委托攻关项目。我县有家公司已成功研发出了"海番薯"去皮技术,实现了"海番薯"深加工的产业化,开发出了"海番薯"胶原蛋白粉、"海番薯"胶原蛋白固体饮料、即食"海番薯"干品等系列产品,相信在不久的将来,"海番薯"能贴上科技的商标,就令人刮目相看了。

捕了"白番薯",又耙"海番薯"。番薯作为一种农耕作物,对于我这一代人来说,从小就靠吃它长大的,承载着太多的生活记忆,也早已融入我的乡愁之中,而"海番薯"却是一种沧海遗珠,目前还不为大众所熟悉,只是刚刚揭开面纱,耙捕时间短,耙获数量小,还处于一种低端的海产品产业链,也只能卖个"番薯价"。但随着食品科技、生命科技的广泛应用,必将开发出更高端的系列产品,一旦"海番薯"的附加值提高了,那么"海番薯"就能成为独具我县特色品牌的"金番薯"了。

73 / 拖 虾

　　壬寅年的天气，也热得太反常了，自6月26日出梅以来，副热带高气压一直盘踞着，到了处暑还不想走似的，以往人们惯称的"秋老虎"也改称"夏老虎"了，不仅高温天数持续长，而且气温高也接连破了纪录，呈现了没有最高、只有更高的境况。天气太热难免会影响人们的生产生活，但改变不了四季更迭、春禁夏捕的自然规律，诸如在8月1日俗称"小开渔"的拖虾作业，就没有因为天气太热而推迟开捕，渔民们虽经受着烈日的炙烤，但还是希望能"晒"出一个好收获。

　　拖虾作业是我县渔业生产的传统作业方式，也是我县海洋捕捞的主要作业方式。这种作业方式就是通过渔船在大海中拖曳一种过滤性网具，以捕获一些目标物。据《象山县渔业志》记载，我县早在清朝时就出现了拖虾作业的雏形，当时沿海村民大多以布为"网"，通过人力在浅潮中拉动，以捕获一些小鱼小虾；到了20世纪四五十年代，苎麻线渔网开始出现，人们开始摇着小舢板船在浅潮中进行拖虾作业。这时的桁杆大多为毛竹竿，一般长约五米，口径与碗口相等，以支撑虾网。而虾网却为一种无囊网，一般宽约五米、深约一米，由网衣对折缝合成横长袋形，并在上网口连接一张盖网，以防在拖曳时虾受惊跳跃向外逃窜，而在下网口则系有多张棕榈片，以防沉子、吊纲、叉纲、曳纲等受损，作业范围也仅局限在下湾门、八排门等附近海域。到了20世纪六七十年代，聚酯线已取代苎麻线，虾网开始变轻了，渔船也安装了小匹头柴油机，作业范围开始出现在大目洋、猫头洋附近海域，这在当时已将此称为"拖外洋虾"了；到了八九十年代，我县的拖虾作业发生了划时代的巨变，不仅更新了原来所有的木质渔船,新建的铁壳渔船也全部安装了大马力柴油机,而且原有的网具全部得到更新换代升级,尼龙线虾网取代了聚酯线虾网,并开始使用以钢管为桁杆的"双杆双拖法",即一艘船同时拖着二张虾网。所谓"双杆",就是在渔船后舱驾驶台两侧各安装一根钢管桁杆,一般长二十八至三十四米,口径约七厘米,在平时竖立在驾驶台两侧,在作业时则同时向外横向展开,贯穿绞网机上的一根钢缆,就像张开的手臂各拎着一只沉入海底的网具。网具由钢架、网袋组成。钢架一般横向长二十四至三十二米,高度约三十厘米,用口径约五厘米的钢管焊接而成,两端各有一个拉环,以固定拖吊钢缆。网袋固定在钢架上,一般长约二十米,网眼边长约两厘米。网具横向长、高度低,也因捕获物明确,不会构成对其他海洋生物的侵害,故在8月1日"小开渔"时,就可开捕作业了。据县渔政站介绍,目前我县共有拖虾船117艘,作业范围大多集中在北至佘山渔场、南至渔山渔场、东至125°海域,水深五十至一百米,年捕获量可达2340吨。虾是一种甲壳类节肢动物,不仅品种多,而且分布广,据称全世界有近两千种。它体形侧扁触角长,腹部可弯曲呈鞭状,末端有尾扇。它在游动时,是依靠摆动腹肢前行的,与鱼的游动方式却不一样了。因为每只虾都有十九对附肢,其中前五对是头肢,中间八对是胸肢,后六对是腹肢。在这五对头肢中,分别是一对小触角、一对大触角、一对大颚和两对小颚;在这八对胸肢中,分别是三对颚足、五对步足;在这六对腹肢中,分别是五对泳足、一对尾肢。这里的"触角"是其感知器官,"颚"是其口腔器官,"颚足"是其助食器官,"步足"是其爬行器官,"螯足"是其捕食器官,"泳足"是其游泳器官,"尾肢"是其方向器官,所以也只有当虾的五对泳足像划龙舟一样同时整齐地向后划水时,才会向前游动了。当然,在虾受到惊吓时,它的腹部就会迅速屈伸,尾部向下前方划水,就能连续地向后跳跃,逃跑速度也十分惊人,这可能是它与生俱来的逃生本能。在渔船到达目标海域时,一般先放网袋后放网纲,网具很快就会沉底,在渔船的拖曳下,网袋就会自动张开了,这时生活在海底泥涂上的各种虾,就会被拖进网袋里了。在一般情况下,每拖一两个小时就可起网,而拖获物大多被游弋在渔场上的"小鲜

船"收购了,而这些"小鲜船"都是朝出晚归的,也就是说当天的拖获物,当天就可送到市民的餐桌上了。

我国食虾的历史非常悠久,早在两千多年前的《尔雅》,就有"鱼高、大虾"的记载。北魏时贾思勰在《齐民要术》中记载,以虾一斗,饭三升为糁;盐二斤,水五升,和调,日中曝之,经春夏不败,谓之"作虾酱法"。唐代刘恂在《岭表录异》中记载,南人多买虾之细者,生切绰菜兰、香蓼等,用浓酱醋,先泼活虾,盖似生菜,以热覆其上,就口跑出,亦有跳出醋碟者,谓之"虾生"。明代李自珍在《本草纲目》中记载;凡虾之大者,蒸曝去壳,谓之虾米,食以姜、醋,馔品所珍。清代谢辅绅在《蛟川物产五十咏》"虾篇"中,就有"戈剑森然似蟹螯,惯随水母涉波涛"的诗句,极其形象地描绘了虾的外形特征。虾,不仅肉质细腻,味道鲜美,而且营养丰富,吃法众多,虽已成为我县一年四季都能品享的一种大众海产品,但也有其美食的时令季节,在我老家就有"夏天吃虾秋吃蟹"的说法,故在夏季时备受当地百姓的青睐,而上桌率名列在前三位的,就要数白虾(其学名"假长缝拟对虾")、枪虾(其学名"哈氏仿对虾")、红绿头虾(其学名"凹管鞭虾")了。不过,虾性温,味甘、咸,虽富含人体所需的各种矿物质,具有强身补精等功效,但它却是一种发物,对一些体质过敏者,就应适当忌口了。

　　说到了虾,不得不说有关"对虾"的故事。相传,在大清王朝慈禧太后当政时,侍候慈禧太后的宫女,有个不成文的规定,就是每三年一换,时间到了,就放出宫,自个出去嫁人,再换一批新人进宫。可是,慈禧太后有个随身宫女,特别机灵乖巧,深得慈禧太后的赏识。三年时间到了,慈禧太后舍不得她离开,就让她留了下来,又是三年过去了,还是没有放她出宫的意思。这时,这个宫女也已二十出头了,再不出宫嫁人就要成当下流行的"剩女"了!而这个宫女的叔叔,却是慈禧太后的御厨,侄女出不了宫,他自然也很上心,想了很久,还是从菜品上动了脑筋。有一天,她叔叔给慈禧太后做了一道菜品,只是两只大虾。他别出心裁地把这两只大虾头对尾尾对头地用虾枪插到一块,装在盘子里,既精致又灵动,自然美极了。当慈禧太后看到这盘红彤彤的两只大虾,相互插在一起,觉得也挺好看的,就问了这名御厨:"这道菜叫什么名称?"御厨立即应答道:"红娘自配!"慈禧太后是个好琢磨事的人,这道"红娘自配"的菜名想必有什么原委。于是,她就放在心里琢磨了半天,终于明白了。她知道这名御厨是那个宫女的叔叔,这"红娘自配"就是这名御厨借着菜名为他的侄女说情。慈禧太后一时高兴,随即就把那个宫女叫来,告诉她说:"你出宫去'自配'吧!"从此,这虾的世界里就多了一个"对虾"的名称。

　　家藏老酒好,盘中大虾红。正如在我县流传的那句"吃虾过老酒"的乡谚一样,既反映了这虾的时鲜与酒的醇香,在品享时的充分融合,能让人感受到一种奇妙至极的味觉,也表达了人们在这酷暑难耐的季节,品品虾、抿抿酒,是一种乐观向上、消遣怡情的生活态度,当然这虾也非刚捕获的拖网虾莫属了。

74 / 养牡蛎

　　西周镇牌头村是个大村,现有村民615户2048人,三面环山,一面临港,象西公路穿村而过,海洋养殖成了该村的支柱产业。我曾多次到过该村走访,却从未作过海洋养殖方面的走访,也许是工作性质的使然,即便是在走访中也涉及了海洋养殖方面的话题,只是我没有刻意地记在心上,以致对该村海洋养殖的现状,还处于一种空白状态。这次,我作为县政府抽派到西周镇的渔业安全生产督查组组长,我们组一行三人在走访该村海洋养殖安全生产时,该村村委委员、牡蛎养殖人陈友财向我们介绍了该村牡蛎养殖安全生产的情况,以及他自己从事牡蛎养殖的经历,他出浅入深、理实交融的讲解,仿佛为我们揭开了牡蛎养殖的神秘面纱。

　　养殖牡蛎现在流行棚架式吊养技术,尽管这种养殖方式是从外地引进的,在象山推广的时间也不长,但比起过去通过立柱、陷桩式养殖方式,具有生长快、周期短、产量高、管理简便等优点,尤其是在象山港内湾,涂面平坦,底质泥沙,风浪较小,水深适合,水温适宜,水流畅通,常有淡水注入,天然饵料丰富,就非常适合牡蛎养殖了。我讲的"棚架",当然不是指木材、毛竹搭建的棚架,而是通过一种聚乙烯绳作为主缆,两端系在桩基上,而横缆则固定主缆上,经纬交叉,叉点紧固,就成"棚架"了。不过,这主缆是直浪排列的,一般长约两百米、直径约十四毫米,有手指这么粗,每道间隔约五米,以便于作业船行驶、停靠,进行检修、采割,而横缆却是横浪排列的,每道间隔约十米,再用毛竹进行支撑主缆,以防止主缆移位,影响桩基稳固性。桩基每根长约四米,粗约碗口大小,一般选用竹龄长的毛竹,忍烂耐腐,打入泥涂之下,就成牡蛎养殖的"压舱石"了。正所谓"桩基不牢、棚架塌倒",一旦被海浪卷走,那损失就惨重了,可见其重要性。"吊养"就是将附苗器悬挂在主缆下面,每隔二十厘米系一只,像晾晒东西一样悬挂着,而在主缆上面则固定着一种专用泡沫,每吨约三千五百元,当泡沫浮力略大于附苗器重力时,就能达到"吊养"的效果了。我说的"附苗器",你们乍一听,肯定不明白,还认为是什么高科技产品,其实只是一种旧自行车轮胎,每只一块二从市场上购买来的,然后再将其割成两半,就成"附苗器"了。这也不是降低成本问题,而是出于既要适合牡蛎生长,又要达到便于采收的效果。如果不将它割开的话,那么牡蛎就会生长在轮胎内侧,就难以采收了。况且,现在都是机械作业,至少我买的机器,现在还没这个功能。当然,也不是附苗器表面越光滑越好,以前也有人用三角皮带试养过,就因为其表面光滑,致使牡蛎固着性不牢,一旦长大了,就会自行脱落,前期心血也白费了,所以就被人们淘汰了。而将轮胎割成两半,使其内侧还保留一圈浅弧面,就能达到"双满意"效果。这里还有个关键点,就是轮胎的悬挂高度,这也是"吊养"技术的精髓之一。你们到海边去看,就会发现牡蛎都是生长在临水的礁岩上,太高了没有,太低了也没有,这就对悬挂轮胎的高度,提出了苛刻的要求,即在小水潮潮水退下时,轮胎的下沿必须以触及泥涂为最佳状态,既不能悬空挂着,也不能陷入泥涂之中,否则都会影响牡蛎生长了。因为轮胎悬空挂着,在小水潮时就成为空中的风铃,风吹日晒,就会影响牡蛎生长,而轮胎陷入泥涂,在大水潮时就会长时间浸泡在水中,也会影响牡蛎生长,所以为了把握这个高度,我曾从农历初七测到十二,每天都泡在海里,不仅测量海水深度,而且还测量轮胎重力和泡沫浮力,从而把握了它们之间的浮重比例系数。当然,对于像我这样从零开始学养的人,出现一些反复,摸着石头过河,既在所难免,也理所当然了。

我从事牡蛎养殖,虽然是受新桥一位朋友的影响,但也不是一时心血来潮,而是真的想为自己找个出路。那是2013年,他在蟹钳渡的养殖海涂被政府征用了,我就把他的一些设备买了过来。前期的准备工作非常繁杂,从选择养殖场地,到添置一些新设备,包括到山上砍伐毛竹,都要亲力亲为,既费时也费力，大约忙碌了半年多时间，总算忙出了一个头绪。在转年五月份时，我就开始育苗了。育苗场就建在养殖区，是用毛竹搭建成架子，每捆二十片轮胎，悬挂在竹竿上，就会自动着苗了。当时我在想，牡蛎的繁殖期短，就那么几天，与其把轮胎片放在家里，还不如把它悬挂在海上，也好让它育的时间更长些，育的苗更多些，于是就把家里的轮胎片，全部搬到海里挂上，就开始育苗了。当我把消息告诉那位新桥朋友时，却没想到遭到他的坚决反对，还强烈要求我立即把轮胎片全部搬上来，放在太阳底下进行暴晒，以避免造成减产的风险。这下把我搞蒙了，问他是什么原因，他才告诉我说，现在还没到育苗时间，而且现在育的苗，也不是牡蛎苗，而是藤壶苗，在等到育牡蛎苗时，藤壶苗却开始长大了，就会挤占牡蛎苗的附着空间，牡蛎苗附着量减少了，也就意味着牡蛎养殖要减产了。我仔细地一想，也觉得有道理，就怪自己太盲目了。也许是"吃一堑，长一智"吧，从此之后我每年都在大暑前几天进行育苗，即在每年7月20日左右，经过约二十天培育，到8月中旬时，就能看到牡蛎苗长出来了。当它长到芝麻粒大小时，就可吊养了。

　　我现在养了六十亩牡蛎，共有轮胎片约二十五万只，分成两个批次吊养，这样每年都能产牡蛎了。虽然是赚些辛苦钱，每年收入也只有十几万元，但比上班好，平时管理，也较轻松，一般在退潮时，到现场去看看，检查一下棚架设施的稳固性，清除一些漂积的海洋垃圾，尤其是在海草枯萎期，总有一些海草漂移过来，一旦堆积在棚架上，如不及时清理，那么就会压迫主绳下沉，致

使轮胎片陷入泥涂之中,时间一长,就会造成牡蛎苗死亡。有件事情,我也一直觉得奇怪,一旦牡蛎苗出现死亡,就会引来许多角螺,每天多时能撮到三四十斤,有些角螺竟趴在悬空的轮胎片上,好像它在水中也会游似的,这就让我感到不解了。尽管撮角螺也让我赚到了一份额外收入,但如果这角螺不是牡蛎的天敌,不会影响牡蛎的生长,那么我宁可不赚这份额外收入,一心一意地把牡蛎养好就行了。牡蛎的生长期,一般在十个月左右,到转年冬至时,就可收获上市了。

现在采收牡蛎,也算是机械作业了。我是从奉化买了一台牡蛎分离机,当时是六千元一台,讲贵也不算贵,毕竟能省去了许多人工费,关键还是效率高。我将这台机器安装在作业平台上,只需雇用三人,各司割胎、分离、包装其职,就能完成流水作业。当把轮胎片割下时,只需用脚踩下离合器,分离口就会自行张开,把轮胎片放进去,放开离合器,分离口就会自行关闭,这时两边各有两把铲刀,能同时运作,只需一眨眼工夫,牡蛎就会从轮胎片上分离出来,然后进行冲洗,就可打包了。我们边行驶、边割胎、边包装,每天能采收六千斤牡蛎。我到目前不仅还没愁过销路问题,而且还常出现供不应求的情况。我的商贩大多是宁海人,他们都是上门来收购的,经常在码头等着,等我一上岸,就被抢购一空了。因为他们知道我养殖的牡蛎品质好,是纯天然野生的,而且产肉率高,每十斤牡蛎能产一斤蛎黄。我去年行给商贩每斤一块六毛钱,如果按照10:1产肉率来计算,每斤蛎黄也只有十六元,而在市场上蛎黄却要卖到近三十元。我宁愿自己少赚些,也要让商贩有赚头,就不用自己愁卖了。去年,我儿媳还尝试了电商销售,在采收时进行现场直播,我孙女当代销售人,也打开了一些销售渠道,每斤卖到五元,让我收到意想不到的成效。

牌头特色凭书写,牡蛎养殖当重墨。我们在告别陈友财时,我突然觉得他特别"有才",思路清晰,敢闯敢拼,难怪他一路走来,变许多"不可能"为"可能",把这牡蛎养得风生水起,正所谓"人如其名,名如其人",更让我坚信在新时代的共富路上,他的"有才"必将为其他村民带来"友财"。

75 / 养生蚝

　　我刚到西周镇渔业安全生产督查组，就得知了寒山村生蚝养殖人张振财家的一些情况，诸如他老伴患直肠癌，他儿子在与他儿媳吵架时被刺身亡，他为保他儿媳无罪释放，曾作出令人敬佩的壮举，让我觉得他是个有故事的人，就准备到他家里去走访，而走访困难从渔人员家庭，也是督查组的职责之一，可电话联系了几次，他都说在海上忙着没空，直到8月31日再次与他联系，他说："那就明天上午吧，我在家等你们！"转天上午，我们督查组刚从丹城出发时，工作组成员屠立东科长告诉我们说，老张伯的女婿前几天也突发疾病死了。我听到这个消息，心里立即咯噔了下，第一反应是我们现在到他家走访是否合适，就问了副组长徐振裕我们走访时间是否要作调整。他想了一会儿，就对我说："要么我们买些慰问品，表达一下心意吧！"我想也只能这样了，既然在与他联系时，他没有说出悲伤，说明他是个内心强大的人，我们就不能矫揉造作了。如果他是容易流露悲伤情绪的人，那么他早就婉拒我们到他家走访了。车子很快到了他家门口，正当我们询问他家邻居，打听他家具体位置时，他似乎在家听到了我们的声响，就出门与我们打招呼了。他家坐落在村西路边，紧挨着山边竹林，一幢三层小楼，在绿荫的掩映下，显得格外宁静。等我们坐定，他就与我们聊起了家常。

　　他说：自己今年六十四岁了，从十七岁时开始下海，一直在海上打拼，扦过网、张过虾、抲过鱼，养过牡蛎，现在养生蚝，本想让自己的晚年生活过得舒坦一些，却不想接连遭遇了华盖运，真是倒霉透了。那是在2016年，我老伴得了直肠癌，动了次大手术，当时我儿子在山东威海做水电，我儿媳在威海市规

划局上班,为了照顾他母亲身体,她们俩都辞去了在威海的工作,回到西周办了家汽车保险的公司,可能是我儿子为了稳固市场,一些朋友来办理保险业务说没钱,他就把自己的积蓄贴了进去,一次、二次都是没有异议的,但贴的次数多了,我儿媳说几句埋怨的话,也是可以理解的,可是在10月15日那天,他们夫妻俩在家又为此吵架了,可能是我儿子一时恼火,就将一只垃圾桶踢到我儿媳身上,我儿媳在情急之下,就端起身边茶几上的水果盘子,向我儿子砸了过去,不想水果盘子里还有一把小刀,竟不偏不倚地刺中了我儿子的心脏。当时我儿子穿着西装,里面还有一件衬衫,真是人倒霉起来什么事都会中邪。我儿子被刺的当即,他就把小刀拔了出来,用手捂着伤口,还想自己到医院治疗,可走到门口就瘫下来了。这时我儿媳慌了,就连忙拨打了120,在

　　救护车把我儿子接走的同时,西周派出所把我儿媳也带走了。我儿子虽经县人民医院全力抢救,但还是因失血过多未能挽救过来。一边是我至亲的儿子溘然离去,一边是我至爱的儿媳遭遇羁押,一个好端端的家庭突遭如此重大变故,我的精神支柱一下子就瘫了。我痛定思痛,理智告诉我,不能再失去我儿媳了。于是,我到宁波聘请了律师,要为我儿媳伸张正义,想办法把她保出来。虽然刺死我儿子,既不是出于她的故意,也不是出于她的过失,而是一种意外事件,但毕竟是她亲手所为的,这也是客观事实,因此当我有了为她辩护的想法时,就引起了我身边众多亲友的极力反对。当然,我也咨询过律师,说我的态度非常重要,如果我不据理力争的话,那么法院就可能会对我儿媳作有罪判决,虽然实际执行的刑期,也可能只有二三年时间,但这样的后果,无疑会导致我儿媳在我张家待不下去了,可能会带着当时已四岁的我孙女,屁股一撺就回她老家了。这不是我想要的结果,就笃定了一个信念,即便把我老命豁出去了,也要为我儿媳作无罪辩护,还她一个自由身。她嫁到象山来,举目无亲,无依无靠,我要成为她的坚强后盾。虽然我只是一介平民,也不懂法,但我懂道理,做人不能昧了良心,这也是做人的本分。那段时间,我真的是脚背肩胛头,一次次地跑到公检法,陈述我儿媳无过失责任的主张,请求政法机关法外度情,最终司法机关裁定为意外事件,我儿媳只关押了十三天,就被无罪释放了。现在,我是失去了一个儿子,却又拾回了一个"女儿",尽管我儿媳现已再嫁了,我孙女也读小学了,但她们在每周双休日都会"佞老官"带来,看看我帮我打理一些家务,之前反对我的亲友,也常夸我做得对,我们一家又其乐融融了。而对于他女婿的死,他只是说他女婿在石浦做水产生意,那天早上起来收过渔货,然后又睡下去,就没起来了,他没作过多解释,我们也不好多问了。

当我们问及他的生蚝养殖情况,他的心情似乎立刻切换了一个频道,就眉喜眼笑地给我们讲起了生蚝养殖的故事。他说:从生物学角度讲,生蚝和牡蛎是同一种海生动物,而生蚝则是牡蛎科属的一个品种,就像凤梨和菠萝一样,是难分区分彼此的,如果一定要进行细究,那么还是有许多的不同点。一是体态不同。生蚝个体大,牡蛎个体小,一只生蚝大的有一斤多重,而牡蛎即便是大的,也没那么重了。二是价格不同。生蚝是可按只卖的,越大越贵,一斤以上的生蚝,每只能卖到一百元以上,而牡蛎是按斤卖的,一般每斤也就二三十元。三是口感不同。生蚝肉质厚实,吃起来有嚼劲,而牡蛎肉质细嫩,就没这种感觉了。四是养分不同。虽然生蚝、牡蛎都含有大量人体所需的矿物质,但就每一百克含量而言,生蚝的某些含量却为牡蛎的八倍之多。五是生长环境不同。生蚝常生长在江河海口的交汇处,欢喜吃咸夹淡的海水,而牡蛎却常生长在潮间带,更欢喜吃纯度高的海水。六是养殖周期不同。生蚝的养殖周期为两年,而牡蛎的养殖周期为一年。我之前也一直在养牡蛎,养生蚝是在近几年兴起的,我看行情还好,就与人合养了。与我合伙的一个是宁海梅林人、一个是石浦昌国人，我们去年合伙养了八十亩，今年将扩大到两百亩，我已做了两百多根桩，过段时间打下去，就可放养一批生蚝苗了。我们现在采用的是延绳串养技术，这也是当下最流行的一种生蚝养殖方式。这种方式就是通过一根一千五百股单丝绞制而成的聚乙烯绳，一般长约一百米，可将它分成三个功能段，中间一段为浮缓，是用于串养生蚝的，两边两段为桩缆，是潮水涨退时的缆绳，末端系在毛竹桩上，打入海底泥涂之中。桩缆的长度，一般为大水潮涨平时水深的两倍，我们这里水深约十米，两端就要各留出约二十米，剩下的就是浮缓的长度了。在浮缓上每隔一米半，系一只直径三十二厘米的玻璃球，类似一只密封的矿泉水瓶，就浮在水面上，而每隔半米系一个贝壳串，则挂在海水中。贝壳串的贝壳，是从福建育好苗买来的，中间有个洞孔，用绳把它串起来，每穿一只贝壳打一个结，每串为十只贝壳。在买来时，就能看到在贝壳上有密密麻麻的有芝麻粒大小的斑点，这就是生蚝幼苗，我们只要把它挂在浮缓上就行了。因玻璃球的浮力大于贝壳串的重力，故贝壳串始终处于垂直悬挂状态。而每根延绳的间距约为五米，与潮流成五十五度偏角排列，以形成一种抗风浪的拉流力。也许是我们这里水质好，去年投放的生蚝苗，不仅成活率高，生长速度快，而且个头饱满，品质良好，到年底就可收获了。我现在大多数时间，都吃住在码头边上的一间集装箱简易房里，毕竟到家里距离有点远，至少也有二三十里路程，即便开着"小三轮"也要半个小时，尤其是像我这样上了年纪的人，起早落夜赶潮水，是太不方便了，就给自己搭了个可歇息的地方。

爱人者人恒爱之，敬人者人恒敬之。正当我们准备告别张振财时，我突然想到了这句名言，意思是指爱别人的人，别人也会同样地爱他，尊敬别人的人，别人也会同样地尊敬他。我想，张振财是个有爱之人，他从不抱怨自己命运多舛，也从不追求别人给予怎样回报，只是通过自己的辛勤劳动，默默无闻地奉献爱心，从而也坚信他桑榆非晚，正是夕霞满天时。

76/养海带

　　因与海带养殖人朱宏财约定的见面地点,是在象山港海岸的官山碶闸上,故当我们西周渔业安全生产督查组成员到达下沈碶闸时,见他还没到来,就电话再次与他取得联系,才知道是我们错把下沈碶闸当成官山碶闸了。其实,这两座碶闸相距不远,步行也只需几分钟路程,只是因下沈碶闸二期工程正在建造,导致我们一时路盲,不知怎么才能过去,正当我们准备退而绕道时,朱宏财却说要过来接我们,那就恭敬不如从命了。我们只好就地等着,眺望着象山港的远景,享受着习习海风的惬意,没过几分钟,朱宏财就风尘仆仆地赶到了,与我们打了声招呼,就带着我们绕开工地,走在宽阔的海岸大堤上,不一会儿就到了官山碶闸。这座碶闸看上去,刚翻修过的样子,堤上有二层楼,上层为他的卧室,一层摆放着他的生活杂物,中间是两扇碶闸的电动升降设备,朱宏财平时就住在这里,实际上他也是这座碶闸的看护人,负责岸内几百亩养殖塘的蓄放水。他推开碶闸的窗门,用手指着前方海域,告诉我们哪里是他养殖海带的地方。我们目测了一下,觉得有三五百米距离,而边上是他的生蚝养殖区,一只只漂浮在海面上的蓝色浮瓶,在阳光的照射下则显得熠熠生辉。

　　等我们坐定,他就作了自我介绍,说自己是官山村人,今年七十一岁了。听说他是官山村人,我就好奇地问他是否也姓"朱",他说"是的",并介绍他们村现有630多户人家、近2000人,95%的村民都姓"朱"。而据《官山朱氏宗谱》记载,南宋理学家朱熹的父亲朱松,有三个儿子,后裔都分布在浙闽一带,其中朱松的第五代孙道佩,在元朝元统年(1333年)被授职巡街典史,后升户部主事,就迁居到了官山,成为官山朱姓的"始祖",至今已传二十二代,族人已达四千多人,遍布国内外,享有极高的声望。他还说,在官山村,每年农历六月初六(俗称"六月六"),一直保持着"六月六、晒族谱"的习俗。每到这一天,朱氏家族都会摊开家谱,重温祖训,即"读书为起家之本、循理为保家之本、和顺为齐家之本、勤俭为治家之本",告诫族人勤奋读书,敬岗爱业,为族争光,已成为一种共识。当我们问及他的海带养殖情况,朱宏财略作沉思,便娓娓道来,似乎为我们上了一堂海带养殖的科普课。

他说,海带是个"日本移民",它的日本名字叫"昆布",只是它是从海上被带过来的,故被人们称为"海带",而随着时间的推移,它也早已随乡入俗了。它富含人体所需的多种营养成分,而被视为一种医食同源、药膳同功的大众

食材。其实，海带是一种海生藻类，由叶片、柄和固着器三个部分组成。在我国古代，海带就被作为"长生不老之药"。早在公元前221年秦始皇统一六国之后，就委派徐福携三千童男童女"入海求仙"，不远万里来到我县蓬莱山，寻找这种"长生不老之药"，从而我县也被美称为"东方不老岛"。1958年，我县开始人工养殖海带，当初在象山港、西沪港等海域投放了一万五千只浮筏，养殖面积达两百公顷。之所以象山港能列入其中，是因为这里的海况涂貌符合海带养殖的客观条件，也打破了自古以来"海带养殖下不了连云港"的谬论流传。一是底质坚硬。象山港沿岸海底平坦，而且是泥沙底质，结实坚硬，打下桩基，比较牢靠，不易走桩，这是首要的，否则就得不偿失了。二是水深适宜。象山港养殖区平均水深约十米，非常适宜海带养殖。三是水流适合。当然，海带最好养殖在水深、浪大、流急的海域，但这样风险就大了，而象山港海域浪小、流缓，不仅适合海带养殖，而且安全更有保障。四是水质清澈。从总体上讲，象山港海域的水质还是清澈的，这就意味着海水的光照度也比较强，就适合海带养殖了。毕竟，海带也是一种植物，需要进行光合作用。五是盐度适当。象山港海域的营养盐含量，即每立方米海水的含氮量约一百毫克，就能确保海带的生长速度和品质了。他话锋一转，就说起自己的人生经历，在十七岁时开始养了两年海带，在十九岁时回生产队当了一年队长，二十岁开始当了二十年村支委员，在四十岁开始办了十七年企业，之后在2011年时又回到了原点，重新操起了海带养殖的旧业。不过，他说这两个时段相隔也太遥远了，都快半个世纪了，而海带养殖的方式、流程也截然不同了，只能说是随着科学的发展更进步了。他打了个比方，过去做个养殖筏，要到山上砍下毛竹，一根根背下来，再做成架子，然后运到海上，不知要花费多少精力，而现在只需买几捆绳子就行了，不仅省力，而且结构也简单化了。我们现在养殖海带，就像将一张张"软梯子"固定在桩基上，间隔约为五米，排列起来就成养殖区了。这些"软梯子"的边绳称为"浮绠"，横档称为"苗绳"。"浮绠"为聚乙烯绳，长约五十米，粗约中指大小，而"苗绳"则为布条绳，长（即宽度）为四米，粗约两厘米，间距为一米半。当然，在每根浮绠上都系有聚乙烯泡沫，也只有当泡沫的浮力大于筏架(包括海带)的重力时,才能确保筏架漂浮在海面上,而海带则是呈倒挂式生长在海水里,只有在潮水涨退时,才会飘浮在海面上,远远看去就会有一种黄澄澄的景象了。海带是在立冬过后一星期开始育苗的,着苗器是一根根长约四十米的布条绳,粗约有香烟大小,我们是从福建育好苗运回来后,就挂在网架上漂流一个月,进行苗种激活,然后再取上岸,将它剪成每段四米,逐一镶嵌在苗绳上,就可放养了。海带的生长期为三个月,一般到转年清明时,就可采收了。这时,海带就能长到一两米长了,而且在年成好时,一根四米长的苗绳,能采收到近200斤海带。今年是养海带的大年,天气好晒干也快,去年每斤只卖六块五,今年却卖到十一元,这也是我明年要扩大养殖面积的一个重要原因。

说到了养殖海带,我想起了曾在我老家流传的一则有关海带来历的故事。传说,在古代时,有个名叫"海生"的渔民,得了一种大脖子病。有一天,他在出海捕鱼时,就摸着自己越来越粗的大脖子,不禁感叹道:"东海龙王啊东海龙王,你的龙宫珍宝无数,可有否治我这大脖子的药呀?"却不想被刚好路过的东海龙王女儿听到了,就回答说:"海生哥,你不要唉声叹气,我能治好你的病,只要你在明天天明时,到前面的礁边等我,我就把药送给你。"海生听得很清楚,却没看到也不知道是谁与他说了话,就将信将疑地回到了家。转天一早,海生就摇着船刚到礁边,就发现船边出现了一个旋涡,正当他感到疑惑时,就突然冒出了一位美貌少女,笑吟吟地递给了他一颗药丸,说是治疗他大脖子的药。他接过药丸,就准备返回。这时,他听到了她的叫声"海生哥!"语气绵软、略带娇嗔,他想到还没谢她,就转过身来,红着脸、结巴着说:"谢谢你了,阿妹!""那你怎么谢我呀?"龙女又紧接了一句。这下可把海生难住了,他看看船舱空无一物,摸摸身上也无他物,突然想到自己脖子上还挂着一只他爷爷传下来的镇船信物"铁锚",就取了下来,在递给龙女时说:"我实在是没啥好东西送给你,就只有这个送给你留着作个纪念吧。"一回生,二回熟,她们相约了下次会面的时间,却不知怎么的,这事被东海龙王知道了,一怒之下就将龙女关进了海底岩洞,再也不准与海生见面了。而龙女却因挂念海生的病是否已经治好,就解下自己的紫色裙带,系在铁锚上,倒上药粉,抛向大海,慢慢地就幻化成了一种藻类植物。从此,大海里就有了海带,不仅其根保留了"铁锚"的形状,而且在将其晒干之后,还会呈现出龙女倒上的白色药粉,现名为"甘露醇",据说具有降压、消肿功能,难怪当地百姓吃了它,就再也不见大脖子病了。

养得海带舞翩跹,纪作西周画一缣。在我与朱宏财告别时,仿佛在耳边突然回响起了那首《男人就该活得从容》的原唱音乐:"男人就该活得从容,世界风情万种,一生坦荡别丢了你的初衷,奔波在南北西东,每个人都有差不多的苦衷",感受着他扛在肩上的沉重,就想告慰他让眼眶笑着哭红,醉过一场难得醒来,晚霞也是一道美丽风景。

77 / 筑捞蟹窝

　　我曾在《象山县渔业志》中看到"捞蟹窝"一词，虽寥寥数语，但语焉不详，我还是不了解这蟹窝是怎样挖筑的，就在心头上打了个"结"。恰巧，我在2020年被抽派到了西周渔业安全生产督查组，在为期五个月的督查工作中，我与同事们一起蹲码头、登渔船、上渔排、访渔家，在与渔民们促膝谈心中，我饶有兴趣地都不忘加问一句 "捞蟹窝"这个话题，才知道这是一种与众不同的捕蟹方式，即"筑捞蟹窝"，当地渔民称其为"筑大（音dù）蟹窝"。这是我在之前从未听到过的，只好在片言只语中感受他们当时捕蟹的苦乐情怀，在一招一式中领略他们当时捕蟹的忙碌景象，尽管这种捕蟹方式大多是发生在20世纪60年代之前，而且也早已消失在象山港海滩的潮起潮落之中，不为当下的大众所熟悉，但他们还是以亲历者、知情者的经历，为我再现出了存放在记忆深处的那些挥之不去的大致场景。

　　青蟹，学名为"锯缘青蟹"，也称"蝤蛑蟹"，而在西周却称为"大（音dù）蟹"。我在开始时，听着还有些不顺耳，之后听多了，也就习惯了。毕竟，青蟹是我国本土上生长的体形最大的一种蟹类，而至于那些体形更大的诸如蜘蛛蟹、帝王蟹等都是进口的，就应排除在外了。青蟹具有广适性，在世界各个海域都能见到它的身影，而且还是原生代的爬行物种，是地球上现存最古老的海洋生物之一，据说在喜马拉雅山的海洋生物化石中就有它的印迹，历经亿万年的进化，至今还保留原来模样，无疑是活化石级海洋生物的"元老"了。青蟹体魄健硕，触角灵敏，脚爪灵活，钳咬力强，不仅能健爬而且还善游，常随大水潮进入沿海高潮位滩涂，喜栖息于港岸边、礁石滩、海草丛等洞穴及低洼处,昼伏居洞,夜出捕食,以捕小鱼小虾、贝壳类及一些藻类蠕虫为食。青蟹的成长以脱壳为标志,一生要脱十三次壳,无论是在春夏之交的生长期,还是在夏秋季节的繁衍期,每次脱壳都成为它生死攸关的一件大事。因为青蟹一旦脱壳了,全身柔软,形似一只软壳蛋,至少在四十八小时内,处于静养状态,毫无行动能力,就无法适应野外生存了,所以它必须在大水潮时进入高潮位滩涂,寻找到一个可安身的洞穴,在等到小水潮时,就可安心脱壳了。这是因为小水潮不仅浪小流缓,而且潮位低,甚至潮水还可能涨不到它藏身的洞穴,所以就可了却被海浪卷走,成为它物美食等后顾之忧了。而在大水潮(即每月农历初一、十五)时找到洞穴,距离小水潮(即每月农历初八、廿三)还有一个星期时间,就可安下身来,以增强自己的体能,就能确保自己顺利脱壳了。

根据青蟹的这一生活习性,当地村民大多集中在每年农历五月半、八月半大水潮时,在高潮位滩涂上筑起捞蟹窝,以诱捕青蟹。筑捞蟹窝,就是仿照青蟹的原始洞穴,洞道长约一米,深二三十厘米,底宽约十五厘米,并在洞道尽头加深加宽约五厘米,给予更宽敞的生存空间,就能获得青蟹的青睐。不过,在不同的滩涂上筑捞蟹窝,其洞道结构也是不尽相同的。在港岸边上筑捞蟹窝,其洞道是平坦的,故被称为"平底窝";而在滩涂上筑捞蟹窝,其洞道是倾斜的,故被称为"斜底窝"。也因青蟹的原始洞穴除洞口之外,是全封闭

的,故需在所挖的洞道上,盖上不同的材质,以防洞道坍塌,就有了以下四种不同风格的蟹窝。一是泥坯窝。就是在挖洞道时,将撬出的泥块再横向盖在洞道上,就成捞蟹窝了。这种盖在洞道上的泥块,也只有铁锹才能撬得出来,而这种铁锹形像一个T字,上面"一横"是木质手杆,长三四十厘米,而下面"一竖"是把铁铲,高五六十厘米,上端是两枚铆钉固定在手杆上,下端是锹口,宽约十五厘米,这也是当时生产队开沟筑坝的常用农具,几乎每个家庭都有自备,撬出的泥块也成长方体,既有形又结实,便可就地取材了。不过,这种泥坯窝像是一种临时性用房,建筑得快,坍塌得也快,一般经过一两潮海水的浸泡,也就荡然无存了。二是柴草窝。就是在下海筑捞蟹窝时,顺便到海滩边上拾些柴草,捆扎起来,带在身边,在洞道挖好之后,就铺上一层柴草,再盖上一些涂泥,就可延缓洞道塌陷了。三是瓦片窝。就是在洞道挖好之后,铺上一些从家里带来的废旧瓦片,再盖上一些涂泥,就可防护洞道坍陷了。四是木板窝。就是在洞道挖好之后,铺上一些从家里带来的废弃木板,再盖上一些涂泥,就可稳固洞道坍陷了。当然,在筑捞蟹窝时,这几种材料也会混合使用的,主要是预防洞口坍塌,至于洞道中的局部坍塌,一旦青蟹爬进洞道,就会自行清理了。不言而喻,有个宽敞的洞道,对于青蟹来说,是颇具吸引力的。不过,有些村民在筑好捞蟹窝之后,也会再撒上一把油菜籽饼、煮砻糠番薯及紫菜、苔条粉末等植藻类食物,就能增加青蟹的入洞率。

　　筑捞蟹窝是件苦差事,要不停地挖洞盖泥,整天忙得直不起腰来,但也只能筑三五十只蟹窝,好在当时青蟹也特别多,捕获率能达到七成以上,也觉得苦中有乐了。当然,最值得期待的,还是在窝中捉蟹了。每次在潮水还未退下时,村民们就在岸边等待了。有些村民带着火钳、竹夹等捕捉工具,有些村民就带把稻草,只能徒手捕蟹了。当潮水退下露出滩涂时,村民们就纷纷挽裤脱鞋,直奔自筑的捞蟹窝了。判断蟹窝里有没青蟹,无段动手,只要秒看,就能做到心中有数了。如果看到捞蟹窝洞口留有青蟹爬过的痕迹,那么窝里就十有八九有青蟹了;即便在窝里没有捕到青蟹,那也可能会在附近滩涂上捕到那只青蟹。这是因为那只青蟹在进窝之后,可能感觉洞道的结构、大小还不是很合适,就想找个更适合的窝,可是当它爬出窝时,由于潮水退下了,也只好就地埋伏在滩涂上,等待在下一潮再寻找合适的窝了。如果看到捞蟹窝洞口有被青蟹清理出来的泥粒,那么窝里有青蟹就必定无疑了。这是因为青蟹一旦爬进窝里,就急于想占为己有,可当它发现在洞道上有坍堵的泥块时,就会迅速地将这些泥块清理出来,丢在洞道口边上,这就成"此地无银三百两"了。而如何把窝里的青蟹捕捉出来,这也是件惊心动魄、斗智斗勇的大事,由于青蟹的自保意识特别强,即便在窝里也不能轻易地碰到它,更不能激怒它,否则被它钳住就不可避免了。不过,大多数村民在发现窝里有青蟹时,就会在洞道尾端挖个天洞,把竹夹、火钳伸下去,就能迅速把青蟹夹钳出来,再把它按在滩涂上,一手卡在它尾部两侧,一手拿出几根稻草拧成草绳,就能将它五花大绑了。也有少数村民在发现窝里有青蟹时,自恃捕蟹有道,在伸手摸准青蟹的前后部位之后,就会抓一把硬泥块,握在手心里,慢慢地将硬泥块贴在青蟹前口位置,然后五指并拢,悄悄地通过其腹下,将中指微微弯曲,勾住它的尾背,就可将青蟹捉拿出来了。当然,这种捕法风险性很大,毕竟青蟹是不会按常规出牌的,一旦被它钳住,就会皮破肉绽,鲜血直流,而且还一动也不能动,只能咬牙忍痛,等它认为危险消除了,才会松开钳子。如果稍有抖动,那么它就会钳得更紧,甚至还会放死钳,即蟹钳已经脱落了,但还钳在你手上,这是最令人痛苦不堪的,尤其是在海涂上,又没有携带其他可松钳的工具,唯一的办法也只有用嘴将蟹钳咬开了。当时的青蟹价格,只有几毛钱一斤,这与当时的社会生活水平也相匹配的,因为那时卖只猪也不到百元钱,所以筑捞蟹窝作为一种副业,能赚些外快,就乐此不疲了。

沧海月明泪有痕,蓝田日暖情生烟。当我们再忆筑捞蟹窝时的情景,仿佛家乡的潮烟又拨动了他们心中的旋律,都显得那么激昂、那么愉悦、那么生趣,只是感叹岁月不饶人,在不知不觉中已轮回了一个甲子年,而青蟹还是那样灵动,如同儿时的谜语一样,"八只脚、抬面鼓,大足钳、鼓前舞",就不知美妙了多少人的梦想,陶醉了多少人的情趣,温馨了多少人的幸福,融入了多少人的乡愁,既传承了西周的渔文化,也装扮了西周的如画风景。

78 / 打渔绳结

　　我曾两次到鹤浦镇樊岙村参观"南田县署"，每次在感受南田岛历经曲折悲壮、发生沧桑巨变时，都会驻足在非遗文化展示厅前，欣赏海岛渔乡这一独特的文化风韵，尤其是透过展示的三十种渔绳结，似乎让我蓦然回首，看到在漫长时空的阑珊处，有一盏闪忽着的渔火，掩映着海岛渔民世代传授学打渔绳结时的身影，只是随着时间的流逝，一根根正在穿梭中的渔绳，被固化为一只只形态可掬的"结"，这是海岛渔民与海拼搏的"生死之结"，也是海岛渔民向海图强的"文化之结"，我静静地仰望着这些渔绳结，犹如面对一位惜别多年而又偶然相逢的故人，自然在内心少不了有些悸动，当我把这份悸动化成一种无法抑制的自觉行动，在一个阳光和煦的日子里，去寻找那些曾经相识的却早已缱绻在我旧时光里的渔绳结时，如同随手捡起路边的一块小石子，投进我自己心湖的波心，立刻就荡漾起了思绪的层层涟漪，竟一时还无法平静下来，一不小心就跌落在我正在敲打的电脑键盘里，就慢慢地讲起了那些渔绳结今生前世的故事。

　　打渔绳结就是通过渔民巧妙的编打手法，将渔绳捆绑在其他物体上，或相互连接在一起，从而形成并赋予不同含义的一种固定式样。渔绳是渔业生产最基本的一种必备物资，无论是过去自搓自纺的稻草绳、紫藤绳、竹篾绳、棕榈绳、苎麻绳、棉纱绳，还是当下现成购买的尼龙绳、塑胶绳、钢丝绳、铁链绳，只是随着社会的不断进步，在式样、品质上有了很大改观，就其打结的方法而言，大多还沿用着过去的那一套技艺，正所谓"万变不离其宗"。尽管各地对各种渔绳结各有不同称呼，但根据其所要体现出来的功效，可分为持久性"紧箍结"、临时性"活洛结"、动态性"松紧结"三类,而至于在渔业生产中到底应用了多少种"结",恐怕谁也无法一言而尽了。也许,一批"旧结"已在潮海中消亡了,而另一批"新结"正在潮海中诞生,只是我们受区域、认知上的局限,而没有及时掌握罢了。我曾就海岛渔民打渔绳结的知会情况,到了一些渔村座谈,就有渔民坦言随着社会发展,一些渔绳结已悄然消失了,诸如梅花结曾是渔船必备的减震器,平时就挂在舷旁,而现在已被旧轮胎代替了,也就不见其踪影了;双撩板结在过去撑篷船时必用的,而现在大小渔船都安装了机械动力,也就慢慢被遗忘了;系泊结是过去在渔船停靠时系缆绳用的,而现在有些缆绳已改用铁链了,也就很少派上用场了。如此等等,时间一长,打那些结的技能,也会失传了。不过,也有渔民一口气能说出十几种、几十种打渔绳结的方法及其由来,诸如固篷结、架竿结、张网结、麻花结、渔人结、船头结、船尾结、牵引结、双套结、双滑结、单滑结、海盗结、曳橹结、连网结、勒口结、扁结、撩班结、双拼结、和把结、活络结、流网结、枇杷结、园兜结、双兜结、封口结、锁链结、牛桩结、橹带结、油瓶结、石柱结、羊角结、旱头结、单垫结、跳板结、舷挂结、钩丝结、大缆结、续缆结、对撩班结、网底抽结、猪尾巴结、水桶甩结等,还有许多稀奇古怪、名目繁多的渔绳结,而且在每一个结的背后,似乎都有一个匪夷所思的由来,这就让我在听了之后,仿佛还置身在云里雾里,更不知其所为了。但有一点,我是能听得出来的,那就是每一种结都有不同的功效,既不能相互混淆,也不能马虎其事,否则就会酿成安全事故,诸如过去渔船在张篷航行时,偶遇大风急需降篷,却因绳结解不开,或渔民在放网拖鱼时,却因网口打错了绳结,那么其后果都不堪设想了。我记得在多年之前,有一次与同事到海边钓鱼,他钓了好多的鱼,就放在网袋里,却养在海水中,由于网袋绳结没有打好,等到他拎起网袋准备回家时,却不知在什么时候鱼早已都逃掉了。由此可见,正确使用并认真地打好每一次结,在渔业生产中就显得极其重要了。

那么,这么多的渔绳结是怎么形成的呢?或许,溯源是另一种形式的"活洛结",只要拉下绳头,就能看到其演变的过程了。固篷结,是过去渔民在撑篷船依靠风力捕鱼时常打的一种结。这种结的最大优点，在于能将紧、松两种相悖的秉性完美地集于一身，既达到无比牢固，无论多大风力，也都无法松其结，而同时又非常灵活，在解其绳结时，只需拉下预留的绳头，就能轻松收篷了。据称，这种绳结是戚继光受门闩启发打成的，故也称"门闩结"。传说，戚继光在率部海训时，为稳固船上物资，常用缆绳捆绑并打上"死结"，在遭遇突发情况时，就必须将缆绳砍断，而在险情消除之后，又要重新更换缆绳加固，故每次海训都要消耗大量缆绳，戚继光看在眼里却疼在心里，常冥思苦想着如何减少缆绳损耗，有一次在关门时突受门闩启发，就将一根绳头别在其中作为解结之"闩"，经过反复试验，终于达到一抽绳头就能解开此结的"门闩"效果，从此他要求所有官兵学打此结，只是"铁打的营盘流水的兵"，更有返乡官兵从事了渔业，这项技能就慢慢地在渔船上传开了。渔人结，是通过两根大小基本相等并且并行的渔绳，进行互相捆绑、各自打结，只需将两根渔绳用力向两边拉，这两个绳结就会越拉越紧，在瞬间就可将两根短绳接成一根长绳了。据称，这个绳结是在不经意间模仿与心爱之人拉手时的情景打成的，故也称"拉手结"。传说，在很久之前，有个员外携大小妻妾外出烧香许愿，可在码头上船时，有个小妾却不小心跌落在海中，正当众人因找不到长绳、长竿，眼看落水的小妾渐渐逐浪远去，在急得呼天喊地、顿足捶胸时，员外却意外发现在码头上有许多废弃的短绳，突然想到只有将这些短绳接成长绳，才有可能救心爱之人一命，可怎么将这些短绳接起来，他在脑海里却一片空白，时间也不允许他多想，他突然似乎有了一个灵感，就是每次在与她在握手相拉时，都觉得特别地有力量，就模仿与她拉手的方式，将两绳交叠在一起，分别攥住一个绳头，在另一根绳上各绕一个圈，然后把绳头别进去，再用力拉紧，就大功告成了。不一会儿，一根长绳就接成了。当他把心爱之人救上岸时，当地渔民发现他打的这个结，既方便又牢固，还能救人命，就把它应用在渔业生产上，慢慢地称其为"渔人结"了。张网结，是渔民在张网作业时将缆绳固定在桩橛上的一种结。因张网作业形似一只风筝放飞在海里，仅凭一根缆绳，一端在桩橛上进行打结，一端牵引着一只边长约五米的网架，尤其是当网架系上网衣之后,渔物的重力在海潮洋流的拉力下,受力点就会集中到打在桩橛的那个绳结上,而且会越拉越紧,只要缆绳不会损断,这个绳结就不会脱落了。据称,这种绳结原是一种"拴狗结"。传说,在很久之前,一次超强台风袭击了一个渔村,吹走了村里的一切,只剩下了半截树干,而在那个台风之夜,狂风暴雨,飞沙走石,人们忽然听到有狗在天空中狂叫,都想到是某村民家的一只看门狗,平时就拴在道地的树干上,可能是拴狗结挣脱了,狗也被台风吹走了。转天一早,村民发现是拴狗绳挣断了,而打在树干上的绳结还紧箍着,深陷在树皮里,这个绳结是狗主人随意打出来的,村民们就纷纷取来绳子,照着原样打结,并在张网时作为一种系桩方式,从此就改称"张网结"了。

一绳一结,世代传承,凝聚智慧结晶,一式一样,历经曲折,绽放别样风采。每当我试图解开这千千渔绳结时,总是被网在潮起潮落中的缠绵情思所感动,海岛渔民情感经历有多丰富多彩,渔绳结表现形式就有多千姿百态,在这一只只或大或小、类同形像的绳结里,总是蕴含着不知多少海岛渔民剪不断、理还乱的生死离愁。古老的表达欲望,浓缩在这一只只相互缠绕、委曲求全的绳结里,伴随着海岛渔民走过了年复一年"渔业兴、百业旺"的春夏秋冬,而如今正追赶在向海图强、共同致富的时代前列,作为一部厚重的文化遗产、一种无声的象形文字,就值得我们去追溯、挖掘、传承其存在的价值意义了。

后　记

　　我之于渔事散文，那是近十年的事。之前，我在部队服役时，从事的是新闻报道工作，曾借调到原南京军区政治部《人民前线》报社、《基层建设》杂志社工作过一段时间，从理论上说我对新闻报道写作更熟悉一些，毕竟在部队时，到师、集团军政治部新闻班培训过，也到江苏省徐州市彭城大学新闻系进修过，懂得新闻报道写作的一些技巧，也写过不少获奖的文章，曾荣立过三次三等功。转业回到地方后，更多的精力是花在文字材料写作上，虽然也偶尔写些评论，有感而发，针砭时弊，见于报端，还得过奖，但始终没有写出几篇像样的属于文学意义上的文章。这是因为我在单位有主业，分管着一块业务工作，精力也有限，即便是自己有某种想法，也并不一定就能为自己"做主"，写作就成了我的业余爱好。所以对于自己的写作走向，应该坚持写什么、怎么写，没有一个目标规划，全凭自己兴趣使然，如此看来，我是一个无厘头的人。

　　大约在 2012 年下半年，我写了一篇《讨海记忆》的文章，寄给了《今日象山》报副刊编辑吴伟峰老师。过了一段时间，我打电话问他文章看过了没有，他说看过了，文章选材很好，我们象山是渔业大县，海洋捕捞作业方式和从业人员众多，时间跨度漫长，文化底蕴深厚，是值得一写的大题材，只是限于报纸版面，文章篇幅太长了，可以进行分篇，改好后再给发。于是，我就进行分篇改写，一种作业方式写一篇，这一写就坚持十多年了，而且从不间断，形成了一个鲜明的讨海主题。其间，先后在《今日象山》报、《象山港》杂志，山东《日照日报》、《家乡》杂志，宁波《渔文化》杂志，《中国水产》杂志等报刊上发表了五十五篇文章。

　　我之所以坚持要写这类文章,是因为我认为讨海是人类的一种谋生手段。"塔山遗址"曾挖掘出了一枚六千年前的青铜鱼钩,也足以证明人类的生存发展,是离不开鱼类滋养的,当然这里的"鱼类"也包括虾蟹贝藻等海生动植物,不仅丰富了人类美食的多样性,而且还氤氲了人类文化的独特性。无论是在刀耕火种的农耕时代,还是在现代文明的当今社会,讨海活动一直持续着,历经社会变迁,从没停止过,只是方式的不断更新。这为我的写作留下了很大的空间,即在历史的翻篇中,如何把先人在长期的讨海实践中摸索出来的并行之有效的讨海方式,用文字的方式予以记录,苦其所苦,智其所智,使之成为一本科教书式的散装文集,告知后人我们餐桌上的海鲜,原来都是这样捕获的。这就对我的文章写作提出了更高要求,既要写出讨海的场面感,又要写出某种海产品的个性特征,这也是我在写作过程中,始终坚持的一个原则,即一鱼一策、一招一式,突出讨海的过程,细化讨海的方式。这其中大多有我的亲身经历和切身感受,因为我出生在海边,知海况、识渔情,似乎是我与生俱来的本能。也许是经历了太多的咸风淡雨,所以我写的文章就有了不同的视角,得到了一些读者的好评,但颇让自己汗颜的是,写作的深度还有限,精力也不到位,不过汗颜归汗颜,读者的些微肯定,无疑是对我努力完成这一阶段写作计划最好的鞭策与鼓励。当然,我也有自知之明,读者的好评并不是指我的文章写得多么有文学风采、多么有理论高度,而是因为写此类文章的人大多不懂讨海生活,或者虽懂得一些常识,没有一个切身的体会,而懂得讨海生活的人又大多不会写文章,所以我就处于这两者之间,仅此罢了。如能让人从中品出一些潮海气息,那我就心满意足了。

　　在此写作的过程中,得到许多领导、同事和朋友的支持和鼓励。象山县人大常委会主任、县《渔文化》研究会会长罗来兴给予我充分肯定,说我在《今日象山》报刊发的文章,他大多数都读过,总的感觉是渔文化氛围浓,乡土气息强,是一种难得的本土渔文化。县文联主席郑辉曾给我的文章概括出三个与众不同的特点：一是重方式，每篇文章的标题都有一个动词，而这个动词就是讨海人在长期实践中得出的一种智慧结晶；二是重过程，每篇文章的讨海过程都有招式、参数，可操作性，画面感强，能让人一目了然；三是重文化，每篇文章都穿插着一些典故、渔谚，可读性强，能让人掩卷而品出味道来。大连海洋大学从事渔业法规、渔政管理教研工作的刘新山教授，因对"栲渔网"一事不得其解，查阅相关资料也是寥寥数语，语焉不详，无意中在网上看到我写的文章后，终得其解，遂通过县渔业局的朋友推加了我的微信，还给我打了电话，说我写的文章不仅传承了我国渔业文化史，而且还增补了我国渔业技术史，无疑是一部融文学、历史、乡愁于一体的涉渔文学佳作！从此，他也成了我的亦师亦友，他还说如果你能将文章结集出版成书，那也必将对我国渔业发展史作出一大贡献。《今日象山》报原总编辑边少卿认为我写的文章，是一种非常难得的抢救性文字，能起到一种鉴往知来的推动作用，还聘我为《今日象山》报特约通讯员，鼓励我多写这些文章、写出好文章；宁波《渔文化》杂志编辑伊建新还曾给我开辟了一个专栏，专门刊发我写的文章；县渔文化研究会原常务副会长顾德威认为我写的文章，独树一帜，巧辟蹊径，窥渔见智，厚积了源远流长的渔文化土壤，还推荐我担任了县渔文化研究会理事一职。县建管局原局长郑汉琪每次看了我的文章，即便是在上海等地出差，也会给我打电话，说我的文章勾起了他在童年时期的讨海回忆。县文联原副主席许吉安曾特意对我说，你的文章看起来很土也很俗，甚至还有一些过时了的文字，而这些正是我们的下一代需要增补的一种"养分"。县政协原副主席周平飞，县编办原主任李达飞，县渔业局局长盛叶荣，县文化和广电旅游体育局党委书记陈淑萍，县政务办主任胡海峥、县医保局局长贺挺、县司法局局长李文宏、县党史办原主任钱永兴等多次与我探讨写作方向，给予我极大的鼓励，这些都是成为我一直坚持不懈地写下去的精神动力。

在本书的收编、出版过程中，得到了象山县渔文化研究会、县文学艺术界联合会、县渔业局、县文化和广电旅游体育局等单位的鼎力支持，县文联主席郑辉为本书的编辑出版作了精心策划,宁波《渔文化》杂志编辑伊建新为本书提供了相关图片,县渔文化研究会副会长兼秘书长丁建东为本书的顺利出版提供了相关帮助,在此表示感谢!也由于时间仓促,自己水平有限,有些文章还可能存在一定差错,在此敬请读者谅解了。

徐邦春

2023 年 3 月 7 日